W0251707

Mit ganz besonderem Dank an Erica Munro

Die Entfernung, die ein Mensch im Laufe seines Lebens zu Fuß zurücklegt, entspricht dem Viereinhalbfachen des Erdumfangs.

Dafür braucht man eine Menge Schuhe.

Prolog

Samstag, früh am Morgen. Amy Marsh, 24, kämpfte gegen die zunehmende Nervosität an und ging ihre Checkliste durch.

Portemonnaie, Handy, Fahrkarte – gecheckt.

Adressbuch – gecheckt.

Fahrpläne – gecheckt.

Die ersten Strahlen der Morgensonne drangen durch die Fensterläden der im dritten Stock gelegenen Wohnung, die Amy mit ihrem Freund Justin bewohnte.

Lipgloss – gecheckt.

Flasche Mineralwasser – gecheckt.

Justin schlief. Er war erledigt, nachdem er bis in die frühen Morgenstunden auf einer hippen PR-Party gewesen war, die er für eine seiner neuen Bands organisiert hatte. Amy war froh, dass er noch nicht auf den Beinen war. Er würde sie doch nur damit aufziehen, dass sie vor diesen Trips aufgeregter war als damals bei ihren ersten Verabredungen mit ihm.

»Was natürlich Quatsch ist«, murmelte sie.

Vernünftige Schuhe – NIEMALS.

Sie blickte auf ihre Füße hinunter und lächelte.

»Oder doch?«

Die jeansblauen Guccis mit Keilabsatz, die sie vor wenigen Monaten zu einem Spottpreis übers Internet erstanden hatte, sahen umwerfend aus und fügten ihren knapp 1,60 Metern vorteilhafte 7,5 Zentimeter hinzu. Und wenn sie nicht zu schnell ging, konnte sie durchaus den ganzen Tag damit herumlaufen. Vorausgesetzt, sie legte längere Strecken mit dem Bus zurück.

Ihr Blick fiel auf den Spiegel. Sie musterte die junge Frau darin kritisch und zuckte fragend mit den Achseln.

Das braune Haar glänzte, der helle Teint wirkte rosigfrisch und ihre haselnussbraunen Augen glitzerten erwartungsvoll.

Nicht schlecht, würde ich sagen.

Kamm – gecheckt.

Eyeliner – gescheckt … ach was, mehr als einen Hauch brauche ich gar nicht.

Sie trug ein weißes Top und ihre enge Lieblingsjeans – die verwaschene, die den Po betonte und ihrer Figur schmeichelte. Bevor sie aus dem viktorianischen Apartmenthaus eilte, um die U-Bahn zu erwischen, streifte sie noch schnell den breiten Holzarmreif ab – es nervte, dass er gegen ihre Armbanduhr schlug. Wenn es ums Schuhe-Kaufen ging, war kein Platz für Ablenkung …

Eine halbe Stunde später befand sie sich in einem Wahnsinns-Schuhgeschäft in Covent Garden. Ihre besten Freundinnen von *aclickaway.com*, dem Internet-Reisebüro, in dem sie arbeitete, standen neben ihr.

Amy stieß Jesminder in die Rippen. »Da drüben«, zischte sie. »Die grünen Riemchen-Mules aus Schlangenleder. Drittes Regal von oben.«

Jesminder runzelte die Stirn. »Hm. Meinst du wirklich? Sind die nicht ein bisschen dürftig?«

»Dürftig?«, wiederholte Amy empört. »Umwerfend schön, wolltest du wohl sagen.«

Jesminder neigte den Kopf zur Seite und sah sich die Schuhe noch einmal genauer an. »Na ja, ich bin nicht sicher, ob man damit gut laufen kann.«

Debbie, groß und kurvenreich, mit frischen Strähnchen im langen blonden Haar, das sie im Nacken zu einem lockeren Knoten hochgesteckt hatte, beugte sich über Amys Schulter und fragte: »Wo, hast du gesagt, gehst du heute Abend hin?«

Amy wurde rot. »Eigentlich habe ich …«

Offensichtlich war jetzt der Moment gekommen, um Farbe zu bekennen, sagte sich Amy. Schlimm genug, dass sie es vor Justin verheimlichte, aber ihren Freundinnen konnte sie es doch verraten.

»Aufwachen, Jes. Wir reden gerade von Amy!« Debbie ließ nicht locker und ignorierte Amys Verlegenheit. »Und du machst dir Sorgen, dass sie in *flachen* Schuhen nicht gut laufen kann … Oh, hallo! Sei gegrüßt, geheimnisvoller Fremder!« Sie hatte eine laute, kräftige Stimme mit dem selbstbewussten Newcastler Geordie-Akzent, den sie auch nach drei Jahren in London nicht abgelegt hatte.

»Wie bitte?«, Jesminder hatte irgendwie den Anschluss verloren.

Debbie drehte sich zu ihr um, sah sie mit großen Augen an und grinste. »Da drüben beim Schaufenster: Supertyp-Alarm.«

Ein großer, gut gebauter Typ in Baggy-Jeans und Donkeyjacke sah sich die Lacklederstiefel neben dem Ausgang an.

Amy schlich zu Debbie, stellte sich auf die Zehenspitzen und flüsterte ihrer Freundin ins Ohr: »Tut mir leid, Debbie, aber sieh mal genauer hin. Freundin-von-Supertyp-Alarm nähert sich von rechts. Erstaunlich, dass Frauen eine Antenne dafür besitzen, ob andere ihren Freund auf dem Radar haben.« Eine beängstigend dünne Blondine hatte sich zu dem Mann gestellt und sich bei ihm eingehakt. Sie warf Debbie einen giftigen Blick zu.

Debbie räusperte sich verächtlich und schüttelte den Kopf. »Pech für ihn! Was soll's. Andere Mütter haben auch schöne Söhne.«

»Und jetzt, Debbie«, sagte Amy streng und legte ihrer Freundin die Hand auf die Schulter, »könntest du bitte wenigstens so tun, als würde dir *irgendetwas* an unserer Mission liegen? Ich brauche für heute Abend neue Schuhe, du erinnerst dich?«

»Ich kann nichts versprechen«, erwiderte Debbie in beleidigtem Ton. »Aber wenn du darauf bestehst, versuche ich es.«

»Schon besser. Und wie ich darauf bestehe. Schuhe-Kaufen und Männer – zwei unvereinbare Welten. Und man muss Prioritäten setzen!«

Stirnrunzelnd schob Debbie Amys Hand weg. »Du bist anscheinend schon zu lange mit demselben Mann zusammen, Amy Marsh. Aber einige von uns sind schließlich noch auf der Suche!«

Amy betrachtete forschend Debbies Gesicht. Hatte sie etwa die Gefühle ihrer Freundin verletzt? Unmöglich. »Das lässt sich nicht abstreiten«, sagte sie, »aber vielleicht darf ich anmerken, dass es für deine Suche bessere Orte gibt als ein Damen-Schuhgeschäft.«

Debbie zuckte mit den Schultern. Dann nickte sie zustimmend und wandte sich wieder den Schuhen zu.

»Männer sind ziemlich gut im Designen von Sportschuhen«, warf Jesminder nachdenklich ein.

Amy und Debbie sahen sie verständnislos an.

»Wirklich. Ergonomik, Aerodynamik, Technik ... Unglaublich, welche Fortschritte da in den letzten Jahren gemacht wurden.«

Die beiden starrten sprachlos ihre durchtrainierte Freundin an, die gerne nur so zum Spaß beim Triathlon mitlief, schwamm und radelte. Ihr schlanker, leicht gebräunter Körper war der sichtbare Beweis ihrer Fitness. Jes spielte ihre Sportlichkeit allerdings gern herunter und bezeichnete sich als viel zu »dürr« und »knochig«.

»Ihr habt ja keine Ahnung, wie wichtig es für Füße ist, dass Sportschuhe optimal gepolstert und geformt sind«, fuhr Jesminder fort.

»Danke, Jes«, sagte Amy nach einem kurzen, respektvollen Schweigen. »Das werde ich nie wieder vergessen. Wo waren wir stehen geblieben? Ach ja, natürlich – *Stilettos!*«

Sie kam nicht mehr dazu, ihren Freundinnen zu erzählen, wohin sie an diesem Abend wollte.

1. Kapitel

»Rosa?« Amy hielt entsetzt den Atem an, als sie später an diesem Tag die Waschmaschine öffnete. »Wer in aller Welt trägt rosa?«

Vorsichtig zog sie das erste Kleidungsstück aus der Trommel, in der der Feinwaschgang für *Weißes* eingestellt werden sollte – offenbar hatte Justin das Programm *Spezial* vorgezogen. Rosa Höschen, rosa Sportsocken, rosa BHs und rosa Satin-Slips, und – das war das Schlimmste – die rosafarbene Bluse der Marke Whistles, die sie heute Abend anziehen wollte. Noch vor einer Stunde war das gute Stück schneeweiß gewesen.

Mit einem erstickten Schrei tauchte Amy tiefer in die Trommel ein und zog schließlich den Schuldigen heraus – Justins brandneues pinkfarbenes Marc Jacobs Hemd. Vorwurfsvoll hielt sie es hoch und wies mit der anderen Hand auf den verheerenden Schaden, den dieses Teil unter ihrer kostbaren weißen Feinwäsche angerichtet hatte. Fast erwartete sie, dass sich das Hemd bei ihr entschuldigte. Warum musste sich Justin ausgerechnet heute als Hausmann versuchen?

Seufzend schnappte sich Amy die ruinierte Bluse samt dem Marc Jacobs Hemd und trug beides feierlich ins Wohnzimmer.

Justin hatte ihr den Rücken zugewandt und bekam den dramatischen Auftritt gar nicht mit. Er stand am Fenster mit Blick über Finchley und Muswell Hill. Sein Handy ans Ohr gedrückt, unterhielt er sich lebhaft und gestikulierte dazu mit der freien Hand auf südländisch temperamentvolle Art.

»Ja ... kein Problem. Unbedingt, bring sie mit, ich freu mich drauf, alle kennenzulernen. So um acht? Der Gig startet gegen halb zehn, nachdem ich die Begrüßung erledigt und die Pressemitteilungen verteilt habe. Dann können die Jungs loslegen ... ja, die Limousine ist bestellt ...«

Trotz ihrer Wut wegen der Waschmaschinenpanne musste Amy beim Anblick ihres Freundes lächeln. Justin Campbell, sechs Jahre älter als sie und ein selfmade PR-Genie in der Rockmusikszene, sah an diesem Abend wieder zum Anbeißen aus. Mit seinem Dreitagebart, dem verflixt durchtrainierten Körper und dem kurzen braunen Haar hatte er was von Ashton Kutcher – nein, besser noch, einer Ausgabe des jungen George Clooney. Perfekt angezogen mit Armani-Hemd, Daks-Hosen und diesen Sub Zero Moschino-Sneakers (die schokoladenbraunen, vorn abgerundet und mit Wildlederapplikationen, die jedem, der auch nur einen Hauch Ahnung von Schuhen hatte, einen *sagenhaft guten Geschmack* verrieten), knüpfte er offenbar gerade charmant und mit großartigem Kommunikationsgeschick irgendeinen neuen Kontakt. Genau das mochte Amy an ihm: Sein souveränes Auftreten war das perfekte Gegenstück zu ihrer eher zurückhaltenden Art. Aber sie kannte auch seine verletzliche Seite: sein ständiges Bedürfnis nach Bestätigung und der Wunsch, gebraucht zu werden ...

Aber dieses Mal würde ihm nicht die geringste Clooney-Ähnlichkeit etwas nützen, um sich aus der Affäre zu ziehen. Amy räusperte sich, und Justin drehte sich zu ihr um. Als er ihren Gesichtsausdruck sah, legte er die Hand auf das Handy und flüsterte ihr zu: »Eine Sekunde, Abe …« So nannte er sie, eine liebevolle Kombination aus *Amy* und *Babe*. Noch hatte sie nicht entschieden, ob ihr dieser Kosename gefiel oder sie ärgerte. In diesem Moment traf *eindeutig* Letzteres zu. Unverschämter Kerl!

Sie wies erst auf die rosa Seidenbluse, dann auf das Marc Jacobs Hemd, schlug sich mit der flachen Hand auf die Stirn, warf die Klamotten auf das Ledersofa und stemmte die Hände in die Hüften. Sie wusste, dass sich Justin vom Anblick seiner Freundin im Bademantel – trotz des grimmigen Gesichtsausdrucks – wohl kaum einschüchtern lassen würde, aber zumindest sollte er auf der Hut sein.

»Ja … schon 28 000 Tickets für die gesamte Tour verkauft … 6500 heute Abend … in der Halle wird Super-Stimmung sein …«

Justin redete munter weiter. Er drehte sich ihr wieder zu, um die Situation einzuschätzen. Wenn er lächelte, konnte man die winzigen Lachfalten um die braunen Augen erkennen. Doch dann machte er alles falsch: *Er zwinkerte ihr tatsächlich zu!*

Verzweifelt schüttelte Amy den Kopf. Hatte sie ihm nicht gesagt, dass sie Männern, die zwinkern, nicht traute? Provozierte er sie jetzt etwa absichtlich?

Momentan war sie jedenfalls im Nachteil: kleiner als er, barfuß und in ihren kuscheligen weißen Bademantel gehüllt. Sie konnte ihn abstreifen, um so seine ungeteilte Aufmerksamkeit zu erhalten, aber in Anbetracht seines Vergehens hatte er das nicht verdient. Außerdem war die Zeit zu knapp. Sie beschränkte sich also darauf, laut zu fluchen und sich etwas anderes zum Anziehen zu suchen. Aber sobald er fertig telefoniert hätte, würde sie ihm die Hölle heißmachen.

»Und morgen«, murmelte sie zu sich selbst, während sie davonstampfte, »werde ich diesem Neandertaler zeigen, wie man Wäsche sortiert. Manchmal frage ich mich, was Phyllis ihm eigentlich beigebracht hat.«

In diesem Moment klingelte das Telefon. Amy lief zu dem kleinen Tisch im Flur und ging ran.

»Hallo?«

Wenn man vom Teufel spricht – Phyllis war dran, Justins Mum.

Die Chance, dass sie es war, stand aber ohnehin recht gut – immerhin waren seit ihrem letzten Anruf schon drei Stunden vergangen.

»Bist du's, Amy?«, erklang Phyllis klare Stimme. Jedes Mal stellte sie diese Frage. *Wer denn sonst?*, fragte sich Amy. Aber sie mochte Phyllis sehr. Amys Vater war vor zwölf Jahren bei einem Autounfall ums Leben gekommen, und ihre Mutter starb vor knapp zwei Jahren an Brustkrebs. Vielleicht hing sie deshalb so an Justins Mum, auch wenn sie manchmal anstrengend sein konnte. Amy blickte nervös auf ihre Uhr. Die Zeit war knapp, aber sie brachte es trotzdem nicht fertig, Phyllis einfach abzuwimmeln. Sie kreuzte zwei Finger und hoffte, dass es ein kurzes Gespräch würde.

»Kann ich kurz hochkommen, Amy?«

Phyllis wohnte zwei Etagen unter ihnen. Vor einem Jahr

hatte sie Justin mit der Ankündigung überrascht, dort einzuziehen. Amy konnte verstehen, wie Phyllis auf diese Idee gekommen war. Ihr Haus in Kent war für sie allein viel zu groß, und viele ihrer Freunde waren verstorben oder weggezogen. Trotzdem war es eine befremdende Vorstellung, mit Justins Mutter in einem Haus zu wohnen. Aber nachdem der erste Schreck überwunden war, hatte Amy die möglichen Vorteile in Betracht gezogen: gemeinsame Einkaufsbummel, jemanden zum Reden, wenn Justin mal wieder auf Tour war, einen Babysitter (okay, das war ein bisschen zu weit vorgegriffen). Langsam erwärmte sie sich für die Idee, und tatsächlich war alles recht problemlos gelaufen.

»Tut mir leid, Phyllis, aber Justin und ich gehen aus«, antwortete Amy. »Zwar nicht zusammen, aber jedenfalls sind wir beide nicht da. Kann ich vielleicht morgen früh zu dir runterkommen auf eine Tasse Kaffee?«

Phyllis schien gar nicht zuzuhören. »Amy, Liebes, erinnerst du dich an die graue Leinenhose, von der ich dir vor Kurzem erzählt habe?«

»Aber klar …«, schwindelte Amy und runzelte die Stirn.

»Die es bei *Next* gibt.«

»Natürlich erinnere ich mich, du siehst großartig darin aus!« Sie hatte definitiv keine Ahnung, von was Phyllis redete.

»Wie kommst du darauf?«, fragte Phyllis irritiert. »Ich habe sie doch noch gar nicht gekauft. Kann sein, dass ich dir von den Beige-Farbenen erzählt habe. Jedenfalls ist es ein Dunkelbeige, geht über ins Maulwurfsgrau.«

»Okay?«

»Ich habe sie versteckt!«

»Nicht dein Ernst!« Amy verzog das Gesicht und rieb sich über die Stirn. Bitte, nein, nicht noch so ein Versuch, den Einzelhandel auszutricksen. Erst letzte Woche hatte Phyllis bei Marks & Spencers einen Pullover umgetauscht, nachdem sie es geschafft hatte, beim Abtrennen des Preisetiketts versehentlich ein Loch hineinzuschneiden. Dann hatte sie die Stelle so präpariert, dass es aussah, als hätte das Material sich von allein gelöst. »Phyllis, eines Tages werden sie dich verhaften!«

»Es gab nur noch eine in Größe 38, also habe ich sie unter den 44ern versteckt – so weit gehen die schlankeren Frauen nie die Stapel durch, vertrau mir.«

»Natürlich tun sie das nicht«, stimmte Amy zu. Sie erinnerte sich an die verächtlichen Blicke der Verkäuferinnen, wenn sie ab und zu nach einem tollen Stück im Übergrößenbereich griff. »Aber warum hast du sie nicht einfach *gekauft*?« Phyllis hatte keine Geldsorgen, nachdem sie vor ihrem Ruhestand fast zwanzig Jahre lang selbstständig als Buchhalterin gearbeitet hatte.

»Weil nächste Woche der Schlussverkauf anfängt. Hast du das etwa vergessen? Ich dachte, wir beide könnten am ersten Tag morgens um sieben vor den Türen warten, wenn das Geschäft öffnet? Was meinst du? Morgens vor der Arbeit? Alles zum halben Preis!« Dann murmelte sie verschwörerisch: »Wenn du magst, kannst du dir die Hose mal fürs Büro ausleihen – aber sie wird dir wohl zu groß sein. Vielleicht geht es mit einem Gürtel und hohen Absätzen?«

Amy spielte mit dem Ende ihres Bademantelgürtels. »Eine wunderbare Idee, ich danke dir.«

Phyllis' Welt war nicht immer so beschränkt gewesen. Aber jetzt reduzierte sich ihr Leben auf die Jagd nach Schnäppchen, die Suche nach ihrer eigensinnigen, herumstreichenden Katze und das Finden von Ausreden, warum sie ihren einzigen Sohn, der drei Etagen über ihr wohnte, anrufen konnte. Irgendwie fand Amy das traurig, aber sie hatte andererseits auch keine Ahnung, mit was Menschen in Phyllis' Alter sich sonst die Zeit vertrieben.

Drüben im Wohnzimmer schien Justin endlich sein Gespräch zu beenden. Amy hörte im Hintergrund ein »Ja ... großartig ... bis dann«, während Phyllis munter weiterredete.

Phyllis trug immer bequeme, praktische Schuhe: Slipper aus weichem Nubukleder, Gesundheitssandalen und bei ihren 14-tägig stattfindenden Bridgeabenden in einem angestaubten Hotel in Greenwich Pumps mit flachem Absatz. Aber früher, vermutete Amy, musste auch Phyllis tolle Schuhe getragen haben – zum Beispiel Tanzschuhe. Heute trugen ihre Schuhe sie nur noch zum Einkaufen und wieder nach Hause. Amy las leidenschaftlich gern an den Schuhen der Menschen ihre Lebensgewohnheiten ab – und sie lag damit meist richtig.

»Phyllis, du bist ein Schatz«, sagte sie. »Natürlich komme ich nächste Woche mit zum Schlussverkauf. Um sieben, sagst du? Dann müssen wir vor sechs aufstehen.« Schuldbewusst erkannte Amy, dass sie nicht einmal wusste, welche Next-Filiale Phyllis eigentlich meinte. Sie musste sich in Zukunft unbedingt mehr um Justins Mum kümmern. »Diese Hose scheint wie für dich gemacht zu sein, also werden wir dafür sorgen, dass du sie bekommst.«

Insgeheim wünschte sich Amy sehr, sie könnte sich mit ihrer Mutter noch zu Shopping-Trips verabreden. Aber jetzt war nicht der Moment, um sentimental zu werden.

»Ich schlage dir etwas vor«, fügte Amy nach einer kurzen Pause hinzu. »Ich borge mir deine neue Hose fürs Büro aus, wenn du meine türkisfarbenen Christian Louboutins am ersten Weihnachtsfeiertag trägst. Abgemacht?«

Phyllis kicherte am anderen Ende der Leitung. In diesem Moment kam Justin in den Flur geschlendert und schob sein Handy in die Hosentasche. Er stellte sich dicht hinter Amy, umschlang ihre Taille und schmiegte sein Gesicht in ihre Halsbeuge.

»Kein anderes Mädchen, das ich kenne, hat einen solchen Schuhtick wie du«, lachte Phyllis. »Aber High Heels? Willst du mich umbringen?«

Daraufhin verfielen beide in ein bedrückendes Schweigen. Amy stiegen plötzlich Tränen in die Augen.

»Tut mir leid, Amy«, sagte Phyllis schließlich. »Wie dumm von mir.«

»Ist schon gut.« Amy schluckte, als Justin sie ganz fest drückte.

»Mach dir jedenfalls einen schönen Abend, okay?«, fuhr Phyllis fort.

»Bestimmt«, flüsterte Amy. »Danke.«

»Und richte meinem Sohn aus, dass er anscheinend zu viel arbeitet, wenn du allein losziehen musst, statt von ihm ausgeführt zu werden.«

»Ist angekommen, Mum«, murmelte Justin, das Gesicht immer noch an Amys Hals gepresst.

»Bye, Phyllis«, verabschiedete sich Amy rasch, weil sie

Angst hatte, ihr würde die Stimme versagen, wenn sie weiterredete.

»Auf Wiedersehen, Liebes.«

Nachdem Amy das Telefon aufgelegt hatte, wand sie sich aus Justins Umarmung und drehte sich um zu ihm. Sie legte die Hände auf seine Schultern, holte tief Luft und sah ihn mit strenger Miene an. Justin konnte ein leises Lachen nicht unterdrücken und bemühte sich – erfolglos –, es als Hüsteln zu tarnen. Er roch unheimlich gut. Glück für ihn.

»Tut mir leid«, stammelte er schließlich. »Aber wenn du wütend wirst, bist du noch süßer.«

Amy drückte sich noch ein kleines Stück weiter von ihm weg, verengte die Augen zu schmalen Schlitzen und zog eine Braue hoch. Ein alter Trick, aber bei Justin äußerst wirkungsvoll.

»Anscheinend stecke ich in Schwierigkeiten«, begann er vorsichtig. »Bitte sag mir nicht, dass mein Marc Jacobs verwaschen ist?«

Amy nickte.

»Shit, hoffentlich ist es nicht zu ausgeblichen …« Er brach ab, weil Amy nach ihm schlug. Dann begriff er endlich. »Oh nein, tut mir leid. Ich habe deine Bluse ruiniert. Nie wieder fasse ich diese Waschmaschine an.«

»Das ist keineswegs die Lösung, die ich mir vorstelle«, erwiderte Amy steif und strich liebevoll über ihre jetzt rosafarbene Bluse. Seine Leichtfertigkeit begann ihr auf die Nerven zu gehen. »Die Bluse ist hin – und ich wollte sie heute Abend anziehen. Ganz zu schweigen von meinen Slips.«

»Das ist wirklich eine Schande«, grinste Justin.

»Könntest du bitte wenigstens so tun, als würdest du dieser Krise die nötige Aufmerksamkeit schenken?«, beschwerte sich Amy und hielt Justins Handgelenke fest, weil seine Hände anfingen, über ihren Körper zu wandern.

»Spielverderberin. Also gut. Die Bluse, lass mich nachdenken. Vielleicht könnte ich sie in Bleichmittel tunken?«

Sie war sich absolut nicht sicher, ob er das ernst meinte.

»Wie bitte?«, brauste Amy auf. »Justin Campbell. Hast du soeben in Hörweite meiner wunderschönen Kleidung das Wort *tunken* benutzt? Würdest du deine edlen Klamotten etwa in einen Eimer mit Universalreiniger stecken?«

Damit hatte sie voll ins Schwarze getroffen. Genauso gut hätte sie vorschlagen können: »Spring doch vom Balkon neun Meter tief auf den Asphalt.«

Jetzt wurde er doch verlegen. Er befreite seine Hände aus ihrer Umklammerung und legte sie ihr auf die Schultern. »Komm schon, Sonnenschein, dann lass mich dir wenigstens dabei helfen, etwas Passendes für heute Abend rauszusuchen. Weißt du was? Wir veranstalten eine kleine Modenschau!«

Amy belohnte ihn mit einem giftigen Blick.

»Natürlich völlig ohne bissige Kommentare.« Er führte Amy ins Schlafzimmer mit dem zerwühlten Bett und öffnete die zwei Türen ihres Kleiderschranks.

Darin befand sich eine beeindruckende Kollektion. Die meisten waren zwar keine Designerklamotten – Amys Gehaltslevel entsprach eher der High Street und nicht der Bond Street –, aber sie hatte im Laufe der letzten Jahre wirklich beeindruckende Stücke auf dem Camden Market und in der Portobello Road ergattert. Insgeheim war sie mächtig stolz auf ihre Geschicklichkeit bei der Schnäppchenjagd. Justin konnte sich öfter Designersachen leisten und besaß eine ganze Kollektion geschmackvoller Outfits.

»Wohin gehst du heute Abend noch mal?«, fragte er und strich sich über das stoppelige Kinn.

Amy wandte sich von ihm ab und begann eifrig in den Klamotten zu wühlen. »Ach, nur in den Pub. Mit Jes. Wird bestimmt nicht spät werden.« Vorsichtig riskierte sie einen Blick Richtung Justin. Zum Glück war er mit anderen Dingen beschäftigt, sonst hätte er ihr bestimmt angesehen, dass sie log.

Justin nickte. »Okay, also keine zu schicken Klamotten?«

Amy errötete. »Nein, ich denke auch, nicht zu schick.«

In kürzester Zeit hatte sie sieben unterschiedliche Outfits anprobiert und verworfen. Innerlich verfluchte sie ihren kleinen Busen. *Komm schon! Ich muss elegant aussehen! Weiblich! Und nach ein bisschen mehr Oberweite!* Aber nichts gefiel ihr wirklich gut. Justin faulenzte mittlerweile wenig hilfreich auf dem Bett und plante in Gedanken offenbar seinen eigenen Abend. Amys Bemühungen schenkte er nicht sonderlich viel Aufmerksamkeit. Eigentlich konnte sie froh darüber sein, aber es ärgerte sie, dass er nicht zerknirschter war – schließlich hatte er gerade eine ganze Wäscheladung ihrer Klamotten ruiniert.

»Vielen Dank, Justin, ohne deine Hilfe würde ich es nie schaffen, mich fertig zu machen«, murmelte sie sarkastisch und zielte mit einem indischen Seidenschal auf den Berg verworfener Kleidungsstücke. Sie *verfehlte* diesen und der Schal landete stattdessen auf Justins Gesicht.

»Sorry, Abe, ich war ganz in Gedanken.« Er sprang auf

und eilte zum Kleiderschrank. »Okay, ein Abend im Pub, ja?« Justin setzte eine nachdenkliche Miene auf. »Kinderspiel.« Er griff in den Kleiderschrank und zog triumphierend ihre weit ausgestellte Miss Sixty heraus. »Perfekt!«, verkündete er strahlend. Dann tauchte er erneut in den Schrank. »Und dazu das!«

Amy war fassungslos. Er streckte ihr allen Ernstes ihren alten schwarzen Rollkragenpulli entgegen.

»Und Turnschuhe!«, fuhr er fort. »Du hast doch bestimmt ein paar halbwegs saubere Turnschuhe in deinem Schuhlager. Auftrag erfüllt!«

»Ich …« Amy war sprachlos.

»Was sonst sollte man im Pub anziehen? Oder willst du, dass deine schicksten Klamotten hinterher nach Bier stinken?«

Das klang durchaus logisch, allerdings wusste Amy, um was es Justin in Wirklichkeit ging: »Amy Marsh, du ziehst heute Abend verschleiert los, damit dich kein Kerl anbaggert …« Zugeben würde er das allerdings niemals.

Zum Glück kam ihr in letzter Minute die rettende Idee. »Justin, sei nicht albern. Kein Mensch läuft im Juni mit Jeans und Rollkragenpullover herum. Ich würde mich zu Tode schwitzen.«

»Aber –«

»Jetzt hör mir mal zu«, fiel Amy ihm streng ins Wort. »Ich bin *nicht* Natasha, okay?« Sie zog ihn näher zu sich. »Okay?«, wiederholte sie und zog ihn noch näher an sich heran. Für einen kurzen Moment bekam sie Gewissensbisse – aber sie tat nichts Falsches, nicht wirklich jedenfalls.

»Ich weiß«, murmelte er, lehnte sich an sie und vergrub sein Gesicht wieder in ihrer Halsbeuge.

»Ich werde dich nicht betrügen. Hast du verstanden?«

»Verstanden«, kam es irgendwo aus der Gegend ihres Schlüsselbeins.

»Ich werde etwas Hübsches und Fetziges anziehen. Und wenn ich nach Hause komme, hilfst du mir, es wieder auszuziehen, einverstanden?«

Sie spürte, wie er sich entspannte. »Du lässt mir keine Wahl«, brummte er sexy.

Erleichtert schlüpfte Amy in ihr korallenfarbenes Top und zog die dazu passende, durchsichtige Chiffonbluse darüber. Dazu passte nur ihr schokoladenbrauner geschlitzter Rock aus Wildleder von Zara wirklich gut – trotz des warmen Wetters. Das wäre geklärt, blieb nur noch eine letzte Entscheidung übrig.

Die Schuhe.

2. Kapitel

Schuhe – das bedeutete, den begehbaren Schuhschrank im Flur aufzusuchen. Normalerweise bewahren die Leute in solchen Räumen Dinge wie Koffer, Staubsauger und Bügelbrett auf.

Aber dieser Ort war, wie Justin ihn oft nannte, ein Refugium, ein Schrein, ein richtiges Heiligtum, ein privates Schuhmuseum für Amy.

Sie sammelte Schuhe wie andere Menschen Fotos oder Liebesbriefe. Jedes einzelne Paar war mit viel Hingabe, Sorgfalt und Liebe ausgesucht. Und nahezu jedes Paar stand in Verbindung mit einem bestimmten Ereignis in ihrer Vergangenheit sowie ihrer Gegenwart und würde womöglich auch Zeuge ihrer Zukunft werden.

Für Amy waren ihre Schuhkartons Schatzkisten. Exakt vierunddreißig an der Zahl. Darin verbargen sich wunderbare Ledergerüche, aufwändige Stickereien, geschmeidige Riemchen, kunstvolle Absätze … aber der wahre Schatz bestand in ihren Gefühlen, den Erinnerungen, den bewegenden Momenten. Irgendwie hatten sie sich mit diesen Kostbarkeiten aus Leder verbunden – ihre Schuhe waren damit ein wichtiger Teil von Amys Leben geworden.

Jede Schachtel zeigte sorgfältig per aufgeklebtem Digitalfoto-Druck oder glänzendem Polaroid ihren Inhalt. Amys

Blick fiel auf die Box mit den schwarzen Prada Slingbacks. Die wären perfekt für heute Abend, wenn ihr Wildlederrock schwarz und nicht braun wäre! Und da – die kniehohen Gucci Stiefel, das Geschäft des Jahrhunderts dank dieses netten Griechen in der Portobello Road – einen Moment lang wünschte Amy, es wäre heute kälter, damit sie sie tragen konnte ...

All diese Bilder präsentierten ein Universum an wunderschönen Farben, Formen und Schätzen. Von pastellfarbenem Pfefferminz bis zu Bernsteingelb gab es keinen Schuh-Notfall, dem man nicht mit einem Besuch in Amys Schuhschrank abhelfen konnte – vorausgesetzt, die Umstände erlaubten hohe Absätze.

Amy ließ die Tür hinter sich halb zufallen. Dann verharrte sie einen Moment andächtig, schaltete das Licht ein und atmete tief durch, um ihre zum Zerreißen gespannten Nerven zu beruhigen. Vorsichtig, beinahe zaghaft fuhr sie mit der Hand über die Kartonreihen und wanderte mit den Augen die Fotos entlang. Da standen die zierlichen Espadrilles, die sie beim letzten gemeinsamen Urlaub mit ihrer Mutter auf Mallorca gekauft hatte. Und dort – die wunderschönen bronzefarbenen Gina Mules, praktisch die einzigen Schuhe, für die sie den vollen Preis bezahlt hatte. Aber sie waren jeden sauer verdienten Penny und die darauffolgenden Wochen mit Bohnen-auf-Toast wert. Ah! Die roten Pumps – ihre rubinroten Pantöffelchen! Das Foto zeigte nicht nur die Schuhe, sondern Amy vor vier Jahren, wie sie auf einer Party herumwirbelte und immer wieder sang: *There's no Place like Home*. Auch wenn Justin es damals kindisch fand – sie liebte diese Erinnerung.

Und da, im mittleren Fach stand der schmale unbeschriftete Karton, der sie zum Weinen brachte, wenn sie ihn nur berührte.

Sie streckte die Hand aus.

»Na, bist du wieder am Träumen?« Justins Stimme hinter der Tür riss sie aus ihren Erinnerungen. Die braunen Riemchensandaletten von Michael Kors, entschied sie spontan. Ein guter Kontrast zu dem schweren Wildleder des Rocks – die strassbesetzten Schnallen sorgten für einen Hauch Glitzer. Die Absätze waren zwar nur gut sieben Zentimeter hoch, aber dann wurde Justin wenigstens nicht misstrauisch.

Sie warf einen bedauernden Blick auf den Karton mit ihrer neuesten Errungenschaft, die sie heute Morgen gekauft hatte: die fantastischen grünen Schlangenleder Mules, die ihr sofort ins Auge gesprungen waren, als sie mit Debbie und Jesminder den Schuhladen betreten hatte. Normalerweise konnte sie es gar nicht abwarten, neue Schuhe anzuziehen. Aber wenn Justin sie auf sexy zehn Zentimeter hohen grünen Schlangenleder-Absätzen aus dem Apartment stolzieren sah, würde er den Braten mit Sicherheit riechen. Sie hatte gehofft, Justin wäre schon weg, wenn sie sich zurechtmachte.

Sie strich über den Deckel des Kartons. *Nicht heute Abend, meine Schönen …*

»Was meinst du?«, fragte sie ein bisschen nervös und drehte sich vor Justin um die eigene Achse. Er zog gerade die Jacke an, weil er ebenfalls los musste.

»Du siehst toll aus.« Er musterte sie anerkennend von oben bis unten. »Nimm dich in Acht da draußen. Und …

viel Spaß. Schade, dass wir nicht die gleiche Richtung haben. Dann könnten wir uns ein Taxi teilen.«

»Mhm«. Amy bemühte sich, zustimmend zu klingen.

»Bis später im Bett«, flüsterte er ihr zu und ging zur Wohnungstür.

»Ja. Hoffentlich läuft es bei dir heute Abend gut«, rief sie ihm über die Schulter hinweg nach.

»Tut es doch immer, Abe«, klang es aus dem Treppenhaus zu ihr hoch.

Nachdem er weg war, atmete Amy tief durch, damit die Röte auf ihren Wangen verblasste. Einige Augenblicke später hatten ihre Hände aufgehört zu zittern, und sie konnte ein bisschen Juicy Tubes-Lipgloss mit Marshmallow-Geschmack auftragen. Ein letzter – schuldbewusster – Blick in den Spiegel, und sie war fertig.

Nicht schlecht für eine vierundzwanzigjährige Schwindlerin, dachte sie gerade, als die Türklingel signalisierte, dass ihr Taxi unten wartete.

Tatsächlich waren es diese Abende voller Unehrlichkeit und Betrügerei, die ihr nach dem Tod ihrer Mutter die Lebensenergie zurückgegeben hatten. Und während sie im Taxi Richtung West End saß, wich ihr schlechtes Gewissen zunehmender Vorfreude. Das Leben war gar nicht so übel, dachte Amy, während draußen die Stadt an ihr vorbeizog, es war nur momentan nicht prickelnd genug. Seit sie mit der Uni fertig war, arbeitete sie immer noch im selben Job. Meistens machte es ihr auch Spaß, aber die Arbeitswelt hielt doch sicher größere Herausforderungen für sie bereit?

Während das Taxi an einer Ampel halten musste, wurde

sie beim Gedanken an den bevorstehenden Abend richtig unruhig.

Sie dachte an Justin – man musste ihn einfach aufregend finden! Dieser attraktive, intelligente Mann mit dem besten Geschmack für Schuhe, der Amy bei Männern je untergekommen war, und dem sie vor gerade einmal anderthalb Jahren begegnete …

Sie hatte in dem überfüllten Zuschauerraum gestanden, bis die Vorband mit ihrem Programm zur Hälfte durch war. Während sie sich durch die kreischenden Massen zum Hinterausgang quetschte, fürchtete sie, ihr würde von dem hämmernden Sound der E-Gitarre jeden Moment der Schädel platzen. Sie stürzte durch die Türen in den wesentlich kühleren Bar-Bereich und direkt in die Arme des attraktivsten Typen, der ihr je begegnet war. Und er roch auch noch gut!

»Hey, langsam, junge Dame! Alles in Ordnung?«

»Tschuldigung, aber da drinnen ist es fürchterlich heiß und diese Band ist unheimlich laut, ich musste einfach mal durchatmen … oh …«

»Warte, hier, lass mich dir helfen. Du wärst ja gerade fast ohnmächtig geworden.«

»Nein, ich bin nur gestolpert, mir geht's gleich wieder besser …«

»Keine Widerrede, du kommst am besten mit … Entschuldigt mich, Jungs, ich muss einer Jungfrau in Nöten helfen. Kann ich euch mit der Horde allein lassen? Danke! Also los, auf geht's nach oben.«

»Nach oben?«

»Ja, zur VIP-Etage. Da gibt es Klimaanlage, viel Platz und einige sehr bequeme Sofas.«

»Was … die VIP-Etage?«

»Damit du dich erst mal erholst. Ach, und keine Sorge. Ich schmeiß Bono natürlich vorher vom Sofa runter. Jetzt lächelst du sogar. Muss ein gutes Zeichen sein.«

»Du bist echt nett, vielen Dank …?«

»Justin.«

»Danke, Justin.«

»Gern geschehen …?«

»Amy.«

Als sie jetzt auf ihre Uhr blickte, fragte sie sich, ob sie es noch pünktlich schaffen würde. Das Taxi steuerte Covent Garden an, und Amy schloss die Augen. Sie hasste es, Justin anzulügen.

Schließlich hielt das Taxi vor der Oper. Amy suchte in dem Meer attraktiver Gesichter nach einem ganz bestimmten. Der Türsteher kam herbeigeeilt, um ihr die Autotür aufzuhalten.

Als sie ausstieg, fühlte sich Amy wie ein Filmstar und jeder Gedanke an Justin war erstmal vergessen.

Sie betrat das mit Blumen geschmückte Foyer, das voller Menschen war.

Und dann sah sie ihn.

Sergei.

3. Kapitel

»Und, wie ist dein Eindruck bisher?«, fragte Sergei und führte sie in der Pause aus dem Zuschauerraum. Obwohl er mit amerikanischem Akzent sprach, steckte in seiner Stimme immer noch der Reichtum und die Tiefe seines geliebten Russlands. Bisher hatten sie kaum Gelegenheit gefunden, miteinander zu sprechen. Sie hatten es gerade noch geschafft, vor Beginn des ersten Aktes zu ihren Plätzen zu eilen.

»Oh, mir fehlen wirklich die Worte!«, stieß Amy atemlos hervor. »Es ist perfekt! Die Kostüme! Die Musik ist voller Lebensfreude, findest du nicht auch? Und Darcey Bussell ist ein Genie! Jede ihrer Bewegungen ist reiner *Tanz*, alles wirkt so leicht und mühelos!« Nachdem Amy sich wieder gefangen hatte, sah sie Sergei verlegen an. »So kommt es mir jedenfalls vor – aber ich habe für einen Moment vergessen, dass ich gerade mit einem hochbegabten, weltberühmten Choreographen rede. Wie lautet dein Urteil, Sergei? Daumen hoch oder runter?« Sie brach ab und biss sich auf die Unterlippe. Für jemanden, dem die Worte fehlen, hatte sie eben wie ein Wasserfall geredet.

Sergei winkte angesichts ihres Kompliments ab. Dann richtete er beide Daumen nach oben.

»Bisher ist es eine extrem gute Produktion«, antwortete

er. »Geradezu exzellent. Ich bin sehr froh, dass du es genauso siehst. Wollen wir etwas trinken?«

An der Bar war es voll und laut. Eine Duftwolke teurer Parfums und Stimmengewirr schlug ihnen entgegen. Amy sah um sich nur attraktive, selbstbewusste Menschen, die sich mit noch attraktiveren, noch selbstbewussteren Persönlichkeiten angeregt unterhielten. Sie schreckte ein bisschen zurück und klammerte sich an Sergeis Arm, der sich unter ihrer Hand stark und sicher anfühlte. Wann würde sie jemals das Gefühl haben, an Orte wie diesen zu gehören? So wie all die anderen Menschen hier, die sich selbstsicher bewegten – »die festen Halt in ihren Schuhen hatten«, wie ihre Mutter zu sagen pflegte.

Sergei erregte immer Aufsehen, wenn sie beim Ballett waren. Unzählige Leute nickten ihm grüßend zu und machten ihnen Platz. Er war immer noch sehr attraktiv, mit dem durchtrainierten Körper eines Ex-Tänzers, dem dunklen, nur an den Schläfen ergrauten Haar. Amy schätzte Sergei auf Mitte vierzig. Er hatte wunderschöne, funkelnde Augen, eine besondere Art weltgewandter Überschwänglichkeit, die schwer zu beschreiben, aber sehr anziehend war.

Und seine Wirkung auf Frauen war immens. Die meisten hier begrüßten ihn mit begeistertem Küsschen-Küsschen-Gehabe. Und Amy genoss die kühlen Blicke, die sie ihr danach zuteilwerden ließen.

»Danke.« Sie nahm das Glas mit kühlem Weißwein entgegen.

»Und«, begann Sergei, »wie ist es dir ergangen? Ich habe dich vermisst.«

»Großartig, danke«, erwiderte Amy. »Heute Abend rauszukommen, war allerdings ein kleiner Albtraum …«

»Wieso?«

»Nichts Schlimmes, lediglich eine Katastrophe mit der Waschmaschine.« Sie hätte sich selbst in den Hintern treten können. Da stand sie im Royal Opera House mit dem attraktivsten Mann weit und breit, den sie zudem seit Ewigkeiten nicht gesehen hatte, und sie redete über diese alberne Waschmaschine! Sie blickte sich verlegen im Raum um. *Warum bin ich nur so ein Trottel?*

Aber Sergei war wie immer ganz Gentleman. »Oh, wie unangenehm. Aber ich bin froh, dass du jetzt hier bist.«

Amy spürte, wie ihr die Röte ins Gesicht schoss. »Also … bis wann bleibst du in London«, fragte sie rasch.

»Leider nicht lange«, antwortete er, während sie die Treppe hinaufstiegen. »Morgen fliege ich für kurze Zeit in die Staaten. Und dann bin ich mit meinem neuen Ballett auf Tournee in Asien.«

Amy nickte. »Lieb von dir, dass du trotzdem Zeit für unser Wiedersehen gefunden hast«, sagte sie und drückte seinen Arm.

Er sah sie irritiert an. »Das ist doch selbstverständlich!« In seinen Augen blitzte es kurz auf, bevor er schnell zu einem liebevollen Lächeln überging.

Sie schwiegen einen Moment, und Amy trank einen großen Schluck aus ihrem Weinglas. Zum Glück hatte sie hohe Schuhe an. Sie wusste, dass flache Schuhe in einem überfüllten lauten Raum für eine kleine Person zwei Dinge bedeuteten: völlige Taubheit und ein steifer Nacken vom ständigen Nach-oben-Recken. Außerdem gaben ihr ihre geliebten High Heels das Selbstvertrauen, diesen Abend durchzustehen, ohne sich zum *kompletten* Idioten zu machen.

»Übers Wochenende bin ich auf dem Isle of Wight Festival«, sagte sie von der plötzlichen Eingebung getrieben, sie könne ihr Selbstbewusstsein stärken, indem sie *Musik* und *Reisen* in einem Atemzug erwähnte.

»Tatsächlich? Und mit wem?«

War da etwa ein Anflug von Schärfe in seiner Stimme?, fragte sich Amy, verwarf den Gedanken aber sofort wieder.

»Mit meinen beiden besten Freundinnen, Debbie und Jes – wird bestimmt toll.«

»Welche Bands treten auf? Vielleicht kenne ich die?«

Amy biss sich auf die Unterlippe. »Ich bin mir nicht sicher – sagen dir die *Foo Fighters* was?«

Sergei schüttelte den Kopf.

»*Coldplay*?«

»Ist das ein Bandname?«

»*The Kooks*?«

»Kooks? So wie der Song von David Bowie?« Er wirkte erfreut, eine Verbindung herstellen zu können.

Amy runzelte die Stirn. »David Bowie? Keine Ahnung. Schon möglich – ich glaube, sie haben sich nach einem uralten Songtitel genannt.«

»Das muss er sein! *Kooks* ist einer der besten Songs auf der *Hunky Dory* von David Bowie – 1971!« Er sah aus, als würde er jeden Moment anfangen, den Song zu singen. Dabei stieß er mit einer ausladenden Handbewegung einen vorbeieilenden Kellner an, hätte ihm beinahe das Tablett voller Weingläser aus den Händen geschlagen und schüttete sich stattdessen den Inhalt seines eigenen Glases über den Anzug. Amy hielt schockiert den Atem an.

»Oh, was bin ich für ein Tollpatsch«, murmelte Sergei und wischte sich den Wein von der Hose.

»Lass mich dir helfen«, bot Amy nervös an, schnappte sich einen Stapel Papierservietten von einem Stehtisch in der Nähe und tupfte hektisch Sergeis Anzug ab. »Zum Glück war es kein Rotwein!«

»Danke, ist schon okay, wirklich, du brauchst nicht …«

»Kein Problem. Ich bekomme das im Nu wieder hin. Halt still.«

Und das tat er. Er stand regungslos und ein bisschen verlegen, während sie mit Feuereifer über seinen Ärmel, das Hemd und sogar die Hosenbeine rieb, bevor der Wein auch nur eine Chance hatte, einzuziehen. Sie spürte, wie sein Blick auf ihr ruhte, und da sie gerade über sein Bein rieb, hatte sie plötzlich das starke Bedürfnis, etwas zu sagen. Irgendetwas *Unverfängliches.*

»So heißt übrigens ein Song von *Coldplay*, wusstest du das?«, murmelte sie auf Höhe seines Knies.

»*Halt still*?«

»Nein! *Fix you* – kennst du den?«

»Ich fürchte mein Popmusik-Geschmack stammt aus prähistorischen Zeiten, Amy.«

»So? Was denn zum Beispiel?« Amy richtete sich auf und sah ihn neugierig an.

»*Kraftwerk*? *OMD*? *Erasure*?«

Amy runzelte die Stirn, und er grinste verlegen. »Ich bin nicht sonderlich stolz auf meine Synthie-Pop-Vergangenheit«, flüsterte er. »Aber in Russland haben wir uns das damals alle angehört.«

»Du hast mein Mitgefühl, Sergei. Aber es gibt bestimmt Organisationen, die in solchen Fällen Hilfe anbieten …«

Sergei lachte laut auf. »Diese Bemerkung könnte glatt von deiner Mutter stammen!«

Amy hob ruckartig den Kopf. Da war es. Darauf hatte sie gewartet. Sergei war ihre Verbindung zur Vergangenheit – und zu einer Seite ihrer Mutter, von der sie unbedingt mehr erfahren wollte. Ihre Mutter, Hannah Powell, war die beste Odette in *Schwanensee* gewesen, die dieses Land je hervorgebracht hatte – so überschwänglich hatten die Kritiken sie damals beschrieben.

»Einmal, während meiner Zeit als Tänzer, hatte ich mir Orangensaft über mein Kostüm geschüttet, kurz bevor ich raus auf die Bühne musste. Deine Mutter hat genau das Gleiche getan wie du heute Abend – sie hat sich immer um mich gekümmert – fast wie eine Glucke.«

»Kann ich mir vorstellen«, sagte Amy mit den zusammengeknüllten Servietten in der Hand und wusste nicht, wohin damit. »Sie hat jeden bemuttert.« Während sie sich im Raum umsah, wurde ihr bewusst, dass wohl sicher keine der anwesenden Frauen sich in diese missliche Lage gebracht hätte. Wahrscheinlich müssten sie nur mit den perfekt manikürten Fingern schnipsen und ein Kellner käme herbeigeeilt, um das Malheur zu beheben.

»Ich habe mir mal die Haare orange gefärbt, um auszusehen wie Bowie in seiner *Aladdin Sane*-Phase.« Typisch Sergei. Er wusste instinktiv, wie man peinlichen Momenten entkam.

»Ehrlich?« Amy lachte erleichtert.

Sergei nickte. »Nur wenig später habe ich sie mir ganz kurz schneiden lassen – das war, bevor ich dann total auf *Yellow Magic Orchestra* stand. Ach, und dann gab es da noch das *Weekend Sparks* …«

Während Sergei in Erinnerungen an die Musik der Siebziger- und Achtzigerjahre schwelgte, bemühte sich Amy angestrengt, seinem umfassenden Wissen über Synthesizer Pop-Musik zu folgen. Aber schon bald drifteten ihre Gedanken ab …

Sergei Miskov. Was zum Teufel mache ich hier eigentlich schon wieder? Aber ich musste herkommen!

Mum, sie ist der Grund. Dieser Ort hier, das war Mums Welt, und Sergei war Mums Freund in einer anderen Zeit, lange vor mir, vor Dad, vor ihrem Abschied vom Ballett, um mich großzuziehen … Das hier schulde ich Mum. Mich in ihrer Welt zu bewegen, herauszufinden, was sie gefühlt hat, mit Menschen zusammen zu sein, die ihr wichtig waren. Auf diese Weise lebt sie in mir nicht nur als meine Mum weiter, sondern auch als der Mensch, der sie darüber hinaus war …

»Ah, *Ultravox* – schwierige Frage. Gehörten die wirklich zu dieser Stilrichtung …?« Sergei war jetzt so richtig in Fahrt gekommen und gestikulierte wild mit den Armen, während er das *Vienna*-Album detailliert beschrieb …

Und diese Abende waren gar nicht so übel, auch wenn ich mir vorkam wie ein Kind unter Erwachsenen. Sergei ist wunderbar und die Darbietung auf der Bühne ebenfalls. Über die Musik lässt sich hin und wieder streiten, aber daran arbeite ich. Ich wünschte nur … ich hätte Justin von Anfang an eingeweiht. Warum zum Teufel habe ich das nicht getan?

Sie kannte die Antwort darauf nur zu gut. Als Justin Sergei zum ersten Mal begegnete – etwa ein Jahr war das jetzt her –, hatte er aus seinen Gefühlen keinen Hehl gemacht. Er mochte ihn nicht und traute ihm nicht über den Weg.

»Amy? Die Pausenglocke hat geläutet.« Sergei hatte sich vorgebeugt und schaute ihr in die Augen.

»Wie bitte?«

»Ich muss dich irgendwo zwischen *The Human League* und *Fad Gadget* verloren haben. Entschuldige bitte.«

»Nein, mir tut es leid!« Die Klingel zum nächsten Akt erklang erneut.

»Kein Problem!« Er winkte ab. »Aber wir müssen wieder reingehen: Zeit für den zweiten Akt!«

4. Kapitel

Montagmorgen, eine Woche später. Amy drehte sich im Bett um, schob die Decke weg und zwang sich, aufzustehen. Sie tapste hinüber ins Badezimmer.

So lange ich lebe, gehe ich nie wieder zum Isle of Wight Festival. Ich gehe überhaupt nie mehr mit Debbie und Jesminder aus.

Amy betrachtete ihr übernächtigtes, verkatertes Gesicht im Badezimmerspiegel.

Jedenfalls nicht mehr in diesem Jahr.

Sie schüttelte den Kopf über ihren traurigen Anblick und zwang sich, zu lächeln. Gott sei Dank war Justin gestern nach Manchester gefahren, um sich dort mit einer seiner Bands zu treffen. In der letzten Woche war er schlecht gelaunt und ständig mit den Gedanken woanders gewesen. Diese kleine Abwechslung würde ihm guttun. Ihr blieb jetzt nichts weiter übrig, als viel Wasser zu trinken, ein Aspirin einzuwerfen und sich fürs Büro anzuziehen.

Draußen war es brütend heiß. Sie entschied sich für das H&M-Wickelkleid in Türkis und Lindgrün, das aus entsprechender Entfernung durchaus Ähnlichkeit mit einem Pucci-Original hatte – ein todsicherer Katerkiller. Danach ging Amy langsam zu ihrem Schuhschrank, um sich die Christian Louboutins mit Keilabsatz zu holen. Die passten perfekt dazu.

Dank ihres tadellosen Ablagesystems mit den tollen Fotos konnte sie den entsprechenden Karton problemlos ausfindig machen.

Aber der Karton war leer.

Amy runzelte die Stirn. War sie irgendwann abends so betrunken gewesen, dass sie die Schuhe einfach unters Bett geschleudert hatte? Nein, wenn es um ihre Schuhe ging, duldete Amy keine Schlampigkeit. Dann fiel es ihr ein: Phyllis hatte sie sich tatsächlich geborgt. Aber jetzt blieb keine Zeit, um sie anzurufen. Die weißen Canvas Mules aus dem Sommerschlussverkauf von Russel&Bromley würden es auch tun.

Aber dieser Karton war ebenfalls leer. Amy schrie entsetzt auf und riss einen Karton nach dem anderen aus dem Regal.

Alle waren leer.

Ihre Schuhe waren verschwunden.

Amys Verstand weigerte sich, zu akzeptieren, was sie sah.

Sie rang nach Luft, fürchtete, sich jeden Moment übergeben zu müssen und taumelte Richtung Badezimmer. Aber die Übelkeit ließ schon wieder nach, und Amy schwenkte um in Richtung Wohnzimmer. Sie ließ sich auf das Sofa fallen und schluchzte leise. Dann ergriff sie erneut Panik und sie raste zurück zum Schuhschrank.

Zweiter Versuch: Ich bin so verkatert, dass ich Halluzinationen habe. Diesmal sind meine Schuhe da.

Fehlanzeige.

Sie war ausgeraubt worden. Das war die einzige Erklärung. Entsetzt ging sie zurück ins Wohnzimmer und griff zum Telefon.

»Justin?« Sie schluchzte in den Apparat. »Bei uns wurde eingebrochen.«

Schweigen am anderen Ende der Leitung. Das musste der Schock sein.

»Justin, bist du noch da? Kannst du mich hören?«

Dann, endlich: »Ja, ich kann dich hören.«

»Meine Schuhe sind weg. Jemand muss sie mitgenommen haben. Jedes einzelne Paar ...«

»Ich weiß.«

»Ich habe überall nachgesehen, alle Kartons sind leer. Sonst scheint nichts zu fehlen, deine Sachen sind auch noch alle da, aber ganz sicher bin ich nicht ... Was meinst du eigentlich mit: *Ich weiß*?«

»Abe, hast du wirklich geglaubt, ich würde nicht dahinterkommen?«

»Wie bitte?«

»Ich weiß Bescheid.«

»Was ... was soll das heißen?«

»Über deine Affäre.«

»Meine *was*?«

Die Telefonverbindung war offenbar nicht besonders gut. Sie musste sich verhört haben. Amy presste den Hörer so fest an ihr Ohr, dass es wehtat.

»Erinnerst du dich an meinen Freund Steve Roberts, den Kulturjournalisten?«

»Wer?«

»Natürlich nicht, sonst wärst du letztes Wochenende im Royal Opera House wahrscheinlich vorsichtiger gewesen. Er hat alles gesehen, Abe.«

Jetzt hatte Amy wirklich das Gefühl, sich übergeben zu müssen.

»Du hast anscheinend eine rechte Show abgezogen.«

»Justin, ich –«

»Gib dir keine Mühe. Himmel, du wurdest dabei beobachtet, wie du *am Bein dieses Typen herumgefummelt hast!*«

»Was?« Entsetzt dachte Amy daran, wie sie Sergeis Hose abgerieben hatte, um den Wein loszuwerden … »Ja, nein, hör mir zu, das ist absolut lächer-«

»Spar dir das, Abe. Ich habe Jesminder angerufen.«

Von Panik erfasst ließ sich Amy auf das Sofa fallen. Jes hatte ihr zwar als Alibi gedient, aber Amy hatte nicht im Traum daran gedacht, ihre Freundin auch einzuweihen und zu bitten, im Zweifelsfall für sie zu lügen. Jesminder musste bei Justins Anruf aus allen Wolken gefallen sein.

»Dafür, dass sie auf einer Speed-Dating-Party war und keineswegs mit dir im Pub, reagierte sie eigentlich ganz gefasst.«

»Ich –«

»Keine Sorge, ich habe dich nicht verraten. Habe eine alberne Geschichte von einem Freund erfunden, der mitgehen wollte, und dann aufgelegt. Dann bin ich ins Internet gegangen und habe deine E-Mails gelesen.«

»Du hast *was*?«

Wut hin oder her – das war zu viel. Amy wusste nicht, ob sie froh oder traurig sein sollte, dass sie dieses Gespräch nicht von Angesicht zu Angesicht führten. Wahrscheinlich froh.

»Wie bist du da rangekommen?«

Sie hörte ihn seufzen. »Wie lange habe ich gebraucht, um dein Passwort herauszufinden? Eine Minute? Vielleicht auch zwei? Ich fing an mit *Manolo* und arbeitete mich durch sämtliche bekannten Schuhdesigner, die du je erwähnt hattest, bis ich zu *Gina* kam. Bingo.«

»Clever.«

»Sergei also. Hätte mir eigentlich klar sein müssen nach diesem Abend, an dem er zum Essen bei uns war, dass ihr mehr seid als *Freunde.*« Dieses letzte Wort klang aus seinem Mund wie ein Fauchen.

»Ja, aber –«

»Und ich hatte gedacht, *ich* wäre dir vielleicht zu alt, dabei stehst du offenbar genau darauf.«

Amy brach in Tränen aus. »Justin, würdest du bitte aufhören? Ich habe *keine* Affäre!«

»Sicher, Abe, sicher!«, höhnte Justin. »Wie deine E-Mails an ihn deutlich erkennen lassen, nicht wahr?« Er imitierte ihre Stimme: *»Ich kann es kaum erwarten, dass endlich Samstag ist … wir treffen uns am üblichen Ort … ich denke an dich …* Verdammt noch mal!«

»Hör auf, Justin!«

»Ich möchte, dass du ausziehst, Amy!«

»Hör mir zu!«

»Nein!«

»Justin, bitte!«

»Verschwinde einfach aus meinem Leben, Amy. Du ziehst noch heute aus dem Apartment aus, verstanden? Ich möchte dich nie wiedersehen.«

»Justin, würdest du es mich bitte erklären lassen?«, schluchzte Amy.

»Diese E-Mails waren mir Erklärung genug. Wenn ich daran denke, dass ich mit euch beiden an einem Tisch gesessen habe! Sei ehrlich, Amy, es war alles gelogen! All dieser Mist von wegen: *Ich würde dich nie betrügen, ich bin doch nicht Natasha*?«

»Nein«, weinte Amy.

»Das glaube ich nicht.«

»Das musst du aber, weil es die Wahrheit ist.«

»Ich muss jetzt los, mich um den Auftritt der Band kümmern. Ruf nie wieder an.«

»Justin, warte.«

»Lebwohl, Amy.«

Einen Moment dachte sie, er hätte aufgelegt, und wartete mit angehaltenem Atem auf das Freizeichen.

Aber dann sagte er noch etwas:

»Ach, Amy, was deine Schuhe angeht ...«

Daran hatte sie jetzt gar nicht mehr gedacht.

»Ja ...?«

»Ich habe sie alle verkauft.«

Was? Die Verbindung mochte ja schlecht sein, aber *das* konnte sie nicht falsch verstanden haben.

»Ich habe das ganze Zeug über eBay verramscht, während du auf der Isle of Wight warst. Wenn du dort überhaupt warst. Vielleicht auf der Isle of Wight, vielleicht aber auch in Moskau, keine –«

»DU HAST MEINE SCHUHE VERKAUFT?« Amy hatte noch nie in ihrem Leben lauter geschrien.

»Ja«, antwortete er gelassen. »Dir ist nicht einmal aufgefallen, dass ich in der letzten Woche ständig am Computer hing, nicht wahr?«

»Aber –«

»Du warst wahrscheinlich zu sehr damit beschäftigt, von *Sergei* zu träumen. Was für ein bescheuerter Name! Das Bieten lief über die ganze Woche. Es war sehr freundlich von dir, auf deiner Festplatte Fotos von jedem einzelnen Paar abzuspeichern. Hat mir die Arbeit extrem erleichtert.«

»Das ist nicht –«

»Und danke, dass du übers Wochenende weg warst, wo auch immer. So konnte ich sie in Ruhe verpacken und zur Post bringen.« Nach einer kurzen Pause fügte er hinzu: »Und dafür sorgen, dass noch heute die Türschlösser ausgetauscht werden.«

»Du weißt, wie viel mir diese Schuhe bedeutet haben«, stieß Amy mühsam und kaum hörbar hervor.

Es folgte ein kurzes Schweigen. Dann sagte Justin: »Tut ganz schön weh, nicht wahr?«

Amy war am Ende. Es gab nichts mehr zu sagen, sie spürte nicht einmal mehr Wut. Sie schloss die Augen und ließ die heißen Tränen über ihre Wangen laufen.

»Sie sind weg, Amy, in alle vier Himmelsrichtungen verstreut.«

»Nein«, flüsterte Amy.

»Lebwohl, Amy. Ich wünsch dir alles Gute.«

5. Kapitel

Schon wieder die Isle of Wight-Gummistiefel, Amy?« Jesminder zog fragend die Augenbrauen hoch, als ihr Blick später an diesem Tag unter Amys Schreibtisch fiel.

Amy stand vollkommen neben sich. Beinahe wäre sie gar nicht ins Büro gefahren – dass sie keine Schuhe zum Anziehen hatte, spielte dabei nur eine Nebenrolle. In einem Anflug von Trotz zog sie dann die Gummistiefel an, mit denen sie das ganze Wochenende lang auf dem matschigen Festivalgelände herumgelaufen war, und stapfte ins Büro. Allein in dem Apartment zu sein, war zu bedrückend.

Die Arbeit würde sie ablenken, dort konnte sie in virtuelle Welten reisen. Bei *aclickaway.com* ging es immer hektisch zu – und noch bevor sie sich versah, würde dieser entsetzliche Tag vorübergehen. Außerdem konnte sie mit Jesminder und Debbie reden. Hoffentlich wussten die beiden Rat.

Und wenn sie dann später ins Apartment zurückkehren würde, würde sich alles als fürchterlicher Irrtum entpuppen. Justin würde ihr die Möglichkeit geben, alles zu erklären, er würde sich bei ihr entschuldigen, und sie sich bei ihm. Und ihre Schuhe würden wieder an ihrem Platz im Schuhschrank stehen. Da gehörten sie hin – nicht in alle Winde verstreut.

Als Amy auf ihre Frage nicht antwortete, ging Jesminder

stirnrunzelnd weiter. Sie arbeitete im Stockwerk über Amy in der Finanzabteilung, nicht weit von Debbie, die im Vertrieb tätig war.

Amy konnte sich einfach nicht konzentrieren. Sie war hin- und hergerissen zwischen dem Wunsch, laut loszuheulen, oder auf der Stelle Justin aufzuspüren, ihn – in Gummistiefeln – zu stellen und zu zwingen, zur Vernunft zu kommen.

Aber sie war selbst verblüfft, wie sehr der Verlust ihrer Schuhe sie mitnahm. Es waren doch *nur* Schuhe, um Himmels willen – sie konnte problemlos den Schaden ihrer Versicherung melden und sich neue kaufen! Aber darum ging es nicht. Übertrieben oder nicht: Amy liebte ihre Schuhsammlung; mehr noch, sie *brauchte* sie. Diese Schuhe nicht mehr zu haben war so, als hätte sie ihr Tagebuch verloren, das sie Jahr für Jahr gehütet hatte und in dem alle wichtigen Ereignisse, Menschen und Gefühle festgehalten waren. Diese Schuhe waren ihre persönliche Geschichte, die Säulen ihrer Erinnerung. Sie zu entfernen, konnte alles zum Einstürzen bringen.

Aber das Schlimmste kam ja noch: Justin hatte keine Skrupel gehabt, sogar ihren kostbarsten Schatz wegzugeben – die Ballettschuhe ihrer Mutter. Das einzige Paar, das Amy besaß, aufbewahrt in diesem schmalen Karton ohne Foto. Und nun bekam sie diesen Mistkerl nicht ans Telefon, um herauszufinden, wohin er sie geschickt hatte. Wer würde überhaupt für ein altes Paar Tanzschuhe bieten? Die Antwort traf sie wie ein Schlag. Im Internet wimmelte es von Souvenirjägern. Auf der ganzen Welt gab es Ballettliebhaber, die vor Freude einen Luftsprung machen würden, wenn sie ein kleines Stück Royal Ballet-Geschichte ergattern konnten – allem voran die Tanzschuhe, die einst Hannah Powell getragen hatte, Großbritanniens wunderbarste Odette.

Und während die Schuhe auf dem Weg zu irgendeinem namenlosen, gesichtslosen Käufer waren, saß eine zutiefst unglückliche junge Frau an ihrem Schreibtisch. Sie trug gelbe Gummistiefel, die nach Bier getränktem Matsch rochen, versuchte, die Liste der Zielvorgaben für diesen Kalendermonat zu durchblicken und war um das kostbarste Erinnerungsstück an ihre Mutter beraubt worden.

In diesem Moment blinkte auf ihrem Bildschirm der Instant Messenger: Eine Nachricht von Jesminder.

Jes: Alles in Ordnung, Amy?

Und da kam schon die nächste Nachricht, von einer anderen Stelle im Haus.

Debs: Jes hat mir erzählt, dass du heute Gummistiefel anhast. Bist du jetzt durchgeknallt?

Amy grinste gequält und tippte eine Antwort:

Amy: Wie viel Zeit habt ihr?
Debs: Wie lange sind wir heute noch im Büro?
Jes: Willst du es uns wirklich erzählen? Wir wollen nicht neugierig sein.
Debs: Du vielleicht!

Amy holte tief Luft und begann zu tippen.

Amy: Justin wirft mir vor, ich hätte eine Affäre. Er will, dass ich sofort aus dem Apartment ausziehe und lässt die Schlösser austauschen. Und er hat alle meine Schuhe über eBay verscherbelt, während ich mit euch beiden am Wochenende weg war. Er ist jetzt irgendwo im Norden, und ich bekomme ihn nicht ans Telefon. Es ist aus zwischen uns.

Debs: Du machst Witze.

Jes: Das glaube ich einfach nicht!

Amy: Verständlich.

Debs: Dieser Widerling!

Jes: Wirst du gehen?

Amy: Keine Ahnung.

Debs: Dann stimmt es also?

Jes: Debs, lass es.

Amy: Stimmt was?

Debs: Hast du eine Affäre?

Jes: Schon wieder ins Fettnäpfchen getreten, Deb.

Amy: Natürlich nicht.

Jes: Siehst du!

Amy: Jedenfalls nicht so wie ihr denkt.

Debs: Jetzt wird's spannend.

Jes: Was haltet ihr von Lunch?

Amy: Kein Hunger.

Debs: Alle deine Schuhe? Jedes einzelne Paar?

Amy: Bis auf die Gummistiefel. Die hatte ich nämlich an, du erinnerst dich?

Debs: Das ist schon fast komisch, entschuldige, Süße.

Jes: Debs, würdest du jetzt bitte die Klappe halten?!

Amy: Er hat die Tanzschuhe meiner Mutter verkauft.

Pause.

Jes: Oh.
Debs: Mist.
Amy: Ich weiß nicht, was ich tun soll.
Jes: Als Erstes musst du etwas essen. Treffen wir uns um zwölf?
Debs: Und dann müssen wir der Frau ein Paar Schuhe kaufen. Auf unsere Kosten, okay?
Jes: Okay. –
Amy: Danke, Leute.

Kurz nach zwölf sausten Debbie und Jesminder zum Geldautomaten. Amy sah sich währenddessen schon einmal bei Shooz um, dem kleinen Schuhgeschäft in Camden, das direkt um die Ecke vom Büro lag. Es war nicht gerade eines von Amys typischen Schuhparadiesen, aber Notfälle erforderten besondere Maßnahmen. Und keinesfalls würde sie in ihren gelben Gummistiefeln einen Designerladen betreten, auch wenn Debbie steif und fest behauptete, Amy müsse nur entsprechend souverän auftreten und jedes Stil bewusste Mädchen in Camden würde zum nächsten Outdoor-Shop stürzen, um sich auch ein Paar zuzulegen.

Dieser Laden hier verdiente eigentlich kaum den Namen »Schuhgeschäft«. Kein Ledergeruch, keine peppige Beleuchtung, stattdessen reihenweise schlichte Treter in den Regalen. Aber tief in sich drinnen wusste Amy, dass sie etwas Besseres heute nicht verdient hatte. Wie könnte sie mit verquollenen Augen einen Designerladen aufsuchen? Nicht einmal einem ihrer Lieblings-Marktstände würde sie so gegenübertreten. Was sie jetzt brauchte, war eine umsorgende Schuhverkäuferin, die mit Papier ausgestopfte Kartons heranschleppte, sie dazu brachte, sich hinzusetzen, und ihre Füße in unspektakuläre Schuhe steckte, nett mit ihr plauderte, sie aufforderte, verschiedene Paare in unterschiedlichen Farben anzuprobieren und häufig das Wort »bequem« fallen ließ …

Alle drei Verkäuferinnen standen jedoch hinter der Theke und kauten Kaugummi. Sie wirkten alle nicht älter als sechzehn und keine von ihnen machte Anstalten, sich Amy zu widmen. Amy seufzte, überließ die drei ihrer Plauderei und sah sich die Schuhe in den Regalen an.

Erst als sie einen umständlich platzierten Ständer mit Sandaletten beinahe umwarf, verdrehte eines der drei Mädchen genervt die Augen und blickte in Amys Richtung. Als sie sah, was Amy an den Füßen trug, schüttelte sie sich.

»Schaut mal!«, kreischte sie ihren Kolleginnen zu und wies auf die Gummistiefel.

Die drei bogen sich vor Lachen. Amy, die sich gerade bückte, um die heruntergefallenen Sandaletten aufzuheben, hätte am liebsten losgeheult.

»Ob sie heute schon ihre Kuh gemolken hat?«, flüsterte die größte der drei ihren Kolleginnen gut hörbar zu.

»Die Frage ist eher, ob ihr drei euren Stall schon ausgemistet habt«, erschallte es in lautem Geordie-Akzent aus Richtung Tür.

Groß, blond und beeindruckend stand Debbie im Ladeneingang und starrte die drei Mädchen an. Sie hatte jedes Wort gehört. Hinter ihr schlug sich Jesminder mit der flachen Hand vor die Stirn, konnte sich jedoch ein Grinsen nicht verkneifen.

»Mit zwölf habe ich auch rumgekichert wie eine Geisteskranke«, fuhr Debbie fort, »aber ihr drei seid aus einem bestimmten Grund hier angestellt. Also schlage ich vor, dass ihr rüberkommt und genau das tut, wofür eine Verkäuferin bezahlt wird.«

Debbie duldete solche Frechheiten nicht, von niemandem. Wenn es darum ging, sich für das Gute einzusetzen, war Debbie weitaus selbstbewusster als man es von einer Vierundzwanzigjährigen erwarten würde. Amy konnte sich keine loyalere Freundin vorstellen – und auch keine humorvollere. Großherzig und mit reichlich Sex-Appeal war Debbie bei jedermann beliebt – vielleicht abgesehen von der murrenden Anführerin der Verkäuferinnen. Die ging missmutig auf Amy zu und murmelte etwas, das tatsächlich heißen konnte: »Kann ich Ihnen behilflich sein?«

Jesminder stand noch immer im Eingang und bemühte sich, nicht zu kichern. Sie war aus einem ganz anderem Holz geschnitzt. Ruhig und fürsorglich – ihr konnte man sein Leben anvertrauen. Während Debbie ein Sturm war, der alles wegfegte, was sich ihm in den Weg stellte, war Jes eher eine stete Brise, zärtlich und warm, aber mit einer ihr eigenen Kraft. Nach dem Tod von Amys Mutter hatte Jes mehr Zeit mit Amy verbracht als jeder andere. Und auf dem Weg zum Schuhgeschäft war sie es gewesen, die Amy einen Platz zum Wohnen anbot, bis sie etwas Neues gefunden hätte.

Amy spürte die ungläubigen Blicke ihrer Freundinnen, als sie sich – nachdem sie überhaupt nur zwei Paar Schuhe anprobiert hatte – für die beigen Canvas Pumps mit flachem Absatz entschied.

»Ich nehme die hier«, sagte sie und hob dabei nicht einmal den Kopf. »Und wenn es geht, möchte ich sie gleich anlassen.«

»Das überrascht mich nicht«, witzelte die Verkäuferin.

»Vorsicht!«, warnte Debbie sie.

»Sie sind sehr hübsch«, log Jesminder. Amy schaute zu ihr auf und zum ersten Mal an diesem Tag kicherte sie.

»Das sind sie nicht. Sie sind der Ausdruck eines schlechten Gewissens«, entschied Debbie, während sie und Jes bezahlten. »Und jetzt gehen wir ein Sandwich essen und du erzählst uns, was genau passiert ist.«

Amy trottete neben ihren Freundinnen her zu Squishy's an der Ecke. Das kaum hörbare Geräusch ihrer einfachen Schuhe beim Gehen fand sie scheußlich. Jetzt fühlte sie sich nicht nur elend und wütend, sondern sah auch noch altmodisch und unauffällig aus. Hohe Absätze sorgten nicht nur für Größe, erinnerte sie sich, sondern auch für Selbstvertrauen.

Zehn Minuten später starrte sie auf ein dickes Thunfisch-Mayonnaise-Baguette und fragte sich, ob sie je wieder Hunger haben würde.

»Schieß los«, murmelte Debbie, den Mund voller Chicken Tikka Wrap.

»Debbie!«, schimpfte Jesminder. »Jetzt dräng sie doch nicht so!«

Debbie warf Jes einen vernichtenden Blick zu. »Ist nur zu ihrem Besten, Jes. Sie hat selbst gesagt, dass da ein anderer Kerl im Spiel ist …«

»OKAY!« Amy hob die Hand. »Hört zu, ich weiß es zu schätzen, dass ihr beide für mich da seid. Und ihr seid wunderbar, aber ich wurde soeben verlassen, glaube ich zumindest …«

»Du *glaubst*, er hätte Schluss gemacht?«, fragte Jesminder. »Gibt es daran etwas zu bezweifeln?«

»*Bis heute Abend bist du aus der Wohnung raus* klingt für mich auch nicht nach einem Scherz«, stimmte Debbie zu.

»Ich weiß.« Amy nickte. »Aber er wollte mir einfach nicht zuhören. Er hatte sich richtig in seine Wut reingesteigert und mir keinen Moment die Möglichkeit gegeben, ihm die Wahrheit zu sagen. Wenn er wieder zurück ist, werden wir uns zusammensetzen, ich erkläre es ihm und alles ist … in Ordnung.« Noch bevor Amy den Satz beendet hatte, wusste sie selbst, wie unwahrscheinlich das war. Schließlich hatte Justin den ganzen Vormittag über auf keinen ihrer Anrufe reagiert.

»Wenn du meinst«, sagte Jesminder skeptisch. »Ist einen Versuch wert.«

»Einen Versuch wert?«, stammelte Debbie und knallte ihre Cola light auf den Tisch. »Wenn er sich *so* aufführt und noch dazu böswillig Amys Schuhe verhökert, *muss* er sich gefälligst auch ihre Seite der Geschichte anhören!« Debbie lehnte sich zurück und verschränkte entrüstet die Arme. Dann wurden ihre Gesichtszüge weicher. Sie beugte sich zu Amy und zog die Augenbrauen hoch. »Sag mal, Amy, wie lautet denn eigentlich deine Seite der Geschichte?«

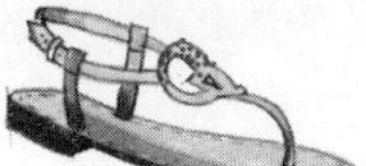

6. Kapitel

Also gut«, begann Amy, »die Sache ist die: Seit etwa einem Jahr treffe ich mich mit einem Mann.«

»Stille Wasser sind tief«, rutschte es Debbie heraus.

»Nicht, was du denkst!«, protestierte Amy. »Er ist nur ein Freund!«

»Ich nehme mal an, du hast Justin nichts davon gesagt?«, fragte Jesminder vorsichtig.

Amy schüttelte den Kopf.

»Warum nicht? Kennt er ihn?«

»Sein Name ist Sergei Miskov, er ist Mitte vierzig, war früher Balletttänzer und einer der besten Freunde meiner Mutter. Kann sein, dass ich ihn früher schon mal erwähnt habe …«

»Stimmt«, sagten Jesminder und Debbie gleichzeitig.

»Mittlerweile arbeitet er als Choreograph. In der Ballettszene ist er sehr bekannt. Wenn er nicht gerade auf Tournee ist, lebt er in den USA. Er kommt auch oft nach Großbritannien. Und er ist einfach wunderbar.«

»Brauchbar?«, fragte Debbie scherzhaft. Jesminder stieß sie in die Rippen.

Amy ignorierte die Bemerkung. »Vor etwa zwölf Monaten hat er sich bei mir gemeldet. Mum war zu dem Zeitpunkt schon ein Jahr tot. Die beiden sind eine Weile Tanzpartner gewesen, obwohl Mum ein ganzes Stück älter war als er. Ich habe ihn zum Abendessen zu uns nach Hause eingeladen.«

»Warum auch nicht«, bestätigte Jesminder. »Und völlig korrekt dazu.«

»Dachte ich auch, aber Justin fand ihn total unsympathisch, was mich damals echt aufgeregt hat.«

»Drecksack«, fauchte Debbie. »Entschuldige, ist mir so rausgerutscht.«

»Justin sagte, es gefalle ihm nicht, wie Sergei mich ansehe, und beschwerte sich darüber, dass wir ihn den ganzen Abend lang von dem Gespräch ausgeschlossen und nur Augen füreinander gehabt hätten. Von daher ...« Amy brach ab und zuckte mit den Schultern.

»Dir hat er gefallen?«, fragte Jesminder.

»Oh, ja. Ich bin unheimlich gern mit ihm zusammen. Er ist so anders, so erwachsen und charmant, aber auch humorvoll«, bestätigte Amy begeistert. Vielleicht war Justins Eifersucht im Nachhinein *doch* berechtigt.

»Jedenfalls, nachdem Sergei an diesem Abend gegangen war, hatten Justin und ich einen Riesenstreit. Ich war wütend darüber, wie er sich meinem Freund gegenüber aufgeführt hatte, und er warf mir vor, den ganzen Abend lang mit Sergei geflirtet zu haben.«

»Dieser besitzergreifende Charakterzug von Justin gefällt mir nicht«, erklärte Debbie.

»Er ist nicht wirklich besitzergreifend«, verteidigte Amy ihn und suchte nach Worten. »Er hat einfach Angst, betrogen zu werden. Ich habe euch doch erzählt, dass seine Ex-Freundin, Natasha, mit seinem besten Freund fremdgegangen ist?«

»Stimmt«, bestätigte Jesminder. »Von daher ist sein Misstrauen verständlich.«

»Ich weiß nicht …« Debbie war nicht überzeugt.

»Jedenfalls hat mich Sergei kurze Zeit später angerufen und gefragt, ob ich mit ihm ins Ballett gehen würde.«

»Und du hast Justin nichts gesagt?«, vermutete Jesminder.

Amy nickte. »Das schien mir einfacher. Justin interessiert sich nicht fürs Ballett. Klar, wenn ich ihn darum bitte, würde er mitkommen. Aber die Vorstellung, mit Sergei hinzugehen, war verlockend. Er begeistert sich so dafür, ist ein toller Begleiter, und er kannte meine Mutter …«

»War es nur dieses eine Mal?«, hakte Jesminder nach.

»Nein. Genau das ist das Problem. Letzte Woche haben wir uns zum vierten Mal heimlich getroffen. Ich habe dich übrigens als Alibi benutzt, Jes. Tut mir leid.«

Jesminder schien ein Licht aufzugehen. »Das erklärt natürlich, warum Justin mich letzte Woche anrief und über den Vorabend ausquetschen wollte.«

»Ich hatte ihm erzählt, ich würde mit dir in den Pub gehen«, murmelte Amy. »Tut mir echt wahnsinnig leid, dass ich dich da mit reingezogen habe.«

»Spitze! Hinterherspioniert hat er dir auch noch«, knurrte Debbie.

»Mit gutem Grund, findest du nicht?«, konterte Amy.

»Stehst du denn nun auf diesen Sergei?«, fragte Debbie.

»Nein! Tue ich nicht! Es ist nur … na ja … er ist für mich eine Verbindung zu meiner Mutter – wir haben so viel gemeinsam. Und er ist charmant, interessant und witzig …«

»Kann ich ihn haben, wenn du ihn nicht willst?«, zog Debbie sie auf. »Ich fühle mich jetzt schon wie Anna Karenina …«

»Und Justin will nicht mit dir sprechen?«, lenkte Jesminder ab und warf Debbie einen mahnenden Blick zu.

Amy nickte und schon wieder traten ihr die Tränen in die Augen. »Er geht nicht an sein Handy. Ich habe es bestimmt zwanzig Mal versucht.«

»Hat er wirklich *alle* deine Schuhe verkauft?«, fragte Jesminder, während sie einen Schoko-Muffin aus dem Papier löste und in vier Teile schnitt. Ohne zu fragen, nahm sich Debbie eines der Viertel.

»Hat er. Davon gehe ich jedenfalls aus. Er hat es gesagt, und ich kann sie nirgendwo finden. Ich habe diese Schuhe geliebt, und das wusste er auch und … wisst ihr was?«

»Was?«, kam es gleichzeitig aus zwei Schokolade gefüllten Mündern.

»Er hätte nichts tun können, um mich mehr zu verletzen. Mums Ballettschuhe … das einzige Paar, das ich von ihr besaß …«

»Wir müssen sie zurückholen«, sagte Jesminder.

»… manche Leute bewahren Tagebücher oder Fotos auf, die sie an besondere Zeiten erinnern …« Eine Träne lief Amy über die Wange und tropfte auf ihren Pappteller.

»Und ob wir das werden«, stimmte Debbie zu und reichte Amy ein Taschentuch.

»… die meisten Leute in meinem Alter können sich mit ihren Eltern über alte Zeiten unterhalten, aber ich nicht …« Amy nahm die beiden anderen gar nicht mehr wahr und versank immer tiefer in ihrem Kummer.

»Und ich glaube, ich weiß auch schon, wie wir das anstellen.« Jesminder lächelte Debbie verschwörerisch an.

»... ich könnte euch über jedes einzelne Paar zehn, zwanzig Geschichten erzählen ...«

»Ich bin ganz Ohr«, schmunzelte Debbie.

»... wo ich war, was ich tat, wer dabei war – das ist verrückt, ich weiß, aber ... entschuldige, was hast du gesagt?«

»Ich sagte«, wiederholte Jesminder geduldig, »dass ich weiß, wie wir deine Schuhe zurückbekommen.«

»Wie denn?«

»Indem du sie dir von den Käufern zurückholst.«

»*Los geht's!*«, rief Debbie und erschreckte die alte Dame am Nebentisch so sehr, dass sie ihren Regenschirm zu Boden fallen ließ und dieser sich mit einem lauten Plopp zu einem Fächer voller rosa und weißer Rosen öffnete.

»Ja, ganz klar!«, erwiderte Amy sarkastisch. »Wie wollen wir sie denn überhaupt ausfindig machen? Ohne die Erlaubnis von Justins Mutter kann ich ja nicht einmal das Apartment betreten. Wirklich eine tolle Idee. Trotzdem danke, Leute.«

Jesminders hübsche, mandelförmige braune Augen verengten sich zu schmalen Schlitzen. »Wir werden sehen, Amy, wir werden sehen.«

Es war schon fast halb neun abends, als Amy sich endlich traute, an ihrer eigenen Haustür zu klingeln.

Phyllis meldete sich leise. »Ja?«

»Ich bin's, Amy. Kann ich reinkommen?«

Es folgte eine Pause, aber dann ertönte der Summer des Türöffners. Amy hatte ziemlich weiche Knie, als sie die Treppe nach oben stieg. Phyllis stand wartend in der offenen Wohnungstür. Ihr Gesicht drückte bittere Enttäuschung aus.

»Phyllis«, begann Amy, »das Ganze ist ein fürchterliches Missverständnis …«

»Ich habe den größten Teil deiner Sachen bereits in Kisten verpackt«, unterbrach Phyllis sie, allerdings schwang in ihrer Stimme keinerlei Groll mit. »Den Rest kannst du ja ein anderes Mal abholen.«

»Ehrlich, Phyllis, ich habe keine …«

»Es tut mir leid, Amy, wirklich, aber Justin ist tief verletzt, und ich bin es auch.« Amy ging wie betäubt an Phyllis vorbei in die Wohnung. Warum glaubte man ihr nicht? Das Ganze kam ihr so unwirklich vor – und so unfair. Auf den Anblick, der sich ihr im Wohnzimmer bot, war sie dann aber doch nicht vorbereitet. Ein ordentlich aufgerichteter Stapel riesiger Pappkartons stand mitten im Raum. Alle waren säuberlich beschriftet: »Kleidung«, »Bücher«, »Taschen«, »Toilettenartikel«, »Unterlagen«, »Küchenutensilien«, »Sonstiges« und als krönende Kränkung »Schuhkartons«. Phyllis musste den ganzen Tag mit Packen zugebracht haben.

Sie folgte Amy ins Wohnzimmer und reichte ihr einen Umschlag.

»Was ist das?«, fragte Amy mit matter Stimme.

»Ein Scheck. Von Justin«, antwortete Phyllis. »Der Erlös aus den Schuhverkäufen. Ich finde das Verhalten meines Sohnes durchaus nicht immer korrekt, aber eines ist sicher: Er ist kein Dieb.«

Amy nahm den Umschlag entgegen. Was blieb ihr auch übrig? Aber gerade als sie ernst »Ist er doch« entgegnen wollte, ließ ein ohrenbetäubender Lärm beide Frauen zusammenfahren.

»Der Feuer-Alarm«, schrie Phyllis, während sie sich beide die Ohren zuhielten. »Wahrscheinlich ist es wieder ein Fehlalarm, aber man kann nie vorsichtig genug sein. Komm schnell, riechst du Rauch?«

Amy folgte Phyllis zur Tür. Im vergangenen Monat hatte es zweimal Feueralarm gegeben und immer war es Fehlalarm gewesen. Amy wusste im Übrigen, dass das türkische Pärchen im Apartment gegenüber ganz gern Wasserpfeife rauchte.

»Oh, nein! Mrs Tompkiss!«, schrie Phyllis.

»Sei vorsichtig«, rief Amy und versuchte dabei, das Alarmsignal zu übertönen, als die ältere Dame die Treppe hinunterlief, um Mrs Tompkiss, ihre heiß geliebte Katze, zu finden. Noch immer gab es keinerlei Anzeichen von Rauch oder Flammen. Oben und unten im Treppenhaus begannen die Leute, ihre Wohnungen zu verlassen und sich nach unten zur Sammelstelle bei Feueralarm zu begeben.

Amy nicht. Sie ergriff ihre Chance, blickte kurz nach rechts und links, eilte zurück ins Apartment und setzte sich an Justins Computer. Laute Stimmen verrieten ihr, dass es draußen im Treppenhaus hektisch zuging. Amy war so nervös, dass sie zitterte, während sie darauf wartete, dass der Rechner endlich hochfuhr. Es schien eine Ewigkeit zu dauern – Phyllis konnte jeden Moment zurückkommen –, aber schließlich lief er, und Amy klickte sich durch bis zu Justins eBay-Konto. Ihr wurde vor lauter Aufregung ganz schwindelig. Nur noch wenige Minuten, dann wäre sie im Besitz sämtlicher Daten der Käufer …

Doch Justin hatte sein Passwort geändert. Amy tippte wie üblich »Moshpit« ein, bevor sie nach dem vierten erfolglosen Versuch einsah: Er hatte gewonnen.

Fassungslos lehnte sie sich zurück und wartete darauf, dass ihr vor Wut die Tränen kamen. So dicht dran! Wie sollte sie jetzt an diese Informationen kommen? Justin würde ihr die Daten im Leben nicht mailen, da könnte sie ihn noch so sehr bitten. Er würde nie nachgeben. Er war so ein Pedant, wenn es darum ging, eine Sache konsequent durchzuziehen …

Genau das war's! Amy hatte einen Geistesblitz und wusste plötzlich die Lösung. Justin war *wirklich* ein Pedant. Ganz sicher hatte er die Adressaufkleber schön ordentlich mit dem Computer geschrieben und die Etiketten ausgedruckt. Niemals würde er sich die Mühe machen, die Pakete handschriftlich zu adressieren – wo es doch eine effiziente Möglichkeit gab, dies maschinell zu erledigen! Aufgeregt öffnete Amy Justins Word-Dateien und ignorierte die panischen Stimmen draußen.

Und da war sie! Die präzise betitelte Liste: »Schuh-Adressaufkleber.«

Rasch druckte Amy die Datei aus, schaltete den Computer aus und wollte gerade die Treppe hinunterlaufen, als ihr der Brief einfiel.

In der letzten Nacht hatte sie kein Auge zugetan. Schließlich hatte sie ihren Schreibblock herausgeholt und Justin in Form eines Briefes ihr Herz ausgeschüttet: alles über Sergei, die Gründe, warum sie Justin nichts von den Treffen erzählt hatte. Sie war nicht einmal sicher gewesen, ob sie Justin diesen Brief jemals geben würde, so tränenbefleckt und emotional wie er geworden war. Aber aufgedreht wie sie jetzt war, dachte sie nur, *was soll's*, und legte den Brief neben den Computer, damit Justin ihn las – oder auch nicht –, wenn er irgendwann nach Hause kam.

Amy eilte die Treppe hinunter zum Sammelpunkt und traf kurz vor Phyllis dort ein, die Mrs Tompkiss erleichtert an sich presste. Die Nachbarn liefen umher und plauderten miteinander. Der Fehlalarm der letzten Wochen hatte dazu geführt, dass die Nachbarn sich auf einmal mit Namen kannten und nicht nur als Apartmentnummer.

»Ich habe überall nach ihr gesucht. Sie hatte sich im Wäschekorb versteckt.« Phyllis strahlte Amy an, erst dann erinnerte sie sich offenbar, dass sie einander nicht mehr so nah stehen durften und wandte sich verlegen ab, um sich mit jemand anderem zu unterhalten.

Amy war zutiefst getroffen.

Einen Augenblick später tauchte Jesminder neben ihr auf.

»Meine Güte, um diese Alarmanlage sollte sich wirklich mal jemand kümmern. Jeder kann ganz leicht ins Haus gelangen und einen Feueralarm auslösen, indem er zum Beispiel ein Feuerzeug unter den Rauchmelder hält.« Jesminder zwinkerte Amy zu.

»Danke, Jes. Ich schulde dir was. Gab es irgendwelche Probleme?«, zischte Amy ihr aus dem Mundwinkel zu.

»Überhaupt nicht. Es war erschreckend einfach – ich könnte mich an ein Leben als Kriminelle gewöhnen«, erwiderte Jes begeistert. »Hat es geklappt?«

Amy runzelte die Stirn. »Gewissermaßen. Ich glaube, ich habe alle Adressen, aber leider keine Telefonnummern.«

»Es hat sich also gelohnt?«

»Auf jeden Fall!«

Einen Moment lang kosteten sie noch die Aufregung, etwas Verbotenes getan zu haben, aus. Dann seufzte Amy und wandte sich ihrer Freundin zu. »Ich schätze, wir sollten besser anfangen, unsere Autos mit meinen verbliebenen weltlichen Gütern zu beladen. Und danke nochmal, dass ich in deinem Gästezimmer schlafen kann.«

Jesminder nickte und drückte Amy, die dann traurig zu Phyllis ging und sie um Erlaubnis bat, noch einmal kurz ins Apartment zu dürfen, um ihre Sachen zu holen.

Zwei Stunden später, nachdem die beiden Amys ganzes Zeug aus den Autos und in Jesminders winzige Souterrain-Wohnung in Südlondon geschleppt hatten, war die Hochstimmung über ihre erfolgreiche Mission verflogen. Stattdessen spürte Amy, wie sich betäubende Leere in ihr ausbreitete. *Es ist wirklich passiert* – Justin hatte sie rausgeworfen. Und Phyllis hatte ihm dabei geholfen. Sicher, Phyllis' Bedauern wegen dieser Situation war offensichtlich, aber es war auch klar, wem ihre Loyalität gehörte.

»Arme Phyllis«, seufzte Amy, als sie sich schließlich vor Jesminders Gasofen auf dem Teppich niederließ. Nachdem es tagsüber recht heiß gewesen war, wehte jetzt am Abend ein kühles Lüftchen und trotz der anstrengenden Kistenschlepperei fröstelten beide Frauen. »Das muss schrecklich für sie sein.«

»Hast du eben *arme Phyllis* gesagt?« Jesminder steckte den Kopf durch die offene Küchentür.

Amy nickte mit Blick auf das Feuer. »Ja, es muss schlimm

für sie sein, zu denken, die Freundin ihres Sohnes wäre ein billiges Flittchen.«

»Sie weiß, dass du das nicht bist!«, erklärte Jesminder. »Das wäre ja zu lächerlich!«

»Meinst du?«, murmelte Amy. »Ist doch klar, dass sie ihrem Sohn glaubt. Zumindest denkt *er*, dass ich ein billiges Flittchen bin.«

»Schluss damit!« Jesminder hielt sich demonstrativ die Ohren zu. »Hör auf, diesen Ausdruck zu benutzen! Außerdem bist du das nicht! In Wahrheit verdienst du eine Medaille dafür, wie sehr du alle anderen in dieser Situation bedauerst – nur nicht dich selbst. Ein Glas Wein? Bier?«

Amy starrte ins Feuer. Sie war hundemüde. »Könnte ich bitte einfach nur eine große Tasse Tee haben?«

»Natürlich, Süße. Und dann müssen wir beide anfangen, einen Plan auszuarbeiten.« Jesminder verschwand wieder in der Küche, und Amy hörte das vertraute Geräusch des Wasserkessels. »Warum legst du nicht ein bisschen Musik auf?«, schlug Jes vor.

»Okay.« Amy robbte auf allen vieren zu Jesminders CD-Sammlung – mit Punjabi, Rishi Rich und dem totalen Horror: Justin Timberlake –, die sie in einem wackeligen Weidenkorbturm neben ihrer Stereoanlage und dem tragbaren Fernseher untergebracht hatte. »Hast du irgendwas Neues vom Festival? Ich könnte Gute-Laune-Musik vertragen.«

»Leider nein. Noch nicht runtergeladen. Leg einfach Justin Timberlake auf.«

»Muss ich?«, jammerte Amy. »Für heute habe ich genug von Justins.«

»Stimmt – entschuldige. Dann such du etwas aus. Lust auf Kekse?«

»Nein danke. Jes, würde es dir etwas ausmachen, wenn wir gar keine Musik hören?«

»Natürlich nicht.«

Amy setzte sich wieder auf den Fußboden, lehnte sich an die Couch und schloss die Augen. Sie war zu kaputt, um zu weinen – von intensiven Gefühlen hatte sie für heute genug. Aber ins Bett legen wollte sie sich auch nicht. Sie würde ja doch nicht schlafen können. Immer wieder ließ sie vor ihrem geistigen Auge die Ereignisse des Tages ablaufen.

Wo Justin jetzt wohl steckte? *Vielleicht ist er sogar im Apartment ... liest meinen Brief ... greift nach dem Telefon, gequält von Schuldgefühlen ...*

»... genau so wie du ihn magst, nicht zu stark, mit einem Schuss Milch.«

»Jes, du bist ein Engel. Ich bin dir so dankbar.«

Jesminder setzte sich im Schneidersitz auf das Sofa. Sie schüttelte den Kopf. »Ist schon in Ordnung, Amy. Ich weiß, dass du das Gleiche für mich tun würdest.«

»Natürlich.«

»Jetzt müssen wir einen Plan ausarbeiten. Du musst dich auf den Weg machen und dir deine Schuhe zurückholen. Das *musst* du.«

Amy kicherte.

»Was ist denn so lustig?«, wollte Jesminder wissen.

»Entschuldige, aber mir fiel gerade auf, dass es nicht mal dir wichtig ist, dass ich meinen *Mann* zurückbekomme. Prioritäten setzen, nicht wahr? Debs hat dich auch schon ganz schön beeinflusst, oder?«, fragte sie grinsend.

»Nein!« Jesminder warf ein Kissen nach Amy. »Aber du musst diese Sache durchziehen. Es wird dir außerdem guttun und hält dich vom Grübeln ab – und was am allerwichtigsten ist, du bekommst die Ballettschuhe deiner Mutter zurück. Also los, her mit dieser Adressliste.«

Amy reckte sich zu ihrer Karen Miller-Tasche und zog die Liste heraus. Bei der Gelegenheit checkte sie zum x-ten Mal ihr Handy, um zu sehen, ob Justin ihr eine SMS geschickt hatte.

»Also gut.« Jesminder nahm Amy vorsichtig die Liste aus der Hand und sah sie durch. »Da hast du aber eine beachtliche Reiseroute vor dir. Wow!« Sie las vor. »In die USA! Irland! Newcastle!«

»Komm schon, ich kann doch nicht um die ganze Welt reisen, an Türen klopfen und meine Schuhe zurückverlangen«, stöhnte Amy.

»Warum nicht?« Jesminder sah aus, als würde sie das tatsächlich ernst meinen.

»Ich bitte dich! Sich unbefugt Zugang zu Justins Computer zu verschaffen, um herauszufinden, wohin all die Schuhe verschickt wurden, ist das eine, aber rund um den Globus zu reisen, um sie zurückzuverlangen? Die Leute werden mich für eine exzentrische Schuhfetischistin halten, wenn ich vor ihrer Haustür auftauche und sie über ihre Schuhe ausfrage.«

»*Deine* Schuhe, Amy«, korrigierte Jesminder. »Und du *bist* eine exzentrische Schuhfetischistin. Finde dich damit ab. Also, wie lange kannst du dir Urlaub nehmen?«

»Maximal zwei Wochen«, antwortete Amy sofort, ohne darüber nachzudenken. »Ich wollte sagen, nein. Auf keinen

Fall! Kein Urlaub. Alles stehen und liegen lassen und rund um den Globus fliegen, ohne zu wissen, ob ich die Leute überhaupt finde oder was mich dort erwartet? Das ist völlig bescheuert. Wer in Gottes Namen würde so etwas tun?«

»Jemand, der nichts zu verlieren hat?«, fragte Jesminder ganz ruhig.

Amy öffnete den Mund, um etwas zu erwidern, aber kein Wort kam über ihre Lippen. Stattdessen wandte sie den Kopf und blickte aus dem Souterrainfenster auf die Schuhe der draußen vorbeieilenden Passanten.

Hat Jes recht? Habe ich wirklich nichts zu verlieren? Sie schüttelte den Kopf, weil ihr die Vorstellung Angst machte, und drehte sich zu ihrer Freundin um.

»Glaubst du tatsächlich, es gibt im Leben nicht mehr für mich, als meinen Freund und meine Schuhe?«, sagte sie in etwas schärferem Tonfall als beabsichtigt. »Ich bin ich! Ich habe ein eigenes Leben! Und einen Job! Und Freunde! Und … und …«

Jesminder rutschte vom Sofa herunter und setzte sich schweigend neben Amy. Beide schauten nach draußen, mit Tränen in den Augen. Die einzigen Geräusche waren das schwache Brummen des Straßenverkehrs draußen und ein gelegentliches Schlürfen, wenn sie einen Schluck Tee tranken.

»Weißt du was?«, fragte Amy nach langem Schweigen.

»Was denn?«

»Ich vermisse sie. Ich vermisse meine Schuhe. Aber Justin vermisse ich nicht – noch nicht. Ich bin zu wütend auf ihn, als dass er mir fehlen könnte. Und das wird sich erst ändern, wenn er bereit ist, meine *Version* der Geschichte – wie Debbie es genannt hat – zu glauben. Das klingt, als gäbe es wirklich *zwei* Varianten, nicht wahr? Aber das stimmt nicht. Das war nie so. Ich betrüge ihn nicht. Es gibt keine *andere Version*. Und wenn er mir nicht glauben will, dann ... Weißt du, so langsam frage ich mich: Selbst wenn er mir jetzt glauben würde, könnte ich nicht einfach morgen wieder zu ihm ins Bett steigen und so tun, als wäre all das nie passiert. Mir war nicht klar, dass er so rachsüchtig sein kann, Jes, wirklich nicht.«

Jesminder nickte. »Klingt so, als brauchst du einfach Zeit, damit du dieses Chaos in deinem Kopf bereinigst. Hier bist du jedenfalls so lange du möchtest willkommen.«

Amy drückte ihre Freundin. Als sie sie wieder losließ, wurde es ihr plötzlich klar. Sie hatte es getan. Ganz spontan hatte Amy eine Entscheidung gefällt.

»Das ist die Lösung!«, rief sie und sprang auf. »Zeit!«

»Wie ...«

»Zeit. Es ist so, als würde mir die Zeit den Weg weisen.«

»Klingt, als würde dieser Text aus einem Song stammen?« Jesminder fragte sich, ob Amy am Ende doch durchgedreht war.

»Hör zu, Jes. Justin braucht Zeit, um meinen Brief zu lesen, sich zu beruhigen und zur Vernunft zu kommen, stimmt's?«

»Absolut.«

»Und ich brauche Zeit, um mir darüber klar zu werden, was ich für ihn empfinde, da er nicht bereit war, mir gegenüberzutreten und mich ausreden zu lassen. Korrekt?«

»Korrekt.«

»Dagegen darf ich bei der Sache mit den Schuhen keine Zeit verlieren. Ich muss sie so schnell wie möglich zurückholen, damit sich die neuen Eigentümer erst gar nicht an sie gewöhnen, sie womöglich auslatschen und vergessen, von wem sie sie gekauft haben.«

»Richtig«, stimmte Jesminder zu.

»Und wenn ich nicht losziehe und sie finde, dann werde ich es sein, der sie mit der Zeit vergessen hat – und das wäre fürchterlich.«

»Auch richtig.«

»Und selbst wenn es mir nicht gelingt, sie aufzutreiben, so bin ich immerhin eine Weile unterwegs und kann über alles nachdenken.«

»Schon wieder richtig.«

»Und mir steht auch ein bisschen Urlaub zu, nachdem ich diesen riesigen Marokko-Vertrag schon letzten Donnerstag unter Dach und Fach gebracht habe. Im Job müsste es also momentan ohne mich gehen.«

»Sicher, wir werden es schon irgendwie schaffen«, sagte Jesminder kichernd und nickte. »Debbie und ich werden all unsere Kontakte in der Branche spielen lassen und dir unverschämt preiswerte Flüge besorgen, keine Sorge.«

Amy ging durchs Zimmer und gestikulierte wild mit den Händen. »Die Zeit ist reif!«

»Du hast dich also definitiv entschieden?«, fragte Jesminder. »Du wirst dir deine Schuhe zurückholen?«

»Allerdings. *It's show time!*« Amy breitete theatralisch die Arme aus und fühlte sich so gut wie seit Stunden nicht mehr.

»Meintest du nicht eher: *Schuh* time?«

Jesminder duckte sich lachend, um dem Kissen auszuweichen, das in ihre Richtung geflogen kam.

7. Kapitel

Amy war grundsätzlich froh, Debbie – eine waschechte Newcastlerin – neben sich auf dem Beifahrersitz des klapprigen 2CV zu haben. Es war ein schwüler Freitagabend und sie näherten sich bereits dem Stadtzentrum. Debbie hatte kurzerhand einen Wochenendausflug in den Norden zu ihrer Familie organisiert, so dass sie Amy bei ihrer ersten Schuh-Suchaktion begleiten konnte. Doch von Dankbarkeit wollte sie nichts hören: »Nein, nein, wenn es nicht um dich ginge, würde ich niemals meinen Hintern dahinbewegen, nur um meine Ollen zu sehen«, erklärte sie Amy schroff. Was nicht stimmte, aber trotzdem rührend war.

Das Auto hatte die lange Fahrt in den Nordosten Englands nicht wirklich gut weggesteckt. Drei ungeplante Zwischenstopps waren nötig, damit sich der Motor abkühlen konnte. Aber jetzt, auf dem letzten Streckenstück mit ständigen Stop-and-go an den Ampeln, kämpfte nicht nur der Wagen mit Überhitzung.

Sie versuchten, das Fitnessstudio *Delsey's Gym* zu finden, die erste Adresse auf der Liste. Debbie hatte während der Fahrt auf der Autobahn mächtig damit angegeben, wie gut sie sich im Stadtzentrum von Newcastle auskannte. Amy, der von der stundenlangen Konzentration auf den Verkehr die Augen und der Kopf wehtaten, wurde allmählich wütend. Denn Debbies Navigationsfähigkeiten orientierten sich lediglich an ihr bekannten Geschäften und Nachtclubs in der unmittelbaren Umgebung.

»Ich hab's!«, rief sie schließlich. »Fahr hier lang! Hier! An dem Gebäude vorbei, in dem früher das *TK Maxx* war!«

»War?«, wiederholte Amy, blinkte rechts und bog in eine unangenehm enge Seitenstraße ein. »Das hilft mir nicht wirklich weiter!«

»Du kennst doch mein orangefarbenes Kaschmir-Tanktop? Das habe ich mir dort für vierzehn Pfund gekauft. Dienstags wurde immer die neue Ware geliefert – stopp! Du bist schon zu weit. Es war die erste Querstraße da hinten; du hättest links in die kleine Straße abbiegen müssen, die zu *Harley's Nightclub* führt! Da vorn vor der Garagentür kannst du wenden.«

»Na toll«, erwiderte Amy trocken, trat viel zu heftig auf die Bremse und wendete. Der 2CV brachte sein Missfallen stotternd zum Ausdruck.

»Da, links – *Delsey's Gym*. Habe ich's nicht gesagt? Ums Eck ist eine Tiefgarage. Kleine, wir haben es geschafft.«

»Gott sei Dank.« Amy schnaufte, während der Wagen die Rampe hinunter in eine schlecht beleuchtete Tiefgarage polterte. »Mein Lebenswille begann bereits zu schwinden.«

»Nichts zu danken!«, zog Debbie sie auf.

»Entschuldige.«

Sie blieben noch einen Moment erschöpft im Wagen sitzen und sammelten ihre Kräfte, um auszusteigen und den ersten Teil ihrer Mission anzugehen.

In Amys Kopf sauste alles durcheinander. »Weißt du, was das Unheimliche an diesem Trip ist, Debs?«

»Dass ich die Wörter *Justin* und *Mistkerl* seit heute Morgen nicht mehr zusammen in einem Satz verwendet habe?«

Amy lächelte. »Daran habe ich noch gar nicht gedacht – aber stimmt. Die andere seltsame Sache an dieser Reise ist, dass ich nicht den blassesten Schimmer habe, welche Schuhe an welche Adresse geschickt wurden.«

»Was? Das war mir bisher nicht klar!«, rief Debbie.

»Ich habe sämtliche Adressen der Käufer, aber keine Informationen darüber, was sie eigentlich gekauft haben. Hier in diesem Gebäude können sich also genauso gut meine Jimmy Choos oder meine Wanderstiefel befinden, wer weiß?«

»Los, wir haben was zu erledigen.«

Noch ein bisschen steif von der Fahrt stiegen sie das leuchtend gelb gestrichene Treppenhaus hinauf, vier steile Treppen bis zu einer Tür mit der Aufschrift: *Rezeption.*

»Ich merke schon, wie ich fitter werde«, keuchte Debbie. »Komm, lass es uns durchziehen.«

Amy nahm ihren ganzen Mut zusammen, stieß die Pendeltür auf, und die beiden Freundinnen betraten das Fitnessstudio.

Die dunkelhaarige Empfangsdame telefonierte gerade – in einer Sprache, die Amy nicht verstand. Sie legte kurz den Hörer weg und wendete sich den beiden zu. »Hallo! Schön, euch wiederzusehen!«

Unverschämt groß, schön, exotisch – und verlogen. Sie schenkte ihnen ein strahlendes, jedoch abschätziges Lächeln und wandte sich wieder ihrem Telefongespräch zu, bei dem die beiden sie so gedankenlos unterbrochen hatten.

Hinter der Empfangstheke führte eine Milchglastür mit der Aufschrift »Privat – Nur für Personal« weiter, links ging es in Richtung Sauna und Dampfbad. Auf der rechten Seite führte ein Gang zu den Umkleideräumen, den Toiletten und zum dahinter liegenden Fitnessbereich. Amy konnte das Rattern der laufenden Geräte hinter jener Doppeltür hören und musste an Justin denken. Er ging viermal in der Woche zum Training.

Wenn das Personal in Justins Fitnesscenter so aussah wie diese osteuropäische Schönheit, ist klar, dass ich damit einfach nicht konkurrieren kann! Man muss sich diese Frau nur anschauen …

»Aha!«, sagte Debbie und wies den Gang hinunter. »Pinkelpause! Ich platze jeden Moment – bin sofort wieder da.« Und schon schoss sie in Richtung Damentoilette davon.

Amy stand jetzt alleine vor der Theke und kaute auf ihrer Unterlippe. Sie fühlte sich unwohl und wünschte, Debbie wäre noch hier. Amy dachte an das Mantra, das Jesminder in solchen Situationen einsetzte: »Niemand kann dir das Gefühl von Unterlegenheit geben, solange du es nicht zulässt!« Aber diese Empfangsdame war so kalt wie Eis, ihre Wangenknochen so ausgeprägt und ihre Missachtung für Amy so deutlich, dass es ihr schwerfiel, nicht einfach davonzulaufen.

Jetzt reiß dich endlich zusammen, Marsh!

Amy fragte sich, von wo aus Osteuropa diese Eiskönigin an der Rezeption wohl stammte. War sie womöglich Marta Kowalski, die Frau, nach der sie suchte? In diesem Moment fiel Amys Blick auf ein riesiges Plakat, das den gesamten Platz der Pinwand hinter der Theke einnahm.

POLNISCHE GESELLSCHAFT NEWCASTLE
JÄHRLICHER BALL
IM MARBURY HOTEL

DIESEN SAMSTAG
ABENDGARDEROBE
SHUTTLEDIENST BIS 3 UHR MORGENS
TANZ ZUR ALFONS ALEKSANDER SWING BAND
KARTEN BEIM POLNISCHEN ZENTRUM
ODER BEI MARTA ODER IWONA KOWALSKI,
DELSEY'S GYM, LOMBARD LANE, NEWCASTLE

Sie war also ganz nah dran. Aufgeregt ging Amy einen Schritt nach vorn. In genau diesem Moment öffnete sich die Eingangstür hinter ihr und Adonis selbst trat ein. Jedenfalls erfüllte er jede weibliche Vorstellung dieses mystischen Schönlings perfekt: groß, blond, muskulös, blendend aussehend. Amy starrte ihn mit offenem Mund an. Noch nie hatte sie ein derart perfektes Exemplar muskulöser Männlichkeit gesehen – eigentlich war es unmöglich, so gut auszusehen.

Aber überhaupt nicht mein Typ, außer ich brauche mal einen Handwerker …

Als jedoch die Empfangsdame den Neuankömmling sah, ließ sie den Telefonhörer sofort fallen und stürzte auf ihn zu. Dabei lief sie Amy fast über den Haufen. Sie und Adonis begrüßten sich euphorisch mit Dreifach-Küsschen auf die Wangen, erst links, dann rechts, dann wieder links und tauschten ein paar Worte auf Polnisch aus. Als sie sich voneinander lösten, fand Adonis Gelegenheit, Amy einen kurzen, abschätzenden Blick zuzuwerfen.

»Nun, meine Schöne, hattest du einen anstrengenden Tag?«, fragte er die Empfangsdame mit deutlichem Akzent auf Englisch. Dreist schaute er wieder zu Amy herüber, dieses Mal etwas länger, bevor er seine volle Aufmerksamkeit wieder der Frau vor sich widmete.

Amy fühlte ein unangenehmes Prickeln auf der Haut.

Hey, ich weiß, wann ich mit Blicken ausgezogen werde. Und ich wette, er redet jetzt nur deshalb Englisch, damit ich ja alles verstehe.

»Wie immer«, raunte die Dunkelhaarige ihm zu. »Hier ist nie Zeit um sich mal … zu *entspannen;* du weißt, was ich meine?«

Sie zupfte mit den Fingerspitzen an ihrem Pony, leckte sich lasziv über die Lippen, stemmte eine Hand aufreizend in die Hüfte und hielt sich offenbar für Marilyn Monroe.

Amy beobachtete nervös, aber irgendwie hingerissen diese Darbietung. *Ich bekomme eine preisverdächtige Lektion in schamlosem Flirten – selbst Debbie hätte Mühe, mit diesem Paar mitzuhalten. Wahnsinn!*

Gerade, als Amy dachte, die Situation könnte nicht noch heißer werden, flog die Tür des Personalraums auf. Eine blonde Amazone kam heraus und schoss auf das Pärchen zu. Die Empfangsdame von dem Mann wegdrängend, fuhr sie mit der Hand provozierend seinen Arm entlang und schnurrte, mit demselben fremdländischen Akzent: »*Hallo,* Fremder!«

Es stand für Amy außer Frage, dass Adonis diesen Augenblick genoss. Beide Frauen hatten durchtrainierte Körper, die perfekt in Form waren – es war eindeutig, dass sie jede freie Minute, die ihnen das Flirten ließ, im Fitnesscenter trainierten.

»Und, was kann ich heute Abend für dich tun?«, lispelte die Blondine, wobei ihr Mund nur fünf Zentimeter von seinem Ohr entfernt war. »Bist du hergekommen, um einen Termin für ein kleines *persönliches* Training auszumachen, hm?«

»Hey!«, bellte die Dunkelhaarige. »Heute Abend habe ich Dienst!« Sie zwängte sich zwischen die Blondine und den Mann. »Was kann ich also für dich tun?«

Adonis kostete die hedonistische Freude voll aus, dass sich zwei Frauen derart unverhohlen um ihn zankten. Er sah zuerst die Blondine an, dann die Brünette und seufzte: »Meine Damen, ich brauche nur zwei Karten für den Ball. Die bekomme ich doch hier, oder?«

Die beiden Frauen ließen wie auf Kommando von ihm ab und versuchten, ihre Enttäuschung zu verbergen.

»Schade.« Das anmutige Gesicht der Empfangsdame verwandelte sich wieder in eine teilnahmslose Maske. »Einen Moment, bitte. Allerdings muss ich erst nachsehen, ob es überhaupt noch welche gibt.«

»Wer ist denn die glückliche Begleitung?«, zischte die Blondine und bemühte sich, desinteressiert zu wirken, obwohl ihre Augen das Gegenteil verrieten.

Adonis zuckte mit seinen breiten Schultern und schenkte den beiden einen glühenden Blick. »Ich habe mich noch nicht entschieden …«

Die Empfangsdame wirbelte herum. »Massenhaft Karten! Jetzt fällt es mir wieder ein!« Amy war mittlerweile für alle Anwesenden Luft. Dass sie so ignoriert wurde, ärgerte sie zwar, aber ein Teil von ihr genoss dieses Schauspiel ungemein.

Debs, beeil dich – das musst du sehen.

»Wie schön.« Er fixierte die Frauen immer noch, wie ein Tiger, der durch Zufall zwei Gazellen auf einmal gestellt hatte. »Ich könnte mich aber nie zwischen zwei Schwestern drängen. Bis später.«

Und damit wendete Adonis sich von ihnen ab und stolzierte den Gang hinunter in Richtung Fitnessbereich.

Mit dem Hintern könnte man Nüsse knacken, dachte Amy und kicherte innerlich über seinen frechen Abgang.

Die Empfangsdame und ihre blonde Schwester standen wie versteinert da. Endlich meldete sich Amy zu Wort: »Ähm, entschuldigen Sie bitte?« Jetzt oder nie.

Die Frauen drehten sich zu ihr um und starrten sie an.

»Ach, Sie sind ja immer noch da.«

Amy holte tief Luft und sagte so zuversichtlich wie sie nur konnte: »Ja, das bin ich. Es tut mir leid, Sie zu stören, ich sehe ja, dass Sie beschäftigt sind, aber arbeitet hier vielleicht eine Marta Kowalski?«

Die Schwestern wechselten einen Blick. Dann verengte die Empfangsdame die Augen zu schmalen Schlitzen und erwiderte: »Und Sie sind?«

»Ich bin Amy Marsh, aber Marta kennt mich nicht. Ich muss sie wegen ein Paar Schuhen sprechen, die sie über eBay gekauft hat. Es hat da eine Verwechslung gegeben.«

Es folgte Stille. Amy war sicher, dass die beiden wussten, wovon sie sprach. Ihre Gesichter blieben jedoch regungslos.

»Ja und?«

»Ich … ich habe diese Schuhe aus Versehen verkauft und hatte gehofft, sie möglicherweise zurückzubekommen. Zurückzu*kaufen*, meinte ich, natürlich …«

»Wir verstehen nicht, wovon Sie reden. Nicht wahr, Iwona?«

Iwona? Dann musste die Empfangsdame Marta sein.

Diese blickte ihre Schwester finster an und zischte ihr etwas auf Polnisch zu. Iwona antwortete mit schneidender Stimme, ihre Schwester blaffte zurück und schon bald waren die beiden – wütend gestikulierend mitten im nächsten Streit.

Ratlos sah Amy den beiden ein paar Augenblicke lang zu und fragte sich, was sie tun sollte.

Das ist völlig verrückt! Debbie hätte sich längst eingemischt, Jesminder hätte uns alle dazu gebracht, uns an einen Tisch zu setzen und vernünftig über die Dinge zu reden, und ich? Völlig hilflos. Das ist einfach total … mies!

Sie trat einen Schritt vor und hob die Hände. »Stopp!« Wie sehr sie sich nach etwas mehr Durchsetzungsvermögen sehnte, nach höheren Absätzen, einer tieferen Stimme, einer Hupe, nach *irgendetwas*! Aber es schien zu funktionieren – irgendwie. Die dunkelhaarige Empfangsdame verstummte und drehte sich zu Amy, um sie anzusehen.

»Okay. Ich bin Marta.«

Volltreffer! Zumindest war sie an der richtigen Adresse – aber diese beiden könnten wohl kaum noch schwieriger sein! *Die zwei hier sind pures Dynamit …*

Iwona, die Blondine, schaltete sich ein: »Sie möchten etwas über Schuhe erfahren? *eBay*-Schuhe?« Sie stürmte zu einer Seite des Empfangsbereiches. Dort befanden sich etliche Spinde. Die Blondine zog einen Schlüsselbund aus der Tasche, steckte einen der Schlüssel gewaltsam ins Schloss, riss die Tür auf und zerrte ein Paar Schuhe heraus. »*Diese* hier?«

Amy hielt den Atem an.

Da waren sie, lieblos auf den Anmeldetresen geknallt: ihre schwarzen Lackleder-Pumps von Ferragamo, die mit den 7,5 Zentimeter hohen hellen Holzabsätzen, dem winzigen, herzförmigen Zehenausschnitt und dem grob gerippten Band als Fesselriemchen; diejenigen, wegen denen sie vor zwei Jahren mit dem Verkäufer in Spitalfields gehandelt hatte, als ginge es um ihr Leben: diejenigen, die ihr die Welt bedeuteten.

Allein beim Anblick ihrer Schuhe stürmten wehmütige Erinnerungen auf Amy ein. In diesem Moment wurde ihr bewusst, dass diese Schuh-Suche nicht einfach nur lohnenswert, sondern *lebenswichtig* für sie war. Aber die Schuhe vor Augen zu haben, war das eine, sie von diesen Damen auch zurückzubekommen, etwas anderes.

»Das war's!«, blaffte Marta und schnappte sich die Schuhe. Iwona knurrte irgendetwas auf Polnisch, während ihre Schwester eine Grimasse zog.

»Warte!«, rief Amy.

»Na, habt ihr euch schon angefreundet?« Zu Amys Erleichterung kehrte Debbie endlich zurück.

»Sag *du* es ihr«, murmelte Marta, stieß mit einem der Absätze nach ihrer Schwester und wandte sich ab.

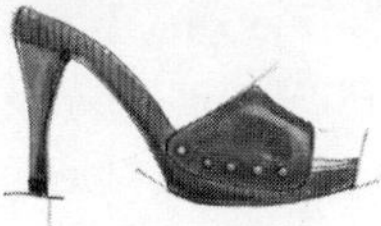

8. Kapitel

Weißt du«, zischte Debbie eine Viertelstunde später in Amys Ohr, »bei Aschenputtel hackt sich eine der hässlichen Schwestern den Zeh ab, um in den gläsernen Schuh zu passen.«

»Was?« Amy hörte nur halb zu. Wie gelähmt betrachtete sie mit entsetzter Faszination die beiden Schwestern, die vor ihnen saßen und so verzweifelt versuchten, ihre Füße in Amys kostbare Schuhe zu zwängen, als hinge ihr Leben davon ab.

»Ungelogen«, fuhr Debbie fort. »Sie sägt sich den dicken Zeh ab und zwängt in den Schuh, was von ihrem Fuß noch übrig war. Und dieser Prinz, der offen gesagt nicht ganz dicht war, fegt mit ihr auf dem Rücken seines Pferdes davon. Erst als sie in der untergehenden Sonne davongaloppieren, sieht er das Blut aus ihrem Schuh tropfen und erkennt, dass man ihn verarscht hat.«

»So ging die Geschichte von Aschenputtel niemals aus!«, rief Amy und stieß Debbie mit dem Ellenbogen in die Rippen.

»Wo ich herkomme schon! Hier im Norden lieben wir unsere Märchen härter.«

»Du bist doch krank. Hey, vorsichtig!« Amy stürzte sich nach vorn, als einer der Schuhe auf den Boden flog, weggeschleudert von der zunehmend verzweifelten Iwona. Währenddessen bestäubte Marta heimlich ihre Füße mit Talkum als Vorbereitung für einen neuen Versuch, den anderen Schuh über ihren großen, unnachgiebigen Fuß zu stülpen.

»Es nützt nichts!«, knurrte sie. »Er passt tatsächlich nicht!«

»Möchte jemand eine Säge?«, zwitscherte Debbie.

Vor wenigen Minuten hatte Iwona erklärt, warum die beiden Schwestern wegen dieser Schuhe auf Kriegsfuß standen. Sie hatten sie bei eBay entdeckt, als sie zusammen im Internet surften, hatten sich aber nicht einigen können, wer von ihnen für die Schuhe bieten sollte, und deshalb vereinbart, sich die Kosten zu teilen, wenn ihr Höchstgebot von fünfunddreißig Pfund den Zuschlag bekäme.

Aber Marta hatte ihr Gebot im letzten Moment auf vierzig Pfund erhöht, um sich die Schuhe zu sichern – für sich allein. Als das Päckchen im Fitnesscenter eintraf und Iwona die Intrige ihrer Schwester herausfand, schloss sie wütend die Schuhe in ihrem Spind ein, bevor Marta sie überhaupt in die Finger bekam. Seither hielt Iwona die Schuhe in Geiselhaft.

Und jetzt, während Amy und Debbie gespannt zusahen, probierten sie die Schuhe zum ersten Mal an. Dafür zogen sie ihre Trainingsschuhe aus und enthüllten Füße, die so groß waren wie Bootsplanken.

»Haben die beiden vor dem Bieten denn nicht die Größe gecheckt?«, zischte Debbie stirnrunzelnd.

»Sie werden eine gute Fee plus Zauberstab brauchen, um in diese Schuhe zu passen«, erwiderte Amy.

»Es liegt nur am Schweiß«, keuchte Marta.

»Was?«, schrie Amy.

»Wenn die Füße den ganzen Tag in Trainingsschuhen stecken, dann schwitzen sie und schwellen an.«

»Nie im Leben!«, erwiderte Iwona scharf. »Deine Füße waren schon immer eine halbe Nummer größer als meine.«

»Warte … einen Moment … nein!« Mit einem letzten Ruck rutschte Marta von der Bank und polterte auf den Boden, hechelnd und geschlagen, während der Schuh umfiel. Amy unterdrückte das Bedürfnis zu schreien und ihn sich zu holen.

»Zehn von zehn Punkten für die Mühe«, flüsterte Debbie. »Das müssen wir ihr zugestehen.«

»Sei still!«

Jetzt war nur noch Iwona im Rennen. Verstohlen knetete sie das Lackleder, um es weicher zu machen. Dann beugte sie sich zu einem letzten, tapferen Versuch nach vorn. Aber es war zwecklos. Amy konnte sogar aus ein paar Metern Entfernung erkennen, dass es gerade einmal die Zehen und der Spann bis in den Schuh geschafft hatten.

Iwona setzte sich auf und legte die Arme in den Schoß. Dann atmete sie tief aus und warf einen sehnsüchtigen Blick zum Plakat mit der Ballankündigung.

Amy folgerte blitzschnell.

Sie muss gehofft haben, die Schuhe auf dem Ball tragen zu können – und dann mit diesem großen, muskulösen Typen hinzugehen!

»Um ehrlich zu sein«, begann Amy zögernd, »in diesen Schuhen zu tanzen, ist der reinste Selbstmord.«

Iwonas Blick fiel auf den Schuh vor ihr. Dann hob sie ihn hoch und begutachtete Absatz und Sohle.

»Ich habe sie nur ein einziges Mal getragen«, fuhr Amy

fort, »und sie haben mich fast umgebracht. Diese Holzabsätze sind absolut gnadenlos. Ich bin danach tagelang gehumpelt.«

»Warum wollen Sie die Schuhe dann zurück?«, zischte Iwona.

Gutes Argument, Sherlock. Und was zur Hölle antworte ich darauf? Nun, wenn alles andere nicht funktioniert, wie wär's mit der Wahrheit?

»Weil mit ihnen ganz besondere Erinnerungen verbunden sind. Ich liebe diese Schuhe.«

»Das tut sie wirklich«, mischte sich Debbie ein. »Sie ist schon komisch, unsere Amy.«

Nun wurde es wirklich still an der Rezeption, zum ersten Mal, seit Amy die Tür zu diesem Fitnesscenter geöffnet hatte. Das musste Lichtjahre zurückliegen.

»Na gut«, sagte Marta schließlich, ohne Amy in die Augen zu sehen. »Sie möchten also diese Schuhe wiederhaben, die auch Ihnen nicht passen?«

Amy nickte. »Wenn Sie nichts dagegen hätten? Tut mir leid, dass ich so viel Ärger verursacht habe.«

Dann, nach ein paar weiteren Momenten der Unentschlossenheit, erhob sich Marta und stellte den linken Schuh auf die Empfangstheke. Und nach noch quälenderen Augenblicken folgte eine finster dreinblickende Iwona mit dem rechten.

»Ich will natürlich meine vierzig Pfund zurück«, sagte Marta leise.

»Vierzig!«, fauchte Iwona. »Du solltest nur fünfunddreißig bekommen! Die Verräterin muss zahlen!«

»Diebin!«

»Ladies! Wie ich sehe, geht es heute Abend immer noch heiß her, sehr *heiß.*« Adonis stolzierte auf dem Weg zur Sauna an ihnen vorbei und zwinkerte vielsagend.

Es war, als würde sein Anblick die letzten 15 Minuten aus dem Bewusstsein der Schwestern löschen. Marta und Iwona schossen hinter ihm her – Iwona stoppte nur kurz, um sich zwei Eintrittskarten für den Ball zu schnappen, die unter der Empfangstheke lagen.

Erneut wurde es im Empfangsbereich gespenstisch still. Die schwarzen Schuhe standen auf der Theke. Amy starrte sie an. Dann fischte sie wortlos vierzig Pfund aus ihrer Handtasche und warf das Geld auf die Theke. Debbie schnappte sich die Schuhe.

»Lass uns abhauen«, kicherte Amy, »bevor sich die Kutsche in einen Kürbis zurückverwandelt!«

»Bin direkt hinter dir, Cinderella«, rief Debbie, während sie in Richtung Treppe stürmten.

Im Auto angekommen brauchten die beiden eine Weile, um sich so weit zu beruhigen, dass Amy den Anlasser betätigen und den murrenden 2CV dazu bewegen konnte, die Tiefgarage zu verlassen.

»Bieg am Ende der Straße links ab«, befahl Debbie.

Amy gehorchte. »Wow, was für ein Wirbel um ein paar Schuhe, die ich nie wieder anziehen werde!«, kicherte sie. »Das eine Mal, als ich sie trug, haben sie mich fast zum Krüppel gemacht.«

»Und ich dachte, du hättest dir das nur ausgedacht. Oh, hier rechts und an der Ampel wieder links.«

»Es war der erste Gig, zu dem ich gemeinsam mit Justin ging. Ich wollte nicht, dass er gleich merkt, was für ein

Zwerg ich bin. Außerdem hatte ich sie damals gerade gekauft, und du weißt ja: Neue Schuhe muss man immer sofort anziehen!«

Debbie nickte. »Sonst kommt der Schuhkobold und belegt dich mit einem bösen Zauber. Bei *Millets* wieder links.«

»Genau deshalb. Jedenfalls, der Gig war klasse, wir haben getanzt, und ich wusste schon nach einer halben Stunde: Wenn ich nicht sofort diese Schuhe ausziehe, müsste ich meine Beine absägen, um diese quälenden Schmerzen loszuwerden. Und da ich wenig Lust dazu hatte …«

»Direkt hinter *Accessorize* rechts, nach der Kurve!«

»Also verabschiedete ich mich von ihnen.«

»Von deinen Beinen?«

»Den Schuhen, du Dummkopf. Ich habe barfuß getanzt und ging ihm nur noch zur Brust. Wie du weißt, kann er das Kinn auf meinen Kopf stützen – ist irgendwie nett.« *Zumindest war es das.*

»Und dir ist niemand auf die Füße getreten? Weiter geradeaus, dann kommt ein Brillengeschäft auf der linken Seite, da musst du rechts abbiegen.«

»Er hat eine wunderbar glatte Brust. Und in dieser Nacht duftete sie nach Kakaobutter …«

»Amy, Schatz, ich glaube, jetzt übertreibst du. Seit wann riecht ein Kerl nach Kakaobutter?«

»Es war echt schön! Und er trug mich aus dem Zelt – sagte ich eigentlich, dass der Gig in einem großen Festzelt auf dem Gelände dieses fantastischen Schlosses stattfand?«

»Nein – links an dem *Vodafone*-Laden … nein, warte – sagte ich links? Ich meinte rechts. Was! Ein *Orange*-Shop! Wann wurde denn aus dem *Vodafone*- der *Orange*-Laden?

Oder war da schon immer der Orange Shop und ich habe es nur vergessen …«

»Wie auch immer, da war ich also, barfuß, und wurde über das nasse Gras zu Justins Auto getragen, während die Schuhe an meinen Fingern baumelten. Ich dachte, er würde mich in mein damaliges Apartment zurückfahren, aber stattdessen fragte er, ob ich mit zu ihm käme …«

»Und – lass mich mal raten – du hast geantwortet: *Sicher nicht, mein Herr. Ich bin schließlich ein anständiges Mädchen. Bringen Sie mich sofort nach Hause oder meine Gouvernante wird sich große Sorgen machen!* Ja, weiter geradeaus, an dem *Good Luck*-Chinesen vorbei – dort gibt es übrigens fantastisches Foo Yung.«

Amy grinste. »So was in der Art. Ich bin jedenfalls am nächsten Tag bei ihm eingezogen.«

Ein paar Augenblicke lang sagte Debbie nichts. Amy spürte, dass sie mit sich kämpfte, wahrscheinlich brannte sie darauf, einen fiesen Kommentar in der Art von: »Das war dein erster Fehler« loszulassen. Aber ausnahmsweise verkniff sie es sich. »Wie … nett«, war alles, was sie schließlich sagte.

»Wohin fahren wir eigentlich?«, fragte Amy. »Das ist doch nicht der Weg, auf dem wir hergekommen sind?«

»Ich dachte schon, du würdest nie fragen!« Debbie grinste. »Hier, nach links, auf den Parkplatz.«

Amy blinkte links. »Wow, das sieht nach einem riesigen Einkaufszentrum aus.«

Debbie nickte. »Und es ist bis 20.00 Uhr geöffnet.«

»Ach?« Amy zog ein Parkticket aus dem Apparat und die Schranke ging hoch. »Was musst du denn kaufen? Willst du deinen Leuten etwas mitbringen?«

»Sei nicht albern«, schnaubte Debbie. »Die würden nur denken, dass ich schwanger bin oder sie anpumpen will, wenn ich zu Hause mit Geschenken aufkreuze. Nein, ich, äh, muss mir ein Kleid kaufen. Und bei der Gelegenheit könntest du dir eigentlich gut ein Paar Schuhe für deine Reise kaufen. Mit diesen Folterschuhen wirst du nicht besonders weit kommen.«

»Das lässt sich nicht abstreiten, aber warum heute Abend? Was soll diese Eile? Was willst du denn Geheimnisvolles kaufen?«

Debbie wurde rot. »Ein Ballkleid.«

Amy blinzelte. »Wie bitte? Du gehst zu einem ... *Debbie!* Doch nicht etwa zu diesem Polnischen Ball?«

»Ja, morgen Abend! Schade, dass du dann nicht mehr hier bist, um mich in diesem alten Kürbis hinzukutschieren«, kicherte sie und tätschelte das Armaturenbrett.

Es war gut, dass der Parkplatz nahezu leer war, denn Amy konnte sich schlecht auf das Einparken konzentrieren und stand am Ende so, dass sie glatt zwei Plätze belegte. »Aber wie in aller Welt ...? *Debbie!* Da lasse ich dich nur für fünf Minuten aus den Augen – nur *fünf* Minuten –, und du schaffst es, jemanden aufzureißen?«

»Korrekt. Jetzt guck nicht so überrascht, Kleine. Wenn ich muss, kann ich sehr schnell arbeiten.« Debbie zog einen Handspiegel aus ihrer Tasche und leckte sich aufreizend über die Lippen.

»Jetzt erzähl schon alles über den tapferen – sorry, ich meinte *glücklichen* – Kerl. Hatte er sich im Damenklo versteckt?«

»Erinnerst du dich nicht an ihn?« Debbie wirkte überrascht. »Großer Typ, blonde Haare, Ausländer, Bauchmuskeln wie Rambo – und der Rest …«

»Dieser *polnische* Typ?«, kreischte Amy. »Mister Nussknacker-Hintern?«

»Ach, er ist Pole? Stimmt, das macht irgendwie Sinn, wenn man bedenkt, dass es ein Ball der polnischen Gesellschaft ist – ja, genau der.«

»*Wie ist das denn passiert?*«

»Ich kam am Wasserspender im Fitnessbereich mit ihm ins Gespräch – ich hab da mal reingespäht, um das Potenzial zu begutachten, und weißt du was? Potenzial gesichtet.«

»Und wie hast du es geschafft, ihm nur fünf Minuten nach eurem Kennenlernen eine Einladung zum Ball abzuluchsen?«

Debbie erneuerte gerade ihren Lipgloss und machte einen Schmollmund vor dem pinkmetallic farbenen Handspiegel. »Ich habe ihn einfach gefragt, wo eine Frau hier ausgehen kann, wenn sie sich gut unterhalten will, und er hat mich auf der Stelle eingeladen. Es war so leicht, wie einem Kind die Süßigkeiten wegzunehmen. Findest du nicht, dass er einfach … *appetitlich* ist?«

Amy konnte sich nicht vorstellen, jemals Gelüste nach *so* einem Kerl zu haben. Trotzdem nickte sie. »Aber das eine sage ich dir, Debbs. Halt dich von Iwona und Marta fern. Ich glaube, die hatten ihn für sich selbst vorgemerkt.«

Debbie wies auf ihr Gesicht. »Siehst du dieses Gesicht? Wirke ich irgendwie beunruhigt?«

Amy lachte. »Also los, du freche Göre – du *sollst* auf den Ball gehen. Und ich suche mir Schuhe aus!«

9. Kapitel

Obwohl die Grafschaft Berkshire nur eine Autostunde westlich von London lag, war Amys letzter Besuch zwölf Jahre her. Einmal hatten ihre Eltern mit ihr zu Weihnachten einen Ausflug nach Windsor Castle gemacht. Sie hatte sich darauf gefreut, das *echte* Zuhause der Queen zu sehen. Laut ihrer Mutter hatte sie während der Besichtigung ständig versucht, durch die Fenster zu spähen, um Ihre Majestät beim Fernsehen zu ertappen. Sie hatte sogar wissen wollen, ob die Queen Pantoffeln trug. Und als sie an diesem Abend nach Hause kam, malte sie ein Bild, das die königlichen Pantoffeln zeigte. An Quasten und Juwelen mangelte es jedenfalls nicht.

Und jetzt, einen Tag nach ihrem Erfolg in Delsey's Gym, war Amy wieder in Berkshire, dieses Mal jedoch allein. Von Debbie hatte sie sich morgens in Newcastle verabschiedet und ihr für den polnischen Ball am Abend Glück gewünscht. Danach war sie schon früh zu der zweiten Adresse auf ihrer Schuh-Liste aufgebrochen.

Während ihr 2CV durch Windsor tuckerte, versuchte Amy, nicht zu dem am Horizont aufragenden Schloss zu blicken. Die wehmütigen Erinnerungen machten es ihr ohnehin schon schwer genug, sich auf die ihr unbekannte Straße zu konzentrieren. Sie hatten früher nur selten Familienausflüge unternommen – jedenfalls konnte sie sich nicht an viele erinnern. Aber dieser Tag in Windsor Castle war unvergesslich.

Sie erinnerte sich noch an das Erdbeereis, das ihr Vater ihr gekauft hatte. Es tropfte, und sie hatte sich ihren dunkelblauen Dufflecoat und die pelzbesetzten silbernen Kunststoffstiefel bekleckert – ihre Spice Girls-Stiefel. Der Gedanke daran ließ sie zum ersten Mal an diesem Tag lächeln. Sie hatte diese Stiefel getragen, bis sie auseinanderfielen. Und als ihre Mutter sie schließlich ausrangierte, hatte Amy das Herz geblutet.

Nur wenige Wochen nach diesem Ausflug starb ihr Vater: Er kam bei einem Autounfall auf vereister Straße ums Leben, als er gerade auf dem Heimweg war.

Amy schüttelte heftig den Kopf und versuchte, die traurigen Gedanken zu verscheuchen.

Thatcham, Winterbourne, Chieveley, Peasemore. Amy passierte Straßenschilder mit hübsch klingenden Namen von Dörfern und Städten. Sie wünschte, Debbie oder Jesminder wären bei ihr. Oder Justin. Wo zum Teufel mochte er stecken?

Endlich, nachdem sie zweimal kurz angehalten hatte, um auf die Straßenkarte zu sehen, erreichte sie das Städtchen auf ihrer Liste – Brightwalton. Amy war ganz aufgeregt, als sie an der Kirche vorbeisteuerte, den Kanal überquerte und schließlich vor einem hübschen Reihenhaus aus rotem Backstein anhielt. Hausnummer drei. Sie war am Ziel.

Um die nächste Mission noch etwas hinauszuzögern, holte sie ihr Handy aus der Tasche und drückte die Kurzwahltaste mit Justins Nummer.

Sie fuhr zusammen, als eine Computerstimme sagte: »Die Nummer, die Sie gewählt haben, ist nicht vergeben. Bitte überprüfen Sie Ihre Eingabe und versuchen Sie es erneut.« Er hatte seine Handynummer geändert. Er. Hatte. Seine. Handynummer. Geändert.

Wie betäubt legte Amy auf und starrte ins Leere, als das Handy ihr aus der Hand fiel. Nie zuvor in ihrem Leben hatte sie sich so allein gefühlt.

Müde kontrollierte sie ihr Aussehen im Taschenspiegel. Dunkle Schatten lagen um ihre Augen und direkt über der Nase gruben sich zwei tiefe Furchen in ihre Stirn. Die waren vor einer Woche noch nicht da gewesen.

Ich sehe beschissen aus.

Seufzend schloss sie den Wagen ab und ging den gepflasterten Weg zu der grünen Haustür hinauf. Als Amy auf die Klingel drückte, schlug ihr das Herz bis zum Hals.

»Ich geh schon!«, erklang drinnen eine zarte Stimme.

»Oh!«, rief Amy aus, als ihr ein kleines, etwa achtjähriges Mädchen öffnete. Die Kleine trug ein zartrosa Trikot mit Tutu sowie Ballettschuhe und begrüßte sie mit: »Hallo!«

Das glaube ich nicht! Hier müssen Mums Ballettschuhe sein! Sie müssen einfach!

»Du siehst aber hübsch aus!«, sagte Amy aufgeregt. »Ist deine Mummy vielleicht zu Hause?«

»Wer ist da, Miranda?«, fragte eine Frauenstimme.

Ohne die Antwort abzuwarten, tauchte die Mutter des Mädchens auf. Barfuß, ein bisschen zerzaust, aber auf ihre Art hübsch und – hochschwanger. »Hallo, Sie sind aber früh!«

Ihre Stimme klang freundlich, aber Amy merkte sofort, wie erschöpft die Frau war. Das war an jeder ihrer Bewegungen abzulesen, an jedem Wort, mit dem sie sich bemühte, höflich zu sein. Und die dunklen Ränder unter den Augen waren noch stärker ausgeprägt als ihre eigenen. Amy öffnete den Mund, um etwas zu sagen.

»Sophie?« Eine Männerstimme erklang aus dem hinteren Teil des Hauses. »Könnte ich den Wasserkocher *jetzt* haben, bitte? Das da draußen ist ein Notfall ...«

Die Frau verdrehte die Augen. »Ich komme.« Sie sah Amy entschuldigend an. »Kommen Sie bitte herein. Mein Mann steckt gerade in einer Krise mit seiner Zwiebelzucht – bin gleich wieder da.«

Sie hastete zurück in Richtung Küche, und Amy folgte ihr unsicher.

Die Küche war das reinste Chaos: Bügelwäsche, Spielsachen und eine bekleckste Kinder-Staffelei füllten den Raum bis in den letzten Winkel. Dennoch lag über allem eine gemütliche Atmosphäre. Aber Amy tat die Frau leid, die gerade den Wasserkocher aus der Steckdose zog und einem schlaksigen Mann reichte, der in der offenen Hintertür stand.

»Und Tim? Verdreck ihn mir nicht«, seufzte sie und rieb sich über die Stirn.

»Werde ich nicht, Schatz«, erwiderte er. Seine Stimme klang sanft und geduldig. Auch er sah erschöpft aus.

Irgendetwas läuft hier gar nicht gut ...

»Danke.« Amy hörte den angespannten Unterton in Sophies Stimme. Ihr Mann war bereits gegangen. Mit hängenden Schultern war er unterwegs zu seinem Gemüsebeet mit den Rankhilfen und Schutznetzen, das hinter der Hängeschaukel des Mädchens lag.

»Entschuldigen Sie bitte«, sagte die Frau und lächelte Amy müde an. »Sie müssen die Dame sein, die wegen der Freiwilligen für den Gemeinderat angerufen hat?«

»Ich?« Amy wies mit dem Daumen auf sich. »Nein, eigentlich nicht. Mein Name ist Amy Marsh. Tut mir leid, Sie zu behelligen, aber es hat eine Verwechslung mit einem Paar Schuhe gegeben, die ich über eBay verkauft habe. Ich dachte, ich fahre lieber persönlich her, um die Sache ins Reine zu bringen.«

Sophie zog überrascht die Augenbrauen hoch. »Schuhe? Sie sind wegen *Schuhen* hier? Oh, wie dumm von mir! Aber das ist auf jeden Fall viel amüsanter, als über Flohmarktstände für den Herbstbazar zu reden! Ich liebe Schuhe!« Dann verdunkelte sich ihre Miene sofort wieder. »Meistens jedenfalls.« Sie wandte den Kopf und warf einen ärgerlichen Blick in Richtung Garten. »Wenn es eine Verwechslung gegeben hat, dann bin ich sicher, dass wir die Sache klären können. Miranda!«

Das kleine Mädchen kam aus dem Wohnzimmer herüber gehüpft.

»Leg das hier auf dein Bett, dann geh und mach deine restlichen Übungen draußen. Nimm Peter mit. Daddy kann einen Moment auf ihn aufpassen – ausnahmsweise. *Bitte.*« Sie reichte ihrer Tochter ein frisch gebügeltes Sommerkleid. Miranda nahm es und tänzelte damit nach oben.

»Es ist wirklich eine dumme Sache«, murmelte Amy, »aber ich hatte nie vor, diese Schuhe zu verkaufen, und da ich auf der Durchfahrt hier vorbeikam, dachte ich, ich schau mal rein …« Sie brach ab, weil sie sich erbärmlich dabei fühlte, nur die halbe Wahrheit zu sagen. Es schien ihr so unpassend inmitten der Geborgenheit dieser Familie, in die man sie schließlich hineingebeten hatte.

»Machen Sie sich keine Sorgen«, antwortete Sophie. »So etwas passiert mir ständig.« Dann runzelte sie die Stirn. »Nein, eigentlich nicht – aber ich habe oben ein Paar Schuhe, die gerade erst über eBay gekauft wurden. Kommen Sie am besten mit und schauen Sie selbst.«

»Sind Sie sicher?« Amy blickte schuldbewusst auf Sophies beeindruckenden Bauch und die feucht glänzende Stirn. »Ist es nicht zu anstrengend für Sie?«

»Natürlich nicht.« Sophie lächelte. »Kommen Sie.«

Oben angekommen stießen sie auf Miranda. Sie zerrte ihren kleinen Bruder, der in einen Gameboy vertieft war, aus seinem Zimmer. »Komm schon, Petey. Mummy hat gesagt: JETZT! Mummy ist sehr müde, und Daddy sagt, wir müssen tun, was Mummy sagt, bis das Baby da ist!«

Sophie lächelte. »Und jeden weiteren Tag danach für den Rest eures Lebens, mein Schatz«, erinnerte sie die beiden, als sie an ihr vorbei die Treppe hinunterstiegen, um in den Garten zu gehen.

»Wenigstens das hat er kapiert«, murmelte sie. »Oh, entschuldigen Sie bitte, mein Name ist Sophie – und Sie sind Amy, das sagten Sie doch, oder?« Sophie betrat ihr Schlafzimmer und ging bis zur gegenüberliegenden Wand, an der ein alter, riesiger Schrank aus Kiefernholz stand.

»Das stimmt. Und es tut mir wirklich leid …«

»Schluss mit den Entschuldigungen! Sie wollten Schuhe? *Hier sind sie! Schuhe!*«

Als Sophie die Schranktüren aufriss, verschlug es Amy den Atem. Dutzende über Dutzende wundervoller Schuhe – eine Sammlung, die ihrer eigenen leicht Konkurrenz machen konnte.

»Riechen Sie ihn, den Duft des Leders?« Mit geschlossenen Augen atmete Sophie tief ein. Ein Ausdruck reiner Glückseligkeit huschte über ihr Gesicht, aber nur für einen Moment.

Amy grinste. »Kann es sein, dass Sie meine Schwester sind, von der ich bislang nichts weiß? Mir geht es genauso, wenn ich meinen Schuhschrank öffne!«

Sophie erwiderte das Lächeln. »Streichen Sie auch manchmal darüber, einfach nur, um ihre Form zu ertasten – selbst wenn sie gar nicht vorhaben, sie anzuziehen …? Oh, mein Gott, Sie müssen glauben, einem Schuh-Psychopathen in die Hände gefallen zu sein.«

»Keineswegs«, versicherte Amy. »Ich stimme Ihnen voll und ganz zu. Was für ein fantastische Sammlung!« Sie fuhr mit den Augen die Reihen säuberlich geordneter Schuhe entlang. Die einzelnen Paare steckten nicht in Kartons, sondern lagerten in Fächern, die an ein übergroßes Weinregal erinnerten. Aber obwohl die Schuhe hübsch waren und auch ihrem Stil entsprachen, sah Amy auf den ersten Blick, dass ihr keines der Paare bekannt vorkam. Und es waren definitiv keine Ballettschuhe dabei. »Ich könnte sie mir den ganzen Tag lang anschauen.«

Sophie schnaubte. »Mehr bleibt mir momentan auch nicht – als sie *anzuschauen*. Sehen Sie das hier?« Sie wies auf ihre Füße.

Amy blickte höflich an dem weitem, einfachen Baumwollkleid vorbei, das Sophie trug, nach unten. »Oh, Sie Ärmste!«

Sophies Knöchel waren geschwollen, und ihre Füße so aufgedunsen, dass Amy beim Anblick der Zehen unweigerlich an dicke Würstchen denken musste. Sie wusste nicht, was sie sagen sollte.

»Hässlich, nicht wahr?«, beklagte sich Sophie. »Ich kann schon seit Wochen meine Schuhe nicht mehr tragen und laufe die meiste Zeit in Flip-Flops herum.« Sie schüttelte den Kopf.

»Finden Sie nicht auch, dass Flip-Flops die schlimmste Erfindung der Menschheitsgeschichte sind – zumindest was Schuhe angeht?«

Amy nickte. »Und dieser fürchterliche Name. Flip-Flops!«

»Ich habe immer gedacht: An dem Tag, an dem ich anfange, Flip-Flops nicht nur am Strand zu tragen, ist mein Leben vorbei. Und hier steh ich nun! Watschele herum wie ein altes Walross!«

»Ach was, so schlimm ist es nicht«, beruhigte Amy sie. »Aber Sie haben mein Mitgefühl.«

»Danke.« Sophie wandte sich ab und ging hinüber zum Fenster. Sie blickte hinunter in den Garten hinter dem Haus, wo sich kratzende Spatengeräusche mit Mirandas Singsang und der blechernen Musik aus Peters Gameboy vermischten.

»Sehen Sie den Mann da draußen?« Sophie wies mit dem Kopf in Richtung ihres Mannes, der offensichtlich Peter dazu bewegen wollte, den Gameboy abzuschalten und mit dem Fußball zu spielen. »Wissen Sie, was er getan hat?«

»Ähm, nein?«

Sophie sank seufzend auf das Bett und rieb sich das Kreuz. »Vor zwei Wochen«, begann sie, »war unser Hochzeitstag. Elf Jahre.«

»Gratuliere«, sagte Amy zögernd, da sie ahnte, dass jetzt nichts Gutes kommen würde.

»Ha, vielen Dank. Jedenfalls sagte Tim, dass er eine Überraschung für mich hätte – großartig, oder?«

»Normalerweise schon …«

»Genau. Normalerweise würden wir essen gehen, ins Theater, einen Kurzurlaub machen, was auch immer. Ich wusste, dass er etwas geplant hatte, denn er hatte es so organisiert, dass Miranda und Peter über Nacht bei seinen Eltern bleiben konnten. Und wissen Sie, was es war?«

»Sagen Sie es mir.« Amy hielt den Atem an.

»Ich hatte auf ein Wellness-Center gehofft. Ein *Wellness-Center!* Ich bin fix und fertig, aufgedunsen wie ein Wal, nichts passt mehr, alles tut mir weh, und meine Schlüpfer lassen die von Bridget Jones geradezu unanständig winzig aussehen.«

»Amüsante Vorstellung, vielen Dank«, lächelte Amy.

»Gern geschehen. Von der Sorte habe ich noch mehr auf Lager. Aber wie dem auch sei, ich würde meine Seele verkaufen für eine Gesichtsbehandlung, ein bisschen Frisieren oder einfach nur eine gute Pediküre – warum versteht er das nicht?«

Vielleicht, weil er ein Mann ist? Amy sagte nichts und wartete gespannt, was jetzt kam.

»Ich zog also das einzige hübsche Kleid an, das noch zugeht – mein Ischiko-Wickelkleid – und kam die Treppe hinunter. Es stellte sich heraus, dass er das Abendessen zubereitete.«

»Das ist … nett, oder?« Darauf gab es keine passende Antwort, dessen war sich Amy sicher.

»Ich fragte ihn, ob er sich in der Öffentlichkeit nicht mit einer Ehefrau zeigen will, die aussieht wie zwei Doppeldeckerbusse nebeneinander. Daraufhin war er eingeschnappt.«

»Vielleicht wollte er einfach nur einen ruhigen Abend zu Hause verbringen, an dem er Sie noch einmal ganz für sich hat, bevor das Baby kommt.«

Sophie seufzte. »Genau das hat er auch gesagt. Jedenfalls, der Apfelsaft stand kalt, die Kerzen brannten und plötzlich sagte er, dass er sich nicht länger zurückhalten könne und jetzt mein Geschenk holen würde. Ich sollte die Augen schließen und er lief nach oben.«

»Was jetzt kommt, wird mir nicht gefallen, oder?«, flüsterte Amy.

»Letztes Jahr waren es zwei Tickets nach Wien. Im Jahr davor eine Mulberry Tasche – die dunkelgrüne, kennen Sie die?«

»Sorry, bei mir dreht sich alles ausschließlich um Schuhe. Taschen sind für mich unbekanntes Terrain.«

»Er kam also wieder hinunter und hatte diesmal einen Schuhkarton dabei, mit einer dicken roten Schleife drumherum – fantastisch!«

»Volltreffer!«, stieß Amy hervor und hielt dann wieder den Atem an.

»Das meinte ich auch. Ich dachte, er hätte sich daran erinnert, wie ich beim Anblick eines Paars schwarzer Manolo

Blahniks ins Schwärmen geriet, als wir das letzte Mal in London waren. Er hatte mich von dem Schaufenster wegzerren müssen …«

»Doch nicht etwa die mit dem bronzefarbenen Keilabsatz?« Amy konnte einfach nicht still bleiben.

Sophie starrte sie einen Moment lang an, dann nickte sie stumm.

»Sorry.« Amy zuckte mit den Schultern. »Nennen Sie es Intuition. Erzählen Sie weiter, bitte!«

»Okay, ich dachte also, er hätte mir ein paar tolle Schuhe gekauft, die ich nach der Geburt des Babys tragen könnte.«

»Wäre auch meine Vermutung.«

»Ich war davon ausgegangen, dass er *nachdenken* würde, Amy.«

»Natürlich. Und was war in der Schachtel?« Amy hielt die Spannung kaum noch aus.

Sophie schloss die Augen und stieß die Antwort hervor: »Gesundheitsschuhe.«

10. Kapitel

»Was?«

Sophie kniff die Augen fest zusammen. »Sie haben richtig gehört. *Gesundheitsschuhe.* Dunkelblaue Latschen mit verstellbarer Schnalle für perfekte Passform.«

»Nein!«

»Probleme mit der Breite? Treble G.«

»Treble *was?*«

»Treble G. G für groß. Von einer Firma, die auf orthopädische Schuhe und Bandagen spezialisiert ist. Die absolut bequemsten Schuhe aus ihrer mega-bequemen Bunty-Serie. *Kein Fuß ist uns zu breit*, so lautet deren Motto.«

»Kann ich sie mal sehen?« Kaum hatte Amy die Frage ausgesprochen, da schämte sie sich schon dafür. Sie war schockiert, dass ihre erste Reaktion darin bestand, sehen zu wollen, *wie* hässlich diese Dinger waren. Sophies Beschreibung nach waren sie aber so scheußlich, dass es nach einem Beweis verlangte.

Sophie schüttelte den Kopf. »Zurückgeschickt. Direkt am nächsten Tag.«

»Verstehe. In Ordnung.«

»Und mit Tim habe ich zwei Tage lang kein Wort geredet.«

Das war allerdings übel. Amy schaute die Frau an, die

aufgeschwemmt und elendig auf das Bett geplumpst war. Wie verrückt suchte sie in ihrem Kopf nach etwas Positivem, das sie sagen könnte.

»Ich vermute mal, er hat sich schon Gedanken gemacht. Bestimmt setzt es ihm zu, Sie so leiden zu sehen, und er wollte etwas dagegen tun?«

Sophie nickte. »Das hat er auch immer wieder gesagt. Er findet, ich hätte überreagiert. Er sagte, er wisse selbst, dass diese Schuhe nicht gerade sexy seien, aber es wäre ja auch nur für kurze Zeit.«

»Womit er recht hat. Wann soll das Baby kommen?«

»Erst in fünf Wochen. Eine Ewigkeit.«

»Na ja, eigentlich nicht, oder?«

»Und ich muss noch so viel erledigen! Tim verbringt jede freie Minute im Garten – er geht mir aus dem Weg, das weiß ich. Er ist verärgert. Was war es noch, was er gestern gesagt hat? *Warum kaufst du dir deine Geschenke von jetzt an nicht selbst, wenn ich zu dämlich dazu bin?* Ach, ich weiß auch nicht. Gesundheitsschuhe, Amy! Können Sie sich vorstellen, dass ein Mann so etwas für seine Frau *als Geschenk* aussucht?«

Amy biss auf ihre Unterlippe. Die Situation war zweifellos verfahren. »Sie Ärmste«, war alles, was sie sagen konnte.

Sophie hievte sich wieder auf die Füße. Mühsam und wie in Zeitlupe langte sie unter das Bett und zog eine Plastiktüte hervor.

»Sehen Sie sich die hier an – *die* sind ein richtiges Geschenk!« Sie griff in die Tüte.

Amys Schuhe.

Sie verspürte ein Flattern im Bauch. Da thronten ihre

Schuhe auf dem Bett wie ein lang gesuchtes Beweisstück in einem Mordfall, ihre flippigen Espadrilles aus karamell-orangefarbenem Leinen, die sie einst im Sommer in Spanien gekauft hatte – in den gemeinsamen Ferien mit ihrer Mutter. Gewebte Cordsamtbänder mit kleinen Holzperlen am Ende und feine Goldfäden, die das Leinen durchzogen, wodurch die Schuhe für tagsüber und abends gleichermaßen perfekt waren. Toll zu Shorts, hübsch zu einem Sarong … und genau richtig – wie Amy klar wurde –, um eine schwangere Frau aufzumuntern, der nichts mehr passte.

»Sind das Ihre?«

Amy nickte.

»Und es hat da eine Verwechslung gegeben?«

Langsam nickte Amy erneut. »Eigentlich war es mehr ein Irrtum …«

»Die Schuhe sind wunderschön«, fiel Sophie ihr ins Wort. »Als Miranda und Petey bei Tims Eltern waren, haben sie sich ins Internet eingeloggt und die Schuhe gekauft, um mir eine Freude zu machen. Ich wusste gar nicht, dass die beiden einen so guten Geschmack haben! Vermutlich hat ihre Oma ihnen geholfen – sie liebt Schuhe. Schade, dass sie nichts von dieser Leidenschaft an ihren Sohn weitergegeben hat, stimmt's? Aber so sind die Männer nun mal.«

»Vermutlich.« Ernüchtert ließ sich Amy auf Sophies Bett fallen.

Sophie war so mit Schimpfen beschäftigt, dass sie Amy gar nicht bemerkte. »Computerersatzteile? Davon kauft er die besten. Krawatten? Fürs Büro sucht er sich immer die schicksten aus. Aber *Schuhe*? Ich sage Ihnen, Amy, eher friert die Hölle zu, bevor … Amy? Geht es Ihnen nicht gut?«

Sophie legte ihre Hand auf Amys, die zu ihrer eigenen Schande in Tränen ausbrach.

»Es tut mir leid.« Sie schluckte und wischte sich mit dem Ärmel übers Gesicht. »Es ist so lächerlich.«

»Amy, was ist denn los?« Sophies Stimme war voller Sorge. Sie zog ein Papiertaschentuch aus der Box auf ihrem Nachttisch und reichte es Amy. »Ist es wegen der Schuhe? Wie dumm von mir, natürlich sind es die Schuhe.«

»Nein, nein …«

»Warum in aller Welt haben Sie sie denn verkauft?« Sophie fuhr mit den Fingern über das dunkelorange Leinen der Espadrilles.

»Habe ich gar nicht, das ist es ja«, schluchzte Amy. »Mein Freund hat sie verkauft. Vor zwei Wochen hat er all meine Schuhe versteigert, ohne mir ein Wort davon zu sagen.«

»Er hat *was*?«

»Er glaubt, ich hätte ihn betrogen – was nicht stimmt –, und dann hat er das getan, wovon er wusste, dass es mich am meisten treffen würde. Anschließend hat er mich rausgeworfen.«

»Oh, Amy, das ist ja furchtbar!«

Amy holte ein paar Mal tief Luft. »Es kommt mir immer noch vor wie ein Albtraum. Er will mir nicht zuhören – geht nicht ans Telefon und reagiert nicht auf Nachrichten. Also … habe ich mir eine Auszeit genommen, um meine Gedanken zu ordnen und …«

»Und sich Ihre Schuhe zurückzuholen?« Sophies Stimme klang sanft. »Ich mache Ihnen keinen Vorwurf.«

»Nun …«

»Erzählen Sie mir von diesen Schuhen. Sie haben sie nicht in Großbritannien gekauft, richtig? Solche habe ich hier noch nie in einem Laden gesehen – sie schreien förmlich vor Euro-Boho-Chic.«

Sie legte die Schuhe in Amys Schoß. Amy berührte das Ende einer der Kordeln und spielte mit der kleinen Perle.

»Spanien.« Sie schniefte und putzte sich die Nase. »Ich habe sie in Spanien gekauft. Während der letzten gemeinsamen Ferien mit meiner Mum – sie ist vor zwei Jahren gestorben.«

»Oh, nein! Das wird ja immer schlimmer!« Sophie reichte Amy noch ein Papiertaschentuch.

»Danke. Wir waren in Sevilla bummeln. Es war einer dieser heißen Abende, an denen die Geschäfte lange aufhaben, die Menschen sich einfach treiben lassen, Musik aus den Bars strömt, die Plätze voller Cafés sind. Alles war so entspannt, und Mum ging es richtig gut. Ich wollte damals, dass dieser Abend nie enden würde.« Amy lächelte schwach bei der Erinnerung. »Aber irgendwann endet alles einmal, nicht wahr?«

»Erzählen Sie weiter«, drängte Sophie.

»Fast jeder zweite Laden war ein Schuhgeschäft. Wir fühlten uns wie im Paradies, blickten in jedes Schaufenster und stellten uns vor, wie viele Paar Schuhe wir kaufen würden, wenn wir unbegrenzt Geld zur Verfügung und unseren eigenen Jumbojet hätten, in dem wir sie nach Hause transportieren könnten.«

»Solche Shopping-Trips habe ich auch schon gemacht«, sagte Sophie verträumt.

»Und dann entdeckte ich diese Espadrilles, nur den Bruchteil einer Sekunde schneller als Mum. Ich schoss in den Laden, um sie anzuprobieren.«

»Das kenne ich – wahrscheinlich hätten Sie die Schuhe in jedem Fall gekauft, ob sie nun passten oder nicht?«

Amy nickte. »Gut möglich. Aber sie saßen auch wie angegossen. Ich habe mich riesig gefreut. Und Mum habe ich gar nicht wahrgenommen, bis ich die Schuhe bezahlte und hörte, wie sie die Verkäuferin fragte, ob es noch ein Paar in *ihrer* Größe gäbe …« Amy brach ab und holte tief Luft. Am liebsten hätte sie sich auf Sophies Bett geworfen und laut geschluchzt.

»Was ist passiert?«

»Ich muss so etwas wie einen Aussetzer gehabt haben. Ich sagte Mum, sie sei viel zu alt für fetzige Espadrilles – dass sie damit lächerlich aussehen würde.«

Sophie verzog das Gesicht, und Amy nickte reumütig.

»Hätte sie natürlich nicht. Sie war Tänzerin, unheimlich hübsch und anmutig. Aber ich war geschockt, dass sie *meine* Schuhe wollte. Dann schlug ich um mich. Ich war eine solche Zicke!«

»Wir alle haben Dinge getan, die wir am liebsten rückgängig machen würden, Amy. Ich bin sicher, Ihre Mutter hatte Verständnis dafür.«

»Sie hat mich nicht zurechtgewiesen oder so, sondern wurde ganz still. Irgendwie wäre es mir lieber gewesen, sie hätte mir die Leviten gelesen, das hätte die Fronten geklärt, aber das tat sie nicht. Wir gingen schweigend zurück ins Hotel.«

»Mhm.«

»Aber wissen Sie, was später passierte?«

»Nein?«

»An dem Abend fand im Hotel eine Tanzveranstaltung statt, eine Band aus dem Ort spielte tolle spanische Musik. Ich tanzte gerade mit einer Gruppe von Mädchen, mit denen ich mich angefreundet hatte …«

»In den neuen Schuhen?«, fragte Sophie. »Ich wette, Sie hatten sie an. Neue Schuhe trägt man immer noch am selben Tag!«

»Sind sie *ganz* sicher, nicht doch meine lange verschollene Schwester zu sein?«, rief Amy. »Genau *das* habe ich vor ein paar Tagen zu meiner Freundin Debbie gesagt. *Natürlich* trug ich die Schuhe! Jedenfalls machten wir eine kurze Pause, um etwas zu trinken, und waren gerade dabei, das Potenzial hinter der Bar zu begutachten, als auf der Tanzfläche plötzlich mitgeklatscht wurde. Einige Leute hatten einen Halbkreis gebildet, und die Band spielte diesen sexy spanischen Tanz.«

»Und?«, drängt Sophie.

»Um ehrlich zu sein, noch bevor ich hinging, wusste ich, was los war. Mum war mitten in dieser Gruppe und tanzte mit geschlossenen Augen. Sie bewegte sich einfach nur zu der Musik, vollführte langsame Drehungen, völlig kontrolliert und doch gelöst, die Arme über dem Kopf, die Schultern kreisend, sie sah … *mitreißend* aus. Sie müssen wissen, dass sie eine wunderschöne Frau war.«

»Kann ich mir vorstellen. Sie sind nämlich auch sehr hübsch, Amy.«

»Aber ich wünschte, Sie hätten Mum gesehen«, fiel Amy ihr ins Wort. »Niemand konnte den Blick von ihr abwenden. Ich wünschte damals, die Musik würde immer weiter spielen, aber als sie schließlich endete, da klatschten und jubelten alle. Mum lachte, kam zu mir und drückte mich ganz fest. In dem Moment konnte ich an nichts anderes denken als: *Und zu dieser Frau habe ich gesagt, sie sei zu alt für ein Paar Schuhe. Diese Frau, die soeben den Saal zum Kochen gebracht hat*!«

»Gut gemacht!«, rief Sophie und klatschte in die Hände. »Was für eine Frau!«

»Wissen Sie, es spielte damals keine Rolle, aber jeder Mann im Raum stand mit offenem Mund da und starrte sie an. Ist nicht leicht, die eigene Mutter als sexy zu erleben, aber in dieser Nacht war sie es!«

»Genau so was will ich hören: dass Mütter sexy sind«, erwiderte Sophie. »Mutterschaft fühlt sich manchmal wie die unerotischste Sache der Welt an.« Sie legte die Hände auf den Bauch und seufzte.

Amy wollte Sophie gerade versichern, dass sie in ihren Augen zweifellos sexy sei, hielt sich dann aber zurück. *Ist schon ein bisschen seltsam, auf dem Bett einer Fremden zu sitzen und solche Dinge zu sagen.*

»Na los«, sagte Sophie schließlich. »Wie wäre es mit einem Pfefferminztee? Ist so ziemlich das Einzige, was ich momentan vertrage.«

Wieder unten in der Küche stellte Amy erleichtert fest, dass Tim den Wasserkocher pflichtbewusst zurückgebracht hatte. Irgendwie ahnte sie, dass er es sonst hätte büßen müssen. Sophie füllte den Wasserkocher, schaltete ihn ein und schloss die Hintertür.

Draußen hatte Tim das Umgraben aufgegeben und spielte nun mit beiden Kindern gleichzeitig: Während er für Peter im Tor stand, warf er Miranda ein Frisbee zu. Als Amy diese Szene sah, stellte sie sich vor, wie sie selbst in ein paar Jahren für eine Horde hübscher Kinder Kuchen backen würde … aber dann holte die Realität sie ein, als sie an Justin dachte.

Ich habe niemanden. Justin will mich nicht – wie komme ich darauf, dass mich jemand anderes jemals will?

»Kekse?«, fragte Sophie. »Momentan esse ich täglich zwei Päckchen Rich Tea Biscuits.«

»Danke. Ähm, Sophie, darf ich mal etwas möglicherweise Dummes sagen?«

Sophie setzte sich zu ihr und schenkte heißen Pfefferminztee in zwei Teebecher aus hübschem Porzellan. »Nur raus damit, ich kann schon was vertragen.« Lächelnd schob sie Amy einen Teebecher hin.

»Mir ist gerade etwas klar geworden. Ich glaube, es wäre schön, einen Idioten zu haben, der mir Gesundheitsschuhe kauft.«

Sophie erstarrte.

»Tut mir leid«, beeilte sich Amy zu sagen. »Ich habe Ihnen vorhin *wirklich* gut zugehört und ich verstehe voll und ganz, was Sie gefühlt haben. Aber nachdem ich jetzt darüber nachgedacht habe, finde ich, dass es doch auch sehr … fürsorglich war?«

»Ich weiß!«, platzte Sophie heraus. »Aber ich brauche keine Fürsorge – jedenfalls nicht auf diese Weise. Ich brauche keinen Ehemann, der mich daran erinnert, dass mir keine hübschen Sachen mehr passen!«

»Aber das war sicher auch nicht seine Absicht. Wahrscheinlich wollte er nur, dass Sie sich besser fühlen! Schauen Sie, wir alle verhalten uns doch manchmal ein bisschen unsensibel, oder nicht? Ich zum Beispiel sagte zu meiner Mutter, sie sei zu alt für Espadrilles.«

»Das stimmt.«

»Aber ich habe es nicht so gesehen. Ich habe nur an mich gedacht und fand: Ich kann unmöglich die gleichen Schuhe kaufen, die auch meiner *Mutter* gefallen. Aber dann hat sie mir gezeigt, dass es nicht auf das Alter ankommt, sondern nur darauf, *wer* man ist. Sie war diejenige, der an diesem Abend auf der Tanzfläche applaudiert wurde, nicht ich. Vermutlich habe ich bekommen, was ich verdient habe.«

»Wenn es also stimmt, was Sie sagen, dann hat Tim es doch auch verdient, ein bisschen dafür zu leiden, dass er mir diese Latschen gekauft hat?«

Sie schwiegen beide einen Moment lang, während Amy versuchte, Sophies Logik nachzuvollziehen. Amy atmete den beruhigenden Dampf ein, der aus der Teetasse aufstieg. Die Stille wurde nur durch das aufgeregte Lärmen der Kinder draußen unterbrochen. Sophie hob den Kopf und blickte hinaus zu ihrer kleinen Familie. Amy suchte nach Worten, nach etwas Hilfreichem oder zumindest Tröstlichem, das sie sagen konnte, aber ihr fiel nichts ein.

»Ich habe mich wohl wie eine fiese, alte Hexe aufgeführt, oder?«, sagte Sophie schließlich.

Amy schaute hoch und neigte den Kopf zur Seite. »Na ja, vielleicht ein kleines bisschen, wenn Sie eine ehrliche Antwort möchten – aber ich hätte mich genauso verhalten«, fügte sie rasch hinzu. Das Letzte, das sie wollte, war Sophie noch mehr aufzuregen. »Ist wohl ein bisschen so, als bekommt man Deo geschenkt, nachdem man gefragt hat, ob man gut riecht.«

Sophie lachte. »Oder eine Perücke, nachdem man fragt, ob die Haare gut liegen.«

»Oder extragroße Höschen, weil man bemerkt, dass der String kneift«, sprudelte Amy hervor.

»Strings!« Sophie schloss verträumt die Augen. »Ah, *Strings.* Die habe ich auch getragen.« Sie tupfte sich die Augen mit einem Geschirrtuch ab. »Tim mag sie zweifellos – aber selber zieht er natürlich keine an, der Schatz.«

»Schade!« Amy kicherte. Sie mochte diese neue, lebhafte Sophie. Wenn sie jetzt Tims Namen aussprach, leuchteten ihre Augen. Nicht, wie vor ein paar Minuten, als ihr Blick von Erschöpfung und Verletztheit getrübt war.

»Mütter tragen keine Strings«, erklärte Sophie. »Strings sind für süße Dinger wie Sie, Amy.

»Seien Sie nicht albern«, widersprach Amy. »Aber wie dem auch sei, wenn Tim Sie gern in Strings sehen möchte, warum verweigern Sie ihm dieses Vergnügen? Und wenn das Baby erst auf der Welt ist, denke ich …« Verlegen schielte sie auf Sophies dicken Bauch.

»*Lange,* nachdem das Baby auf der Welt ist, vielleicht«, gestand Sophie. »Nach der Geburt werde ich erst einmal mit schlaflosen Nächten und schmerzenden Brüsten kämpfen. Und all dem anderen.«

»Und was ist mit jetzt? Warum machen Sie nicht das Beste aus den letzten Wochen vor dem neuen Baby?«

Nervös rieb sich Sophie über die Stirn. »Weil so viel zu tun ist! Tim muss den Garten in Ordnung bringen, und ich muss dafür sorgen, dass im Haus alles vorbereitet ist, denn mit dem neuen Baby und Miranda und Petey werde ich zu nichts mehr kommen.«

»Hm. Verzwickte Situation«, stimmte Amy zu.

»Wie auch immer, ich *fühle* mich nicht als Frau – momentan jedenfalls nicht. Ich fühle mich einfach nur wie eine dicke, runde, schwangere Mama.«

Sophie schaute wieder aus dem Fenster, und ihr Blick begegnete dem Tims. Amy hielt den Atem an. Ein Aufblitzen von Zuneigung erfasste Tims Gesicht, und er hob die Hand, als wollte er ihr zuwinken, aber dann verschwand der Ausdruck, er schoss den Ball weg und griff wieder zu seinem Spaten.

»Ich habe eine Idee«, sagte Amy leise.

»Ich höre«, erwiderte Sophie.

Fünfundvierzig Minuten und einen Pfefferminztee später stand der Plan fest, und die nötigen Anrufe waren erledigt. Sophie machte einen Krug kühler Limonade und rief Tim und die Kinder hinein. Tim begrüßte Amy herzlich und nickte mit freundlicher Verwunderung, als Sophie den Grund von Amys Besuch schilderte.

»Du meine Güte, die Macht der Schuhe«, sagte er und schüttelte den Kopf. »Klingt so, als würden Sie eine schwere Zeit durchmachen. Tut mir leid.«

Aus irgendeinem Grund ließ seine Antwort Tränen in Amys Augen steigen. Dann, ganz plötzlich, wusste sie, warum.

Er klingt so wie mein Dad früher …

Gütig, zuverlässig, fürsorglich – Amy spürte, dass Tim viele der wunderbaren Eigenschaften ihres Vaters hatte.

Es war alles da, in diesen sanften Augen, der ungezwungenen Art. Einen Moment lang verspürte Amy einen vertrauten Stich des Bedauerns, als sie versuchte, ein deutliches Bild ihres Vaters heraufzubeschwören. Aber es war hoffnungslos. Er war vor ihrem geistigen Auge bereits verblasst, und es gab nichts, das sie dagegen tun konnte.

Sophie bat Tim, sich zu setzen. Amy sah ihr an, dass sie nervös war. Miranda und Petey setzten sich ebenfalls und schauten erwartungsvoll von einem Erwachsenen zum anderen. Plötzlich erkannte Amy, dass sie überflüssig war.

»Ach, du meine Güte, ist es schon so spät?«, rief sie und überrumpelte alle, indem sie aufsprang und in gespielter Panik mit den Armen herumfuchtelte. »Ich muss wirklich los!«

»Amy, das war ganz miserabel gespielt«, lachte Sophie. »Sie müssen nicht gehen. Im Gegenteil, warum bleiben Sie nicht zum Abendessen?«

Amy schüttelte den Kopf. »Nein, das ist sehr nett von Ihnen, aber ich sollte nach London zurück. Ich muss noch jede Menge packen für den Rest meiner Reise.«

»Sicher?« Sophie hievte sich auf die Füße.

»Ganz sicher, vielen Dank.« Sie ging zur Vordertür, gefolgt von Sophie und Tim.

»Oh! Die Schuhe! Ich hole sie Ihnen schnell. Warten Sie hier!« Sophie wandte sich in Richtung Treppe.

»Nein!« Amy ergriff sie am Arm. »Ich brauche sie nicht mehr – Sie behalten diese Schuhe. Sie … werden Ihnen mit Ihrem hübschen olivenfarbenen Teint so viel besser als mir stehen.«

»Amy, jetzt sagen Sie mir nicht, Sie seien den weiten Weg

hergekommen, um festzustellen, dass Sie die Schuhe am Ende gar nicht zurückwollen? Das kaufe ich Ihnen nicht ab.«

»Das Ganze wird von Minute zu Minute rätselhafter«, murmelte Tim und legte seiner Frau die Hand auf die Schulter.

»Na ja, es ist offensichtlich, dass Sie die Schuhe momentan besser gebrauchen können als ich. Und es macht mich glücklich, zu wissen, dass sie ein wunderbares neues Zuhause haben, also ... bitte, Sophie. Behalten Sie die Schuhe. Aber wir bleiben in Kontakt, einverstanden? Lassen Sie mich wissen, wie ... wie es läuft!« Sie wies mit dem Kopf Richtung Tim, und Sophie kicherte.

Tim stemmte nun gespielt verärgert die Hände in die Hüften. »Okay, ihr zwei, heraus mit der Sprache.«

In dem Moment ertönte draußen eine laute Hupe, und ein dunkelgrüner Minivan kam hinter Amys Auto zum Stehen.

»Wow, das ging aber schnell. Er ist schon da!«, rief Amy.

»Das ist ein guter Anfang«, erwiderte Sophie.

»*Wer* ist da?«, fragte Tim. »Was geht hier vor?«

»Liebling, du findest einen kleinen Hinweis auf der Seitenwand des Vans«, sagte Sophie und wies nach draußen.

Tim runzelte die Stirn. »*Trevor Gardening Services.* Aber wir haben doch gar keinen Gärtner bestellt?«

Sophie nickte. »*Wir* nicht, ich schon.«

»Aber ... warum?«

Sie hakte sich bei ihm ein. »Weil mir plötzlich klar wurde, dass ich dich momentan mehr brauche als die Zwiebelbeete, mein Schatz. Davon abgesehen, reden Miranda und Peter ständig von dem neuen Film im Kino. Warum gehen wir nicht alle gemeinsam hin, und zwar auf der Stelle?«

Amy war schon auf dem Weg zu ihrem Wagen und suchte in der Handtasche nach den Schlüsseln. Im Hintergrund hörte sie, wie Sophie Tim aufklärte.

»Ich habe dir noch nichts zum Hochzeitstag geschenkt, richtig? Nun, jetzt bekommst du etwas. Ich habe dir ein bisschen freie Zeit gekauft – Zeit für die *Familie.*« Sophie wendete sich zu Amy und rief ihr hinterher. »Auf Wiedersehen, Amy, und danke für alles.«

»Keine Ursache«, erwiderte Amy und machte dem Gärtner Platz, der gerade auf dem Weg zum Haus war, um seinen neuen Auftrag zu besprechen. »Alles Gute mit dem neuen Baby.«

Sie ließ den Motor an und steuerte den Wagen zurück in Richtung London.

Warum kann ich mein eigenes Leben nicht so einfach wieder in Ordnung bringen?

11. Kapitel

Weißt du, was ich über Flughäfen denke?«, fragte Jesminder, während sie und Amy sich ans Ende der Schlange stellten, die viermal um den Check-in-Bereich des Gatewick Airports herumzulaufen schien. Amy war am späten Samstagnachmittag in London angekommen und hatte die Nacht bei Jesminder verbracht. Dann hatte ihre Freundin sich angeboten, sie zum Terminal zu fahren und mit ihr zu warten.

»Hm, dass sie von verrückten Wissenschaftlern entworfen wurden, die testen wollten, wie sich menschliche Wesen unter extremem Stress verhalten?« Zum x-ten Mal an diesem Morgen tastete Amy nach ihrem Ausweis.

»Nein.«

»Dass der liebe Gott sie so gestaltet hat, um sich auf unsere Kosten zu amüsieren?«

»Nein. Ich finde sie schlicht und ergreifend langweilig.«

Amy blickte in die Runde. Lautes Geschrei, Lärm, das Gewimmel Hunderter Leute, die hinter Gepäckwagen anstanden, Kaffeestände, Krawattenläden, Werbeplakate und aufleuchtende Informationstafeln, Stewardessen, die Koffer mit Rädern hinter sich herzogen und auf vorschriftsmäßigen, flugtauglichen Absätzen vorbeiklapperten. »Langweilig?«, wiederholte sie. »Wie kannst du dieses Durcheinander *langweilig* finden?«

Jesminder runzelte die Stirn. »Keine Ahnung, die Langeweile liegt förmlich in der Luft. Als würde die ganze Aufregung und Freude auf eine Reise aus den Leuten herausgesaugt. Liegt vielleicht an den Sicherheitsvorkehrungen. Wie soll man sich gut fühlen, wenn man jeden Augenblick durchsucht und nach verdächtigen Gegenständen abgetastet wird? Wo bleiben Vertrauen und Kameradschaft, das Gefühl, ein großes Abenteuer gemeinsam zu erleben?«

»Du fliegst nicht gern, stimmt's, Jes?« Amy lächelte und legte ihrer Freundin leicht die Hand auf die Schulter.

»Ich hasse es«, gestand Jesminder.

»Und genau deshalb arbeitest du wahrscheinlich auch in der Reisebranche.«

»Genau. Ich stelle mich meinen Ängsten. Je mehr ich darüber weiß, desto tapferer werde ich. Und umso langweiliger ist es. Schau dich doch um!« Sie wies mit dem Finger wahllos durch das riesige Gebäude. »Langweilig, langweilig, langweilig!«

»Also, Kollegin, danke noch mal für's Herbringen, aber deine Art der Aufheiterung macht's nicht besser ...«

»Entschuldige.« Jesminder hielt sich die Hand vor den Mund. »Ist nicht hilfreich, dich vor dem internationalen Teil deines großen Abenteuers so zu verabschieden, nicht wahr? Also, wie fühlst du dich jetzt, so kurz, bevor es tatsächlich losgeht?« Sie schob Amys Koffer ein paar Zentimeter weiter vor.

»Du willst eine ehrliche Antwort?«, erwiderte Amy.

»Natürlich.«

»Irgendwie gelangweilt, als würde die ganze Aufregung aus mir herausgesagt.« Amy sah Jesminder in die Augen.

Ihre Freundin lächelte schwach, sagte jedoch nichts. »Aber ich bin auch nervös und unsicher, was diese ganze Idee angeht – du weißt schon, ob ich das Richtige tue oder nicht.«

Wieder schlurften sie ein paar Schritte weiter.

»Niemand zwingt dich, in dieses Flugzeug zu steigen, Amy.«

Amy zog am Baumwollriemen ihrer Schultertasche. Ein stämmiger Mann in einem Newcastle United-Trikot zwängte sich an ihr vorbei und zog eine gewaltige Tasche mit Golfschlägern hinter sich her. »Sorry, Darling«, rief er, während sich Amy an Jesminder festhielt, um nicht das Gleichgewicht zu verlieren.

»Schon okay«, flüsterte Amy, obwohl er bereits weg war. Die Schlange bewegte sich jetzt schneller voran, und es dauerte nicht mehr lange, da befanden sich die beiden Freundinnen fast in Reichweite des Eincheck-Schalters.

»Amy?«, drängte Jesminder. »Möchtest du ein paar Leute vorlassen und noch mal überlegen?«

»Nein«, erwiderte Amy mit fester Stimme. »Ich werde fliegen. Ich sollte es, verflixt noch mal, oder?«

»Oh, Amy!« Man sah, wie Jesminder sich quälte. »In diesem Zustand kannst du dich unmöglich auf den Weg machen. Es ist eine weite Reise – erst nach Irland und dann allein die ganze Strecke in die Staaten. Es ist okay, aufgeregt zu sein, aber wenn du lediglich versuchst, etwas zu beweisen, Justin oder uns …«

»Oder mir selbst«, unterbrach Amy sie. »Entschuldige, Jes, ich wollte dich nicht beunruhigen.« Sie zwang sich zu einem Grinsen. »Hey, ich bin dir echt dankbar, dass du mir diese spottbilligen Flugtickets besorgt hast – habe ich das schon gesagt?«

»Hast du, aber es ist schön, es noch einmal zu hören.« Jesminder lächelte.

»Hör zu, Jes, es wäre gelogen, zu behaupten, ich sei momentan überglücklich, aber auf diese Weise kann ich Justin wenigstens zeigen, dass ich seine Gemeinheit nicht tatenlos hinnehme. So kann ich mich ablenken und ein bisschen was von der Welt sehen. Mum wäre bestimmt stolz auf mich.«

»Das wäre sie ganz sicher«, nickte ihre Freundin.

»Mit ihrem Beruf als Tänzerin ist sie durch die ganze Welt gereist. Sie hat immer gesagt, Reisen sei ein Privileg und keine lästige Pflicht. Daran versuche ich zu denken.« Amy hing ihren Gedanken nach, während Jesminder den Koffer Stück für Stück weiter vorschob, immer näher an den Beginn der Schlange heran.

»Und du wirst deine Schuhe zurückbekommen.«

»Bestimmt.« Amys Gesicht hellte sich auf. »Sag mal, Jes, Sanjay spielt doch samstags zusammen mit Justin Fußball?«

Jesminder nickte. »Oh ja, garantiert. Mein Bruder ist ein Gewohnheitstier.«

»Jes?«

»Ja …«

»Meinst du, du könntest …«

»Ihn bitten, Justin ein bisschen zur Vernunft zu bringen, was dich angeht? Keine Sorge, Amy, ich bin dir meilenweit voraus. Mein Bruder hat quasi ein Skript, von dem er ablesen wird! Und denk dran, Debbie und ich sind in Gedanken immer bei dir, auf jedem Schritt deines Weges.«

Jesminder begleitete Amy bis zum Sicherheitscheck. Als

sie sich zum Abschied umarmten, mussten beide gegen die Tränen ankämpfen. Während Amy zusah, wie ihre Freundin in der Menge untertauchte, klingelte ihr Handy. Es war eine SMS von Debbie:

Bon Voyage, du Teufelsbraten. Bring mir Colin Farrell zurück – Dbs xxx

Die Abflughalle wimmelte vor unterschiedlichsten Reisenden. Amy kaufte sich eine Zeitschrift und fand ein verstecktes Plätzchen in einer Ecke. Sie hatte sich gerade hingesetzt und blätterte zu der Seite mit den Horoskopen – ihr üblicher Einstieg bei allen Zeitschriften –, als ihr Handy klingelte. Es war Sergei. Er rief aus Malaysia an, wo er gerade mit seinem Ballett auf Tournee war.

»*Was?*«, stieß er überrascht hervor, als Amy ihm sagte, wo sie sich gerade befand.

»In Gatwick. Auf dem Weg nach New York. Vorher mache ich einen Zwischenstopp am Shannon Airport in Irland, um, äh, eine Kleinigkeit zu erledigen.«

»Amy, das musst du mir erklären.« Sie erzählte ihm die ganze Geschichte ausführlich. Schließlich hatte Amy noch mehr als eine Stunde Zeit, bis ihr Flug aufgerufen wurde, und außerdem konnte sie sich dadurch selbst noch einmal von der Richtigkeit ihres Vorhabens überzeugen.

Sergei hörte zu, die meiste Zeit schweigend, unterbrach sie hier und da mit einem Seufzen oder überraschten Ausrufen und murmelte kaum hörbar Dinge wie »dieser Schwachkopf« oder »du Ärmste«, bis Amy ihn über den Stand der Dinge informiert hatte. Sie sah keine Notwendigkeit, ihm gegenüber etwas zu verheimlichen – schließlich war nichts davon Sergeis Schuld –, und je mehr sie ihm erzählte, desto mehr wollte sie ihm mitteilen: Es tat gut, sich einem wirklich erwachsenen Menschen anzuvertrauen.

»Amy, meine Liebe«, sagte Sergei leise, nachdem sie geendet hatte, »ich werde im Geiste mit dir reisen, auf jedem Schritt deines Weges.«

Amy war glücklich. Jesminder hatte genau das Gleiche gesagt. »Danke, Sergei, das bedeutet mir sehr viel.«

»Und ich bestehe darauf, dass du in meinem Haus in den Hamptons wohnst – versprichst du mir das?«

»Oh, Sergei, das ist schrecklich nett …«

»Nein, nein, nett ist das nur, wenn du zustimmst! Ich wäre um einiges beruhigter, wenn ich wüsste, dass du einen – wie soll ich sagen? – Zufluchtsort hast, falls du ihn brauchst. Also abgemacht, ja? Sobald du in den Staaten eintriffst, wirst du als Erstes dort hinfahren, um es dir anzusehen, okay? Dort ist zurzeit niemand, aber ich habe eine Haushälterin, die ganz in der Nähe wohnt und dir die Schlüssel geben kann.«

Fast sprachlos vor Dankbarkeit flüsterte Amy. »Ich danke dir vielmals. Ich nehme dein Angebot an.«

Als Amy zur Boarding Anzeige hochsah, erschrak sie. Ihr Flug nach Shannon war bereits aufgerufen worden. Sie hatte tatsächlich über eine Stunde mit Sergei telefoniert. Amy sprang auf. »Ich muss los, sonst verpasse ich noch meinen Flug. Bis bald, Sergei, und nochmals danke. Du meldest dich doch, oder?«

»Natürlich tue ich das. Ich werde dir alle nötigen Informationen mailen. Gute Reise, meine Kleine.«

12. Kapitel

Der Zettel lag ausgebreitet neben ihr auf dem Beifahrersitz: »Mrs Nuala McCarthy, Burren Lodge, Ballyvaughan, Co. Clare, Irland.«

Was für eine hübsche Adresse, dachte Amy, während sie mit dem kleinen silberfarbenen Mietwagen vom Shannon Airport aus nach Norden fuhr, durch die raue Landschaft der Grafschaft Clare im Westen Irlands. Am Himmel braute sich ein Unwetter zusammen. Dunkle Wolken verdüsterten die unbewohnten Hänge, die sie umgaben, während sie sich auf immer engeren Straßen fortbewegte. Wie konnte man für eine derart kurze Entfernung so lange brauchen? Es schien, als hätten die Erbauer der Straße versucht, die Ruhe irgendeines Felsens oder Hügels nicht zu stören.

Als sie den Wagen vor einem Hinweisschild stoppte, kam es ihr vor, als sei sie bereits Stunden unterwegs. Beide Richtungen führten nach Ballyvaughan. Amy schaltete den Motor ab und blickte finster auf diesen heimtückischen Wegweiser.

Was nun?

Sie griff nach der Landkarte, die die Autovermietung fürsorglich im Handschuhfach deponiert hatte, und versuchte sich in dem komplexen Netz kleiner Straßen, die alle gleich aussahen, zurechtzufinden. Amy starrte auf die Karte, bis sie Kopfschmerzen bekam, und wusste immer noch nicht, wo genau sie war.

Ich bin mitten in der Wildnis Irlands, ich bin verloren und ich bin allein. Wessen Idee war das noch mal?

Und weit und breit gab es niemanden, den sie um Hilfe bitten konnte. Während ihr Mut sank, startete sie den Motor und murmelte: »Verdammter Mist!« Dann bog sie nach links ab, weil in dieser Richtung zumindest hier und da ein paar weiß getünchte Häuser in den Hügeln verstreut lagen. Würde man ans Ende der Welt fahren wollen, hätte man nach rechts abbiegen müssen – so trostlos sah die Landschaft aus.

Nachdem sie etwa zwanzig weitere Minuten durch die Landschaft gekurvt war, erreichte Amy erleichtert eine Kleinstadt. Überrascht stellte sie fest, wie geschäftig es hier zuging. PKWs, Jeeps und Traktoren parkten auf beiden Seiten der Hauptstraße. Die Laternenmasten waren bis zu einem hübschen Platz im Ortskern mit gelben und grünen Flaggen geschmückt. Der Anblick so vieler menschlicher Wesen besserte Amys Laune sofort. Während sie sich in ihrem Auto durch das dichte Getümmel schob und gelegentlich anhalten musste, weil Menschengruppen direkt vor ihr vom Bürgersteig auf die Straße liefen, grüßte Amy jedes Mal vergnügt zurück, wenn jemand zu ihr ins Wageninnere spähte und ihr freundlich zuwinkte.

Aber inmitten dieser unerwarteten Fröhlichkeit vergaß sie, auf die Straßenschilder zu achten, und bevor sie sich versah, war sie in dem Gedränge völlig eingekeilt und bewegte sich im Schneckentempo in Richtung Ortskern.

Was zur Hölle war hier los?

Die Hüte und Schals lieferten ihr einen Anhaltspunkt. Manche Leute trugen rotweiße, andere blaue und alle bewegten sich in die gleiche Richtung. Amy vermutete, dass irgendein Sportevent stattfinden sollte. Und wenn sie nicht die verbleibende Zeit bis zu ihrem Weiterflug komplett vergeuden wollte, dann musste sie umdrehen.

Aber es gab keine Möglichkeit, das Auto zu wenden – außer mithilfe eines Hubschraubers und einer Seilwinde. Der Wagen hinter ihr, vollgestopft mit bulligen Sportfans, fuhr beunruhigend dicht auf. Amy war klar, dass sie mit lautstarkem Gehupe oder Schlimmeren rechnen musste, wenn sie jetzt blinkte, um zu wenden.

Und tatsächlich – nachdem sie nur zögernd weiterfuhr, ertönte hinter ihr lautes Gehupe. Nervös versuchte sie nach hinten zu schauen und zu winken, während sie gleichzeitig aufs Gaspedal trat und die Karte balancierte. Prompt hatte sie den Motor abgewürgt.

»Nein!«, schrie Amy laut. »Komm schon, du blöde Kiste!«

Ein energisches Klopfen an ihrem Seitenfenster ließ sie vor Schreck fast in Ohnmacht fallen. Amy drehte den Kopf und sah einen großen, dunkelhaarigen und ziemlich gut aussehenden Polizisten, der in ihr Auto spähte. Gott sei Dank – mein Retter in der Not. Oder zumindest jemand von der irischen Polizei.

Amy kurbelte die Scheibe runter und musste sich beherrschen, den Polizisten nicht vor Erleichterung am Kragen zu packen und für einen festen dankbaren Kuss zu sich herunter zu ziehen.

»Alles in Ordnung, Miss?«, fragte er mit einem schiefen Grinsen, das unverschämt sexy war.

Amy errötete. »Nein, eigentlich nicht. Ich versuche, nach Ballyvaughan zu kommen, und jetzt halte ich den ganzen Verkehr auf. Könnten Sie mir bitte sagen, was ich tun soll?« Sie lächelte entschuldigend.

Der Wagen hinter ihr hupte erneut. Der Polizist warf gemächlich einen Blick über seine Schulter und rief dann: »Schon gut, Jungs. Bis zum Start ist noch über eine Stunde Zeit und anscheinend habe ich hier eine Touristin, die sich verfahren hat. Gebt uns also eine Minute, okay?«

Amy steckte den Kopf aus dem Fenster, warf einen entschuldigenden Blick zu dem Wagen hinter ihr und formte mit den Lippen das Wort »Sorry« in Richtung Fahrer. Dieser sah erst sie an, dann den Polizisten, dann verdrehte er die Augen, lehnte sich lächelnd in seinen Sitz zurück und schüttelte den Kopf.

»Also«, fuhr der Polizist fort und stützte sich mit den Unterarmen auf den Fensterrahmen. »Wenn ich Ihnen sagen würde, dass Sie gar nicht weit von Ballyvaughan entfernt sind, würde Sie das ein bisschen aufmuntern?«

»Wirklich? Bin ich das? So ein Glück – ich hatte das Gefühl, seit Ewigkeiten herumzuirren.«

»Sind Sie wegen des Hurlings hier?«, fragte er und lächelte.

»Wie bitte?« Amy hatte keinen Schimmer, wovon er redete, aber es klang nicht sonderlich reizvoll.

»Das Hurling – Sie wissen schon – das irische Ballspiel? Jede Menge kräftiger Burschen in Shorts, die sich mit Stöcken und einem kleinen weißen Ball gegenseitig verprügeln?«

Amy lief dunkelrot an. »Oh! Nein, tut mir leid. Ich habe

nie zuvor etwas gehört von ... Hurling.« Jetzt kam sie sich erst recht wie ein dummes Londoner Küken vor.

Der Polizist lächelte erneut und winkte ab. »Kein Problem, Miss. Es gibt jede Menge Leute, die ein langes und erfülltes Leben führen, ohne jemals mit unserem wunderschönen Spiel in Berührung zu kommen.«

Amy kicherte. »Da bin ich aber erleichtert!«

Sie schwiegen, und sein Blick ruhte einen Moment zu lange auf ihr. Amy wurde rot. Schließlich fuhr er fort: »Ballyvaughan also? Lassen Sie mich Ihnen helfen, hier zu wenden.« Er wies zu einer Seitenstraße ein kurzes Stück hinter ihrem Wagen. »Sehen Sie die kleine Straße da hinten? Auf die müssen Sie. Folgen Sie ihr, Sie können Ballyvaughan gar nicht verfehlen.«

»Vielen Dank«, antwortete Amy. »Mein Held!«

Der Polizist tippte sich an den Hut. Amy konnte sich nicht erinnern, dass ihr gegenüber schon mal jemand diese Geste gemacht hatte. Sie kurbelte das Fenster schon wieder hoch, als er noch einmal an die Scheibe klopfte. Amy runzelte fragend die Stirn und drehte die Scheibe wieder runter.

»Ja?«

»Sie werden hier vermutlich so schnell nicht wieder vorbeikommen?«

Mittlerweile dürfte mein Gesicht die Farbe von roter Bete haben, dachte Amy. Sie hatte lange nicht mehr so grüne Augen gesehen. So grün wie irische Kleeblätter.

»Es wäre mir ein Vergnügen, Sie irgendwann einmal auszuführen – und Ihnen alles hier zu zeigen.«

In ihrem Kopf wirbelte alles durcheinander, bis ihr klar wurde, was er damit eigentlich meinte.

Er will sich mit mir verabreden?

Aber zu ihrer eigenen Überraschung tauchte plötzlich Justins vertrautes, verletztes Gesicht vor ihrem geistigen Auge auf, und sie sah den Polizisten bedauernd an. »Vielen Dank. Wie schade! Ich bin hier nur kurz zu Besuch und fliege morgen weiter in die Staaten. Und danach werde ich zurück in London bei meinem Job erwartet.«

Sie hatte die Worte kaum ausgesprochen, da hätte sie sich selbst in den Hintern treten können. Der Polizist ging auf Distanz und wirkte verlegen.

Das klang ja, als wäre ich die größte, erfolgreichste und ätzendste Jetsetterin aller Zeiten! Warum musste ich diesem charmanten, uniformierten Jungen den Eindruck vermitteln, dass ich ein großes Tier sei und nicht die einsame, kleine Amy Marsh, der es guttun würde, ein bisschen Zeit mit einem netten Mann zu verbringen? Und sich daran zu erinnern, dass nicht die ganze männliche Spezies aus misstrauischen, Schuhe verkaufenden Hitzköpfen wie Justin Campbell besteht?

»Natürlich – entschuldigen Sie bitte, dass ich so anmaßend war, Miss.«

»Nein …« Eilig versuchte Amy zu protestieren, aber der Polizist hatte sich bereits wieder aufgerichtet und sah sich das Gedränge an. Schnell hatte er sich einen Weg zwischen den Fahrzeugen und den Fußballfans gebahnt, so dass Amy wenden konnte, ohne jemanden zu gefährden. Er winkte sie durch. Danach tippte er sich noch einmal kurz an den Hut, mied jedoch ihren Blick. Obwohl er es nicht sah, winkte Amy ihm dankbar zu. Als sie an ihm vorbeifuhr, behielt er pflichtbewusst den Verkehr und die Menschenmassen im Auge. Sie kam sich vor wie ein Staatsmann in einem Tross von Limousinen – so exklusiv wurde sie von ihrem Polizisten vorbeigelenkt. Aber was auch immer zwischen ihnen war – sie hatte ihre Chance verspielt.

Nachdenklich fuhr sie weitere zehn Minuten zu dem an der Küste gelegenen Ort Ballyvaughan. Sie nahm kaum Notiz von der beeindruckend schönen Landschaft, laut ihrer mäßig hilfreichen Karte bekannt als *The Burren*. Flache, an eine Mondlandschaft erinnernde Kalksteinberge, die sich grau vom grünen Heideland abhoben. Sie könnte genauso gut auf dem Jupiter sein. Ihr Verstand kämpfte mit der aufsteigenden Sorge, wie Mrs Nuala McCarthy sie wohl empfangen würde, und dem leisem Bedauern, dass sie zu dem charmanten Polizisten nicht ein bisschen netter gewesen war. Was hätte es schon schaden können, ein wenig Zeit mit ihm zu verbringen?

Nein! Für solche Dinge ist in meinem Kopf momentan kein Platz. Dass Debbie nur so über ihn hergefallen wäre, steht fest …

Nervös riss sie beim Fahren eine Tüte Chips auf. Während sie den Reiseproviant hinunterschlang, wurde ihr bewusst, dass sie seit Stunden nichts gegessen hatte. Und als sie sich die Krümel von ihrem engen schwarzen Pullover und dem grauen Rock strich, erreichte sie schließlich Ballyvaughan.

Amy kurbelte die Scheibe herunter, um Luft zu schnappen. Der frische Meeresduft ließ sie tief durchatmen. An der Strandpromenade hielt sie an und versuchte, sich zu orientieren. Eine riesige Seemöwe kreischte sie wütend an, bevor sie mit dem Schnabel in eine weggeworfene Chipstüte neben dem Wagen pickte und dann in einer steilen, Chips-beschwerten Flugbahn über die Bucht abhob. Es waren nur sehr wenige Leute zu sehen. Ein paar alte Männer saßen auf einer weiß bekleckerten Bank im Schatten eines Denkmals, das traurig aufs Meer blickte, rauchten selbst gedrehte Zigaretten und philosophierten über Gott und die Welt.

Und nun?

Amy fischte die Karte heraus und suchte die grobe Zeichnung nach Anhaltspunkten ab. Nichts. Eine tiefe Hoffnungslosigkeit drohte, sich in ihr auszubreiten – es war wieder dieser Drang, die Reise abzubrechen, Jes anzurufen und nach Hause zu eilen. Seufzend schaute sie sich um und überlegte, wer wohl am nettesten zu ihr sein würde, wenn sie um Hilfe bat.

Inzwischen kehrte die Möwe zurück und suchte nach weiteren Chips. Sie kreischte Amy dieses Mal noch wütender an und hockte sich auf ein kleines hölzernes Hinweisschild, das an einen Schiffspoller genagelt war. In Anbetracht des vertrockneten Vogeldrecks und der abgeknabberten Farbe schien die Möwe dieses eindeutig in Besitz genommen zu haben.

Das Schild wies in Richtung einer kleinen Straße, die nach Süden führte, weg vom Hafen, einen grünen, knorrigen Hügel hinauf und weiter bis zum Horizont. Die Aufschrift ließ sich nur mühsam entziffern: »Burre L dge I mil …«

Lächelnd ließ Amy den Motor wieder an. »Danke, Vögelchen, ich schulde dir was. Hat Jesminder dich vielleicht geschickt?«

13. Kapitel

Die Zufahrt zum Burren Lodge war vor lauter Fahrzeugen kaum zu erkennen – zwanzig oder dreißig davon parkten rund um ein riesiges Anwesen mit einer altmodischen weißen Veranda und mehreren baufälligen Nebengebäuden. Amy war ohnehin nervös, aber bei dem Anblick rutschte ihr das Herz in die Hose.

Großartig. Ich platze mitten in eine Party hinein.

Sie seufzte. Aber jetzt gab es kein Zurück mehr. Zumindest würde sie die Sache schnell erledigen können und wieder draußen sein. Mrs McCarthy hatte bestimmt genug damit zu tun, sich um ihre geladenen Gäste zu kümmern, da brauchte sie nicht noch Fremde. Auf dem angrenzenden Platz fand Amy eine Parklücke. Sie ging zu dem Haus und klopfte fest an die Eingangstür.

Leises Stimmengewirr drang nach draußen, als die Tür geöffnet wurde – von einem Butler! Amy konnte sich ein »Huch« nicht verkneifen. Vor ihr stand ein etwa fünfzigjähriger Mann in einem altmodisch wirkenden, schwarzen Anzug. Er neigte leicht den Kopf und hielt ihr formvollendet die Tür auf, damit sie eintreten konnte.

Was sollte eine Frau mit eigenem Butler dazu bewegen, Schuhe über eBay zu kaufen?

Er wies mit dem Kopf in Richtung Eingangshalle. Amy

war zu verwirrt, um etwas zu sagen und trat schweigend ein. Sie näherte sich dem Stimmengewirr und entspannte sich in der warmen Atmosphäre dieses holzgetäfelten Interieurs so weit, dass sie sogar ein kleines Lächeln zustande brachte.

Das hier ist mondäner, als ich dachte – ein Butler! Aktennotiz an mich selbst: Keine Voreingenommenheit gegenüber Leuten, nur weil sie am Arsch der Welt leben. Hey, vielleicht bekomme ich hier meine Prada Slingbacks zurück.

Nervös an ihrer Unterlippe nagend betrat sie das Wohnzimmer. Der Raum war voller Gäste. Sie standen herum und hielten Gläser in der Hand, deren Inhalt verdächtig nach Whiskey aussah und …

Alle Leute trugen schwarz. Amy musste gar nicht mehr zu dem offenen Sarg schauen, der mitten im Zimmer stand. Sie wusste auch so, was hier los war.

Das war also gar kein Butler vorhin …

»Maureen! Und wir dachten schon, du würdest es nicht schaffen.« Ein Mann, der so alt zu sein schien wie die Berge von *The Burren*, kam auf sie zugewankt, und zwar wesentlich flinker, als sein Aussehen vermuten ließ. Er drückte ihr ein Whiskeyglas in die linke Hand und ergriff ihre rechte.

Amy lächelte verlegen. »Tut mir leid, aber ich bin nicht Maureen!«, protestierte sie, nahm den Whiskey jedoch dankbar entgegen.

»Sehr gut, sehr gut! Wunderbar, dich wiederzusehen, Maureen!« Der Mann schien taub zu sein und zudem ein bisschen beschwipst.

»Ähm …« Sie suchte nach einer passenden Bemerkung

und hätte am liebsten die einzige Frage gestellt, die definitiv unpassend war: *Wer ist denn eigentlich gestorben?* Stattdessen schwieg sie und nippte an ihrem Whiskey. Die scharfe Flüssigkeit brannte ihr bis hinunter in den Magen und plötzlich wurde ihr wunderbar warm.

»Und wie ist es so in Dublin, Maureen?«

»Ich bin leider nicht Maureen.«

»Schlimme Sache, das mit Nuala, nicht wahr?«

Nuala! Oh nein!

»Im Grunde haben wir alle damit gerechnet, nachdem sich ihr Zustand so verschlechtert hatte, aber man ist trotzdem wie vom Blitz getroffen, findest du nicht auch? Letzte Woche haben Nuala und ich noch eine Tasse Tee zusammen getrunken. Ich kam vorbei, um ihr zu erzählen, wie es bei mir seit dem Eingriff läuft. Deine Tante Clodagh hat dir doch bestimmt von meiner Operation erzählt?« Er deutete mit Kopf nach unten in Richtung seines Unterleibs. Amy hüstelte höflich, schaute weg und fragte sich, was in aller Welt sie jetzt tun sollte.

»Ladies und Gentlemen, wenn ich noch ein weiteres Mal um Ihre Aufmerksamkeit bitten dürfte?« Eine elegant gekleidete Dame in den Dreißigern hob den schlanken Arm und wandte sich an die Menge. Ihr schwarzes Etuikleid saß wie angegossen, und Amy konnte sich nicht des Gedankens erwehren, dass ihre schwarzen Prada Slingbacks sehr viel besser dazu gepasst hätten als diese Gesellschaftsschuhe mit niedrigem Absatz. »Ich möchte Sie gar nicht länger hier festhalten, aber vielleicht will jemand noch ein paar Worte über meine Mutter sagen, bevor ich selbst etwas sage.«

Leises Gemurmel erhob sich, während die Leute im Raum

einander ansahen und darüber sprachen, ob sie etwas sagen sollten oder nicht. Amys Kopf arbeitete auf Hochtouren. Offenbar war die arme alte Mrs Nuala McCarthy erst kürzlich verstorben – und lag in dem offenen Sarg, der mitten im Raum stand.

Der Anblick eines Sarges ließ Amy unweigerlich an die Beerdigungen ihrer Eltern denken. In solchen Momenten konnte sie immer noch unversehens von Trauer überrollt werden. Sie blickte in Richtung Sarg, konnte sich jedoch nicht überwinden, näher heranzugehen und hineinzusehen. Dazu hatte sie im Grunde auch kein Recht. Aber wie schade war es doch, gerade erst ein paar neue Schuhe gekauft zu haben und dann zu sterben, ohne Spaß daran gehabt zu haben. Ob Mrs McCarthy es wohl geschafft hatte, sie vor ihrem Tod wenigstens einmal zu tragen? Dann kam sie aber ins Grübeln, ob das nicht die unpassendsten Gedanken waren, die es an diesem Tag in diesem Raum gegeben hatte – die unpassendsten überhaupt. Oder hatte Mrs McCarthy etwa die Wanderstiefel gekauft? Es tat gut, sich vorzustellen, wie ihre treuen Brasher-Stiefel an den Füßen ihrer neuen Besitzern durch *The Burren* marschierten, mit Blick auf das wogende Meer …

»Hier!« Der alte Mann, der Amy den Whiskey gegeben hatte, fasste sie am Ellenbogen und zog sie sanft, aber bestimmt nach vorn. »Unsere kleine Nachzüglerin hatte noch keine Gelegenheit, etwas zu sagen, Breda!«

»Nein«, protestierte Amy leise, aber erfolglos. Die Menge begann sich bereits zu einem Halbkreis um sie herum zu öffnen. Amy spürte, wie sie in die Mitte des Raumes geschoben wurde, bis sie neben dem offenen Sarg stand und sich mit ihm das Rampenlicht teilte.

»Gut so, Mädchen, besser spät als nie. Sie wäre stolz zu sehen, dass du den ganzen Weg hergekommen bist.« Der alte Mann lächelte, dann leerte er sein Glas und schaute Amy erwartungsvoll an. Amy merkte, dass sie ihr Glas immer noch in der Hand hielt. Sie hob es an und trank es in einem Zug aus.

»Gut so, Mädchen, befeuchte deine Stimmbänder.« Der alte Mann nickte zustimmend, ging zu ihr und nahm ihr das leere Glas ab. Amys einzige Alternative hätte darin bestanden, es auf den Rand des Sargs zu stellen. Dankbar lächelte Amy.

Was in aller Welt soll ich sagen?

Als ihr Blick den von Breda McCarthy traf, lächelte sie nervös. Die Tochter der Toten versuchte offenbar, sie irgendwo einzuordnen. Aber Amy lächelte nur schwach zurück und sagte nichts. Amy musste wieder an ihre Mutter denken und enthemmt vom Whiskey drohten die Gefühle sie zu überwältigen.

Mutter war doch auch eine Schauspielerin. Jetzt komm schon, Marsh!

In ihrem Kopf begann sich alles zu drehen. Whiskey auf leeren Magen war eine ganz schlechte Idee.

Mum würde sich dieser Situation stellen. Tu es! Sag etwas!

Sie wusste, dass sie diese Menschen nie wieder sehen würde.

»Nun«, begann sie, »es tut mir leid, dass ich erst so spät eingetroffen bin. Aber es ist ein weiter Weg von England bis hierher.«

Keine Reaktion. Ermutigt wagte sie sich weiter vor, folgte einem genialen Einfall.

»Wahrscheinlich wissen die wenigsten von Ihnen, dass meine geliebte Mutter und Mrs McCarthy – Nuala – enge Freundinnen gewesen sind.« *Ausgezeichnet. Was nun?* »Ein oder zwei von euch, die vor zwei Jahren bei der Beerdigung meiner Mutter dabei waren, erinnern sich vielleicht daran, dass ich sagte, Mums Zeit in Irland, während der sie mit Nuala durch die wunderschöne Hügellandschaft wanderte, war für sie die ungewöhnlichste Zeit ihres Lebens.«

Immer noch schwiegen alle. Sie schien damit durchzukommen. Amy schloss für ein oder zwei Sekunden die Augen, formte mit den Lippen unhörbar die Worte: »Sorry, Mum« und fuhr fort:

»Für Mum war Irland der schönste Platz auf dieser Welt. Und einer der Gründe war ihre herzliche Freundschaft mit Nuala. Natürlich ist die Landschaft märchenhaft, aber was nützt Schönheit ohne Freundschaft? Mum sagte mir das noch kurze Zeit, bevor sie starb. Und ich wusste, dass sie bei diesen Worten an ihre alte Freundin Nuala gedacht hatte.«

Immer noch Stille. Jemand räusperte sich.

Okay, bring es jetzt zum Ende, Mädchen – bring das Schiff in den sicheren Hafen …

»Mums gemeinsame Tage mit Nuala in den Bergen machten aus ihr die Frau, zu der sie wurde. Und jetzt, da auch Nuala von uns gegangen ist, verspürte ich das Bedürfnis, herzukommen und meinen Respekt zu erweisen. Man könnte auch sagen, ich versuche, den Weg zu gehen, den Mutter mit Nuala über diese wunderschönen Berge ging. Ich versuche, eine Freundschaft nachzuempfinden, die meiner Mutter so viel bedeutet hat. Danke.«

Leiser Applaus hob an, während Amy zurück auf ihren Platz ging.

Der alte Mann drückte ihr noch einen Whiskey in die Hand. »Gut gemacht, Maureen, du hast die Grafschaft Clare mit Stolz erfüllt, das hast du.« Er hatte offenbar kein Wort von dem gehört, was sie gesagt hatte. Aber sie nahm es gelassen, nippte an ihrem Whiskey und überlegte, wie sie von hier verschwinden konnte.

»Vielen Dank, dass Sie von so weit hergekommen sind«, erklang neben ihr eine Frauenstimme. Breda McCarthy sah sie irritiert, aber nicht unfreundlich an. »Tut mir leid, das mit Ihrer Mutter.«

»Nicht doch! Ich bedaure das mit Ihrer Mutter!«, platzte Amy heraus, bevor sie ihre Fassung wiedererlangt hatte und hinzufügen konnte: »Ich danke Ihnen. Obwohl es schon zwei Jahre her ist, vermisse ich sie schrecklich. Aber Sie muss es überraschend getroffen haben? Sicher waren Sie erschüttert.«

Breda McCarthy runzelte nachdenklich die Stirn. »Erschüttert? Ja, vielleicht ein bisschen, aber da sie all die Monate vor ihrem Tod im Krankenhaus gewesen ist, hatten wir Zeit, uns darauf einzustellen.«

»Durchaus. Natürlich.« Der Drang, schnell wie der Wind aus diesem Zimmer zu stürmen, war beinahe überwältigend.

Breda berührte sie am Arm. »Mütter sind sonderbare Wesen, nicht wahr? Niemand hätte von all diesen Dingen aus ihrer Vergangenheit erfahren, wenn nicht Sie, eine völlig Fremde, hergekommen wären.«

Amy hatte sich nie zuvor so unbehaglich gefühlt. Sie hätte am liebsten vor Dankbarkeit die alte Dame geküsst, die zu ihnen trat und Breda zuflüsterte, dass sie jetzt vielleicht mit ihrer Rede beginnen sollte, da der alte John O'Donnell seinen Zug erreichen musste.

»Meine lieben Freunde, alte und neue …«, begann Breda McCarthy zu sprechen, während Amy fieberhaft überlegte, was sie als Nächstes tun sollte. Erst der Reisestress, dann der Schreck, in die Beerdigung der Person hineinzuplatzen, wegen der sie hergekommen war, und dann diese Demütigung, sich ein Riesenpaket Flunkereien auszudenken, in dem spektakulären und eindeutig fehlgeschlagenen Bemühen, die Aufmerksamkeit von ihrem Außenseiterstatus abzulenken. Sie war so angespannt, dass sie beinahe den Grund ihres Besuchs vergessen hätte, bis sie mit halbem Ohr Breda McCarthy ein Thema anschneiden hörte, das ihr sehr am Herzen lag.

»… Schuhe ihrer Träume …«

Wie bitte? Amys Kopf ging ruckartig hoch, und sie war hochkonzentriert.

»Wie ihr alle wisst, hatte meine Mutter ein Faible für Schuhe. Sie pflegte immer zu sagen: Sollte sie je in der Lotterie gewinnen, würde sie für sich selbst nur drei Dinge kaufen: ein Ticket für die erste Reihe, um Michael Flatley in *Riverdance* zu sehen, lebenslang mit Florentiner Plätzchen von Marks & Spencer beliefert zu werden und ein Paar Schuhe von Dior.«

Gedämpftes Lachen war zu hören.

»Sie glaubte wohl, dass sich Mr Christian Dior persönlich in seine Werkstatt setzen und diese Schuhe von Hand fertigen würde.«

Amy lächelte. Diese Vorstellung hatte sie auch, manchmal. Alles fügte sich zusammen.

»Und deshalb«, fuhr Breda fort, »war ich glücklich und stolz, einen von Mummys Wünschen wahr werden zu lassen. Nein, Michael Flatley ist heute Abend nicht hier, danke, Onkel Robert. Aber wie ihr sicher gesehen habt, ist es mir gelungen, für Mum ein paar Christian Dior-Schuhe zu besorgen.« Sie wies mit dem Kopf in Richtung des offenen Sarges.

Das hatte Amy übersehen. Während Bredas Rede hatte sich die Menge näher an den Sarg herangeschoben und auch Amy stand nur noch zwei Schritte davon entfernt.

Warmherziger Applaus setzte ein, nachdem Breda allen noch einmal gedankt und ihre Rede beendet hatte. Es wurde ein bisschen unruhig, als alle nach vorn gingen, um Breda zu umarmen. Auch Amy bewegte sich nach vorn, bis sie direkt neben dem offenen Sarg stand. Sie holte tief Luft und schaute hinein.

Die tote Frau sah unnatürlich aus, wie aus Wachs. Dieser an eine Skulptur erinnernde Körper in dem Sarg gab keinen Hinweis darauf, dass er einst lebendig gewesen war. Amy war augenblicklich erleichtert, dass sie nicht allzu oft so schmerzhaft an die Beerdigung ihrer Mutter erinnert wurde. Sich von ihrer toten Mutter im Sarg zu verabschieden, war das Schwerste gewesen, das sie je hatte tun müssen. Aber Amy hatte die arme Mrs Nuala McCarthy nie gesund und munter erlebt. Dieser Mensch, der sie einst hier gewesen war – wie sie auch gewesen sein mochte –, existierte nicht mehr und sie gar nicht gekannt zu haben, machte es für Amy erträglich. Unauffällig sah sie sich mit halb gesenktem Kopf um. Niemand achtete auf sie. Alle anderen standen Schlange, um der Tochter der Toten ihr Beileid auszusprechen. Und Breda McCarthys gefasste Haltung war nun doch gewichen. Voller Mitgefühl sah Amy, wie sie ein spitzengesäumtes Taschentuch aus ihrer Tasche nahm.

Komm schon, Amy, bleib bei der Sache!

Sie ging einen kleinen Schritt zum Fußende des Sargs, wappnete sich innerlich und warf einen Blick auf die Schuhe der toten Frau.

Da waren sie! Die schwarzen Christian Dior-Schuhe mit dem winzigen Strassstein an der Schnalle des schmalen Knöchelriemchens. Die Schuhe, die sie bei ihrem ersten richtigen Date mit Justin getragen hatte. Als sie diese Keller-Bar in Mayfar aufsuchten, in der sie Frucht-Cocktails servierten, die so köstlich waren, dass Amy in nicht einmal einer Stunde vier hintereinander getrunken hatte. Sie konnte sich bis heute nicht erklären, wie sie es geschafft hatte, nicht umzukippen, sondern sich sogar intelligent mit Justin zu unterhalten und ihn zu beeindrucken. Sie hatte es immer der fantastischen Form dieser Schuhe zugeschrieben, dass sie sogar noch fähig gewesen war, von der Bar bis zum Taxi zu laufen, ohne mit der Nase voran in einer Pfütze zu landen. Justin hatte gern Witze darüber gemacht, dass er am Ende die Frau seiner Träume gefunden hatte: Eine, die ihn unter den Tisch trank und dann noch lange genug wach blieb, um morgens um drei mit ihm Käsetoast zu essen. Das waren noch Zeiten gewesen.

Amy trat von dem Sarg zurück und fand ein stilles Eck in dem Zimmer, um in Ruhe nachzudenken. An den stabilen

Eichenrahmen einer Tür gelehnt, beobachtete sie die Szene, als würde sie über dem ganzen Spektakel schweben, Seite an Seite mit dem Geist von Nuala McCarthy.

Ihr standen jetzt mehrere Möglichkeiten offen: Sie könnte sich bis nach der Beerdigung in ihr Auto setzen, um Mitternacht mit einem Spaten zurückkehren, die Leiche ausgraben und sich die Schuhe holen. Oder sie könnte es sich zunutze machen, dass der Sarg offen stand und sich momentan keine Trauernden drumherum scharrten. Sie könnte der toten Lady die Schuhe mit einem Ruck entreißen und durchs Fenster hechten, was der kürzeste Fluchtweg zum Auto war. Amy spürte geradezu, wie Debbie bei dem Vorschlag begeistert in die Hände klatschten würde. Sie könnte natürlich auch die arme, trauernde Breda McCarthy zur Seite nehmen, ihr die Wahrheit sagen und sie auf sehr nette Art bitten, ihrer geliebten Mutter die Schuhe auszuziehen, um sie einer Fremden zu geben und damit die Pläne eines ihr unbekannten, rachsüchtigen Ex-Freundes zu vereiteln – dessen Existenz sie gutgläubig akzeptieren musste. Doch warum sollte sie das tun, nachdem Amy bisher Oscarverdächtig gelogen hatte?

Oder sie könnte einfach nichts tun. Den Rest Würde, den sie noch besaß, zusammenraffen, sich innerlich bei all den Menschen hier im Raum entschuldigen und verschwinden.

Wenn sie sich zwischen dieser Möglichkeit und einem mitternächtlichen Friedhofsbesuch entscheiden musste, steckte sie wohl ernsthaft in der Klemme.

Sie stellte ihr Whiskeyglas auf das Klavier, neben das sie sich verkrochen hatte.

Dann blickte Amy ein letztes Mal in den Sarg, neigte den

Kopf und wünschte stumm Lebewohl. Dann drehte sie sich um und ging.

Ihr Aufbruch blieb jedoch nicht unbemerkt. Wort- und nahezu geräuschlos tauchte der Mann auf, der ihr beim Eintreffen die Tür geöffnet hatte, und geleitete sie hinaus.

»Sie gehen schon?«, fragte er, keineswegs unfreundlich und blieb stehen, um ihr die Tür zu öffnen.

»Ja, leider. Ich muss mein Flugzeug in die Staaten erreichen.« Zumindest das war die Wahrheit.

»Ihre Mutter und Nuala waren Freundinnen? Wie, sagten Sie, war Ihr Name?«

Amy fröstelte, fest davon überzeugt, dass auf ihrer Stirn die Worte RIESENGROßE LÜGNERIN in Neonfarben prangten.

»Ähm, tatsächlich habe ich ihn nicht erwähnt! Wie dumm von mir! Ich bin Amy. Aber du liebe Güte, ist es wirklich schon so spät? Ich muss los. Ich wollte nur mein Beileid aussprechen und nicht weiter stören, also dann …«

Der Mann lächelte sie verhalten an. »Ihre Mutter muss Nuala vor sehr langer Zeit getroffen haben.«

Amy rang sich ein vorsichtiges Nicken ab, panisch gegenüber dem, was jetzt wohl käme. Zentimeterweise arbeitete sie sich zur Haustür vor und tauchte unter dem Arm des Mannes durch, als er ihr die Tür aufhielt.

»Wenn man überlegt«, sagte er nachdenklich, »dass Nuala im Rollstuhl gesessen hat, seit sie mit 16 diesen Unfall hatte, also …«

»Wenn Sie mich jetzt bitte entschuldigen?«, stieß Amy hervor, ihre Wangen glühten vor Scham und vom Whiskey. »Mein Flug …« Sie stürmte in Richtung ihres Wagens davon.

Der Mann nickte nachdenklich. »Also, wenn der Unfall vor 60 Jahren passierte, dann heißt das ... Amy? Hallo? Eine wirklich außergewöhnliche, geradezu unmögliche Freundschaft, finden Sie nicht auch?«

Schlimmer konnte es nicht werden. Sobald sie ihren Wagen erreicht hatte, flüchtete sie hinein und winkte dem Mann zu, der immer noch regungslos in der Tür stand. Es war ein kindliches, schuldbewusstes Winken. Sie war völlig durchschaut worden und konnte nichts tun. Sie startete den Motor, wendete den Wagen und fuhr zurück Richtung Ballyvaughan, zu den geschmückten Straßen und zurück zum Flughafen, wo Debbie ihr für die Nacht ein preiswertes Hotelzimmer gebucht hatte, bevor es am nächsten Morgen weiterging nach New York.

Es dauerte die gesamte Rückfahrt, bis die Röte aus ihrem Gesicht verschwunden war. Sie konnte nicht einmal in der feiernden Stadt anhalten, um den Polizisten zu suchen, denn sie hatte eine Whiskeyfahne. Zwar hatte sie sicher nicht zu viel getrunken, um noch fahren zu können, trotzdem war die Aussicht, in ein Röhrchen pusten zu müssen und die Nacht in einer Zelle zu verbringen, noch weniger verlockend als sich in einem gottverlassenen Hotelzimmer am Rand einer irischen Landebahn zu verkriechen.

Morgen wird dann Gott sei Dank ein ganzer Ozean zwischen mir und diesem Ort liegen, dachte sie, während im Rückspiegel Burren Lodge hinter einem sanften Hügel verschwand.

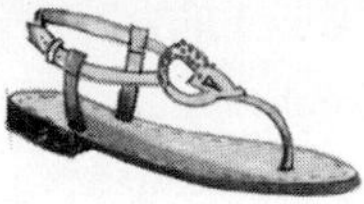

14. Kapitel

Nachdem sie eine Nacht und einen Tag lang mit Warten verbracht hatte, folgte ein unruhiger, schlafloser Flug über den Atlantik. Ausgerechnet am 4. Juli landete Amy in den USA. Aber meine unkonventionelle Reise passt ja auch zum Unabhängigkeitstag, dachte sie.

Gemäß Sergeis genauer Wegbeschreibung, die sie sich in einem Internetcafe in Shannon heruntergeladen hatte, war sie vom Flughafen aus direkt ins Zentrum Manhattans gefahren. Darauf hatte sie sich gefreut – New York! Wie hatte sich ihr Leben in weniger als einer Woche verändert? Von der bequemen Routine – Arbeit, Justin und gelegentliche Einkaufsorgien in Schuhgeschäften – war nichts mehr übrig, stattdessen war sie wohl zu einer Single-Frau geworden, die ganz allein ins Herz des Big Apples reiste.

Trotz des Jetlags und eines zunehmenden Gefühls von Anspannung und Erschöpfung verschlug ihr die Skyline den Atem, als das gelbe Taxi über den New Jersey Turnpike fuhr, in den Lincoln Tunnel einbog und auf die Stadt zusteuerte.

In Manhattan angekommen, bat Amy den Fahrer, mit ihr eine kleine Rundfahrt zu machen. Das alles war so atemberaubend, dass sie nichts verpassen wollte.

Amy konnte kaum glauben, tatsächlich hier zu sein.

Nichts – kein Foto, keine Fernsehsendung, kein Film – wurde dem Ausmaß dieser Stadt wirklich gerecht. Natürlich hatte sie schon Wolkenkratzer gesehen, aber hier konnte sie sich fast nicht zurückhalten, vor Begeisterung aufzuschreien, als sie auch nur einen Blick auf die Freiheitsstatue erhaschte. Wie ein Fels in der Brandung ragte sie prachtvoll und gigantisch in der Bucht auf. Da durchstieß das majestätische Chrysler Building die Wolkendecke und dort ragte das Empire State Building würdevoll und imposant in die Höhe.

Es waren jedoch die Einkaufsstraßen, die Amys Herz höher schlagen ließen. Mit offenem Mund bestaunte sie den Jimmy Choo Flagship-Store, und das exotisch dekorierte Schaufenster mit den angesagtesten Manolo Blahniks der Saison verschlug ihr den Atem. Amy wünschte, Debs und Jes wären hier und könnten all das sehen.

Sie stellte sich vor, wie sie zu dritt hier entlangstolzierten, beladen mit den exklusivsten Tragetaschen, genau wie in *Sex and the City*. Wo sie in New York auch hinschaute, fühlte sie sich an einen Film oder eine Fernsehserie erinnert. Blickte sie die eine Straße hinunter, dachte sie an düstere Atmosphäre in *CSI: NY*, während ihr bei einer anderen sofort der Glamour von *Der Teufel trägt Prada* einfiel. Und eine dritte zeigte die halsabschneiderische Welt von *Wall Street*.

Nach einem Kurztrip durch Manhattan stieg sie an der Penn Station aus und wurde von einer wahren Geräuschexplosion empfangen: Autohupen, Hubschrauber, die über der Stadt kreisten, dieser typische New Yorker Akzent und Heerscharen von Touristen, die in ihrer jeweiligen Landessprache aufgeregt schnatterten, sowie Männern und Frauen in schicken schwarzen Anzügen und Kostümen, die den Bürgersteig entlangeilten. Sie fühlte sich wie an einem Filmset. Die ganze Stadt pulsierte vor Leben und einem Hauch Abenteuer.

Fantastisch! Zum Glück kehre ich wieder hierher zurück. Wo ist nur die Bushaltestelle …?

Der Bus, mit dem sie die dreistündige Fahrt nach Norden zu Sergeis Sommerhaus in der Küstenstadt East Hampton fuhr, trug den Namen *Hampton Jitney* und war laut Sergei berühmt dafür, reiche New Yorker aus der Stadt hinaus in ihr Wochenendvergnügen zu befördern. Amy ließ sich auf einen Sitz fallen und machte es sich bequem, um die Fahrt zu genießen. Aber ärgerlicherweise wurde sie bald von Müdigkeit übermannt und verschlief den größten Teil der Strecke. Am Zielort musste sie vom Fahrer geweckt werden.

East Hampton lag an der östlichen Spitze von Long Island in Suffolk County, New York State. Amy wusste sowohl von Sergei als auch durch eine flüchtige Recherche vor ihrer Abreise, dass sie hier herrliche Sandstrände, Leuchttürme, Windmühlen und hübsche Geschäfte direkt vor der Haustür hatte, vorausgesetzt, sie konnte sich dazu aufraffen.

Heute wollte sie aber nur noch schlafen und sich darauf vorbereiten, am nächsten Tag die nordamerikanische Etappe ihrer Suche anzugehen.

An der Bushaltestelle wurde sie von Sergeis lebhafter Haushälterin abgeholt, einer winzigen Frau um die sechzig mit gefärbtem, rabenschwarzem Haar, olivenfarbener Haut und einem freundlichen Lächeln.

»Miss Marsh?«, rief sie und stand winkend auf dem Bürgersteig.

Amy eilte auf sie zu und ergriff ihre Hände. »Amy. Bitte nennen Sie mich Amy. Sie müssen Maria sein? Sergei hat mir gesagt, dass Sie mich abholen würden. Das ist unheimlich nett von Ihnen – sich solche Mühe zu machen!« Amy wurde klar, dass sie dummes Zeug brabbelte. Sie hielt inne, um erst mal Luft zu holen. Aber es war einfach zu schön, von jemandem in Empfang genommen zu werden, der einen beim Namen kannte – insbesondere nach diesem deprimierenden Gastspiel in Irland.

»Ist mir ein Vergnügen«, erwiderte die Frau mit weichem, südamerikanischem Akzent.

Maria, die Amy immer noch an den Händen hielt, trat einen Schritt zurück und musterte sie genau. Ein Lächeln strahlte ihr entgegen. Aber unübersehbar war da auch ein Ausdruck von Überraschung.

Amy wurde unsicher. *Habe ich was angestellt?*

»Stimmt etwas nicht?«, fragte sie zögernd. »Habe ich etwa Blaubeerflecken im Gesicht?« Instinktiv rieb sie sich mit den Fingern über den Mund. »Ich habe im Bus Bärensaft getrunken und hatte keinen Spiegel …«

Maria lächelte und schüttelte den Kopf. »Nein, Amy, Sie sehen gut aus. Nur ein bisschen müde, aber das ist ja auch kein Wunder. Sie müssen sich nach einer Ruhepause sehnen. Gehen Sie schon mal zum Auto – es steht da vorn –, und ich kümmere mich um Ihr Gepäck.« Sie wies auf Amys riesigen Koffer. »Ist das alles?«

»Das ist furchtbar nett von Ihnen, aber den nehme ich. Wirklich, es geht mir gut.«

Nach ein paar weiteren höflichen Worten waren Amy und ihr Gepäck in Marias Kombi untergebracht, und sie fuhren das kurze Stück zu Sergeis Haus.

Amy bewunderte die grüne, sonnenverwöhnte Landschaft und begann zu schwitzen. Die Klimaanlage in Marias Wagen half nicht viel, da Amy immer noch für irisches Küstenwetter gekleidet war und nicht für eine Hitzewelle auf Long Island. Mit der Baseballkappe fächerte sie sich Luft zu und versuchte trotz ihrer müden Augen, möglichst viel von ihrer Umgebung zu sehen.

Und da war er schließlich: der Ozean mit den Segelbooten, die auf den Wellen schaukelten.

Kurz darauf blinkte Maria links, und sie bogen in eine breite, von Bäumen gesäumte Allee ein. »So – da wären wir.«

»Wow!« Amy hielt den Atem an.

Sergeis Haus war wunderschön. Amy hatte es nicht anders erwartet. Es war ein großes, in traditionellem Stil erbautes Holzhaus, in Pastellblau gestrichen, mit weißen Fensterrahmen und Türen sowie einer eleganten Veranda, die um das gesamte Gebäude lief. Sie schützte die Bewohner vor der schlimmsten Sommerhitze, die laut Maria den gesamten Staat mit rekordverdächtiger Heftigkeit versengte.

Die gepflasterte Auffahrt führte eine leichte Steigung hinauf zu einer riesigen Doppelgarage, die an beiden Seiten von prächtigen Blumenrabatten in voller Blüte gesäumt war.

»Die Blumen sind ja alle weiß!«, rief Amy aus. »Diese Lilien sind umwerfend und erst die Rosen! Und da vorn, ist das weißer Flieder?« Sie fühlte sich plötzlich zurückversetzt in den winzigen, zugewachsenen Garten ihrer Kindheit. Ihre Mutter hatte Blumen geliebt.

Maria nickte stolz. »Auf speziellen Wunsch von Mr Sergei – nur weiße Blumen. Antonio, mein Mann, kümmert sich um den Garten. In Brasilien, wo Antonio und ich herkommen, liebt man Farbenpracht. Aber hier passt das Weiß irgendwie. Gefällt es Ihnen?«

Amy nickte überwältigt.

Mum hatte davon geträumt, eines Tages genau so einen Garten anzulegen … nur mit weißen Blumen.

Das Thema Weiß dominierte auch das Innere des Hauses: offen angelegt mit Holzböden, dezenten Läufern und massiven, lang gestreckten hellen Sofas. Amy schwebte nur so durch den Raum. Die luftige Ruhe von Sergeis Zuhause erweckte ihre müden Sinne wieder zum Leben. Und die Bilder! Überall waren gerahmte Fotos an den Wänden, dem Treppenaufgang, in kleinen Gruppen auf Beistelltischen und oben auf dem Stutzflügel, der am entgegengesetzten Ende der Eingangshalle stand. Maria hatte ganze Sträuße weißer Lilien und Rosen aus dem Garten geholt und sie überall im Haus arrangiert, so dass ihr Duft jeden Raum erfüllte.

»Hier könnte ich für immer bleiben«, stieß Amy hervor.

Sergei hatte erst spät in seinem Leben geheiratet, eine wunderschöne Kalifornierin namens Lisa, die fünfzehn Jahre jünger war als er und die Amy nur von Fotos kannte. Die beiden hatten zwei kleine Töchter, Katya und Anna. Ihre lachenden Gesichter waren überall und als Amy von einem Bild zum nächsten ging, machte der Anblick sie sowohl glücklich als auch traurig. Sie waren die perfekte Bilderbuchfamilie. Dank Sergeis netter, offener Art kam es ihr so vor, als würde sie seine Familie bereits kennen.

Schau dich nur um, Justin. Diese Menschen stellen wohl kaum eine Bedrohung für dich dar, oder?

Lisa war mit den Kindern über die Ferien zu ihren Eltern nach Anaheim gefahren. In fünf Tagen sollten sie zurückkommen. Sergei wurde am gleichen Tag von seiner Asientournee zurückerwartet.

»Amy?«, rief Maria, die sie allein gelassen hatte, damit sie sich in Ruhe umsehen konnte, leise von der Haustür aus.

»Ja?« Amy wirbelte herum und eilte zur Tür. Sie war ganz versunken gewesen in die Betrachtung eines Ballettensembles, bei dem sich alle Mitwirkenden am Ende der Vorstellung um Sergei versammelten und ihm applaudierten. Aber – und sie hatte sich das Bild sehr genau angesehen – ihre Mutter war nicht dabei.

»Sie können unmöglich den ganzen Abend allein hier verbringen. Kommen Sie zum Abendessen zu Antonio und mir. Es wäre uns eine Freude.«

Obwohl Amy überwältigt war von Marias Freundlichkeit, zögerte sie. Sie fühlte sich völlig erledigt. »Maria, ich danke Ihnen vielmals. Aber würden Sie es mir verübeln, wenn ich nicht käme? Sie sind so nett zu mir, und ich möchte nicht undankbar erscheinen, aber …«

Amy brauchte nicht mehr zu sagen. Maria drückte ihr einen Schlüsselbund in die Hand. »Nehmen Sie die. Es sind Ihre. Meine Telefonnummer steht auf dem Zettel da drüben. Sie müssen mir versprechen, anzurufen, falls Sie irgendetwas brauchen, auch wenn es nur eine Kleinigkeit ist, einverstanden? Werden Sie das tun?«

»Werde ich, Maria.«

»Und, Amy?«

»Ja?«

»Fühlen Sie sich hier wie zu Hause. Nehmen Sie sich, was immer Sie brauchen. Mr Sergei hat darauf bestanden, dass ich Ihnen das sage.«

»Ich … das werde ich. Vielen Dank.«

Nachdem Maria weg war, schlenderte Amy durchs Haus. Sie atmete den Duft der Blumen ein und mit der zunehmenden Gewissheit, vorübergehend eine Art Zuhause zu haben, löste sich ihre Anspannung. Hinter dem Haus lockte im Schatten der Bäume ein großer Pool. Aber obwohl sie sich schon besser fühlte als zu Beginn dieses Abenteuers, war sie doch nicht in der Stimmung, einfach ihre Kleider abzustreifen und hineinzuspringen.

Sergei hatte unmissverständlich gesagt, dass sie sich wie zu Hause fühlen sollte. Er hatte sogar darauf bestanden, dass sie sein Büro benutzte, einen getäfelten Raum, den man vom Esszimmer aus betrat. Sie sollte die Möglichkeit haben, am Computer ihre Mails zu checken.

Wenn denn da welche wären.

Trotzdem fühlte sich Amy wie ein Eindringling, als sie hineinschlich und sich über seinen Laptop beugte, der auf einem riesigen Eichentisch stand. Sergei hatte erwähnt, dass das Haus über drahtlosen Internetzugang verfügte. Also schnappte sie sich den Laptop und nahm ihn mit ins Wohnzimmer. Das war ihr angenehmer, als in Sergeis *Allerheiligstem* zu bleiben.

Sich in den Computer eines anderen einzuloggen, weckte unliebsame Erinnerungen an die Schnüffelaktion in ihrem – beziehungsweise Justins Apartment.

Sie spürte, wie ihr Herz schlug, während sie darauf wartete, dass der Computer hochfuhr. Obwohl sie wusste, wie gering die Chance war, dass Justin sich per Mail bei ihr gemeldet hatte, um sich zu entschuldigen, fühlte sie sich besser damit, jenes bisschen Hoffnung nicht aufzugeben.

Natürlich hatte er nicht geschrieben. Amy seufzte, rieb sich über die Stirn und versuchte, ihre Enttäuschung zu verdrängen und nicht loszuweinen. Auch wenn niemand da war, der sie hören könnte. Sie ging ihre Mails durch. Angebote für Kredite mit niedrigen Zinsen, Penisverlängerungen sowie Ankündigungen von Wahnsinns-Preisnachlässen für den kommenden Schlussverkauf bei *Topshop* und Flugtickets zu Schleuderpreisen. Alles Spams. Aber dann entdeckte Amy eine Mail, über die sie sich riesig freute: von Debbie.

»Debs, du treue Seele!« Amy setzte sich im Schneidersitz aufs Sofa, nahm den Laptop auf den Schoß und machte es sich bequem, um sich der Nachricht in aller Ruhe zu widmen.

Von: Debs
An: Amy Marsh
Thema: Polnische Bälle!!!
Hallo, du Weltenbummlerin, wie läuft's?

Hoffe, du benimmst dich (nicht) und dein Koffer quillt über vor zurückeroberten Schuhen – zeig's ihnen, Babe! Du-weißt-schon-wer ist mir bisher nicht über den Weg gelaufen, was aber besser für ihn ist, weil ich ihm sonst eine gescheuert hätte. Hast du

Colin Farrell für dich selbst behalten, als du in Irland warst? Aber, hey, jetzt hast du einen ganzen Kontinent zu erobern! Fang mit Leonardo DiCaprio an, geh dann über zu Josh Lucas – mach aber einen Bogen um Kevin Federline. Bin gespannt, bei wem du am Ende hängen bleibst!!! –

Ich muss dir noch erzählen, was alles auf dem polnischen Ball passiert ist – ich wünschte, du wärst da gewesen, Amy, es hätte dir richtig gut gefallen!!!

Debbies E-Mail war mehrere Seiten lang, also kuschelte sich Amy in die Ecke eines von Sergeis beigen Sofas und balancierte den Laptop auf ihren Knien.

Dann fange ich mal an. Aber eins nach dem anderen. Mein Kleid war der Renner. Ich sah umwerfend aus – mich zu überreden, das goldfarbene und nicht das schwarze zu nehmen, war ein Geniestreich von dir. Ich kam mir vor wie das einzige Mädchen mit Persönlichkeit unter all diesen kleinen schwarzen Cocktailkleidern – Mann, ich bin mit dem Teil vielleicht aufgefallen! Gabriel fielen fast die Augen aus dem Kopf, als er mich sah. (Habe ich schon erwähnt, dass er Gabriel heißt? Ist das nicht verrückt? Aber ein Engel ist er wahrlich nicht, warte ab …)

Wo war ich gerade, ach ja, das Kleid – vielleicht hätte ich es doch eine Nummer größer nehmen sollen, wie du gesagt hast, aber hey, damit tanzen konnte ich, und mein Dekolleté war ganz schön, na ja, seien wir ehrlich, fesselnd.

Jedenfalls, der Ball fand in einem riesigen Landhotel an der Stadtgrenze statt. Ich sagte Gabriel, dass wir uns an der Bar treffen. Gruselige Vorstellung, er würde mich zu Hause bei Mum und Dad abholen! Dad hätte ihm auf den Zahn gefühlt, ob seine Absichten denn auch ehrenhaft seien (natürlich waren sie das nicht!). Und Mum hätte ihm eine Tasse Tee angeboten – der Albtraum schlechthin! Das alles habe ich bewusst hinter mir gelassen, als ich vor Jahren nach London zog.

Ich traf also mit der zurzeit angesagten Verspätung ein und wackelte auf diesen goldfarbenen Gina-Sandaletten mit Strasssteg, zu denen du mich überredet hast (noch ein guter Schachzug – ich schulde dir was), in die Hotelbar. Dazu hatte ich mir von Mum eine schlichte schwarze Stola geliehen und das Haar zu diesem eleganten Knoten hochgesteckt, den Jes mir vor einem Jahr oder so beigebracht hat. In den Knoten habe ich eine Feder gesteckt und dann noch einen Hauch Hair Glitter aufgestreut – wirklich nur eine Nuance, ich wollte schließlich nicht Gefahr laufen, wie eine riesige Weihnachtsdekoration aufzutreten. Aber keine Sorge – ich sah geil aus. Ich marschierte also da rein. Gabriel wartete an der Bar, in schwarzem Smoking mit weißer Fliege. Er sah klasse aus, richtig sexy, aber irgendwie – MASSIV, du verstehst? Als hätte er unter dem Smoking noch was drunter!!! Sein Kopf saß direkt auf den Schultern – von Hals keine Spur – und seine Oberschenkel drohten die Hosenbeine zu sprengen … aber ich habe mich schnell daran gewöhnt, falls du weißt, was ich meine. Er schnappte mich einfach und küsste mich DREIMAL: linke Wange, rechte Wange, linke Wange. Die Stola rutschte mir von den Schultern, er schaute nach unten, und … Amy, du hättest seinen Blick sehen sollen! Es hat ihn förmlich umgehauen! Sichtlich beeindruckt (wie hätte es auch anders sein können? Hehe) zögerte er und starrte mein Dekolleté an, als würde er jeden Moment seinen Kopf darin versenken. Aber dann stellte er sich aufrecht hin und sagte doch tatsächlich: »Debbeeee, da wo ich herkomme, ziehen sich die Frauen normalerweise nicht so an. Das ist unanständig.« Ich erwiderte: »Gabriel, Süßer, da wo ich herkomme, erinnern sich Männer an ihre guten Manieren. Und wenn ich nicht innerhalb von FÜNFZEHN Sekunden einen Wodka und eine Cola in Händen halte, wird DIESE Frau in DIESEM Kleid durch DIE Tür da vorn verschwinden und du wirst dir eine ANDERE suchen müssen, die du heute Abend kritisieren kannst.« Und Amy, weißt du was? Danach war er das reinste Schoßhündchen!!! Habe ich es nicht schon immer gesagt: Je taffer die Kerle, desto mehr genießen sie es, in die Schranken gewiesen zu werden?

Er trank dann auch Wodka, aber Schlag auf Schlag, in einem Zug runter, und ich glaube, er hatte schon ein paar intus, bevor ich überhaupt anfing (kann es sein, dass er sich Mut antrinken wollte?). Dann fing er an, mir vorzuschwärmen, wie schön ich sei und dass ich unbedingt in sein Fitnessstudio kommen müsse. Wenn ich jetzt so darüber nachdenke, vielleicht war er deshalb scharf auf mich, eben weil ich kein ängstliches Mäuschen bin? Wie auch immer, als wir schließlich die Bar verließen, war ich umfassend auf dem Laufenden über sein Fitnessprogramm, seine Ernährung, seine tägliche Hautpflegeprozedur mit Feuchtigkeitscremes, warum er aus Polen hierhergekommen ist (er arbeitet auf dem Bau – arg!!!). Und mich hatte er bis dahin lediglich gefragt, ob ich keine Angst hätte, mich in dem Kleid zu erkälten! Männer … Na ja, ist ja nicht so, als wollte ich ihn heiraten und Hunderte halb-polnischer Babys mit Killer-Wangenknochen zur Welt bringen. Aber ein bisschen mehr Interesse an Debbie vom Hals an aufwärts wäre nicht schlecht gewesen. Na gut. Ich gebe ja zu, dass ich auch nicht wegen seiner guten Manieren mit ihm ausgegangen bin.

Als wir uns schließlich in Richtung Tanzsaal bewegten, kamen wir ganz gut zurecht und er schaffte es sogar (meistens), mir ins Gesicht zu sehen und nicht auf die Brüste. Allerdings hat er DIE GANZE ZEIT den Arm um mich gelegt, auf diese *Die-gehört-mir-*Weise. Davon war ich längst nicht überzeugt, denn es schienen recht nette Leute da zu sein, mit Ausnahme von – du ahnst es schon – deinem persönlichen *Zwillingsalbtraum*! Irgendwie hatte ich verdrängt, dass die beiden wahrscheinlich dort aufkreuzen würden – gruselig!!! Du hättest ihre Gesichter sehen sollen, als Gabriel und ich den Raum betraten. Als würde man sie gerade zwingen, in Zitronensaft getränkte saure Trauben zu essen. Sie standen da mit zwei Durchschnittstypen, die sie wie Buchstützen umgaben. Ihre Kerle sahen aus, als hätte man sie vom Planeten der Langweiler eingeflogen, und ich schäme mich (nicht) zu sagen, dass ich mir ins Fäustchen lachte!

Die Leute dort waren total unterschiedlich, allein vom Alter her. Das war eine nette Abwechslung zu den üblichen Partys schöner Menschen, auf denen wir sonst unterwegs sind. Ich wusste, der Abend würde großartig werden. Gabriel ließ meinen Arm schließlich los, um zur Bar am anderen Ende des Raumes zu eilen. Ich schnappte mir einen elegant aussehenden Burschen, der keine Frau in unmittelbarer Nähe hatte, und stürmte auf die Tanzfläche. Gabriel stand in der Zwischenzeit an der Bar wie ein grollendes Kleinkind. Er redete offensichtlich über mich, denn er peilte immer wieder zu mir rüber, aber hey, ein bisschen Eifersucht tut jedem Mann gut, findest du nicht auch? Ups, vielleicht nicht so viel wie in deinem Fall, aber egal!

Amy lächelte den Bildschirm traurig an. »Eifersucht?«, sagte sie laut. »Oh, ja, natürlich. Wenn du etwas getan hast, um ihm Grund dazu zu geben – in Ordnung. Aber nicht, wenn er irgendetwas in den falschen Hals bekommen hat und dir den Laufpass gibt, ohne dir zuzuhören.«

In kürzester Zeit hatte ich einen ganzen Trupp auf der Tanzfläche und dann ging die Post ab, sage ich dir! Ein Mann, der bestimmt schon 100 war, hat doch tatsächlich einen Breakdance aufs Parkett gelegt! Er kam also neben mich gebreakdanced und brüllte mir ins Ohr: »Heißer Sound, dieser Michael Jackson, was?« Ich wäre vor Lachen fast gestorben!!! Die Musik war klasse, eine Mischung aus Disko, Funk und polnischer Volksmusik (ziemlich sexy – ich werde dir mal was vorspielen, wenn du zurück bist) und dann noch so ein paar Uraltschinken – fantastisch!!!

Ich machte kurz Pause und unterhielt mich mit einer Gruppe von Kerlen, die herumstanden und dem Tanz zusahen. Sie erzählten mir vom Warschauer Nachtleben (wild!) – da muss ich unbedingt irgendwann hin. Was hältst du davon, Amy? Große Reise in Richtung Osten, nachdem du von deiner großen Reise nach Westen zurück bist? Einen Gabriel für dich suchen?

»Hm, ich denke, was das angeht, halte ich mich momentan lieber zurück«, entschied Amy. »Ein Abenteuer nach dem anderen, Debs, eins nach dem anderen …«

Dann dachte ich, dass ich mal besser nachsehen sollte, was Mr Sauertopf so macht. Und der erzählt mir doch, er sei es gewohnt, die Führung zu übernehmen, wenn es um *seine* Frauen ginge – das hat er tatsächlich so gesagt – SEINE Frauen! Ich erklärte ihm also, was mich beträfe, so sei ich seine Verabredung für den Abend, aber wenn er mich zu einem Ball einlade, auf dem ich niemanden kenne und auf dem getanzt wird, dann gehöre es dazu, dass er *seine* Frau seinen Freunden vorstellt, in seine Gespräche mit einbezieht und sogar – halt dich fest, Gabe (er hat es übrigens gehasst, wenn ich ihn so nannte)– gelegentlich mit ihr tanzt!

»Braves Mädchen, Debs«, flüsterte Amy in Richtung Bildschirm. »Zeig uns allen, wie es geht.«

Danach war er besser drauf, irgendwie lockerer. Er hat mich einigen seiner Kumpels vorgestellt, ein paar echt lustige Vögel, und er hat schön aufgepasst, dass ich immer einen Drink in der Hand hielt. Es lief alles ganz gut, bis zum Essen …

Halte durch, Amy-Liebes, es wird noch besser!!!

Also, das Essen war ein bisschen enttäuschend, um ehrlich zu sein. Wir gingen paarweise zu Tisch, und man servierte uns diesen Wursteintopf mit Knödeln – laut Gabe eine »berühmte polnische Delikatesse«. Ich kam mir ein bisschen unhöflich vor, weil ich meine Portion nicht aufgegessen habe, aber weißt du, wenn man so etwas wie Lachs oder Roastbeef erwartet und dann Wurstgulasch bekommt! Ich bin sicher, dass du mit mir übereinstimmst, Amy! Gabriel hat seine Portion verschlungen und dann auch noch den größten Teil von meiner verdrückt. Mich wunderte jedoch, dass er die Wodkas mittlerweile nur so runterstürzte. Ich dachte, er würde zu betrunken sein, um später noch zu tanzen. Aber ich muss fairerweise zugeben, dass er es gut wegsteckte. Er wurde lediglich immer lauter, wenn er mit seinen Kumpels redete. Wahrscheinlich hat das Essen einen Teil des Alkohols aufgesogen. Außerdem ist er ein ziemlich kräftiger Kerl, wie du sicher bemerkt hast, vermutlich kann er also einiges vertragen – haha!!! Dann versuchte er, mich mit meinem Nachtisch zu füttern. Er dachte wohl, es hätte etwas Verführerisches, löffelweise supersüßen Wackelpudding in mich reinzuschaufeln, aber wie du weißt, steh ich nicht auf so was. Ich habe einfach gesagt, ich sei zu satt dafür. Wie er darauf hereinfallen konnte, da er doch meinen Hauptgang verdrückt hat, weiß ich nicht. Aber, hey, genug jetzt vom Essen!!!

Amy genoss es, in Debbies Geschichte einzutauchen, über das Wurstgulasch und den Wackelpudding zu lachen und für eine Weile zu vergessen, dass sie in einem riesigen Haus auf einem anderen Kontinent ganz allein war. Nicht zum ersten Mal überkam sie eine Welle der Zuneigung für ihre Freunde zu Hause.

Hatte ich eigentlich schon erwähnt, dass wir am selben Tisch wie diese schrecklichen Zwillinge saßen? Marta trug ein schwarzes Kleid und Iwona ein … *Überraschung!* … schwarzes Kleid! Gääähn!!! Die beiden versuchten immer noch ihr Glück bei Gabriel und kümmerten sich nicht die Bohne um ihre Begleiter, was irgendwie zum Brüllen war. Zu mir sagten sie den ganzen Abend über kein Wort! Ich hatte sie übrigens mit den Worten begrüßt: »Wie ich sehe, Ladys, habt ihr für heute Abend doch noch Schuhe gefunden, in die ihr reinpasst!«, was zugegeben nicht gerade der netteste Gesprächseinstieg ist!

Ach, und ich muss auch betonen, dass es kein richtiger Ball war, so wie bei Aschenputtel – womit ich eigentlich gerechnet hatte. Es war ein Abend, den man als *Sobotka* bezeichnet, was, wie mir eines der Mädchen erklärte, in Polen ein traditionelles Fest ist, mit dem jedes Jahr die Sommersonnenwende und die

Johannisnacht gefeiert werden (gut aufpassen, Amy, ich werde dich später abfragen). Dabei kann man jede Menge Bräuche beobachten. Nach dem Essen zum Beispiel kamen diese weiß gekleideten polnischen Mädchen und sangen Liebeslieder – sie sahen so was von zuckersüß und jungfräulich aus (Gabriel war offenkundig angetan). Aber mir gefiel es auch, es war irgendwie rührend. Jedenfalls gibt es normalerweise auch Freudenfeuer, aber das war ausgeschlossen, da wir uns in einem vornehmen Landhotel befanden, wo man von einem Feuerchen im Garten nicht sonderlich angetan gewesen wäre. Die Männer müssen dann über die Flammen springen – hat doch Symbolcharakter, oder? Gabriel erzählte mir, dass er dabei immer am höchsten und am weitesten gesprungen sei, also ließ ich ihm seinen Spaß und sagte: »Natürlich, mein Mäuschen«, und damit schien er zufrieden zu sein. Überall hingen wunderschöne Blumenkränze und üppige Kräuterbündel, die wunderbar dufteten – Basilikum, Estragon, Dill, Salbei, Minze, Zitronenmelisse. Ich habe ein paar Zweiglein stibitzt und in meiner Handtasche versteckt. Meine Idee war, sie mir später unters Kopfkissen zu legen oder etwas Romantisches in der Art, aber dazu kam ich nie. Die Kräuter müssen immer noch in meiner Tasche sein, fällt mir gerade ein! Wenn ich das nächste Mal ausgehe, werde ich riechen wie ein riesiger menschlicher Kräuterstrauß!!!

Obwohl Amy die Geschichte ihrer Freundin köstlich fand, konnte sie ein Gähnen nicht unterdrücken. Sie streckte sich. Es war ein langer Tag, und sie wurde wehmütig. Als sie ein Kind gewesen war, hatte ihre Mutter immer Kräuter im Blumenkasten vor dem Küchenfenster gezogen. Manchmal zerrieb sie ein oder zwei Blätter zwischen den Fingern und

Amy atmete das frische Aroma ein. Sie fasste einen Entschluss: Was auch immer bei ihrem Abenteuer herauskommen würde, ihr nächstes Zuhause musste einen wunderschönen Blumenkasten voller Kräuter haben.

Schließlich habe ich es tatsächlich mit ihm auf die Tanzfläche geschafft und, du meine Güte, er war vielleicht anstrengend! Er fuchtelte derartig mit den Armen herum, dass er einen drei Meter großen Sperrbereich um sich herum brauchte, sonst bestand für andere ernsthaft Gefahr, ein Auge oder ein paar Zähne zu verlieren. Hey, du kennst doch den Spruch: Wenn man wissen will, wie ein Mann im Bett ist, muss man ihn sich nur auf der Tanzfläche ansehen? Wenn man danach geht, überlebt niemand eine Nacht mit Gabriel!!!

Und die langsamen Tänze – oh Mann, ich bekam kaum Luft, so fest hat er mich gedrückt! Vielleicht hat er in mir ein menschliches Fitnessgerät gesehen? Und gleichzeitig seine Oberarme trainiert, während er mich, die englische Mieze, anhimmelte?

»Du hattest ja wirklich eine anstrengende Zeit mit ihm, Mademoiselle«, sagte Amy.

Am Ende erlahmte er ein bisschen – wahrscheinlich machte sich der Wodka doch bemerkbar. Er hat sich also an mich gehängt wie ein Sack und nicht mehr losgelassen – Kopf auf meine Schulter, Arme um meine Taille, du weißt schon. Dazu fuhr er ununterbrochen mit den Händen meinen Rücken rauf und runter, und ich musste sie ständig von meinem Hintern nehmen, bis ich ihm schließlich sagte: »Gabriel, wenn dir in meinem Land eine Frau sagt, du sollst die Finger von ihrem Arsch lassen, dann meint sie es normalerweise auch so.« Er hatte den Hinweis verstanden, machte aber trotzdem auf schwer verliebt und erzählte mir, ich sei »so wunderrrschön« und dieses ganze Zeug ...

Und dann ...

Mist, muss los, Jes zerrt mich schon hier raus. Feueralarmübung. War so vertieft, dass ich es gar nicht gehört habe. Wunderte mich schon, warum so viele Leute an meinem Büro vorbei ...

Von: Amy
An: Debs
Thema: Polnischer Ball

Debs, du Heldin. Im Vergleich dazu ist es bei mir richtig harmlos zugegangen. Also nichts Erwähnenswertes. – Kann allerdings damit angeben, dass das Schicksal bei diesem Abschnitt meines Abenteuers mir wohl gesonnen ist. Ich hatte nämlich gar nicht geplant, jenes Paar zu suchen, das in eine Stadt namens Patchogue geschickt wurde. Ich habe zwar lediglich eine Postfachnummer und den Namen *Alice Hewitt* – aber keine direkte Adresse. Als Sergei mich netterweise in sein Haus einlud, habe ich jedoch entdeckt, dass dieses Patchogue ganz in der Nähe liegt. Das nennt man wohl einen glücklichen Zufall, nicht wahr?
Amy xxx

Amy schaltete den Computer aus und ging langsam nach oben. Erschöpft und ziemlich einsam fragte sie sich, was der morgige Tag wohl bringen würde. Trauma oder Triumph?

15. Kapitel

Nach zwölf Stunden Schlaf im größten Bett, in dem sie je gelegen hatte, fühlte sich Amy wie neugeboren. Voller Frische und Optimismus verschlang sie drei Blaubeermuffins, die Maria ihr netterweise vorbeigebracht hatte, und trank vier Tassen köstlichen Kaffee. Sie zog sich hellblaue Shorts und ein weißes, rückenfreies T-Shirt an.

Durch das Fenster sah sie den Pool hinter dem Haus in der Morgensonne glitzern. Amy ging hinaus, betrachtete sehnsüchtig das Wasser und fragte sich, ob eine Runde im Pool nicht genau das Richtige wäre, um sich für den Tag in Schwung zu bringen. Aber dann verscheuchte sie den Gedanken schnell.

Keine weiteren Verzögerungstaktiken. Klar könnte ich problemlos den ganzen Tag hier verplempern, aber würde mir das meine Schuhe zurückbringen?

»Du kommst später dran«, rief sie dem leise plätschernden Wasser zu, bevor sie wieder hineinging, um ihre Tasche zu holen.

Die warme Sonne tat so gut, dass Amy zu Fuß zur Autovermietung ins Stadtzentrum ging. Der Weg führte durch schattige Vorortstraßen in Richtung Strand. Es war wunderbar, das Meer zu riechen – mild und sanft, ganz anders als der scharfe, kräftige Geruch in Ballyvaughan, nur etwa dreihundert Schwimmtage entfernt von hier.

Ein Dutzend Versicherungsformulare später – sie war schließlich in Amerika – war sie mit dem Auto unterwegs. Es bedurfte ihrer ganzen Konzentration, in dem süßen kleinen silberfarbenen Wagen mit Automatikgetriebe auf der *falschen Seite* zu sitzen. Immer wieder griff sie auf der Suche nach der imaginären Gangschaltung nach dem Türöffner.

Ihr Ziel – die Küstenstadt Patchogue – lag ungefähr eine Stunde entfernt. Der größte Teil ihrer Route führte durch das Gebiet, das sie bei ihrer Anreise am Vortag verschlafen hatte, und sie freute sich darauf, dieses Mal etwas von der Landschaft zu sehen.

Amys Erwartungen wurden nicht enttäuscht. Zu ihrer Linken begleitete sie fast die gesamte Fahrt über der schillernde Ozean. Es ging an saftigen, hügeligen Feldern und dichten Wäldern vorbei und durch eine Reihe von Städten. Die Häuser waren oftmals mit Schindeln verkleidet und die Straßen von Bäumen gesäumt. Es gab kleine Einkaufszentren und von der Sonne beschienene Parks. Alles wirkte so freundlich, dass ständig ein Lächeln Amys Mund einrahmte. Gut gelaunt suchte sie sich im Radio einen Sender mit Country und Western Musik und sang bei jedem Lied mit. Die Texte dachte sie sich jedoch selbst aus.

Ich hol mir meine Schuh zurück (oh yeah),
Denn die brauche ich zu meinem Glück.
Ich werde meine Schulden begleichen (yes, Sir),
Und all meine Ziele erreichen …

Singend brauste sie mit offenem Fenster und wehenden Haaren dahin.

> Ich mache meinen Mann bald platt,
> weil er meine Schuhe verscherbelt hat …

Etwas zu finden, das sich auf Justin reimte, war schwierig, aber in einer plötzlichen Eingebung war ihr schadenfroh *dustbin* eingefallen – Mülleimer. In dem Moment näherte sie sich bereits ihrem Ziel. Patchogue.

Amy kratzte sich am Kopf. *Wie spricht man diesen Ort eigentlich korrekt aus? Patch-oag? Patch-oagy? Oder wird das g nicht mitgesprochen? Patcho?*

Sie fuhr in die Stadt hinein und schien sich direkt im Zentrum zu befinden, das sich bis zu dem geschäftigen Hafen erstreckte. Dort stellte Amy den Wagen ab, stieg aus und spazierte durch die Hitze zu einer Informationstafel, die mit dem Rücken zur Bucht angebracht war. Ihr einziger Anhaltspunkt war eine Postfachnummer, also suchte sie die Karte nach dem Postamt ab. Sie hatte Glück: Es war direkt um die Ecke.

Hier und da waren ein paar Einheimische unterwegs, die spazieren gingen, joggten oder Rollschuh liefen, um die frische Luft zu genießen. Auf einem kleinen Freizeitgelände direkt am Wasser warf ein Mann für seinen herumtollenden Labrador Stöckchen und etwa zehn Leute spielten Volleyball über ein wackeliges Netz, das einfach in den Boden gerammt war. Weiter links lungerten ein paar Teenager auf einem Konzertpavillon herum. Unterbrochen wurde die sommerliche Stille lediglich durch das

Hämmern bei den Bauarbeiten an einem nahe gelegenen Haus.

Die Stadt war groß genug, um ein Zentrum mit interessant aussehenden Läden, einem Theater und einem Museum zu besitzen. Nicht nur entlang der Küstenstraße standen die traditionellen, schindelbedeckten Häuser, sondern bis ins landwirtschaftlich genutzte Hinterland hinein. Daneben gab es in dieser Stadt neue Apartment- und Mehrfamilienhäuser. Anscheinend wurden auch gerade einige Straßen erneuert. Amy sah zu, wie Arbeiter Straßenlaternen und Wegweiser gegen hübsche, altertümliche Nachbildungen austauschten.

Alles passte. Amy fühlte sich wohl hier – nicht *zu Hause*, aber sie hatte das starke Verlangen, mehr über Patchogue zu erfahren, ein bisschen zu bleiben, sich die Sehenswürdigkeiten anzuschauen …

Zum Glück hatte sie den ganzen Tag zu ihrer freien Verfügung. Während der letzten Jahre war ihr Leben so *geregelt* gewesen: zur Arbeit gehen, mit Justin zusammen sein, immer zuverlässig und vernünftig sein, sich eine Zukunft in einem vertrauten Umfeld aufzubauen und nie infrage zu stellen, dass sie das Richtige tat – das, was man von ihr *erwartete*.

Und jetzt? Jetzt war es so, als hätte das Leben einen Schritt voran getan, sich vor ihre schuhlosen Füße gekniet und den Teppich der Alltäglichkeit unter ihr weggezogen. Sie würde ihr Bestes geben, dachte Amy und marschierte den heißen Bürgersteig entlang.

Beim Betreten der Post stellte sie fest, dass niemand im Raum war, bis auf ein Kind, das auf einer Bank saß und einen Comic las. Als der kleine Junge Amy sah, senkte er sofort das Heft und kam auf sie zugehüpft. Sein Gesicht war übersäht mit Sommersprossen, und die braunen Augen lachten sie freundlich an.

»Hallo, ich bin Harry. Brauchen Sie Hilfe?«

Amy lächelte. »Ich hatte gehofft, mit jemandem reden zu können, der hier zuständig ist …«

»Das bin ich«, erwiderte er. »Mom ist hinten. Sie musste mal kurz verschwinden. Solange passe ich hier auf.« Ein breites Grinsen zog sich über sein Gesicht und enthüllte blendend weiße, unterschiedlich große Zähne.

»Vielleicht kannst du mir ja helfen«, antwortete Amy. »Ich bin neu in *Patchoagy* und auf der Suche nach dem Inhaber dieses Postfachs. Ich bin Amy.«

Sie zeigte ihm einen Zettel mit Alices Namen und Postfachnummer, den sie an diesem Morgen beim Frühstück geschrieben hatte.

»Sie meinen *Patchog*?«, korrigierte der Junge sie freundlich.

Amy wurde rot. »Ich glaub schon. Sorry – war das erste Mal, das ich versucht habe, Patchogue laut auszusprechen.«

Das Grinsen des Jungen wurde noch breiter. »Kein Problem, das passiert ständig. Hey, sind Sie aus England?« Er wartete die Antwort gar nicht erst ab, sondern plapperte munter weiter. »Cool. Meine Großeltern sind letztes Jahr hingeflogen, um nach ihren Wurzeln zu suchen. Grandpa hat gesagt, wenn Grandma aufgehört hätte, sich die Haare zu färben, hätten sie nicht so weit reisen müssen. Dafür hat sie ihm eins übergebraten.«

Amy lächelte den Jungen an.

»Der Ort, in dem sie waren, heißt Stratford-upon-Avon. Kennen Sie das?«

»Ja, kenne ich«, sagte Amy, als sie es schaffte, zu Wort zu kommen. »Aber ich bin nie da gewesen.«

»Warum denn nicht?«

Sie zuckte mit den Schultern. »Keine Gelegenheit. England ist ein großes Land …«

Das ungläubige Gesicht des Jungen sprach Bände. »Und warum sind Sie hier?«

Er starrte sie mit einer Direktheit an, die Amy so erfrischend wie die Meeresbrise draußen fand.

»Irgendwie aus dem gleichen Grund, der deine Großeltern nach England brachte«, antwortete sie. »Ich bin auf der Suche.«

Harry nickte. Dann wies er auf die Wand voller Postfächer. »Also, das Postfach ist da drüben, aber ich weiß, wo die alte Mrs Hewitt übermorgen sein wird.«

Übermorgen!

»Harry«, ertönte eine laute Stimme. »Was habe ich dir gesagt?«

»Rede nie mit Fremden.«

»Nein, das andere. Die oberste Post-Regel.«

»Rede nie über Kunden.«

Zehn Minuten später war Amy mit Harrys Mutter immer noch keinen Schritt weiter gekommen.

»Tut mir leid, Honey, aber die Postfächer werden immer nur donnerstags geleert.«

Heute war Mittwoch.

Donna Baker stand dicht hinter der Theke. Sie war kräftig gebaut, mit dunklem drahtigem Haar, das sich bis auf ihre Schultern kringelte, vollen Lippen und einem weichen, ungeschminkten Gesicht. Sie trug ein Post-Hemd, das wenig weiblich wirkte und das sie in den Gummibund der marineblauen Hose gestopft hatte. Diesen hatte sie hochgezogen bis knapp unter ihre riesigen Brüste. Ihr Tonfall war sachlich – nicht unfreundlich, aber unmissverständlich.

»Sind Sie sicher?«, fragte Amy ein letztes Mal.

Als Antwort erhielt sie einen spöttisch Blick mit hochgezogenen Augenbrauen.

»Ich nehme nicht an, Sie lassen mich einen kurzen Blick hineinwerfen?«, drängte Amy.

»Honey, das hier sind verschlossene Postfächer und keine Bonbongläser. Die einzige Person, die da hineinschaut, ist der Kerl mit dem Schlüssel. Und der kommt immer nur donnerstags. Punkt. Tut mir leid, aber heute kann ich Ihnen nicht weiterhelfen.«

»Kerl?«, wiederholte Amy. Sie fischte den Zettel mit der Adresse heraus, den sie in ihre Hosentasche gestopft hatte: Alice Hewitt, PO Box 8373, Patchogue, New York.«

»Äh, entschuldigen Sie bitte?«

Donna hatte sich abgewandt, um sich wieder ihrem Papierkram zu widmen. »Ja, Honey?«, rief sie über ihre Schulter hinweg.

»Kann Alice in Amerika auch ein Jungenname sein?«

Donna schnaubte verächtlich, dann drehte sie sich um. »Nun, ich denke, im Land der unbegrenzten Möglichkeiten geht wahrscheinlich alles. Es gibt doch auch Alice Cooper. Ich kannte mal einen Typen, der hieß Ford Pickup, aber das ist eine *völlig* andere Geschichte.«

Amy verschränkte die Arme auf der Theke und ließ den Kopf darauf sinken. Sie konnte nichts mehr tun.

»Also, ähm …«

»Donna.«

»Donna. War nett, Sie kennenzulernen. Ich heiße übrigens Amy.«

»In Ordnung, Amy?«

»Würde es Ihnen etwas ausmachen, mir zu sagen, um welche Zeit Alice – oder wie auch immer er heißt – kommt, um das Fach zu leeren? Bitte?«

Donna zuckte mit den Schultern. »Ganz unterschiedlich. Kann um acht Uhr früh sein oder nachmittags um zwei – das lässt sich nicht mit Sicherheit sagen. Abgesehen davon interessiert das auch niemanden. Wenn Sie ihn also abfangen wollen, dann kommen Sie am besten frühmorgens her und bringen sich ein gutes Buch mit.«

Ernüchtert trottete Amy nach draußen. Ihr blieb nichts anderes übrig, als am nächsten Tag wiederzukommen und Fach Nummer 8373 nicht aus den Augen zu lassen, bis jemand auftauchte, um es zu öffnen. So viel zum Thema Schicksal! Dabei war sie vorhin noch voller Optimismus gewesen.

Und was sollte sie jetzt unternehmen? Sie sah sich um. Der Ort wirkte tatsächlich sehr hübsch. In der Bucht schaukelten Boote auf dem Wasser, der Strand sah einladend aus, und einen Moment lang war sie versucht, einige der Geschäfte im Zentrum auszukundschaften, für die auf der Informationstafel geworben wurde.

Amy seufzte. Vielleicht litt sie immer noch unter dem Jetlag. Es gab hier eine Menge, das man unternehmen konnte – Museen, die Geschäfte, der Strand – für den unternehmungslustigen Touristen ein reiches Angebot … aber ihr mangelte es an Energie. Sie wühlte in der Tasche nach dem Autoschlüssel und ging zurück zu ihrem Mietwagen.

Mit der Aussicht, morgen einen langen Tag vor sich zu haben, wollte sie nur noch zurück zu Sergeis Haus, um sich auszuruhen. Sie hatte die ereignisreichste und anstrengendste Woche ihres Lebens hinter sich.

Patchogue sieht toll aus … aber das tut es sicher morgen auch noch …

Nachdem Amy schließlich ein paar Stunden glücklich am Pool gefaulenzt hatte, ging sie ins Wohnzimmer, schnappte sich den Laptop und loggte sich ein. Hurra! Eine Nachricht von Debbie! Zum Glück hatte sie ihre Freunde.

Von: Debs
An: Amy Marsh
Thema: Like a Virgin!

Also, Amy, beim Überfliegen meiner letzten Mail fiel mir auf, dass ich aus Gabriel einen ganz schönen Widerling gemacht habe. Dabei kann er manchmal sehr süß sein. Als er zum Beispiel einen winzigen Kratzer an meinem Finger entdeckte, den ich mir geholt hatte, als ich das Preisschild von dem Ginaschuh ablöste, da nahm er meine Hand, streichelte sie und küsste die Schmerzen hinweg! Ich bekam eine richtige Gänsehaut. Außerdem ist er schon toll anzusehen, nachdem ich mich erst einmal an seine extreme Größe gewöhnt hatte …

»Das muss ich dir jetzt wohl einfach glauben.« Amy grinste.

Jedenfalls, als es auf Mitternacht zuging, rissen die Leute plötzlich sämtliche Terrassentüren auf, die in den Garten führten, und versammelten sich davor. Ich fragte Gabriel, was los wäre, aber er sagte nur: »Wirst du schon sehen, Debbee, wirst schon sehen!« Er tat das mit diesem – wie soll ich es beschreiben? – hungrigen Gesichtsausdruck. Und dann traten einige der jüngeren Frauen vor, und alle Leute applaudierten. Ich dachte, sie würden jetzt vielleicht etwas vorsingen oder so, aber stattdessen holte sich jede von ihnen einen Blumenkranz. Ihre Partner kamen dazu, und sie gingen gemeinsam nach draußen. Wir folgten alle, und Gabriel wollte mir immer noch nicht verraten, was zum Teufel hier gespielt wurde!

Fasziniert setzte sich Amy auf dem Sofa aufrecht hin.

Am Rand der Wiese, zu der man ein kurzes Stück laufen musste, war dieser kleine Bach. Hast du eine Vorstellung davon, was es heißt, mit Pumps auf Zehenspitzen über Gras zu gehen? Ach, ich Dummkopf, ich rede gerade mit der Oberpriesterin der hohen Absätze – natürlich weißt du das, Süße. Es war so mühsam, dass ich mich an Gabriels Arm festhalten musste. Er war natürlich begeistert! Dann bildeten wir einen Halbkreis um diese Paare. Ein Mädchen nach dem anderen kniete sich an den Bach und setzte den Kranz aufs Wasser. Danach stellte sie sich wieder neben ihren Partner und zusammen sahen sie zu, wie der Kranz mit dem Strom davonschwamm.

Ich sagte zu Gabriel: »War das nicht süß?« Weißt du, was er

mir darauf geantwortet hat? Er erklärte mir, dass die Kränze das Symbol der Jungfräulichkeit sind und indem die Kränze im Wasser wegtreiben, geben die Mädchen ihre Jungfräulichkeit ihrem Freund hin!

»Was?« Amy starrte entgeistert den Bildschirm an. »Das darf doch nicht wahr sein!«

Und dann hat er sich selbst übertroffen: Plötzlich holte er etwas hinter dem Rücken vor und hielt es mir hin – EINEN KRANZ!!! Er hatte ihn schon die ganze Zeit in der Hand gehalten. Dann reichte er ihn mir, wortlos, aber seine Augen sagten alles – sie waren rührselig und flehend wie Hundeaugen –, und er hat mich wieder geküsst, dreimal und ziemlich feucht, linke Wange, rechte Wange, linke Wange. Und dann deutete er mit dem Kopf Richtung Bach!

Ich muss zugeben, dass ich einen Moment gebraucht habe, um mir klar zu werden, wie ich darauf reagieren sollte. Der arme Gabriel muss gedacht haben, ich wäre von Gefühlen überwältigt, denn er hat mich immer nur weiter mit diesen lüsternen Augen angesehen (können Augen lüstern sein, Amy? Gabriels haben mir diese Frage hinreichend beantwortet – sie können es verflixt gut) und wartete darauf, dass ich zum Bach ging.

Nachdem ich mich wieder gefangen hatte, zog ich Gabriel zu mir hin, küsste ihn dreimal, linke Wange, rechte Wange, linke Wange und legte den Kranz um die Stelle, an der Leute normalerweise ihren Hals haben. In Gabriels Fall stülpte ich den Kranz über seinen Kopf und legte ihn auf diese gewaltigen Schultern. Dann flüsterte ich ihm ins Ohr: »Weißt du was, mein Schatz? Mein Kranz ist schon vor sehr, sehr langer Zeit den Strom hinabgeschwommen – er dürfte mittlerweile die halbe Strecke nach Amerika hinter sich haben!« Und er stand einfach nur da, wie vor den Kopf geschlagen! Das war wahrscheinlich das seltsamste Gespräch meines ganzen Lebens!!!

Ich sollte ihm wohl dankbar dafür sein ... und ich war ihm EHRLICH dankbar dafür, dass er mich zu diesem Ball mitgenommen hat. Das meiste daran war schließlich ziemlich abgefahren, und ich habe tolle Leute getroffen, denen ich sonst nie im Leben begegnet wäre – das war ein echter Gewinn. Und ich habe noch mehr gelernt: Dass es möglich ist, auf einem Ball in einem Landhotel Wurstgulasch serviert zu bekommen – was sehr aufschlussreich war. Und ich weiß jetzt auch, dass man nie das kleine Schwarze anziehen darf, wenn man hundertjährige Kerle zum Breakdance animieren will. Und seien wir ehrlich, Amy – wer möchte das nicht?

Pass auf dich auf, Kleine, und melde dich. Viel Glück bei deiner Sohlensuche!

Debs xxxxxx

Lachend schickte Amy sofort eine Antwort.

Von: Amy
An: Debs
Thema: Re: Like a Virgin!

Und, wenn ich fragen darf, wirst du ihn wieder sehen? Schäm dich, mir das nicht zu erzählen!

Amy xxx

Sie musste nicht lange auf Debbies Antwort warten. Kaum hatte sie sich ein Glas Wasser aus der blitzblanken Eiche-

Granit-Küche geholt, (die aussah als würde sie ausschließlich dafür benutzt, um Fotos für Magazine zu machen), da blinkte auch schon Debs Antwort in ihrer Mailbox.

Von: Debs
An: Amy Marsh
Thema: Kehr vor deiner eigenen Tür, Madame!

Ob ich ihn wieder sehe? Wahrscheinlich – und wenn es nur wäre, um seine Kumpels wieder zu treffen und noch mal diese Bauchmuskeln zu fühlen – aber vorher muss ich den polnischen Kalender checken! Möchte nicht noch mal mit irgendwelchen Sommersonnenwende-Kranzwerf-Spielchen konfrontiert werden!

Pass auf dich auf, Süße

D. xxxxx

16. Kapitel

Am nächsten Tag ließ Alice Hewitt – den sich Amy mittlerweile in den schillerndsten Farben vorstellte – auf sich warten. Ihr Hintern wurde immer tauber, je länger sie auf der Holzbank saß, die sich entlang der Wand im Postgebäude erstreckte. Sie war seit acht Uhr früh hier, nachdem sie zwei Stunden zuvor in Sergeis blitzblanker Küche gefrühstückt hatte, und wurde allmählich hungrig. Ihr Magen knurrte so laut, dass sie husten musste, um das Geräusch zu übertönen.

Donna hatte erfolglos versucht, sich bei Amys Anblick nicht zu amüsieren, und gesagt, wenn es nach ihr ginge, könne Amy die ganze Woche dort sitzen, so lange sie nicht anfing zu pfeifen, die Wände bemalte oder die Kunden anpöbelte.

Zehn Uhr, elf Uhr …

An der gegenüberliegenden Wand reihten sich die Postfächer wie Spinde in einer Turnhalle. Regelmäßig schauten Leute rein, um ihre Post in Empfang zu nehmen und welche abzuschicken. Niemand von ihnen ging zum Fach Nummer 8373. Gegen Viertel nach elf musste sich Amy zurückhalten, um nicht den behaarten Radfahrer ins Kreuzverhör zu nehmen, der die Frechheit besaß, Fach Nr. 8375 zu öffnen. Sie fixierte Fach 8373 derartig, dass ihr bald alles vor Augen verschwamm. Außerdem bekam sie Kopfschmerzen.

Drüben an der Theke kannte Donna die meisten Kunden mit Namen. Amy war überrascht von dem zwanglosen Umgangston, dem vielen »bitte« und »danke«, dem Austausch von Neuigkeiten und Plaudereien über das Wetter oder die Nachbarn. Donna schien eine Art städtische Institution zu sein. »Na, Arthur, wie geht's dem Bein deiner Mutter?«, »Hat deine Großmutter die Salbe bekommen, Cyrill?«, »Wie kommt deine Kleine mit dem neuen Welpen zurecht, Avril?«, »Kann ich Ihnen damit behilflich sein? Sieht schwer aus. Wenn Sie mögen, kann ich es in mein Auto laden und Ihnen später auf dem Nachhauseweg vorbeibringen.« So ging es den ganzen Morgen.

»Ruhiger Tag heute«, rief sie Amy während einer Flaute zu.

»Ehrlich? Aber Sie haben doch gar keine Pause gehabt!« Amy lächelte. »Ich bin überrascht, wie viele Leute Sie kennen!«

»Ach, da bin ich mir nicht so sicher«, erwiderte Donna. »Patchogue ist heutzutage eine richtig große Stadt – es herrscht ein ständiges Kommen und Gehen. Diese Küste ist recht dicht besiedelt. Und da wir nicht weit von New York City sind, kommen auch eine Menge Leute übers Wochenende her. Aber es ist immer noch ein friedliches Plätzchen. Hier herrscht ein guter Gemeinschaftsgeist.«

Dank Menschen wie ihnen, dachte Amy, war aber zu schüchtern, um es laut auszusprechen. Das Leben in London konnte manchmal recht einsam sein, nie begegnete man einem Gesicht in der U-Bahn oder an der Schnellkasse im Supermarkt ein zweites Mal.

»Können Sie mir sagen, woher die Stadt ihren Namen hat?«, wollte Amy wissen

»Indianer!«, antwortete Donna. »Soweit ich weiß, existierte früher hier eine große Siedlung von Indianern des Stammes Paushag oder Pochaug, lange bevor die Weißen herkamen.«

»Für einen Neuankömmling ist der Stadtname ziemlich schwierig auszusprechen.«

Donna nickte. »Der Ort hatte früher den Spitznamen Milltown, wegen der vielen Mühlen entlang der Wasserwege – das fällt Ihnen bestimmt ein bisschen leichter! Sie sollten rausgehen und sie sich ansehen, Sie können doch nicht Ihren ganzen Urlaub lang meinen Betrieb hier stören!«

»Gute Idee!« Amy lächelte. »Was sind das für Mühlen? Baumwolle?«

»Alle möglichen, Baumwolle, Wolle, Papier, Sägemühlen – alles, womit sich Geld verdienen ließ. Möchten Sie einen Kaffee?«

»Oh, nein danke, Sie waren schon so nett zu mir …«

»Indem ich Sie die Luft eines Postgebäudes atmen lasse? Kommen Sie schon, Honey. Sie möchten doch eine Tasse, oder etwa nicht?«

»Das wäre wunderbar. Vielen Dank.«

Donna reichte ihr einen großen Becher mit schwarzem Kaffee. In dem Moment kam der nächste Schwung Kunden herein. Amy beobachtete sie alle und fragte sich, ob einer von ihnen wohl den magischen Schlüssel zu Fach 8373 besaß. Sie versuchte, nicht daran zu denken, dass er vielleicht schon da gewesen war und sie ihn trotz höchster Konzentration verpasst hatte. So wie man angestrengt Radio hört, weil jeden Moment der Wetterbericht kommt, und man dann plötzlich feststellt, dass man ihn gerade verpasst hat. Oder – noch schlimmer – dass er heute gar nicht auftauchen würde.

Der Tag schlich dahin. Kunden kamen und gingen. Donna plauderte, wenn sie Kundschaft hatte, und schwieg, wenn sie allein war und weiter ihren Papierkram erledigte. Sie ließ sich durch nichts aus der Ruhe bringen. In der Stille merkte Amy, wie ihre Gedanken zu Justin schweiften.

Ich hätte mir im Auto nicht diese Liedtexte ausdenken sollen. Es war ein billiger und unreifer Versuch, mich aufzuheitern. Tatsächlich habe ich mich nur noch schlechter gefühlt. Dabei hat er sich echt beschissen verhalten. Und warum fühle ich mich dann schlecht? Ich wünschte, ich könnte manchmal ein bisschen mehr so sein wie Debbie. Sie lässt sich von niemandem was gefallen – wenn sie sogar Gabriel die Macken austreiben kann, sollte sie eigentlich für die Vereinten Nationen arbeiten. Ich muss dran denken, sie Condoleezza Rice zu nennen, wenn wir das nächste Mal miteinander sprechen. Wenn sie an meiner Stelle wäre, hätte sie Justin schon längst ausfindig gemacht, in den Schwitzkasten genommen und gezwungen, sich die Wahrheit anzuhören! Warum in aller Welt, habe ich das nicht getan?

Ein Laster war draußen vorgefahren und der uniformierte Fahrer lud Säcke voller Post auf, die zur Verteilung irgendwo anders bestimmt war.

Aber ich habe es versucht! Er hat mir keine Chance gegeben – im umgekehrten Fall hätte ich ihn zumindest angehört! Oder etwa nicht?

Donna war nach hinten zur Toilette verschwunden. Eine

junge Frau mit einem Baby in einem Buggy kam herein, ging an den Tresen und wartete. Kurz darauf betrat ein großer Mann in Bermudas den Raum und kramte in seiner Hosentasche – offenbar auf der Suche nach seinem Schlüssel.

Es ist echt beschissen, wenn einem nicht geglaubt wird. Zu wissen, dass Justin irgendwo da draußen ist und diese schreckliche Meinung von mir hat. Er wird die ganze schöne Zeit, die wir miteinander hatten, aus seinem Kopf vertreiben. Und ich fühle mich dadurch schlecht.

Das Baby war süß, mit dichten schwarzen Locken und lachenden Augen. Es kicherte und gluckste.

Und das ist einfach unfair! Unsere gemeinsame Zeit war mehr wert als das. Warum denke ich eigentlich in der Vergangenheit? Ganz sicher werde ich uns beide nicht so schnell aufgeben, wie er es getan hat!

Diesen Gedanken weiterzufolgen, setzte ihr zu, und ihre Kopfschmerzen besserte es auch nicht gerade. Amy kreiste mit den Schultern und neigte den Kopf langsam erst zur einen und dann zur anderen Seite. Dann zog sie Grimassen für das Baby, das laut auflachte. Die Mutter lächelte Amy an.

»Was für ein süßer Fratz!«, rief Amy. »Wie heißt sie?«

»Johnny«, erwiderte die Frau, leicht verstimmt. »Sie ist ein Junge.«

»Oh, nein! Entschuldigen Sie bitte! Es liegt an … diesem hübschen lockigen Haar!«

»Ja, das ist wirklich hübsch«, antwortete die Mutter in einem Tonfall, von dem Amy wusste, dass er mehr mit guten Manieren zu tun hatte als etwas anderem. »Ich werde sein Haar nicht abschneiden, bis er alt genug ist, seine Einwilligung zu geben. Er mag klein sein, aber er hat Rechte!«

»Natürlich«, murmelte Amy. Sie schüttelte sich innerlich und wusste nicht, was sie dazu sagen sollte. Stattdessen hatte sie plötzlich eine Art Karikatur im Kopf – von einem Jungen mit glänzendem lockigem Haar, das er wie eine Schleppe hinter sich herzog, während er zum College ging.

Der Mann in Shorts hatte währenddessen sein Postfach geleert, wieder abgeschlossen und ging hinaus. Amy merkte, dass ihr Gespräch mit der jungen Mutter festgefahren war, schnappte sich ihr Buch und tat so, als würde sie hochkonzentriert lesen.

Erleichtert hörte sie einen Augenblick später, wie sich aus den hinteren Räumen Schritte näherten. Sich das Hemd in die Hose stopfend kehrte Donna von der Toilette zurück. Als ihr Blick durch die Glastür auf den Parkplatz fiel, wurden ihre Augen plötzlich riesengroß.

»Da ist er doch!«, schrie sie und zeigte auf den Mann, der gerade hinausgegangen war. »Das ist Ihr Mann! Ist er schon hier gewesen?«

Amy sprang auf. »Sind Sie sicher?«, fragte sie panisch.

»Natürlich bin ich sicher! Hinterher, Mädchen!«

Aufgeschreckt durch den unerwarteten Tumult, begann das Baby zu schreien. Amy stopfte ihr Buch in die Handtasche und stürmte in Richtung Tür.

»Sorry!«, rief sie der jungen Mutter zu, die das weinende Baby aus dem Buggy hob, um es zu beruhigen, und dann zu Donna: »Vielen Dank!«

Der Mann überquerte mit großen Schritten den Parkplatz und steuerte auf einen großen, dunkelblauen Jeep zu. Er war groß, breitschultrig, trug eine anthrazitfarbene

Windjacke und lange Bermudas. Und seine Beine bewegten sich so schnell, dass Amy nicht mithalten konnte, selbst wenn sie rannte. *Ich kann nicht glauben, dass ich ihn in der Post verpasst habe!*

»Entschuldigen Sie!«, rief sie. »Hallo! Könnten Sie bitte kurz warten?«

Aber der Wind war stärker geworden, und der Wagen des Mannes stand am Rand des Parkplatzes, direkt neben einer dicht befahrenen Straße. Er hörte sie nicht – schaute sich kein einziges Mal um, denn dann hätte er eine aufgeregte, zierliche Brünette gesehen, die in seine Richtung lief und mit den Armen in der Luft herumfuchtelte, um ihn zum Anhalten zu bewegen.

Aber Moment mal – was für ein Päckchen trägt er denn da unter dem Arm? Es hat doch exakt die Größe und Form … eines Schuhkartons! Amy versuchte, noch einen Blick darauf zu erhaschen. Das musste es sein!

Der Mann kletterte auf den Fahrersitz und ließ den Motor an. Amy zögerte keine Sekunde. Ihr Mietwagen parkte in etwa fünfzig Meter Entfernung. Sie wechselte die Richtung, stürmte mit Höchstgeschwindigkeit darauf zu, verlor wertvolle Sekunden, weil sie aus Versehen an der Beifahrerseite einsteigen wollte. Dann trat sie das Gaspedal durch und schoss hinter dem Jeep her.

Er hatte den Parkplatz bereits verlassen. Amy schimpfte ungeduldig, als der Jeep auf dem Highway davonrauschte, während sie an der Parkplatzausfahrt auf die Bremse steigen musste. Dann entdeckte sie eine Lücke in dem vorbeifließenden Verkehr und gab Gas. Ein Lastwagenfahrer hupte ärgerlich, als sie knapp vor ihm einscherte. Sie winkte ihm eine

Entschuldigung zu, bevor sie auf die Überholspur wechselte, um die Verfolgung ihres Zielobjektes aufzunehmen.

Und da war er auch schon! Nicht allzu weit vor ihr fuhr er stadtauswärts.

Es gab eine Reihe von Gründen, warum Amys Verfolgung eines wildfremden Mannes in einem ihr unbekannten Land ziemlich riskant war. Sie konnte überfallen, ausgeraubt oder wegen Stalking verhaftet werden. Den Wagen in ihrer Panik zu Schrott fahren und feststellen, dass die Versicherung, die Debbie für sie abgeschlossen hatte, ungültig war, und für den Rest ihres Lebens arbeiten, um die überdimensionalen Krankenhausrechnungen zu bezahlen – und zwar von einem Büro aus, das an ihre Bedürfnisse als Rollstuhlfahrerin angepasst war. Oder sie konnte mausetot sein.

Aber Amy verdrängte diese Gedanken. Sie steuerte einen ihr nicht vertrauten Wagen mit hoher Geschwindigkeit über einen ihr unbekannten Highway. Jeder einzelne Nerv bis zum Zerreißen gespannt jagte sie einem Fremden hinterher, dem es gelungen war, mit einem Schuhkarton unter dem Arm aus dem Postgebäude zu entkommen.

Der Jeep fuhr die Küste entlang in Richtung Osten. Amy hatte genügend Krimis gesehen und ließ immer zwei Wagen zwischen sich und dem Verfolgten, damit der Mann keinen Verdacht schöpfte. Das ganze war ohnehin schon peinlich genug – da wollte sie nicht noch unnötig auf sich aufmerksam machen und ließ sich möglichst weit zurückfallen.

Sie setzte ihre Sonnenbrille auf. Die Sonne brannte erbarmungslos. Das Hitzeflimmern auf dem Highway verstärkte ihre Kopfschmerzen und machte es fast unmöglich, etwas zu sehen, ohne zu blinzeln. Jesminder war überzeugt, dass Blinzeln bei Sonnenstrahlen frühzeitig zu Krähenfüßen führte. Deshalb ermahnte sie Amy ständig, eine Sonnenbrille zu tragen, sogar im Winter. Außerdem hatte sich durch die Hitze und ihre Anstrengung ein feiner Schweißfilm um ihre Augen gebildet – rasch klappte Amy die Sonnenblende herunter …

Hoppla!

Der Jeep blinkte plötzlich rechts und war dabei, in eine Seitenstraße abzubiegen. Amy folgte seinem Beispiel. Ihr Herz hämmerte laut in ihrer Brust.

Jetzt fuhren sie durch an der Küste gelegene Vororte. Der Jeep bog nach links auf eine breite, schattige Straße ab und schwenkte kurz darauf rechts in eine elegante Zufahrt mit einem großen glänzenden Schild an der Wand: *Pleasant Shores Senioren-Wohnheim.*

Amy fuhr am Eingang vorbei und parkte den Wagen ein Stück weiter die Straße herunter. Ihr Verstand lief auf Hochtouren. Arbeitete der Mann hier? Oder besuchte er jemanden – vielleicht diese geheimnisvolle Alice?

Sie konnte ihm unmöglich folgen, nicht in ein Altersheim. Das wäre ziemlich aufdringlich und unpassend. Nein, sie würde hier sitzen bleiben, bis er wieder herauskam. Dann konnte sie ihn verfolgen, wenn er, hoffentlich, nach Hause fuhr. Womöglich würde das ewig dauern. Und sie hatte schon den ganzen Tag mit Herumsitzen und Warten verbracht. Dann bemerkte sie die Überwachungskameras, eine Gegensprechanlage – das ganze Programm mit allem drum und dran. Vielleicht liefen hier auch muskulöse Wachleute herum? Ob die nötig waren, um die Bewohner drinnen oder ungebetene Gäste draußen zu halten? In jedem Fall mochte Amy gar nicht daran denken, dass sie gerade dabei war, einen Narren aus sich zu machen.

Zwei, vielleicht drei Minuten waren bisher vergangen. Amy betrachtete ihr glänzendes Gesicht im Spiegel der Sonnenblende.

Wenn ich so darüber nachdenke, werde ich allmählich ziemlich gut darin, einen Idioten aus mir zu machen. Warum also sollte es heute anders sein?

Verstohlen schielte sie zu der Überwachungskamera.

Ist ja nicht so, als würde ich jemandem schaden, oder? Abgesehen von meiner Würde, aber das ist mittlerweile kein großer Verlust mehr.

Sie blickte auf ihre Armbanduhr. Es würde bald dunkel werden.

Was wäre denn so schlimm daran, hineinzugehen und sich den Burschen für eine Minute zu schnappen? Mein Gott, ich habe mich sogar schon auf eine Totenfeier geschmuggelt. Dagegen ist das hier doch harmlos, oder?

Es konnte ja auch sein, dass der Bursche dort arbeitete und sogar da wohnte und nicht wieder herauskam, bevor er in einer Woche das nächste Mal die Post abholte. Oder (und diese Möglichkeit versetzte ihr einen Riesenschreck) es gab noch einen anderen Ausgang! Er könnte das Paket abgegeben haben und längst wieder auf dem Highway unterwegs sein!

Damit war die Sache entschieden. Amy sprang aus dem Wagen und lief zur Einfahrt.

17. Kapitel

Der Mann, den Amy über den Highway verfolgt hatte, saß auf einer Holzbank hinten im Rosengarten von *Pleasant Shores.* Knapp sechs Meter vor ihr sah sie seine hochgewachsene, schlanke Gestalt mit der aufgebauschten anthrazitfarbenen Windjacke. Ganz zu schweigen von den gebräunten, muskulösen Beinen unterhalb der khakifarbenen Bermudas, den breiten Schultern … *Schluss jetzt, Marsh. Konzentrier dich.*

Er war nicht allein. Neben ihm saß eine weißhaarige Dame in einem Rollstuhl. *Alice Hewitt.* Und auf ihrem Schoß lag das Päckchen. Amy setzte sich auf die Steinmauer, die an der Längsseite der Veranda entlang lief, und schob sich Stück für Stück nahe genug heran, um das Gespräch der beiden belauschen zu können.

»Mach es doch jetzt schon auf, Grandma.«

»Jack, Liebling, mein Geburtstag ist erst morgen. Davon abgesehen liebe ich es, dich ein bisschen auf die Folter zu spannen. *Du* konntest es noch nie gut aushalten, wenn die Leute ihre Geschenke nicht auf der Stelle auspacken.«

Amy hielt den Atem an und spürte, dass es ihr da nicht viel anders ging …

Es war nicht leicht gewesen, die beiden zu finden. Beim Betreten der riesigen Eingangshalle war Amy beeindruckt gewesen von der verschwenderischen Dekoration mit rosenroten Tapeten, Teppichen, Landschaftsaquarellen, gerahmten Fotos, Vasen voller Blumen und einer großen Schale mit Obst auf dem Empfangstresen aus Mahagoni. Eine Mischung verschiedenster Düfte hing in der Luft.

Eine Krankenschwester war aus einem Nebenraum gekommen und hatte Amy erschrocken zusammenfahren lassen. Die Schwester war kräftig gebaut, ihre hellblaue Baumwolluniform spannte, und ihr Ehering schnitt tief in den Ringfinger.

»Oh! Hallo! Entschuldigung, Sie haben mich so überrascht! Ich bin zum ersten Mal hier und auf der Suche nach Alice … Alice Hewitt?«

Das Gesicht der Schwester wurde freundlicher. »Ach, Alice, ja natürlich! Meine Güte, heute will irgendwie jeder zu ihr! Ihr Enkelsohn Jack ist auch schon da!«

»Jack?«, wiederholte Amy. »Oh! Jack! Großartig!«

Die Schwester runzelte die Stirn. »Sie sind keine Verwandte, oder?«

»Nein!«, entgegnete Amy und rang sich ein leises Kichern ab. »Nur eine Freundin. Aus London.«

»Tatsächlich.« Ihr Tonfall ließ keinen Zweifel daran, dass es die Schwester nicht sonderlich interessierte, wo Amy herkam. Sie wies mit dem Kopf in Richtung des langen Flurs.

»Zimmer 1-0-3. Gerade durch. An der ersten Abzweigung links, dann die zweite rechts, noch mal rechts und dann ist es das vierte Zimmer auf der linken Seite.«

Mit hochgezogenen Augenbrauen versuchte Amy die Informationen zu verarbeiten, bevor sie den Flur hinuntertrottete, absichtlich langsam, um keinen Verdacht zu erregen. Musik schallte bis in den Flur: Bigband-Klänge, anscheinend eine sehr alte Aufnahme, als säße die Band am Ende eines langen Tunnels. Dennoch hatte es Schwung und brachte Amy fast – aber nur fast – zum Lächeln.

Nach dem etwa Hundertsten falschen Abbiegen in wieder eine andere Sackgasse war Amys gute Laune aufgebraucht. Sie hätte schwören können, dass die Schwester gesagt hatte, erst nach links, dann rechts, rechts, rechts, aber hier kam sie nicht weiter. Anscheinend war sie im Kreis gelaufen.

Vorsichtig riskierte sie einen Blick durch die Tür, die auf der rechten Seite in den Aufenthaltsraum führte, wo die Musik herkam. Was sie sah, verschlug ihr den Atem.

Etwa ein Dutzend Leute saßen in Sesseln, die zu einem Kreis aufgestellt waren. Und in diesem Kreis tanzten zwei alte Damen in geblümten Nachmittagskleidern einen langsamen Foxtrott. Die beiden bewegten sich ein bisschen unsicher, kannten die Schritte aber genau und tanzten mit geradem Rücken und hoch erhobenem Kopf im Takt der Musik. Amy fühlte sich wie in eine andere Zeit versetzt. Die Frauen waren der Ausdruck echten Glücks – es gab keinerlei Anzeichen von angestrengter Konzentration oder dem Bemühen, einander nicht auf die Füße zu treten. Amy selbst war berüchtigt für diese Art schwerfälligen Tanzens.

Die geblümten Kleider konnten aus der aktuellen Sommerkollektion von Cath Kidston stammen, einem Stil, mit dem Amy in ihren nostalgischen Momenten geliebäugelt hatte – Bubikragen, verdeckte Knopfreihen und bedruckte Batiststoffe. Eine der Ladies trug sogar eine Seidenrose im Haar. *Und sieh sich nur einer ihre Schuhe an!* Tangoschuhe aus braunem Wildleder mit feinen Riemchen und einem empörend altmodischen Absatz, der momentan in jedes Schaufenster eines Schuhgeschäfts in Covent Garden gepasst hätte.

Die andere Dame trug Pantoffeln.

Amy beobachtete das Ganze mit einer Mischung ihr bislang unbekannter Gefühle. Sie hatte keine Großeltern mehr und auch keine Großtanten oder -onkel, kannte nicht einmal ältere Leute in der Nachbarschaft, für die sie einkaufen gehen konnte, die sie an Weihnachten besuchte, für deren Katzen sie Leckereien besorgte und solche Sachen. Gut, es gab Phyllis, aber die war gerade mal in den Sechzigern – das war heutzutage nicht alt. Außerdem sah es so aus, als würde Phyllis nun nicht mehr zu Amys Leben gehören, nicht seit Justin …

Justin Campbell, ich hasse dich dafür, dass du Phyllis aus meinem Leben ausgeschlossen hast.

Der Tanz ging zu Ende, und die Damen begaben sich unter vereinzeltem Klatschen zurück zu ihren Plätzen. Der Fernseher wurde eingeschaltet, und die Anwesenden versanken in Schweigen.

Die alte Dame mit den Pantoffeln nahm eine Stickereiarbeit auf, während sich diejenige mit den Tangoschuhen im Sessel zurücklehnte und die Augen schloss. Um ihre Mundwinkel spielte ein Lächeln.

An wen sie wohl beim Tanzen gedacht hat, fragte sich Amy. Er ist jedenfalls immer noch bei ihr, das sieht man …

»Guten Tag, kann ich Ihnen behilflich sein?«, erkundigte sich eine der alten Damen.

»Bestimmt. Ich bin auf der Suche nach Zimmer 1-0-3.«

»Das ist direkt den Gang hinunter. Nehmen Sie die erste Abzweigung links, dann die zweite rechts, noch mal rechts, und dann ist es die vierte Tür links.«

Oh, nein. Amy war nicht sicher, ob sie sich noch einmal in diesen Irrgarten wagen sollte.

»Aber wenn Sie zu Alice wollen, die habe ich vor zwei Minuten mit Jack draußen vor dem Fenster vorbeifahren gesehen.«

Die alte Dame zwinkerte Amy zu.

Die grazilen Terrassentüren standen weit offen, und die beigen Musselin-Vorhänge wehten sanft im lauen Wind. Durch die Türen gelangte man direkt in den üppig bepflanzten Garten. Farbenprächtige Blumenbeete führten entlang eines saftig grünen Rasens, der leicht anstieg und sich bis zum Meer zu erstrecken schien. Schmiedeeiserne Gartenmöbel im Schutz von Rüschen-Schirmen beherrschten das Bild. Und überall sah man weißhaarige Bewohner des Altersheims, die spazieren gingen, lasen oder sich mit Besuchern unterhielten …

… und genau dort befand sich Amy jetzt und belauschte ein privates Gespräch. Der Rosengarten war zwar durch niedrige Mauern vor den Küstenwinden geschützt, dennoch neigten sich die Rosensträucher hin und wieder in der Meeresbrise.

»Mach schon, bitte, es ist doch schon fast so weit – nimm einfach den Deckel ab! Ich bin sicher, dass ich immer noch weiß, wie man einen kindlichen Trotzanfall bekommt, wenn man nicht seinen Willen durchsetzen kann.«

Jacks Stimme war tief und fest. Er hatte hellbraunes Haar, ein offenes, ehrliches Gesicht mit ausgeprägtem, leicht stoppeligem Kinn, Zähne, die ein bisschen schief standen und ausdrucksvolle, kräftige Hände. Nicht, dass Amy ihn sich zu genau ansah.

Alice lachte. »Darin warst du wirklich Klasse! Also gut, wenn es dich davon abhält, eine Szene zu machen.«

Sie legte die Hand auf den Kartondeckel, verharrte jedoch einen Augenblick und sah ihren Enkel an. Ihre Augen wurden feucht. »Ich kann nicht glauben, dass du geschafft hast, sie zu bekommen, Jack. Wie lieb von dir!«

Ihr Enkel lächelte nervös und erwartungsvoll, während Amys Herz fast aussetzte.

»Öffne den Karton, Grandma«, drängte er wieder.

Alice nahm den Deckel ab. Das leise Rascheln des elfenbeinfarbenen Seidenpapiers war zu hören.

»Oh!« Das Gesicht der alten Dame strahlte, verdüsterte sich jedoch sofort, als sie mit ihrer blassen Hand weiter in dem Karton wühlte.

»Was zum …?«, murmelte Jack und nahm ihr den Karton aus der Hand.

Amy fiel fast in die Rosenbüsche, als die nächsten Worte über Alices Lippen kamen. »Nur einer?« Die alte Dame lächelte ihren Enkel fragend an. »Wie ungewöhnlich!«

»Nein!«, rief Jack. »Es müssen zwei sein! Da ist was schiefgelaufen!« Er wühlte in dem Seidenpapier. Dann hielt er inne, streckte die Arme in einer entschuldigenden Geste aus und sah seine Großmutter verzweifelt an.

»Oje, du armer Junge!« Alice tätschelte ihm das Knie. »Jetzt ärgere dich nicht. Es war in jedem Fall ein schöner Gedanke. Als du mir sagtest, du würdest versuchen, für mich ein Paar von Margot Fonteyns Ballettschuhen zu bekommen, da hielt ich das für unmöglich.«

WAS SAGT SIE DA? Sie hätte einen von Margot Fonteyns Ballettschuhen in dem Karton? Der berühmten, englischen Balletttänzerin? Aber ... wie in aller Welt ...? Was geht hier vor? Sind diese Leute Schuhfetischisten? Wenn das da Margot Fonteyns Schuhe sind, wo zur Hölle ist dann der Karton mit meinen *Schuhen?*

Jack hatte sich zurückgelehnt und rieb sich verärgert über die Stirn. »Verdammt! Ich hätte wissen müssen, dass man eBay nicht trauen kann. Wie kann da nur ein einzelner Schuh drinnen sein? Oh, Grandma, es tut mir so leid, ich hätte es zuerst überprüfen sollen, aber ich konnte es nicht erwarten, herzukommen und sie dir zu geben!«

»Ach, jetzt komm schon«, beruhigte seine Großmutter ihn, »was hätte ich denn schon mit zweien anfangen sollen – vielleicht darin *tanzen*?« Sie lachte kurz auf. »Ich weiß, wie man sie anfertigt, aber ich habe ganz sicher nie gelernt, damit zu tanzen! Schon *einen* davon zu haben, ist für mich ein großes Geschenk. Ich danke dir, Jack, ich danke dir sehr für all die Mühe, die du auf dich genommen hast.«

Sie beugte sich hinüber, küsste ihren Enkelsohn auf die Stirn und wuschelte ihm durchs Haar. Jack wirkte noch nicht überzeugt, aber er lächelte sie trotzdem an. Dann schüttelte er langsam den Kopf.

»Ich kümmere mich später darum, Grandma.«

»Nicht nötig, mein Schatz.« Seine Großmutter langte in

den Karton. Dann, mit erneutem Rascheln des Seidenpapiers, zog sie den Ballettschuh heraus. »Dieses Geschenk ist perfekt.«

»Oh Gott!«

Das war Amy herausgerutscht, ehe sie sich versah. Als sie den kostbaren Ballettschuh ihrer Mutter in der Hand der alten Dame sah, konnte sie einfach nicht ruhig bleiben. Sie wäre am liebsten in den Erdboden versunken, als Jack und seine Großmutter jetzt zu ihr herübersahen. Aus gerade einmal einem halben Meter Entfernung.

18. Kapitel

Das Schweigen hing schwer in der Luft. Amy schaute zu Boden und fragte sich, ob es noch eine Chance gab, ungeschoren davonzukommen. Vielleicht kehrten die beiden ja einfach zu ihrem Gespräch zurück und vergaßen, dass sie hier war …

Aber was zur Hölle ging hier vor? Warum hat dieser Mann, attraktiv oder nicht – was im Moment auch keine Rolle spielte – die Ballettschuhe meiner Mutter im Internet ersteigert? Um sie seiner Großmutter zu schenken? Und so zu tun, als seien sie von Margot Fonteyn?

»Können wir Ihnen behilflich sein?«, wandte sich die alte Dame an Amy, mit lauterer Stimme als zuvor, jedoch nicht unfreundlich. Amy schaute hoch und sah, dass Jack sie mit diesen himmelblauen Augen fixierte.

»Ich … es tut mir leid …«, stammelte sie.

»Suchen Sie jemanden?«, fuhr die alte Dame fort und beugte sich leicht vor.

Ja! Ja! Ja!

Jack sah sie immer noch an. Amy erkannte, dass sie sich etwas ausdenken musste – und zwar schnell –, um hierzubleiben, nah bei den kostbaren Schuhen.

»Mr Smith«, kam es von irgendwo ganz tief aus ihrem Kopf. »Ich suche Mr Smith.«

Die alte Dame schaute an den Rosenbüschen vorbei zu den anderen Leuten im Garten.

»Ich fürchte, hier gibt es niemanden mit diesem Namen.«

»Nein ... ich ... äh ...« *Denk nach!* »Ich suche ihn eigentlich nicht, sondern ich warte auf ihn, so etwas in der Art. Ich bin aus England hier zu Besuch bei einer Freundin.« *Vielleicht sehe ich Sergei vor meiner Abreise noch, ist also nicht mal geschwindelt.* »Wendy. Sie bringt ihren Vater hierher. Ihr Vater, Mr Smith, zieht heute hier ein. Ich warte nur auf sie, während sie ihm beim Einzug hilft.«

Himmel, das war ja eine verbale Katastrophe!

»Tatsächlich?« Alice lächelte nachsichtig.

Wenn sie das Gespräch jetzt nicht *schleunigst* auf die Tanzschuhe brachte, wäre die Chance für immer vertan.

»Ja, aber dann sah ich zufällig diese Ballettschuhe und war wie vom Blitz getroffen.«

»Oh?«

»Tut mir leid, wenn ich Sie erschreckt habe, aber meine Mutter war Ballerina ...«

Das Gesicht der alten Dame leuchtete auf. »War sie das? Wie aufregend. Als ich jünger war, habe ich Ballettschuhe angefertigt. Schauen Sie – kommen Sie näher und sehen Sie sich das hier an. Das ist eine ausgezeichnete Arbeit. Steh auf, Jack, mach Platz für meine neue Freundin.«

Amy ergriff die Gelegenheit beim Schopf. Sie rutschte von der Mauer herunter und ging hinüber zu den beiden. Jack stand auf. Er war wirklich groß – über 1,80 Meter. Plötzlich war sich Amy ihrer knappen Shorts und des engen T-Shirts bewusst. Sie spürte seinen Blick auf ihrer Haut prickeln.

»Ich bin Alice Hewitt. Und das hier ist mein fürsorglicher Enkelsohn Jack«, fuhr die alte Dame fort. Amy kämpfte gegen das Bedürfnis, zu antworten: »Ich weiß!«

»Freut mich, Sie kennenzulernen. Ich bin Amy Marsh.«

Sie reichten einander die Hand. Alices Hand war knochig, die Haut wie Papier, der völlige Gegensatz zu Jacks festem, warmem Griff.

»Setzen Sie sich, Amy Marsh – ist da Platz genug?« Alice wies auf die schmale Bank, auf der Jack gesessen hatte.

Nicht wirklich … Amy quetschte sich dennoch mit Jack zusammen auf die schmale Bank.

»Sorry«, murmelte er, als sein kräftiges Knie gegen ihres drückte.

Hm, du riechst übrigens mordsmäßig gut, Jack.

»Sorry«, flüsterte Amy zurück, als sich ihr Arm an seinen schmiegte.

Wie schade, dass du gerade dabei bist, deine nette Granny hinters Licht zu führen.

»Hier, schauen Sie sich das an.« Alice reichte Amy den Schuh.

Als Amy ihn nahm, zitterte ihre Hand.

Es war beinahe zu viel für sie. Kein Zweifel, das hier war Mums Schuh. Diese Schuhe waren ihr während der letzten Jahre ein solcher Trost gewesen. Sie hatte sie an sich gepresst und sich die Augen aus dem Kopf geweint, während sie mit den Fingerspitzen die Konturen entlangfuhr, sich vorstellte, wie sie damit ausgesehen hatte, ganz in ihrem Element war und auf der Bühne herumwirbelte.

Den Tränen nah, schaute Amy den Schuh schweigend an.

»Wie lautet der Name Ihrer Mutter?«, fragte Alice.

Amy hob den Kopf und antwortete: »Meine Mutter war Hannah Powell. Sie starb vor zwei Jahren.« Ihre Stimme war rau. Jack spürte bestimmt, wie sehr sie zitterte. »Tut mir leid, dass ich so hereinplatze, aber Mom hielt große Stücke auf Margot Fonteyn, und es ist ein sonderbares Gefühl, einen ihrer Schuhe in der Hand zu halten …« Amy brach ab, weil sie keine Lügengeschichten mehr erzählen wollte. Sie warf rasch einen Seitenblick auf Jack, ohne dass Alice es mitbekam.

Alice tätschelte Amys Knie. »Sie Ärmste. Natürlich habe ich von Hannah Powell gehört – dieser großartigen englischen Tänzerin. Was für eine Tragödie. Und was für ein glücklicher Zufall, dass sie im richtigen Moment hier aufgetaucht sind, um einen von Margots Schuhen zu sehen.«

»Sie haben früher Ballettschuhe angefertigt?«, fragte Amy und steuerte das Gespräch damit in ruhigere Gewässer. Ihre Nerven waren zum Zerreißen gespannt durch das Gefühl, diesen Schuh in der Hand zu halten und gleichzeitig so dicht neben Alices Hewitts attraktivem, nicht ganz ehrlichem Enkelsohn zu sitzen.

»Habe ich«, antwortete Alice. »Ich habe siebenundzwanzig Jahre lang in New York City für eine Firma gearbeitet, die Ballettschuhe für Tänzer in der ganzen Welt herstellte.«

»Du warst die Beste in dem Geschäft, Grandma«, mischte sich Jack ein. »Das erzählst du uns jedenfalls immer!«

»Danke, mein Schatz.« Alice lachte und tat so, als wolle sie ihm einen Klaps auf den Arm geben. »Aber, auch wenn das Eigenlob ist, ich war schon sehr geschickt – das wird man im Laufe so vieler Jahre ganz automatisch.«

Der lockere Umgangston der beiden erinnerte Amy an Justin und Phyllis. Schnell versuchte sie, eine weitere wehmütige Erinnerung zu verdrängen.

»Mum pflegte immer zu sagen, dass die Karriere einer Tänzerin mit der Stabilität ihrer Spitzenschuhe steht oder fällt – wirklich erstaunlich, wo sie doch so zart wirken. Ihre Schuhe hielten oft nur eine Vorstellung lang.« Amy fuhr mit den Fingerspitzen über den Satin.

Alice nickte. »Es hängt alles an der Verarbeitung.« Sanft nahm sie Amy den Schuh aus der Hand. »Sehen Sie das hier?« Sie drehte ihn um und fuhr mit dem Finger über die an der Sohle befestigten Satinfältchen. »Die hier sind perfekt, aber die kleinste Unregelmäßigkeit bei diesen winzigen Falten kann einen Schuh und somit einen Auftritt ruinieren.« Sie drehte den Schuh wieder und fuhr fort: »Mit der Schuhspitze ist es das Gleiche – zu viel Füllmaterial zerstört das Gefühl. Der Tanzschuh ist …«

»… eine Verlängerung des Körpers«, murmelte Amy. »Das sagte Mum auch immer.«

»Und sie hatte absolut recht!«, rief Alice mit leuchtenden Augen. Sie war jetzt Feuer und Flamme bei diesem Thema. »Sehen Sie das?« Sie strich mit der Hand über die Sohle.

»Ja«, antwortete Amy.

»Pappe. Manchmal auch Faserplatte, aber in jedem Fall werden diese Schuhe durch nichts zusammengehalten als Leim, cleveres Vernähen und ein paar winzige Nägel. Kein Wunder, dass sie meistens nicht länger als eine Vorstellung halten. Und die Spitzen – es grenzt schon an ein kleines Wunder, dass sie die Ballerina aufrecht halten. Nichts als Papier und Sackleinen, getränkt in Leim.«

»Komm schon!«, rief Jack. »Heutzutage verwenden sie doch bestimmt moderne Materialien?«

Alice schüttelte den Kopf. »Keineswegs. Spitzenschuhe müssen hauchzart sein. Sie sind entworfen, um den Eindruck müheloser Grazie zu vermitteln, deshalb werden sie um den Fuß geformt, benutzt und dann ausrangiert.«

»Mum hat alte Schuhe manchmal noch fürs Training angezogen«, erinnerte sich Amy.

»Ja, das gibt es, aber es ist nur ein schmaler Grat von dem Moment an, in dem der Schuh eingetanzt ist und der Tänzer seine fünf Zehen spürt und trotzdem noch gestützt wird, und dem Punkt, an dem die Schuhspitze zu weich wird, um noch genügend Halt zu bieten … Sie nicken, Amy, tanzen Sie auch?«

Amy seufzte. »Ich wünschte, ja. Aber ich war nie sonderlich gut. Meine arme Mum – jahrelang hat sie mich zum Unterricht mitgenommen, bevor sie das Unvermeidliche akzeptierte. Ich habe leider die linken Füße meines Vaters geerbt!«

Alice lächelte. »Das ist schade. Das Leben einer Ballerina ist wundervoll, aber ich nehme an, das wissen Sie?«

Amys Schultern sackten mehr und mehr zusammen. Sie genoss dieses Gespräch, spürte aber auch diese unendliche Trauer. »Ich wünschte, ich hätte häufiger mit meiner Mutter über ihr Leben als Ballerina geredet. Bevor sie starb. Sie wissen schon, von Erwachsenem zu Erwachsenem …«

»Grandma, ich glaube, das Thema setzt Amy zu. Sollen wir über etwas anderes reden?«

Amy warf einen Seitenblick auf Jack. Konnte er ihre Trauer fühlen?

Sie versuchte, den Gedanken wegzuschieben. *Er ist ganz schön gewieft, bloß nicht drauf reinfallen. Ein aalglatter Bursche. Natürlich möchte er das Thema wechseln! Seiner Großmutter die falschen Schuhe andrehen und mit der Geschichte durchkommen! Aber, jetzt reicht's – ich werde diesen Kerl allein zur Rede stellen und ihm die Meinung sagen!*

»Es geht mir gut, wirklich«, wandte sie sich an Alice. »Ja, Mum hat es geliebt, Tänzerin zu sein. Sie sagte immer, es sei genauso sehr Geben wie Nehmen.«

»Was für eine kluge Frau!« Alice klatschte in die Hände. »All die harte Arbeit, die Schmerzen, die Erschöpfung und dennoch – auf der Bühne zu tanzen, allein oder mit dem größten Ensemble der Welt, ist das Schönste aller Geschenke!«

Alice lehnte sich in ihren Rollstuhl zurück und schloss wie in einem Zustand der Glückseligkeit die Augen. Jack, der immer noch an Amy gepresst war, rührte sich nicht.

Amy war mittlerweile erschöpft und unschlüssig. Ihre Kopfschmerzen waren die ganze Zeit über nicht verschwunden, und so viel Neues stürmte auf sie ein, dass sie auf der Hut sein musste.

Warum ist das immer so schwierig mit der Wahrheit? Verdammt, ich kann doch nicht sagen: Sorry, Alice, aber es gibt keinen Mr Smith, und was Sie da in der Hand halten, ist der Schuh meiner Mutter. Ihr Enkelsohn sagt Ihnen nämlich nicht die Wahrheit. Und übrigens – würden Sie mir den Schuh bitte zurückgeben? Ja, das funktioniert bestimmt. Nein, ich muss Jack allein erwischen und ihn mir vorknöpfen. Aber wie? Ihm draußen an der Straße mit dem Wagen auflauern und wieder verfolgen?

»Mir ist gerade etwas eingefallen!«, rief Alice und setzte sich kerzengerade hin. »Jack, Schatz, wärst du so lieb, in mein Zimmer zu gehen und das rote Fotoalbum aus dem Regal neben meinem Schrank zu holen? Es könnte sein, dass ich ein Foto von Amys Mutter habe, aufgenommen vor etwa zwanzig Jahren!«

»Natürlich, mache ich doch gern«, erwiderte er und sprang auf.

Hier geblieben, großer schöner Mann! Nicht aufstehen! Ich habe schon so lange keine nackte Haut mehr an meiner gefühlt! Amy brachte diese innere Stimme energisch zum Schweigen.

Aber sie schaute ihm nach, als er davonspazierte. *Debs würde dir folgen und dich hinter einen Rosenbusch zerren, ganz sicher ...*

Während seiner Abwesenheit redete Alice weiter. »Ich habe Ihre Mutter nie persönlich kennengelernt, Amy, aber man sprach in den höchsten Tönen von ihr, das weiß ich.«

»Vielen Dank«, flüsterte Amy. »Sie sind sehr freundlich.« Sie suchte nach etwas, womit sie das Thema wechseln konnte, eine Maßnahme zum Selbstschutz vor noch mehr Tränen. »Haben Sie Margot Fonteyn je getroffen?«

»Ob ich sie *getroffen* habe?«, wiederholte Alice. »Ich habe fast zehn Jahre lang ihre Schuhe genäht! Sie war meine Lieblingstänzerin und zudem eine wunderbare Frau! Sie nannte mich immer die Königin der Faltenleger. Sie sagte, niemand nähe die Spitzen so perfekt wie ich! Natürlich hat sie mir schmeicheln wollen, aber so war sie nun einmal, eine großherzige Dame!« Dann fügte sie mit leiser Stimme hinzu: »Tatsächlich konnte *wirklich* niemand die Falten so perfekt legen wie ich, aber es war nett von ihr, das zu bemerken!«

Amy lächelte. Als sie hochschaute, sah sie Jack quer über die Wiese zurückgeschlendert kommen, sein leichter Schritt verriet ihr, dass er sich viel draußen im Freien bewegte. Unter den Arm geklemmt trug er ein abgenutztes rotes Lederalbum.

»Darum war es auch so nett, dass Jack für meinen achtzigsten Geburtstag all diese Mühe auf sich genommen hat. Ich hatte irgendwann mal einen Brief meiner guten Freundin Ida-May aus Iowa erwähnt, in dem sie schrieb, dass bei eBay ein Paar von Margots Tanzschuhen versteigert wird. Alles Weitere hat Jack erledigt. Er hat darauf bestanden und sagte, es sei das perfekte Geschenk ...«

Das wäre es auch, wenn er die richtigen Schuhe hätte ..., dachte Amy wütend.

»Und das war es.«

»Worüber redet ihr zwei?«, fragte Jack und quetschte sich wieder neben Amy auf die Bank. Das Fotoalbum reichte er seiner Großmuter.

Amy sah ihn herausfordernd an. »Schuhe. Und wir haben da eine Menge zu bereden.«

Zufrieden sah sie, dass er kaum merklich zusammenzuckte.

»Aha! Da haben wir es schon!« Alice drehte das Album herum, damit Amy sich das große, mit Cellophan geschützte Farbfoto ansehen konnte, das fast die gesamte Seite einnahm.

Das Bild zeigte nicht etwa Tänzer auf einer Bühne, was Amy eigentlich angenommen hatte, es handelte sich vielmehr um ein Foto, das offensichtlich auf einer Party entstanden war. Die Kamera blickte von oben auf ein Meer schöner Menschen – die meisten davon Tänzer, in der für sie selbstverständlichen, anmutigen Haltung müheloser Eleganz.

Dann sah Amy ihre Mutter. Sie stand in einer Ecke des Raumes.

Amy erstarrte.

»Da. Das ist sie doch, nicht wahr? Was für eine schöne Frau«, murmelte Alice.

Am Rand des Bildes stand ein Datum. Ich muss damals fünf gewesen sein, dachte Amy.

»Es war eine Party zu Ehren von Margot – und was für ein Fest das war!«

Amy nickte. Kaum fähig, Alices Worten zu folgen, starrte sie auf das Bild. Alles um sie herum war wie aufgelöst.

Alice zeigte auf den Mann, der neben Amys Mutter stand. »Sagen Sie, ist das nicht …«

»Sergei Miskov«, flüsterte Amy. »Das ist Sergei Miskov.«

Sergei Miskov und Hannah Powell. Sie hatten die Köpfe zusammengesteckt und unterhielten sich angeregt.

»Natürlich!«, rief Alice. »Der großartige Sergei …«

Alice zitterte. Der Anblick ihrer Mutter ließ ihr die Tränen in die Augen treten. *Bitte, lass mich jetzt nicht hier zusammenbrechen.* Instinktiv drückte sie Alice das Album in die Hand und sprang auf.

»Ich muss gehen. Mandy wird sich schon fragen, wo ich stecke.«

»Sagten Sie nicht, der Name Ihrer Freundin sei Wendy?«, fragte Jack und erhob sich ebenfalls.

Amy ignorierte ihn. »Tut mir leid, Alice, aber ich muss mich beeilen. Es war schön, Sie kennengelernt zu haben.« Sie wandte sich zum Gehen und spürte, dass sie am ganzen Körper zitterte.

»Amy?«, rief Alice ihr nach, während sie rasch zum Haus zurückging.

Amy winkte ihr über die Schulter hinweg zu. Sie wagte nicht, sich noch einmal umzudrehen.

»Jack?« hörte Amy Alice sagen. »Geh ihr nach. Vergewissere dich, dass es ihr gut geht.«

19. Kapitel

Jetzt war Jack an der Reihe, Amy zu verfolgen. Er fuhr ihr auf dem Freeway in Richtung Patchogue Zentrum nach. Amy konnte seinen Jeep während der Fahrt im Rückspiegel sehen. Hin und wieder blendete er auf, um sie zum Anhalten zu bewegen.

Warum hatte sie dieses Foto so aus der Fassung gebracht? Weil es hart war, ihre Mutter so lebensfroh vor sich zu sehen. Dadurch wurde Amy ihre Einsamkeit umso deutlicher bewusst.

Eigentlich war sie viel zu durcheinander, um Auto zu fahren. Außerdem musste sie mit Jack über die Schuhe reden, sonst wäre dieses ganze Unternehmen umsonst gewesen. Also blinkte sie und fuhr auf den Parkplatz direkt am Hafen. Sie hielt an, stieg aus und nahm ein paar tiefe Atemzüge der schwül-warmen Luft.

Jack fuhr auf den Parkplatz neben ihr und schaltete den Motor ab.

»Danke fürs Anhalten«, sagte er und kam um den Wagen herum auf sie zu.

»Warum belügen Sie Ihre Großmutter?«, fragte Amy, schaute starr geradeaus und marschierte mit energischen Schritten in Richtung Hafen.

»Wie bitte?«

Sie drehte sich zu ihm um. »Diese Schuhe! Oder sollte ich sagen: der Schuh! Ehrlich, Margot Fonteyn, so ein Quatsch!«

Als Jack sie eingeholt hatte, passte er sich ihrem Tempo an und warf ihr einen amüsierten Seitenblick zu.

»Und noch etwas – wissen Sie eigentlich, wie gefährlich es ist, Leute während der Fahrt mit der Lichthupe zu blenden?«

»Dafür entschuldige ich mich.«

Nun musste Amy gegen ihren Willen lächeln.

»Also gut, ausnahmsweise akzeptiert.«

»Danke.« Er bemühte sich, nicht zu grinsen.

Amy wurde es warm. *Flirten wir etwa gerade? Um Himmels willen, das war nicht das Ziel dieses Gesprächs … Debbie würde es trotzdem gutheißen.*

»Also«, begann Jack, nachdem sie am Wasser angelangt waren und auf die Reihen vertäuter Boote schauten. »Ist alles okay mit Ihnen? Sie sind ziemlich überstürzt aufgebrochen.«

»Es geht mir gut, danke.«

»Und darf ich davon ausgehen, dass es gar keine Wendy gibt?«

»Wen?«

Er gab ihr einen Tipp. »Die Freundin, auf die Sie angeblich gewartet haben.« Er strahlte sie an.

»Ich weiß verdammt gut, wer Wendy ist. Besten Dank!«

Amy hatte im Geiste eine Münze geworfen und daraufhin entschieden, dass Angriff die beste Verteidigung sei.

Wenn er doch nur diesen amüsierten Tonfall lassen könnte, dieses selbstgefällige, freche … und wie dreist er seine Großmutter anlügt! Schlimmer geht's wirklich nicht!

»Übrigens ein ziemlich starkes Stück, ausgerechnet jetzt

mit dieser Wendy-Geschichte ablenken zu wollen. Dieser Ballettschuh gehörte nicht Margot Fonteyn, und ich bin mir ziemlich sicher, dass Sie das wissen«, konterte sie.

Jack öffnete den Mund, um etwas zu erwidern, schaute dann aber weg und betrachtete versonnen das Meer. Er sah aus, als wünschte er, irgendwo da draußen zu sein und nicht auf dem Festland, wo er sich gegen ein vorwitziges, englisches Mädchen verteidigen musste.

»Sie wissen es, nicht wahr?«, fragte Amy eindringlich, verärgert über den distanzierten Ausdruck in seinen Augen.

Er hob abwehrend die Hände und zuckte reumütig mit den Schultern. »Ja, Amy – oh, Pardon, falls Sie überhaupt Amy heißen …«

Sie antwortete mit ihrem vernichtendstem Blick. »Ja, Amy. Zu meiner Schande muss ich gestehen, dass mir bekannt war, dass dieser Schuh nicht von Margot Fonteyn ist. Und ich schäme mich dafür, ehrlich.«

Amy kniff die Augen zusammen. »Warum in aller Welt haben Sie Ihrer reizenden Großmutter dann etwas vorgemacht?«

Er lächelte und wandte sich ihr wieder zu. »Sie finden, dass sie reizend ist? Das ist sie wirklich, nicht wahr?«

»Natürlich ist sie das – wer würde das nicht finden? Aber bleiben wir doch beim Thema!«

»Das ist das Thema!« Er breitete die Arme in einer Geste der Hilflosigkeit aus. »Sie ist für mich etwas so Besonderes, dass ich sie unmöglich enttäuschen konnte! Ich habe versucht, bei eBay für die echten Schuhe zu bieten, sobald sie mir davon erzählt hatte. Aber es war zu spät, die Schuhe waren bereits verkauft. Dann habe ich alles versucht – den Verkäufer angemailt und gebeten, er möge *mir* die Schuhe verkaufen, er solle mir einfach sagen, wie viel er dafür haben wolle. Aber der wollte nicht von seinem Geschäft mit dem erfolgreichen Bieter zurücktreten …«

»Von Aufrichtigkeit scheinen Sie trotzdem nicht viel zu halten?«, blaffte Amy ihn an und bereute es sofort wieder. Ein Anflug von Verletztheit blitzte in Jacks Gesicht auf, und seine Haltung verhärtete sich ein bisschen.

»Ich weiß, was Aufrichtigkeit ist, Amy, besten Dank.«

»Sorry …« Jack war ein Stück von ihr weggerückt.

»Jedenfalls«, fuhr er fort, »habe ich stundenlang im Internet über Margot Fonteyn recherchiert, um herauszufinden, ob es eine andere Möglichkeit gibt, an ein paar Schuhe von ihr zu kommen. Keine Chance. Also forschte ich über Herstellungstechniken von Ballettschuhen und nachdem ich erst einmal herausgefunden hatte, dass die seit Jahrzehnten auf die immer gleiche Weise hergestellt werden …«

»… wurde Ihnen klar, dass Sie doch einfach irgendein altes Paar Tanzschuhe nehmen könnten?«

Wieder hatte Amy nicht beabsichtigt, dass ihre Stimme derart missbilligend klang.

Jack zuckte mit den Schultern, als gäbe er sich geschlagen. »Wollen Sie die Wahrheit wissen? Ja, Amy, genau das habe ich gedacht. Ob ich stolz auf mich bin? Kann ich nicht behaupten. Aber ich war glücklich, als ich feststellte, dass die Schuhe, die ich ersteigert hatte, nicht viel später hergestellt worden sind als die von Margot Fonteyn – Anfang der Achtziger. Ich hatte es ihr *versprochen*, Amy. Ich versprach meiner Großmutter, ihr diese Schuhe zu besorgen. Sie ist mein ganzes Leben lang immer für mich da gewesen – es war das Geringste, das ich für sie tun konnte, nachdem ich ihr bereits Hoffnung gemacht hatte. Verstehen Sie jetzt?«

Amy verstand. Sie verspürte sogar einen Anflug von Eifersucht, dass es in seinem Leben jemanden gab, der ihm genug bedeutete, um solche Mühen auf sich zu nehmen. Sie ging einen Schritt auf ihn zu, hielt dann jedoch inne und wusste nicht, was sie sagen sollte.

Er war mir diese Erklärung nicht schuldig. Letztlich bin ich für ihn nur eine Fremde mit einer Fantasie-Freundin …

»Es sind die Schuhe Ihrer Mutter, stimmt's?« Seine Stimme klang einfühlsam.

Sie nickte.

Er drehte sich so, dass er direkt vor ihr stand.

»Amy?«

»Ja?«

»Warum haben Sie nur einen in den Karton gesteckt? Ich habe zwei gekauft und bezahlt.«

»Wie bitte? Habe ich ja gar nicht!« Amy stemmte die Hände in die Hüften. »Als würde das eine Rolle spielen! Aber natürlich denken Sie zuerst an Ihre eigenen Interessen.«

»Die Frage ist doch angemessen, oder? Irgendwann würde ich fragen. Und ich bin mir nicht sicher, wer von uns beiden heute Nachmittag der moralisch korrekter Handelnde ist. Sie etwa Amy? Wendy? Mandy?«

Amy seufzte. Es war unmöglich, diesen Mann *nicht* zu mögen.

»Sie lassen mir nicht viel durchgehen, stimmt's Jack?«

»Schließlich sind wir uns unter ziemlich ungewöhnlichen Umständen begegnet, würden Sie das nicht auch sagen?«

»Vermutlich …«

»Ich kann mir nicht recht vorstellen, was dazu geführt haben mag, dass Sie in genau dem Moment auf dieser Mauer hockten, als Grandma den Karton öffnete. Aber ich bin mir ziemlich sicher, dass Sie nicht zufällig vorbeikamen.«

Jetzt blieb nur eine Möglichkeit: die ganze traurige Geschichte zu erzählen.

»Es ist so«, begann Amy zögernd, »da war dieses riesige … Missverständnis …«

Aber dann brach ihre Stimme. Sie hatte einfach nicht die Kraft dazu. Davon abgesehen wusste sie nicht einmal, wo sie anfangen sollte.

»Es war ein Fehler, Jack. Mums Schuhe zu verkaufen war ein großer Fehler. Und ich habe es auch gar nicht getan. Es war … jemand anderes.«

Sie schwiegen beide eine Ewigkeit, wie Amy fand.

Jack sah sie lange an, als warte er darauf, dass sie fortfuhr. Aber Amy schwieg. Sie wusste, dass sie Jack mehr schuldete. Etwas in ihr drängte sie, ihm alles zu erzählen, aber eine andere, vorsichtigere Stimme befahl ihr, still zu sein.

»Tut mir leid, das zu hören.«

»Danke. Sie können ja nichts dafür.«

»Jetzt sagen Sie bitte nicht, dass Sie den weiten Weg von London hergekommen sind, um die Schuhe zurückzukaufen?«

»Nein!« Sie kicherte angestrengt und winkte ab. »Was für eine groteske Idee!«

Jack rückte näher. Sie berührten einander beinahe.

»Sind Sie sicher?«

»Jack?«

»Mm?«

»Dürfte ich die Antwort verweigern?«

Er lächelte und berührte sie am Arm, ganz leicht nur, dennoch durchfuhr sie ein Schauer. »Sicher, Amy, Sie müssen das nicht beantworten.«

»Danke.«

»Wie wäre es, wenn ich Ihnen stattdessen den Hafen zeige?« Sie spazierten am Hafenkai entlang, an Möwen, die ihnen vor die Füße liefen und an Spaziergängern vorbei, an Joggern, Rollschuhläufern und an dicht beieinanderliegenden Booten.

»Segeln Sie?«, fragte Amy. Er schien sich zwischen all den Booten zu Hause zu fühlen, so dass die Frage naheliegend war.

Jack nickte. »Das Einzige, das ich schon immer wollte, ist Boote bauen und mit ihnen segeln. Mein Dad war Schiffbauer.«

»Alices Sohn?«

Er schüttelte den Kopf. »Nein, Alice ist die Mutter meiner Mutter. Mein Nachname lautet Devlin, nicht Hewitt. Mom und Dad kannten sich seit ihrer Kindheit. Er besaß zwanzig Jahre lang eine Schiffbaufirma, bis er von einem größeren Konkurrenten übernommen wurde.« Seine Stimme wurde zunehmend ernster, während er das erzählte.

»Das war sicher eine schwierige Zeit?«, fragte Amy vorsichtig.

»Ach, wer weiß. Dads Gesundheit war nicht die Beste, und er bekam ein Angebot, das er einfach nicht ausschlagen konnte. Er dachte wohl, er könnte uns alle damit finanziell einigermaßen absichern, was ja auch der Fall war, aber er ist seitdem nicht mehr derselbe.«

»Das tut mir leid«, murmelte Amy.

»Danke. Jedenfalls schufte ich jetzt für einen anderen großen Schiffbauer und versuche, genug zusammenzusparen, um eines Tages meine eigene Werft eröffnen zu können.«

Amy betrachtete ihn. »Klingt gut. Sie wirken auf mich auch nicht wie jemand, der den ganzen Tag im Büro sitzen könnte.«

»Danke«, antwortete er und errötete leicht. »Ich nehme das als Kompliment.«

Amy sagte nichts dazu.

»Deshalb verbringe ich jede freie Minute auf dem Wasser oder auf der Werft eines Freundes, wo ich Boote repariere. Sehen Sie die Yacht da vorn? Ich habe mitgeholfen, sie zu bauen.« Er zeigte auf einen Pulk verschiedenster Boote, die vor ihnen im Hafen lagen.

Amy blinzelte. »Was, etwa die große weiße mit den zwei hohen Masten?«

»Nein, das ist ein Schoner – allerdings auch eine Schönheit. Direkt davor, die mit dem hohen Mast vorn und dem kürzeren dahinter.«

»Ja, jetzt sehe ich sie – was für eine wunderschöne Form.« Sie sah ihn unsicher an. »Oder haben Sie dafür einen Fachausdruck? Schöne klare Linie oder so etwas?«

Er lachte. »Allerdings! Mit Begriffen sind wir in der Segelwelt penibel. Leinen heißen bei uns Schots. Taue zum Verspannen des Masts sind Wanten, wir luven, lavieren, lichten Anker ...«

»Stopp!« Amy hielt sich die Ohren zu. »Das ist ja wie eine Fremdsprache!«

»So schlimm nun auch nicht«, erwiderte er. »Man braucht

nicht lange, um die Fachausdrücke zu beherrschen – und man kann sie in den Handbüchern nachschlagen. Die Wolken, zum Beispiel …«

»Wolken?«, wiederholte Amy. »Sie haben einen Fachbegriff für Wolken? Wie *prosaisch*.«

»Prosaisch?«, wiederholte er unsicher.

»Ist ein Fachterminus«, kicherte Amy. »Können Sie nachschlagen. Wo waren Sie stehen geblieben?«

»Bei den Wolken. Schauen Sie nach oben. Sehen Sie diese ausgefransten? Das sind Zirruswolken. Das bedeutet, dass vielleicht eine Wetterfront im Anmarsch ist.«

»Tatsächlich?« Amy nickte und suchte verzweifelt nach einer intelligenten Frage, mit der sie ihren kleinen Triumph ausbauen könnte, aber sie kannte sich einfach im Boots-Metier nicht aus.

Wie kann ich nur dieses Gespräch auf etwas lenken, womit ich mich auskenne – Schuhe, zum Beispiel?

»Hätten Sie Lust auf eine kleine Bootstour durch den Hafen?« Jacks Augen strahlten. »Ich habe dort drüben eine Jolle, getakelt und bereit zum Auslaufen. Außerdem erreichen wir gerade den Kenterpunkt.«

»Den *was* …?«

»Die Umkehr des Gezeitenstroms, Sie wissen schon, Ebbe und Flut. Kommen Sie, das wird Spaß machen.«

Amy schaute sehnsüchtig in die Richtung, in die Jack zeigte, und fragte sich währenddessen, wer dieser Mann wirklich war. Er schien einer gänzlich anderen Welt anzugehören als sie. Ihm in einer winzig wirkenden Jolle ihr Leben anzuvertrauen, konnte nicht vernünftig sein. Außerdem: Hatte sie dafür überhaupt die richtigen Schuhe an?

20. Kapitel

Sind Sie sicher, dass Sie nicht mitwollen?«

»Ja, ich fürchte schon. Tut mir leid.«

»Wirklich schade. Das Wetter ist ideal.« Er hielt den Kopf in die leichte Brise und betrachtete aufmerksam die sanft wogende Meeresoberfläche.

Ideal, das stimmt …

Dann begann er zu lächeln und sagte: »Wissen Sie, Amy, Sie sind für mich ein gutes Omen.«

Amy war verdutzt. »Omen? Was meinen Sie damit?«

»Omen ist vielleicht nicht das richtige Wort, aber Sie haben mich daran erinnert, was das eigentlich Wichtige an der Beziehung zu meiner Großmutter ist. Durch Sie ist mir klar geworden, dass ich zurückfahren und ihr die Wahrheit sagen muss.«

»Mhm …« Amy fand, dass er im Prinzip recht hatte, aber aus irgendeinem Grund fühlte es sich falsch an. Was zumindest verwirrend war, wenn man bedachte, dass sie ihm vorher die ganze Zeit vorgehalten hatte, er würde Alice täuschen. »Sicher?«

Er nickte. »Ja, ich denke schon. Vielleicht war der einzelne Schuh das Omen – der Hinweis, dass mein Verhalten falsch war. Das war ein weitsichtiger Schachzug von Ihnen, nur einen Schuh einzupacken.«

»Wie ich schon sagte, habe ich nichts damit zu tun!«, protestierte sie – und sah erst dann das schelmische Blitzen in seinen Augen. Entrüstet gab sie ihm einen Klaps auf den Arm. »Jack, vielleicht sollten Sie es ihr nicht sagen. Sie sind schon so weit gegangen, meinen Sie nicht, dass es besser wäre, die Dinge so zu lassen, wie sie sind?«

»Aber dann bekommen Sie Ihre Schuhe nicht zurück! Ich ging davon aus, dass Sie genau das wollten? Deshalb sind Sie doch hier?«

Amys Unbewusstes hatte ihr anscheinend wieder einen Streich gespielt. Indem sie Jack überredete, nichts zu unternehmen, ließ sie sich die Chance entgehen, die Schuhe ihrer Mutter zurückzubekommen.

Ich bin ein Idiot. Damit ist es offiziell.

Sie nickte.

»Okay, dann ist es also entschieden. Ich fahre zurück und sage es ihr noch heute Abend.«

»Nein …«, setzte Amy an.

»Kommen Sie schon, Amy, ich muss diese Sache ins Reine bringen. Für Sie und für mein Gewissen!«

Amy biss sich auf die Unterlippe und wusste nicht, ob sie ihren Gefühlen trauen konnte. Natürlich wollte sie die Schuhe – es waren die ihrer Mutter! Und doch …

»Ja, vielleicht, Jack, aber Ihre Großmutter war so nett zu mir, und so wie ich es sehe, haben Sie eine reizende alte Dame schrecklich glücklich gemacht und Sie konnten ja nicht wissen, dass die Schuhe – oder besser gesagt der *Schuh* – den Sie gekauft haben, so große … emotionale Bedeutung hat. Ihn mir jetzt zurückzuholen, wäre mir keine Genugtuung. Ich würde mich fürchterlich fühlen …«

Jack lächelte sie mitfühlend an. »Machen Sie sich keine Sorgen um Grandma. Ich werde ihr alles erklären und ihr versprechen, jeden Tag das Internet nach einem echten Paar von Margot Fonteyn zu durchforsten. Vielleicht sind beim nächsten Versuch sogar zwei im Karton!«

Amy lächelte zurück. »Ja, aber nach diesem Hin und Her wird sie sich längst nicht mehr so darüber freuen. Außerdem wird sie von Ihnen enttäuscht sein.«

»Sicher, die Gefahr besteht, aber ich tue das Richtige – und darauf kommt es doch an, oder?«

»Natürlich!«, entfuhr es Amy. »Aber … ach, ich weiß auch nicht. Ich habe Kopfschmerzen.« Sie wandte sich ab und rieb sich die Schläfen. »Ich sage Ihnen was«, fuhr sie fort und drehte sich ihm wieder zu, »reden Sie noch nicht heute Abend mit ihr, bitte, Jack. Schlafen Sie erst einmal darüber, okay?«

Amy wollte ihm gerade vorschlagen, morgen zu telefonieren und noch mal darüber zu reden, als eine zierliche, grauhaarige Frau, bepackt mit Einkaufstüten, sie im Vorbeigehen anstieß und dann stehen blieb, um Jack zu begrüßen.

»Hallo, Jack. Sieht so aus, als liefen die Vorbereitungen für die Party deiner Grandma auf Hochtouren!«

»Ja, vielen Dank, Miss Hallyburton! Sie werden doch auch kommen?«

»Natürlich!« Die Frau hob demonstrativ die Einkaufstaschen. »Ich bin für das Essen zuständig. Nach dem, was ich gehört habe, kommt fast die ganze Stadt. Diese Welt braucht mehr Alice Hewitts. Und ich finde es toll, wie du dich um sie kümmerst, Jack.«

Jack senkte verlegen den Kopf. »Danke. Kann ich Ihnen mit den Taschen behilflich sein?«

»Geht schon, aber danke!«, rief sie ihm über die Schulter zu. »Wir sehen uns morgen. Reservier mir einen Tanz, verstanden?«

»Wird mir ein Vergnügen sein!«, rief Jack, bevor er sich wieder einer sehr nachdenklichen Amy zuwandte. »Hören Sie«, sagte er, »morgen Abend gebe ich für Grandma eine große Überraschungsparty – sie wird nämlich erst morgen achtzig. Warum kommen Sie nicht auch? Sie würde sich riesig freuen!« Und etwas leiser fügte er hinzu: »Und ich mich auch.«

»Morgen?«, wiederholte Amy. Sie hatte vorgehabt, am nächsten Tag nach New York zurückzufahren und von dort nach Miami zu fliegen. »Also Freitag?«

»Genau. Ich werde fast den ganzen Tag mit Vorbereitungen beschäftigt sein und könnte auch Hilfe gebrauchen – falls Sie nicht schon etwas vorhaben.« Er zeigte hinunter zum Strand, wo auf einem flachen Kiesstück bereits eine provisorische Bühne errichtet wurde. »Wir stellen ein Festzelt auf, behängen es mit Laternen und schmücken alles mit Blumen. Es gibt Barbecue, und wir haben eine Band, sodass getanzt werden kann – wird bestimmt lustig!«

»Mag Ihre Großmutter Überraschungspartys?«, fragte Amy, um Zeit zu gewinnen.

Jack lächelte. »Das werden wir morgen Abend erfahren.«

Amy fröstelte. Die Sonne war mittlerweile am Horizont verschwunden und die kühle Meeresbrise dadurch deutlicher zu spüren.

»Das ist sehr nett von Ihnen, aber ich kann nicht. Wenn

ich nicht an meinem Reiseplan festhalte, kann ich nicht alles … erledigen.« *Außerdem bin ich erschöpft und entsetzlich müde.*

»Schade. Ich hätte Ihre Hilfe gut gebrauchen können. Hey, Sie zittern ja!«

Mit einer einzigen Bewegung – die den Duft seines After Shaves zu ihr herüberwehte – hatte Jack seine Windjacke ausgezogen. Er trug ein graues T-Shirt, unter dem sich sein kräftiger Oberkörper mit den breiten Schultern abzeichnete. Jack legte Amy die Jacke um die Schultern. Es fühlte sich unbeschreiblich gut an.

»Danke.« Sie lächelte ihn an. Müde und dankbar zog sie die Ärmel fester um ihren Körper. Zögernd fügte sie hinzu: »Jack, ich muss jetzt gehen. Vielen Dank für die Einladung, ich hätte unheimlich gern bei den Vorbereitungen geholfen. Bitte richten Sie Ihrer Großmutter meine besten Wünsche aus. Es wird bestimmt eine tolle Party.«

Jacks Miene verriet nicht, was er dachte. »Was ist mit dem Ballettschuh Ihrer Mutter?«

Amy traten Tränen in die Augen, und sie wandte sich schnell ab. »Ich weiß, dass Ihre Großmutter gut auf ihn aufpassen wird – es ist besser so, wirklich!«

»Ich bin immer noch der Meinung, dass ich mit Grandma sprechen sollte. Amy – warte!«

»Bitte nicht, Jack.« Sie ging rasch los und sagte über die Schulter hinweg: »Meine Mum wäre glücklich, dass ihr Schuh so geschätzt wird von … von jemand anderem. Mir genügt es, zu wissen, wie nett die neue Besitzerin ist.«

Das stimmt nicht, aber wenn ich es mir stark genug einbilde, dann glaube ich es vielleicht irgendwann …

Sie eilte über die Straße, auf der durch den einsetzenden Pendlerverkehr jetzt viel los war. Amy lief zu ihrem kleinen Mietwagen und wischte sich mit Jacks Jackenärmel die Tränen weg.

»Findest du nach Hause?«, rief ihr Jack von der anderen Straßenseite nach.

Nach Hause – was bedeutete das im Augenblick überhaupt?

Trotzdem nickte sie. »Ich komm klar. Hoffentlich wird deine Großmutter eine schöne Party haben.«

»Ich wünschte, du könntest kommen.«

»Tut mir leid. Also dann, auf Wiedersehen, Jack. Es war … nett.«

Er stand auf dem Bürgersteig, schaute ihr nach. Als sie wegfuhr, hob er die Hand und deutete ein Winken an. Amy winkte zaghaft zurück und lächelte. Sie fuhr zu Sergeis Haus. Unterwegs dachte sie unentwegt an Fotos, an Ballettschuhe, die sie niemals wieder berühren würde, und an nette, attraktive Fremde, die zu anderer Zeit, an einem anderen Ort kennenzulernen, bestimmt schön wäre – wenn man nicht so durchgeknallt war wie sie. Der Country-Sender spielte wie auf Bestellung die traurigsten Songs, während Amy in die Abenddämmerung hineinfuhr und sich in die behagliche, tröstliche Windjacke kuschelte.

Wenige Stunden später, zurück in Sergeis Haus, durchschnitt das Klingeln des Telefons die Stille und ließ Amy hochschrecken.

»Ja?«, fauchte sie in den Hörer.

»Wow! Tiger, fahr die Krallen wieder ein!«

»Debbie!« Amy war außer sich vor Freude, die Stimme ihrer Freundin zu hören. »Wie geht es dir? Hey, du Wahnsinnige, wie viel Uhr ist es bei dir überhaupt?«

»Irgendwann in den frühen Morgenstunden. Aber Schlaf wird überbewertet, das sage ich ja immer. Und so, wie du klingst, scheine ich in besserer Verfassung zu sein als du, Süße. Was ist los?«

Amy seufzte. »Ach, nicht viel. War ein langer Tag. Tut gut, dich zu hören.« Es war genau das, was Amy gebraucht hatte.

»Geht mir auch so. Hast du schon welche von deinen Schuhen aufgetrieben?«

»Jein. Ich habe einen von Mums Ballettschuhen gefunden – aus irgendeinem Grund hat Justin nur einen davon in den Karton gesteckt und verschickt. Aber ich musste ihn einfach bei der alten Dame lassen, die ihn von ihrem Enkel bekommen hat, der ihn ihr als Margot Fonteyns Schuh unterjubelte. Ich habe ihn aber durchschaut, und jetzt hat er mich zu der Party für ihren achtzigsten Geburtstag eingeladen, und er ist Schiffbauer.«

Es folgte langes Schweigen am anderen Ende der Leitung.

»Debbie? Bist du noch da?«

Es dauerte noch einen Augenblick, dann sagte Debbie: »Ich glaub schon, obwohl ich einen Moment lang das Gefühl hatte, in ein anderes Universum einzutauchen, in dem alte Damen Boote bauen. Amy, wovon zum Teufel sprichst du? Bist du betrunken?«

»Nein!«, lachte Amy und warf sich aufs Sofa, um zu einer ausführlicheren Schilderung der Ereignisse dieses Tages anzusetzen.

»Okay«, sagte Debbie langsam, nachdem Amy geendet hatte. »Du hast also einen Schuh verloren und einen Mann gefunden? Klingt für mich nach einem guten Deal – taugt er was?«

»Ich bin nicht auf der Suche nach einem Mann!«, widersprach Amy ein bisschen zu vehement. »Ja, er sieht toll aus, aber das spielt momentan keine Rolle. Segelschuhe, abgeflachte Spitze – das muss dir genügen.«

»Hör zu, Miss Spröde, warum gehst du nicht auf diese Party? Du könntest die alte Dame entführen und den Schuh zurückverlangen.«

»Debbie, hör auf! Sie ist reizend, und ich werde ganz bestimmt nicht so etwas tun.«

»Und du könntest mit – wie war noch sein Name – Jack knutschen.«

»*Schluss jetzt!*«, brauste Amy auf. »Du bist unmöglich!«

»*Moi?*«, fragte Debbie gedehnt. »Was ist falsch daran, ein bisschen Spaß zu haben?«

»Nein, Debbie, ich muss hier weg, direkt morgen früh. Ich muss weiterreisen. Ein anderer Tag, ein anderes Paar Schuhe.«

»Amy, hast du die geringste Vorstellung, wie unerotisch das klingt?«

»Ja, im Nachhinein schon.« Sie hatte selbst gemerkt, wie wenig überzeugend sie klang. Aber es stimmte *wirklich*, sie musste weiter. Ihr Zeitplan würde sonst über den Haufen geworfen. Und wie sollte sie all die anderen Orte auf ihrer Liste dann noch schaffen?

»Na gut, dann ist wohl klar, dass dieser Jack wohl doch nicht so umwerfend ist.«

»Doch, ist er!« Die Worte waren ausgesprochen, bevor Amy es verhindern konnte.

»Ha! Hab ich dich! Ich tanze vor Freude! Juhu!«

»Debbie! Ich werde nicht auf diese Party gehen, sondern morgen weiterfahren. Punkt!«

»Hör zu, du Niete, nicht jeder Mann trägt ein Etikett mit der Aufschrift *hält ewig*! Schnapp dir Jack, solange er heiß ist! Pläne werden gemacht, um sie über den Haufen zu werfen – amüsier dich und dann fahr weiter!« Mit sanfterer Stimme fügte Debbie hinzu: »Hab ein bisschen Spaß, Amy. Der Himmel weiß, dass du ihn wirklich gebrauchen kannst! Du bist deine eigene Herrin.«

»Bin ich das?«, fragte Amy mehr sich selbst als Debbie. »Wird wohl so sein …«

An der Haustür war ein leises Klopfen zu hören. Überrascht schaute Amy hinüber und sah Maria, die entschuldigend durch das Fenster hineinwinkte.

»Debbie, ich muss auflegen – da ist jemand an der Tür.« Amy winkte zurück und stand auf.

»Ist es Jack?«

»Sei nicht albern.«

»Hör zu, Amy, mach es! Okay? Sag mir einfach, dass du es tun wirst.«

»Sicher, Debs, ich halt dich auf dem Laufenden. Bis bald.«

Maria wirkte irgendwie durcheinander und mitgenommen. Amy führte sie hinein und wies in Richtung Wohnzimmer, aber Maria blieb neben dem Eingang stehen und rang die Hände.

»Was ist denn los, Maria?«

»Oh, Miss Amy …«

Amy legte die Hand auf Marias Arm. »Bitte, können wir das mit dem *Miss* vergessen. Es macht mich nervös …«

»Amy, es geht um meine Schwiegermutter. Sie wurde operiert, und hat eine künstliche Hüfte bekommen. Jetzt soll sie morgen aus dem Krankenhaus entlassen werden – viel früher als erwartet! Wir dachten, sie würden sie noch mindestens eine Woche dabehalten!«

»Das tut mir leid! Wie kann ich helfen?«

»Es ist so: Sie lebt in New York City. Antonio und ich würden gern für zwei Tage hinfahren, um ihr zu helfen, bis sie allein im Haus zurechtkommt, eine Pflegerin für sie engagieren und so weiter …«

»Natürlich müssen Sie hinfahren!«, rief Amy. »Und wenn es irgendetwas gibt, das ich tun kann …« Das Angebot war ausgesprochen, bevor Amy darüber nachgedacht hatte, was überhaupt machbar wäre. Aber sie wusste, dass Maria für sie das Gleiche tun würde.

»Sie müssten die nächsten ein oder zwei Tage noch hierbleiben, weil sich jemand ums Haus kümmern muss – der Rasensprenger, die Pumpe vom Pool, die Post, die Sicherheitsbeleuchtung … Können wir uns auf Sie verlassen? Werden Sie hierbleiben?«

Werde ich hierbleiben?

Unbewusst streichelte Amy den Ärmel von Jacks Windjacke.

Ein frischer Sandelholzduft mit einem Hauch Salzwasser. Sie musste nach New York zurück, um ihr Flugzeug zu erwischen. Es war ihre Pflicht. Sie *musste* einfach. Oder etwa nicht?

Aber ich muss Jack auch seine Jacke zurückgeben …

Plötzlich verspürte sie ein aufgeregtes Kribbeln. Aus einem Impuls heraus beugte sie sich vor und drückte Maria. »Zwei Tage, glauben Sie?«

Maria nickte. »Länger wird es nicht dauern, da bin ich sicher. Die Operation ist gut verlaufen und bis übermorgen haben wir alles mit dem Heimpflegedienst und den Krankenschwestern geregelt …«

»Geben Sie mir einfach eine To-Do-Liste, Maria«, sagte Amy mit fester Stimme. »Und überlassen Sie alles Weitere mir.«

21. Kapitel

»Könntest du mir bitte noch mal den Unterschied zwischen einer Segeljacht und einer Jolle erklären?«

»Amy!« Jack, der auf einer Leiter stand und zwischen zwei provisorischen Pfosten eine Lichterkette anbrachte, fuhr ruckartig mit dem Kopf herum. Als er sah, dass Amy in seiner Windjacke auf ihn zuspaziert kam, strahlte er übers ganze Gesicht. Er wurde zwar sofort wieder ernst, aber seine Augen verrieten, wie sehr er sich freute. »Wolltest du nicht abreisen?«

Amy grinste. »Na ja, ich hatte vergessen, das hier zurückzugeben.« Sie fuhr mit den Händen über die behagliche Jacke. »Außerdem hatte ich Mitleid mit dir, weil du doch um Hilfe bei den Vorbereitungen gebeten hast. Aber jetzt frage ich mich, wie viel Unterstützung du eigentlich noch brauchst? Hier herrscht ja Hochbetrieb.«

In der Tat waren unzählige Leute damit beschäftigt, das Zelt zu errichten, Tische aufzustellen, Blumen zu arrangieren, Parkplätze abzustecken – und sich dabei die ganze Zeit zu unterhalten und zu lachen. Amy hatte selten eine so tolle Atmosphäre erlebt.

Jack nickte. »Viele sind seit sechs Uhr hier, um das Zelt aufzubauen. Wir haben schon eine Menge geschafft – in ein paar Stunden wird alles fertig sein. Wie findest du es?«

Amy drehte sich um die eigene Achse und breitete die Arme aus. »Sieht klasse aus. Alice ist offenbar eine äußerst beliebte Lady«, antwortete sie und betrachtete die lachenden Gesichter der Leute. Der Anblick versetzte ihr aber auch einen wehmütigen Stich.

»Allerdings«, stimmte Jack zu. »Sie ist für viele Leute eine gute Freundin. Ich wünschte, sie wäre jetzt hier und könnte das alles sehen. Es ist genau das, was sie früher gern getan hat: Feiern organisieren. Ständig hat sie für irgendeine Party gekocht, und es war ihr nie zu viel Arbeit. Genau das möchte ich heute Abend für sie tun. Und praktisch die ganze Stadt ist gekommen, um zu helfen.« Voller Stolz sah er Amy an. »Und du jetzt auch!«

»Worauf wartest du dann? Sag mir, was ich tun soll!« Amy lachte.

»Bist du sicher?«

»Absolut!«

Das weiße Festzelt hatte drei Seitenwände und war zum Hafen hin offen, damit der Blick auf die Boote und das Wasser frei blieb. Runde Tische mit blütenweißen Decken standen rings um eine zentrale Tanzfläche mit der Bühne am Ende. Auf der gegenüberliegenden Seite trugen etwa ein halbes Dutzend Helfer Tabletts mit Essen herein und stellten sie auf eine lange Reihe Tische. Dahinter wurde ein riesiger Grill mit Holzkohle gefüllt. Ergänzt wurde die ganze Szene vom Geruch des Meerwassers, von Stimmengewirr und dem vielen Gelächter.

»Hey Mom, kannst du dort drüben noch Hilfe gebrauchen?«, rief Jack. Eine zierliche Frau mit kurzem blondem Bob und hübschen Lachfalten in dem lebhaften Gesicht, die im Schneidersitz auf dem Boden hockte, sah von ihrer Arbeit auf.

»Alle mal herhören: Das hier ist Amy Marsh aus London, eine neue Freundin von Grandma und, ähm, mir.«

Alle begrüßten sie herzlich, reichten ihr die Hand und stellten sich vor. Amy spürte das ehrliche Interesse, das die Leute ihr entgegenbrachten.

Jacks Mutter stand auf und kam mit ausgestreckter Hand auf Amy zu. »Hallo Amy, ich bin Sarah. Willkommen bei uns.« Ihr Händedruck war herzlich und fest. »Da drüben auf der Leiter das ist Frank, Jacks Vater.« Sie zeigte auf einen Mann mit schütterem Haar, der ihr zuwinkte. »Ich habe so weit alles im Griff, aber Helen könnte deine Unterstützung gut gebrauchen.«

Amy drehte sich um und sah, wie Sarah auf die grauhaarige Frau mit den Einkaufstaschen zeigte, der sie am Vortag am Hafen begegnet waren.

»Hallo noch mal, Liebes. Ich bin Helen Hallyburton. Wir sind gestern gar nicht dazu gekommen, uns vorzustellen.«

Es dauerte nicht lange und einer nach dem anderen kam vorbei, um sich mit Amy bekannt zu machen.

»Hallo, ich bin Doris Willoughby, Alices Nachbarin von vor zwanzig Jahren …«

»James Downey, Alices Bridge-Partner …«

»Julie Kryzanowski, Alice hat mir Nähen beigebracht …«

»Celia Harvey. Ist mir ein Vergnügen, Dear. Alice und ich kennen uns schon seit Ewigkeiten – fragen Sie mich irgendwann mal nach ihren wilden Jahren!«

»Marcus Underwood vom Patchogue Lesezirkel, ich

warte immer noch darauf, dass Alice und mir das gleiche Buch gefällt …«

»Winifred Mendoza. Ich habe Alice vor dreißig Jahren ihren alten Wagen abgekauft und seither sind wir Freunde …«

»Katie Brown. Alice hat gegenüber meiner Mom auf der anderen Straßenseite gewohnt, bevor sie nach *Pleasant Shores* zog. Mom vermisst ihre Gesellschaft sehr …«

»Schafft es deine Mom, heute Abend herzukommen?«, wandte sich Jack an Katie.

»Was für eine Frage! Ich habe noch nie eine Frau gesehen, die sich so schnell von einer Erkältung erholt hat. Sie hat sich sogar ein neues Kleid gekauft.«

»Es ist schön, Sie alle kennenzulernen«, sagte Amy leise, überrascht von der Welle der Zuneigung für Alice Hewitt. »Und es ist eine Ehre, sich auf die Party für einen so wundervollen Menschen zu schmuggeln.«

»Wer hat was von reinschmuggeln gesagt? Du bist zum Arbeiten hier!«, zog Jack sie auf. »Also, Miss Hallyburton, Sie scheinen hier das Kommando zu haben …«

»Richtig und dass mir das ja keiner von euch vergisst«, erwiderte sie mit strengem Blick in die Runde.

»Sehr wohl, Madame«, rief Marcus und salutierte.

»Gut gemacht!« Jack lachte. »Gibt es etwas, wo Amy noch mithelfen könnte?«

Helen Hallyburton beobachtete die beiden aufmerksam. Dann wandte sie sich an die anderen. »Ich glaube, wir haben hier so weit alles unter Kontrolle, findet ihr nicht auch, Leute?« Sie zwinkerte ihren Freunden zu. »Aber sag mal, Jack, wenn du damit anfängst, die Lichterketten an den Masten dort drüben anzubringen – brauchst du dann nicht einen jungen und gelenkigen Partner, der dir dabei hilft?«

Jack wandte sich an Amy. »Einverstanden? Bist du schwindelfrei?«

Amy schnitt eine Grimasse. »Ich glaube, ich bin gerade dabei, es herauszufinden.«

Der Tag verging wie im Flug. Amy und Jack arbeiteten sich von einem kleinen Boot zum nächsten vor, spannten Lichterketten zwischen den Masten, plauderten und lachten die ganze Zeit. Jacks Kenntnisse über Boote waren unerschöpflich, aber er achtete darauf, Amy all die für sie neuen Begriffe zu erklären. Und wenn seine Begeisterung mit ihm durchging, wenn er von Winschen und Klampen sprach oder zu sehr in die Materie der Klinkerbauart einstieg, dann bremste er sich. Amy hörte aufmerksam zu, abwechselnd fasziniert und verunsichert über diesen Berg an Wissen. Sie fragte sich, wie viel sie wohl wiedergeben könnte, wenn er anfinge, sie abzufragen.

Wahrscheinlich nichts. Vielleicht sogar noch weniger … Windabweiser, Spinnaker, Kontrollleuchten … verflixt noch mal …

Er wollte sie beeindrucken, keine Frage. Und beeindruckend *war* es auch, nur manchmal ein bisschen schwindelerregend.

Später erzählte Amy ihm von sich. Sie redete über ihren Job, Debbie und Jesminder. Sie erzählte ihm sogar von ihrer Mutter und wie schwer es ihr gefallen war, sich daran zu gewöhnen, sie nicht mehr um sich zu haben. Die Themen Schuhe und Justin umschiffte sie jedoch geflissentlich.

Wenn ich den Ballettschuh erwähne, wirst du bestimmt deine Großmutter bitten, den Schuh zurückzugeben, und ich bin mir nicht sicher, ob ich das überhaupt noch will. Oder doch? Ach, ich weiß auch nicht …

Als sich unerwartet das Handy in ihrer Hosentasche meldete, fuhr sie erschrocken zusammen. Sie fischte es heraus und klappte den Deckel hoch. Es war eine SMS von Jes:

Sorry, Amy, Justin hat für morgen Fußball abgesagt.
Hoffe, es geht dir gut. Pass auf dich auf, Jes xxxxx

»Alles in Ordnung?«, fragte Jack. »Bestens«, antwortete Amy etwas zu schnell, während sie eine kurze Antwort ins Telefon tippte:

Hi, weißt du warum? Mir geht es großartig. A xxx

Sie drückte auf *Senden* und wandte sich wieder Jack zu. »All diese Boote, die du baust, fährst du mit denen richtig schnell oder gondelst du damit nur ein bisschen herum?«

Jack, der gerade eine defekte Glühbirne austauschte, grinste. »Ich nehme mal an, herumgondeln hat wenig zu tun mit halsbrecherischer Geschwindigkeit, aber dafür sehr viel mit *sich einfach treiben lassen*?«

Amy lächelte schelmisch. »Gute Definition, Mr Devlin. Sie erhalten zehn Punkte.«

»Besten Dank. An manchen Tagen gondele ich auch herum, obwohl ich es gar nicht will – zum Beispiel bei einer Flaute. Dann ist Herumgondeln das Einzige, was an dem Tag geboten wird.«

»Freut mich zu hören«, kicherte Amy.

»Die Menschen sollten sich in ihrem Leben immer Zeit einräumen, um ein bisschen herumzugondeln.« Er grinste. »Aber meistens segle ich schnell. Hast du schon mal was vom *America's Cup* gehört?«

Amy überlegte. Hatte sie, auf jeden Fall, aber was war das noch mal? »Ist das nicht irgendetwas mit Golf?«, antwortete sie zögerlich.

Jack schlug sich vor die Stirn. »Nein! Und da geht sie hin, meine einzige Chance, dich heute wirklich zu beeindrucken.«

»Dann nehme ich mal an, der *America's Cup* hat mit Segeln zu tun?«

»Hat er.«

»Ist er bedeutend?«

»Er ist lediglich das wichtigste Segelereignis weltweit. Nichts Besonderes also.«

»Und da bist du mitgesegelt?«

»Zweimal.«

»Wirklich? Aber das ist fantastisch!«

»Danke. Obwohl ich jetzt ein bisschen verlegen bin, weil ich dich erst darüber aufklären musste.« Amy konnte sein Gesicht nicht sehen, wusste aber, dass er grinste.

Und dann fiel es ihr wieder ein: Die *America's Cup* Segelregatta war ein *Mega-Ereignis*, das alle paar Jahre ausgetragen wurde.

Ihr Handy klingelte zum zweiten Mal, und als sie es mit einer Entschuldigung aus der Tasche zog, winkte Jack nur ab.

Sagt, er hätte zu viel zu tun. Sorry, Amy. Jes xxxx

Ach und womit war er so beschäftigt? Damit, voreilige Schlüsse zu ziehen? Ob das in seinen Trainingsplan passt? Komm schon … sei dir selbst gegenüber ehrlich, Marsh – du konntest eh nicht darauf bauen, dass Jes' Bruder die Antwort auf deine Probleme wäre. Und jetzt weiß ich wenigstens, dass Justin noch am Leben ist. Gut – wo war ich gerade? Ach ja, dabei, einen Idioten aus mir zu machen wegen nicht vorhandener Segelkenntnisse – dann mal weiter!

»Vom *America's Cup* habe ich schon gehört, ich dachte nur im Moment, es ginge um Golf, aber das ist der *Ryder Cup*, nicht wahr? Weiß auch nicht, wie ich das verwechseln konnte. Klar, der *America's Cup* ist eine Riesensache.«

Na wunderbar. Jetzt quassle ich wie ein Wasserfall. Was ist nur mit diesem Typen, dass ich von einem Extrem ins nächste falle?

»Ist es, wenn man selbst segelt. Aber mach dir deshalb keine Gedanken! Lass uns weiterarbeiten – hier, halte das mal bitte.« Er reichte ihr einen Schraubenzieher und widmete sich wieder der Lichterkette.

Und dann wusste sie die Antwort.

Es liegt wohl daran, dass wir beide uns zu sehr anstrengen, dem anderen zu gefallen. Also gut, jetzt sag etwas Nettes, Ehrliches – und nichts Dummes.

»Du musst mich nicht mit tollen Geschichten beeindrucken, Jack, ich bin es auch so schon.«

Mist! War das jetzt zu dick aufgetragen? Ein bisschen zu bemüht?

Jack schaute aus etwa drei Metern Höhe auf sie herunter und grinste frech. »Hast du auf meinen Hintern gestarrt, während du das gesagt hast?«

»Wie bitte?« In gespielter Entrüstung fuchtelte sie mit dem nach oben gereckten Arm herum. »Pass auf, was du sagst, Jack Devlin! Ich bin diejenige, die auf dem Boden steht und einen Schraubenzieher in der Hand hält!«

»Dieser Westwind gefällt mir nicht«, sagte Jack später, als sie vor dem Zelt auf dem Kies saßen und die letzten Lichterketten entwirrten. Hinter ihnen waren die Vorbereitungen fast abgeschlossen. Das Festzelt sah atemberaubend aus. Die Band war bereits eingetroffen. Instrumente und Ausrüstung wurden von einem Truck herangeschafft.

Amy schaute aufs Meer hinaus. »Hm, ja, ganz schön steife Brise. Denkst du, dass es noch zunimmt?«

»Wahrscheinlich.« Jack verzog das Gesicht. »Laut Wetterbericht soll es erst morgen schlechter werden, aber es sieht fast so aus, als käme das Unwetter früher. So etwas passiert manchmal …«

»Katastrophenalarm!« Eine Stimme aus dem Innern des Zeltes ließ Amy und Jack aufspringen. Von drinnen kämpften sich zwei Gestalten hustend durch eine Rauchwolke nach draußen.

»Was ist los?«, rief Jack.

»Der Grill«, sagte die Frau hustend. »Wir haben gerade versucht, ihn schon mal vorzuheizen, aber der Wind bläst uns den Rauch direkt ins Gesicht.«

»Wird spannend heute Abend«, sagte der Mann und lächelte zerknirscht. »Als wir ein Zelt bestellten, das an einer Seite offen ist, haben wir den Wind nicht berücksichtigt, stimmt's, Katie?«

»Ich fürchte nicht.«

»Können wir den Grill irgendwo in den Windschatten stellen? Auf die andere Seite vielleicht?«, fragte Jack.

Sie sahen sich im Zelt um. Es war voll. »Nicht ohne den Boden anzuheben, die Anschlüsse zu verlegen und alles neu zu arrangieren – und dafür haben wir keine Zeit mehr.«

»Also gut, Marcus,« unterbrach ihn Katie. »Dann werden wir wohl mit kalter Küche vorliebnehmen. Wenn wir es ein bisschen einteilen, sollte genug für alle da sein. Andernfalls riskieren wir, alle hier drinnen zu ersticken.«

»Es sei denn ...« Jack strich sich übers Kinn und blickte hoch zur Zeltspitze, wo die Querstreben das Dach und die Zeltwände stützten. »Ja, das müsste gehen. Amy, Marcus, könnt ihr mal mit anfassen? Ich habe da eine Idee ...«

»Jack Devlin, du bist ein Genie.« Helen Hallyburton packte Jack an den Schultern und drückte ihm einen Kuss auf die Wange. »Und ich könnte schwören, dass es sogar besser aussieht als vorher.«

Amy, Jack, Helen, Katie und Marcus standen nebeneinander und bewunderten das Ergebnis neunzigminütiger Improvisationskünste entsprechend Jacks Anweisungen.

Ein riesiges, gewölbtes Segel spannte sich bis hinunter auf den Kiesstrand, sicher auf dem Boden festgezurrt und dann mit Hilfe von Seilen und Metallstreben am Zeltdach befestigt. Dadurch wirkte der Innenraum des Zeltes fast wie ein Ozeandampfer, und abgesehen von dem leichten Flattern des Segels, gab es nicht den geringsten Windhauch, der das Grillen beeinträchtigen konnte.

»Das müsste sogar halten, falls wir später Nord-Nord-West Wind haben«, murmelte Jack. Nur seine Augen verrieten, wie stolz er auf seine Konstruktion war. »So, was bleibt jetzt noch zu tun?«

»Ich muss allmählich zurück«, sagte Amy zu Jack, nachdem die anderen sich entfernt hatten, um etwas zu trinken.

»Zurück? Wohin?«

»In das Haus, in dem ich momentan wohne. Ich habe eine ganze Liste mit Dingen, um die ich mich kümmern muss, solange Ser… der Eigentümer nicht da ist. Den Rasensprenger ausschalten, die Alarmanlage aktivieren, die Zimmerpflanzen gießen …«

»Aber zur Party bis du doch wieder da?«, fiel Jack ihr ins Wort.

»… mich für die Party umziehen – natürlich werde ich da sein! Vorausgesetzt, du bist dir absolut sicher, dass Alice und du nichts dagegen habt?«

»Wir würden etwas dagegen haben, dass du wegbleibst, Amy.«

»Ich komme mir immer noch ein bisschen wie ein Eindringling vor – wir haben uns erst gestern kennengelernt.«

War es tatsächlich erst gestern gewesen? Manchmal habe ich das Gefühl, diesen Mann – und all die Menschen hier – schon ewig zu kennen.

Jack hatte einen rätselhaften Ausdruck in den Augen. »Du bist kein Eindringling«, entgegnete er.

Sie schwiegen beide. Verlegen schaute Amy sich im Zelt um und dann hinaus auf die Boote, die im Wind auf dem Wasser schaukelten. Der Wind hatte etwas abgeflaut, war aber immer noch stark genug, dass er ihnen Probleme bereitet hätte, wenn Jack nicht dieses Segel hätte anbringen lassen. Es war still, wie die Ruhe vor dem Sturm. Amy fühlte sich merkwürdig, eine ungewohnte Mischung von Wärme und Angst; die Ahnung, dass etwas dem Ende zuging, woran sie sich noch sehr lange erinnern würde.

Dann lächelte sie. »Hier, ich wette, du dachtest, ich wollte sie für immer behalten.« Erst jetzt streifte Amy die Jacke ab, wohl wissend, dass er ihr dabei zusah.

Zögernd reichte sie ihm die Jacke. Zögernd nahm er sie zurück.

»Du kommst wirklich wieder?«, fragte Jack drängend.

»Ja, Jack, ich werde hier sein«, flüsterte Amy. »Ich muss doch schließlich sehen, wie diese Lichter in der Dunkelheit wirken.«

»Und du bist pünktlich? Es müssen alle hier sein, wenn ich mit Großmutter um halb acht herkomme.«

»Ich werde da sein. Hoffentlich ist die Überraschung nicht zu viel für sie!«

»Denkst du?« Er riss die Augen auf. »Sollte ich sie vorwarnen?«

»Natürlich nicht. War nur ein Witz – sie wird begeistert sein!« Dann bremste sich Amy und fügte hinzu: »Womit ich mir nicht anmaßen will, dass ich deine Großmutter besser kenne als du. Ist einfach eine Frauensache. Frauen lieben Überraschungen. Mach dir keine Sorgen, Jack, es wird toll werden. Bis später.«

»Bye, Amy«, rief Jack ihr hinterher und presste die Windjacke an sich, bevor er sich langsam umdrehte und zurück ins Zelt ging.

22. Kapitel

Amy, du hast es tatsächlich geschafft!«, rief Helen Hallyburton und drängelte sich zu ihr durch, als Amy kurz nach sieben leicht verlegen das Zelt betrat. »Und du siehst bezaubernd aus. Hast du das Kleid in London gekauft?«

Obwohl es um diese Zeit noch nicht richtig dunkel war, konnte Amy sehen, dass die Lichterketten, die sie und Jack so mühevoll angebracht hatten, das Glanzlicht des Abends sein würden. Es war immer noch ziemlich windig. Die Boote tanzten im Hafen auf den Wellen, und Hunderte bunter Lämpchen baumelten wie ein riesiger Regenbogen zwischen den Mastspitzen hin und her.

Sie wurde rot und strich ihr Kleid glatt, das einzige, das sie eingepackt hatte. Es war ein enges Etuikleid im Audrey-Hepburn-Stil, ärmellos in einem zart geblümten Stoff, der kurz über ihrem Knie endete. Da sie keine Strümpfe trug, hatte sie sich die Beine mit Bräunungscreme in einem zarten Goldton eingerieben, was ihre Beine im Kontrast zu den weißen Riemchensandaletten mit Keilabsatz sehr hübsch aussehen ließ. Sie hatte die Schuhe drei Stunden zuvor in einem Einkaufszentrum außerhalb der Stadt entdeckt, als sie auf der Rückfahrt zu Sergeis Haus war. Alte Gewohnheiten lassen sich schwer ablegen und außerdem war sie bisher nicht übermäßig erfolgreich gewesen im Zurückholen ihrer eigenen Schuhe.

»Ach, dieser alte Fummel, ja, er stammt aus London. Ich habe das Kleid nur eingepackt, weil es sich zusammenrollen lässt und im Koffer so gut wie keinen Platz verbraucht – wow, sind das viele Leute!«

Das Zelt war schon fast voll. Lautes Stimmengewirr prallte ihr entgegen wie eine Wand. Amy winkte Sarah und Frank zu, die am entgegengesetzten Ende des Zeltes immer noch mit den restlichen Arbeiten beschäftigt waren. Sie lächelten gut gelaunt zurück.

Die erste Inspektion der Unmengen an »Party-Schuhen« verriet Amy, dass der Abend ein Erfolg werden würde. Alle möglichen Schuh-Variationen waren vertreten: Sandaletten, Flipflops (sogar jede Menge Flipflops), Stilettos, Pumps mit nicht allzu hohem Absatz, Segelschuhe, pedantisch saubere Tennisschuhe, Sneakers, Loafer, Mules und sogar mit einem Bier in der Hand, ein riesiges Paar Gummistiefel.

Ich werde hier Spaß haben …

»Abend, Miss!« Ein Mann, groß wie ein Riese, spazierte vorbei und tippte sich zum Gruß an einen imaginären Hut.

»Oh … hallo!«

»Das ist John Muldon, Chef der hiesigen Feuerwehr«, zischte Helen Hallyburton. »Er ist ein guter Mann – seine Frau starb und ließ ihn mit sieben Kindern zurück … Hey, Marlene! Hier drüben!«

Eine große, etwa vierzigjährige Frau mit Strähnchen im blonden Haar erwiderte Helens Gruß und kam zu ihnen – mit vier anderen Damen im Schlepptau.

»Liebe Güte, Helen, wen haben wir denn da, einen Neuzugang für den Heimatverein?«

»Bestimmt, wenn du sie überreden kannst, hierzubleiben! Marlene, das ist Amy. Sie kommt den weiten Weg aus London – behauptet, sie sei eine Freundin von Alice, hängt aber den ganzen Tag mit Jack rum. Kannst dir ja denken, wie der Hase läuft.«

»Jack ist ein Freund!«, entgegnete Amy und fragte sich, ob ihre Wangen überhaupt noch heißer werden konnten. »Freut mich, Sie kennenzulernen, Marlene.«

»Ist mir ein Vergnügen, Liebes.« Marlene lächelte. »Und das hier sind Louise, Anya, Mary-Beth und Susie. Wir sind das Herz und die Seele des Patchogue Heimatvereins. Interessieren Sie sich für Geschichte?«

»Nun, ja, ich kann sämtliche Könige und Königinnen von England auflisten. Zählt das auch?«

Marlene lachte. »Na ja, das könnte später dein Beitrag zur allgemeinen Unterhaltung werden!«

»Komm, wir suchen dir erst einmal einen Platz zum Sitzen«, sagte Helen, fasste Amy am Arm und stürzte sich mit ihr ins Gewühl. Im Zelt war es warm, und Jacks sorgfältig getakeltes Segel stellte sicher, dass es auch auf der Tanzfläche nicht zog. Die Damen vom Heimatverein setzten sich an einen der letzten freien Tische unweit des Grills. Daneben bogen sich die Buffettische unter den Speisen: Schüsseln mit Salaten, Brot, Pasteten, Schinken, Käse, Essiggurken und zahllose selbstgebackene Apfelkuchen. Vom Grill wehte ein köstlicher Duft herüber, und Amy merkte auf einmal, dass sie seit mittags nichts mehr gegessen hatte.

Aber der Höhepunkt war die Wanddekoration. Das ganze

Zelt war geschmückt mit postergroßen Schwarz-Weiß-Fotografien von Alice im Laufe ihres Lebens. Es begann mit einem bezaubernden Baby mit Strickhaube, das eine Holzrassel fest umklammerte, ging über zu einem kleinen Mädchen in Baumwollschürze und ihre Jugend in den 1950er Jahren, ihre Hochzeit und so weiter bis zu der gesetzten alten Dame, die sie heute war. Es war ein wundervolles Geschenk: Alices Leben in Bildern. Eine Welle der Gefühle überrannte Amy.

Wenn ich das für meine Mum getan hätte, wäre die Hälfte der Wände leer …

Marcus, der Dienst an der Bar hatte, winkte ihr zur Begrüßung zu. »Möchten Sie ein Bier?«, rief er ihr über den Lärm hinweg zu und reichte ihr eine Flasche, ohne die Antwort abzuwarten. Amy prostete ihm dankbar zu und nahm einen Schluck, wobei sie die Augen einen Moment lang schloss.

Mehr sollte ich heute Abend besser nicht trinken – schließlich muss ich noch zu Sergeis Haus zurückfahren.

Sie stellte die Flasche auf den Tisch und schaute sich nach Jack um. Er war nirgendwo zu entdecken, was bei den vielen Leuten aber auch nicht einfach war … Dort drüben! Nein, falscher Alarm. Verdammt! Sie versteckte ihre Enttäuschung hinter einem Lächeln und wandte sich dem Geplauder der Leute an ihrem Tisch zu. Allesamt nette Leute, freundlich und offen, die sie in ihre Gemeinschaft aufgenommen hatten, weil sie eine Freundin ihrer Freundin war.

Von Zeit zu Zeit ertappte sie sich dabei, erwartungsvoll zum Eingang zu blicken – und das nicht nur in der Hoffnung, das Geburtstagskind zu sehen.

Drüben, auf der anderen Seite des Zeltes war die Band mit dem Stimmen der Instrumente fertig und begann, ohne Tusch oder Ankündigung, eine flotte Volkstanzmelodie zu spielen. Freudenschreie und Hurrarufe durchdrangen den Raum, als die Leute, die gerade auf der Tanzfläche gestanden hatten, davoneilten, sich Partner suchten, wieder zurückkehrten und mit einem Tanz begannen, den Amy nicht kannte, der aber witzig aussah.

Gespräche waren bei der Musik, den stampfenden Schritten der Tänzer und den Begeisterungsrufen nahezu unmöglich geworden. Also widmete sich Amy den tanzenden Paaren, klatschte begeistert in die Hände und wippte mit den Füßen im Takt. Und sie bemühte sich, nicht ständig die Menge rund um die Tanzfläche nach Jack abzusuchen.

Begeisterter Applaus folgte, nachdem der Tanz beendet war, und die Band stimmte direkt den nächsten Song an. Obwohl die Tanzschritte eine gewisse Gleichförmigkeit aufwiesen, war Amy froh, nur Zuschauerin zu sein. Nie im Leben würde sie mit den anderen Tänzern mithalten können – zweifellos verfügte sie nicht über das gleiche Talent zum Tanzen wie ihre Mutter.

»Habe dich beobachtet, Honey. Er kommt gerade wieder zurück.«

»Was?« Amy wirbelte herum. Eine große Frau, schön zurechtgemacht, mit dunklem, hochgestecktem Haar, hatte ihr ins Ohr geflüstert. Amy starrte sie verständnislos an.

»Zwei Tage liegst du jetzt schon auf der Lauer, Honey – hoffentlich ist der Mann das auch wert!«

»Donna!«, entfuhr es Amy. »Tut mir leid. Ohne die Uniform sehen Sie ganz anders aus. Und was für umwerfende

Schuhe!« Sie umarmte Donna, ließ sie dann wieder los und flüsterte: »Haben Sie gerade gesagt, dass er wieder da ist?«

»Und ob.« Donna grinste. »Zusammen mit dem Star des Abends. Er hat seine Grandma in *Pleasant Shores* abgeholt ... und da sind sie auch schon!«

Wie auf ein unsichtbares Zeichen hörte die Band auf zu spielen, und die Tänzer räumten blitzartig die Tanzfläche.

Und da waren sie. Jack strahlte verlegen und rollte seine Großmutter ins Festzelt. Alice, die in ihrem moosgrünen Kleid mit dem passenden Kaschmirumhängetuch wunderschön aussah, hielt sich vor Überraschung die Hände vors Gesicht. Ihr schneeweißes Haar trug sie zu einem lockeren Knoten gebunden, und an ihrer Brust steckte eine pfirsichfarbene Seidenorchidee. Sie schaute hoch zu ihrem Enkelsohn und drohte ihm spaßeshalber mit der Faust. Dann zog sie ihn zu sich herunter und küsste ihn auf die Wange. Hochrufe und Beifallsstürme brachen im gesamten Zelt los und die Band begann *Happy Birthday* zu spielen.

Nun griff Alice in ihre Handtasche und zog ein Taschentuch heraus. Während die Gäste sangen, tupfte sie sich die Augen ab. Und als sie in die Runde schaute, sah sie, dass sie nicht die Einzige war, die mit Tränen zu kämpfen hatte. Die Überraschung war perfekt gelungen, und Amy freute sich für Jack genauso sehr wie für Alice.

»Nein, was für eine Überraschung!«, rief Alice in das Mikrofon, das ihr der Bandleader in die Hand drückte. »Ihr lieben, wunderbaren Menschen! Warum hat mir keiner von euch verraten, was hier geplant wurde?« Sie drehte den

Kopf und drohte ihrem Enkel mit dem Zeigefinger. »Ich nehme an, das ist dein Werk, Jack?«

Jack zuckte in gespielter Überraschung mit den Schultern, während ihm die Gäste spontan applaudierten.

»Du meine Güte, was für eine Überraschung – sagte ich das schon? Vielen Dank. Ich danke euch allen. Was für eine außergewöhnliche Art, seinen Geburtstag zu feiern. Ich dachte, Jack würde mich zum Essen ausführen. Aber warum habt ihr denn aufgehört zu tanzen? Bitte, macht doch weiter.«

Noch mehr Hochrufe und Jubel begleiteten sie, als sie das Mikrofon zurückgab und Jacks Hand fest umklammerte. Die Band stimmte ein neues Lied an, und die Tanzfläche war sofort wieder voll.

Amy hörte auf zu klatschen, setzte sich und blickte zu Jack. Warum war ihr Mund nur plötzlich so trocken? Sie wünschte, dass er sie sehen und zu ihr herüberkommen würde. Andererseits wurde sie nervös bei dem Gedanken. Sie beobachtete ihn, wie er in die Menge eintauchte, Leute ihm die Hand schüttelten, Frauen ihn umarmten und Alice drückten. Und die ganze Zeit über blieb er dicht beim Rollstuhl seiner Großmutter.

Und dann hatte Amy ihn plötzlich aus den Augen verloren. Es waren einfach zu viele Leute. Sie wusste, dass er irgendwo dort drüben war, wollte ihren Platz aber irgendwie nicht verlassen. Es war undenkbar, dass sie zu ihm ging und die Initiative ergriff. Das hier war ein ganz besonderes Ereignis für Jack, Alice und ihre richtigen Freunde – keine Leute wie sie, die erst am Vortag aus heiterem Himmel aufgetaucht waren. Stattdessen fuhr sie sich durchs Haar und zupfte die Träger ihres Kleides zurecht. Sie beugte sich vor, um den Gesprächen am Tisch besser folgen zu können. Dabei achtete sie auf jede ihrer Bewegungen: wie sie den Kopf nach hinten warf, über die Scherze lachte und sich dabei ertappte, wie sie unauffällig den Raum absuchte.

Seltsam, ich war doch gestern nicht so kribbelig ... Was ist nur los? Ich bin das reinste Nervenbündel!

Am Zelteingang entstand Trubel, als draußen ein Kleinbus mit der roten Aufschrift *Pleasant Shores Senioren-Wohnheim* hielt. Amy erhaschte einen kurzen Blick auf Alice, die begeistert die Namen der Neuankömmlinge rief, die einer nach dem anderen aus dem Bus stiegen. Die etwa fünfzehn Senioren wurden die Stufen hinunter und ins Festzelt geleitet. Manche stützten sich auf Gehhilfen, andere waren noch fit und gingen aufrecht. In ihren bequemen, flachen Schuhen sahen sie alle ohne Ausnahme irgendwie elegant aus. Zu Amys Freude trug die Person, die den Bus als Letzte verließ, Tangoschuhe aus braunem Wildleder mit schmalem Riemchen und altmodischen Absätzen – es war die tanzende Dame.

»Darf ich bitten?«

»Wie bitte?«

Amy wirbelte herum und sah den jungen Harry aus der Post vor sich, in schickem Karohemd und roter Fliege. Kerzengerade stand er da und sah sie gespannt an. Die Hand ausgestreckt wartete er auf Antwort.

Freudig reichte Amy ihm die Hand, und der Junge schüttelte sie feierlich.

»Und, tanzen Sie mit mir oder nicht?«

»Oh!« Amy hatte nicht verstanden, dass er sie zum Tanzen aufgefordert hatte. »Tut mir leid, aber ich fürchte, ich kenne all diese Tänze nicht. Ich sollte wohl besser nur zuschauen, meinst du nicht?«

»Geh schon«, drängte Marlene Amy und stieß ihren Mann in die Rippen, der sofort unterstützend nickte.

»Der Tanz gerade ist ziemlich einfach«, stimmte Mary-Beth mit ein. »Und Harry hier wird dich sehr fürsorglich behandeln, nicht wahr, Harry?«

»Natürlich.« Der Junge strahlte Amy an. »Den haben wir in der Schule gelernt – ist leicht. Ich denke zumindest, dass er leicht ist, bisher habe ich ihn noch nie mit einem echten Menschen getanzt.«

Die Erwartung des Jungen, aber auch der anderen Frauen am Tisch, konnte Amy einfach nicht enttäuschen. »Also ...«

»Na los, Amy«, drängte Mary-Beth. »Was dich nicht umbringt, macht dich stärker!«

»Eine neue Erfahrung, die du mitnehmen kannst nach London«, fiel Susie mit ein, während sie ihre Flasche hob und mit Mary-Beth anstieß.

Harrys sommersprossiges Gesicht begann, rot anzulaufen, und sein Lächeln flackerte. Ihr Zögern machte ihn nervös. Amy reichte ihm die Hand und stand auf. Sie wollte jetzt nicht an London denken.

»Liebend gern, mein Herr, Danke für die Aufforderung – ich kann nur hoffen, dass ich Ihnen nicht auf die Füße trete.«

Harry verzog nervös das Gesicht und führte sie mitten auf die Tanzfläche. Glücklicherweise hatte Amy bei diesem Tanz bereits zugesehen und sich zumindest einige der

Schritte gemerkt. Harry war, trotz seiner Zaghaftigkeit, ein Naturtalent. Die eine Hand hatte er behutsam auf ihren Rücken gelegt, mit der anderen hielt er ihre Hand. Zwei Schritte vor, zueinander drehen, Wechselschritt, dann wie bei einer Polka einmal im Kreis. Anschließend drehte Harry Amy einmal um die eigene Achse (wobei Amy sich ducken musste, obwohl sie selbst nicht sehr groß war) und zum Abschluss mit Walzerschritt zurück in die Ausgangsposition – und dann das Ganze wieder von vorn.

»Das macht Spaß«, rief sie Harry zu, als ihr Selbstvertrauen wuchs. »Du bist ein fantastischer Tänzer.«

»Danke«, strahlte er hochkonzentriert. Als Amy zu ihm herunterschaute, konnte sie sehen, dass er seine Fliege mit einem Gummiband im Nacken befestigt hatte, und war gerührt. Lachend hüpften, drehten und galoppierten sie über die Tanzfläche. Amy vergaß alles andere, spürte nur noch die Wärme der sie umgebenden tanzenden Körper, das Stampfen der Musik und die Freude am Tanzen mit einem Jungen, der ihr vertraute, obwohl er nichts über sie wusste. Das alles war so befreiend, so unbelastend und einfach.

»Darf ich dich ablösen, Harry?«

Jack Devlin stand wie aus dem Nichts aufgetaucht plötzlich da und flüsterte Harry ins Ohr, dass die Hotdogs gerade am Grill serviert wurden. Jack zog Amy in seine Arme und wirbelte sie herum.

»Du siehst klasse aus«, sagte er begeistert. »Wie Audrey Hepburn – nein ... besser!«

Amy war so überrumpelt vom Wechsel ihres Tanzpartners, dass sie gar nicht antworten konnte. Sie öffnete den

Mund und schloss ihn wieder. Dann senkte sie den Blick und versuchte sich auf die Tanzschritte zu konzentrieren und nicht auf die starke Hand auf ihrem Rücken, wo einen Moment zuvor noch Harrys gelegen hatte. Einfach weitertanzen. Jack passte sich ihrem Schritt an und schon bald drehten sie sich mitten im Gewühl. Sie hätte sein Kompliment gerne heruntergespielt, ihm gesagt, dass er albern sei, ihm einen Klaps auf den Arm gegeben und etwas Witziges erwidert …

Aber nicht voreilig handeln. Was hat Mum immer gesagt? Wie reagierst du, wenn dir jemand ein Kompliment macht? Ach ja, du brauchst lediglich zwei Wörter …

»Vielen Dank.«

»Gern geschehen. Ich meinte es auch so.« Kaum merklich zog er sie noch enger an sich heran. Seine Nähe ließ sie schwindelig werden. Er duftete fantastisch – sauber und gepflegt, aber immer noch nach dem Meer, dieses Mal vermischt mit einem Hauch Zedernholz. Oder war es Zitrone? Limone vielleicht?

»Vielen Dank, Ladies und Gentlemen«, rief der Bandleader ins Mikro, als das Lied zu Ende ging.

»Oh, das war aber kurz.« Amy entzog sich Jacks Umarmung, um in den Applaus mit einzustimmen. Sie war außer Atem, und ihr war ein wenig schwindelig.

»Okay, lasst uns das Tempo jetzt ein bisschen herunterfahren«, fuhr der Bandleader fort, und schon erklangen die ersten Töne eines Kuschelsongs. Um sie herum begannen die Tanzpaare, sich eng in dem langsamen Rhythmus zu wiegen. Amy stand da wie angewurzelt. Sie fragte sich, ob sie auf ihren Platz zurückgehen sollte, aber dann merkte sie, dass Jack immer noch ihre Hand hielt. Einen Augenblick lang stand er ganz still. Und dann zog er sie mit einer einzigen bestimmten Bewegung an sich, legte die Arme um sie und wortlos begannen sie zu tanzen.

Den Kopf an Jacks Brust gelehnt fand Amy es unmöglich, einen vernünftigen Gedanken zu fassen. Als hätte Jack in dem Moment, als er sie an sich zog, ihren Widerstand gebrochen und gleichzeitig hatte sie sich in ihrem Leben noch nie so sicher gefühlt. So sicher und doch ... so beängstigend lebendig. Jack fühlte sich gut an. Und als sie mit den Händen ein kleines Stück seinen festen Rücken hinunterfuhr, da wusste sie, dass sie jetzt besser nicht den Kopf hob und zu ihm aufsah oder ... oder doch?

Sie wollte, dass er irgendetwas sagte. Nein, das wäre nicht richtig. Er sollte nichts sagen. Sein Körper presste sich an ihren, und das Gefühl war so wunderbar, dass Worte, egal welche, nur gestört hätten. Zum Glück war es voll auf der Tanzfläche. Kein Grund also, verlegen zu sein. Sie konnte sich ganz diesem Moment hingeben und seinen warmen Körper spüren. Und sie meinte zu ahnen, dass auch er viel für sie empfand – vielleicht wegen der Art, wie er sie hielt.

Amy schloss die Augen. Sie fühlte sich, als wäre sie ewig unterwegs gewesen – natürlich waren die letzten Wochen eine merkwürdige und auszehrende Reise voller Überraschungen gewesen. Sie war allein losgezogen und hatte der Welt die Stirn geboten. Sie hatte einen Ozean überquert und sich in der Fremde behauptet. Zum Glück hatte sie Freunde, Debs und Jes – aber die steckten gerade am anderen Ende der Welt.

Jack Devlin dagegen war hier, er hielt sie, während sie zu

einer Musik tanzten, die ihren Zauber in Amys Seele entfaltete. Langsam begann die eiskalte Einsamkeit in ihrem Herzen, deren Vorhandensein sie bisher geleugnet hatte, zu schmelzen.

Zaghaft hob sie den Kopf und sah Jack dankbar an. Er erwiderte ihren Blick mit einem zärtlichen Lächeln. Amy wünschte sich, mehr als alles andere, seine Lippen zu küssen.

Doch nicht hier und nicht in diesem Moment. Der Song kam zum Ende und aus den Augenwinkeln heraus sah Amy Alice Hewitt. Sie saß allein und genoss die Atempause zwischen den vielen Gratulanten, die Schlange gestanden hatten, um sie mit Blumen und Geschenken zu überhäufen.

»Danke«, sagte Jack mit heiserer Stimme, als die Musik aufhörte und sie sich zögernd voneinander lösten.

»Das war … nett«, stammelte Amy und presste sich die kühlen Handrücken gegen die Wangen.

»Nett?«, wiederholte Jack, und schaute sie mit zur Seite geneigtem Kopf frech an. *»Nett?«*

Amy lachte leise. Die Anspannung platzte wie eine Blase. »Also gut, es war *sehr* nett. Ich bin Engländerin – vergiss nicht, dass wir nicht so überschwänglich sind wie ihr Amerikaner!«

»Tatsächlich? Nun, habt Dank für den Tanz und die beeindruckende Belehrung, meine englische Rose!«

»Gern geschehen«, erwiderte Amy so gelassen wie möglich. »Ich bin sicher, du fühlst dich jetzt besser.«

»Ja, sicher. Komm und sag dem Geburtstagskind Hallo.«

Während der Bandleader eine Spielpause verkündete, gingen Amy und Jack zu Alice, die strahlend inmitten eines Sees aus Seidenpapier und Blumensträußen saß.

»Happy Birthday, Mrs Hewitt«, sagte Amy und beugte sich vor, um die alte Dame zu umarmen.

»Vielen Dank, meine Liebe – und nennen Sie mich bitte Alice.« Sie zeigte auf die vielen Blumen. »Sehen Sie das? Meine Güte, haben Sie jemals so viele Blumen gesehen, außer vielleicht in einem Beerdigungsinstitut? Denken Sie, ich sollte das Mikrofon zurückverlangen und allen hier mitteilen, dass ich noch gar nicht tot bin?«

»Ja, Grandma, das solltest du unbedingt tun«, antwortete Jack mit gespielter Feierlichkeit. »Kann ich den beiden Damen vielleicht etwas zu trinken holen? Ein Gläschen von Anyas eigenartiger Früchtebowle? Sie sagte, sie sei die ganze Nacht aufgewesen, um Litschis zu schälen.«

»Nur zu, man sollte immer etwas Neues ausprobieren«, antwortete Alice. »Mit mir kannst du rechnen.«

»Mit mir auch«, sagte Amy.

Jack eilte davon. Als Gentleman stellte er sich ganz am Ende einer langen Schlange an.

»Nehmen Sie sich einen Stuhl, Amy, wir beiden haben etwas zu besprechen.«

Alice lehnte sich in ihrem Rollstuhl zurück, und Amy gehorchte. Dann seufzte sie tief und wirkte plötzlich ernst und viel älter.

»Was gibt es?«, fragte Amy und schob ihren Stuhl noch ein Stück näher heran, während Alice für einen Moment die Augen schloss.

»Amy, warum sind Sie nach Patchogue gekommen?«

Die Frage traf Amy wie eine Kanonenkugel. Plötzlich prasselten all ihre Lügen vom Vortag auf sie ein: Mr Smith, Wendy, Mandy, das Foto, die Zufälle … Was in aller Welt sollte sie antworten? Sie konnte nicht weiterflunkern, so viel stand fest.

»Alice … ich …«

»Keine Angst, meine Liebe, ich bin Ihnen nicht böse.« Alice beugte sich vor und legte die Hand auf Amys Knie. »Es gibt keinen Mr Smith, der gestern in *Pleasant Shores* eingezogen ist, nicht wahr?«

Amy schüttelte den Kopf und senkte den Blick auf ihre weißen Sandaletten, die ihr plötzlich verräterisch unseriös vorkamen. *Tanzschuhe für die Party einer alten Dame, die ich angelogen habe.*

»Und Claudine, die Schwester am Empfang, erzählte mir, dass eine junge englische Frau ausdrücklich nach mir gefragt habe. Das waren Sie, nicht wahr?«

Amy nickte. Der Fußboden und ihre Sandaletten waren ungeheuer faszinierend.

»Man muss kein Genie sein, um darauf zu kommen, dass Sie wegen des Ballettschuhs da waren.«

Jetzt spürte Amy Trotz in sich aufsteigen und blickte zu Jack. Er sollte auch anwesend sein und sich seiner Großmutter gegenüber rechtfertigen. Aber er war immer noch in der Warteschlange gefangen. Dabei unterhielt er sich angeregt mit dem Mann vor ihm und blickte nicht ein einziges Mal zu Amy und seiner Großmutter herüber.

»Das Päckchen kam aus London, dazu Ihre Reaktion, als ich den Schuh aus dem Karton nahm. Und aus dieser Entfernung hätte nicht einmal ich erkennen können, ob dieser Schuh von Margot Fonteyn stammt.«

»Alice, ich schulde Ihnen eine …«

»Davon abgesehen, dass es nicht einmal einer von Margots Schuhen ist«, fuhr Alice fort und ignorierte Amys Unterbrechung.

Amy sog die Luft ein. »Was? Sie *wissen* es?«

»Aber natürlich!« Alice lachte. »Ich wusste es, noch bevor ich ihn berührte.«

»Aber wieso?«

Alice setzte sich in ihrem Rollstuhl auf. »Amy, ich habe viele Jahre lang Margots Schuhe genäht. Lassen Sie mich Ihnen etwas sagen – Sie denken doch, dass eine Tänzerin eine besondere Beziehung zu ihren Schuhen hat?«

In Amys Kopf wirbelte alles durcheinander.

»Was hat Ihre Mutter noch gleich gesagt? Der Schuh ist für den Tänzer die Verlängerung seines Körpers?«

Amy nickte.

»Nun, lassen Sie mich Ihnen verraten, dass der fertige Schuh auch für die Schuhmacherin eine Verlängerung ihres Körpers ist. Ich kenne jeden einzelnen Stich – nein, jeden *Millimeter* – von jedem Schuh, den ich jemals angefertigt habe. Jeder Tänzer hat völlig andere Schuhe – als hätten sie unterschiedliche Farben. Für die erfahrene Schuhmacherin haben die Schuhe verschiedener Tänzerinnen keinerlei Ähnlichkeit.«

»Wirklich?«, hauchte Amy.

»Absolut. Stellen Sie sich vor, eine Katze hat sechzehn Junge. Glauben Sie nicht auch, dass sie ihre Lieblinge alle auseinanderhalten kann, auch wenn Sie und ich dazu nicht fähig wären?«

»Hm, vermutlich schon«, sagte Amy stirnrunzelnd.

»Margots Schuhe besaßen eine viel festere Zehenbox und die Fältchen an dem Schuh, den ich gestern in der Hand hielt, hätten das Blut in ihrem zweiten Zeh abgeschnürt. Er war ein bisschen zu lang, müssen Sie wissen – sie hätte überhaupt kein Gefühl darin gehabt. Außerdem war er zu schmal.«

Endlich gestattete sich Amy ein Lächeln. »Aber davon abgesehen glichen Sie sich aufs Haar?«, fragte sie mit vorgetäuschter Unschuld.

»Exakt! Eine echte Erinnerung an alte Zeiten!« Alice lächelte zurück. »Nein, dieser Schuh wurde in England angefertigt, das erkenne ich an dem Satin. Aber Margot hat ihn nie getragen.«

Sie schwiegen für eine Weile. Amy verschränkte unbeholfen die Hände, ihr Kopf war voller Fragen an Alice. Sie schämte sich dafür, aber insgeheim wusste sie, dass es nie eine bessere Gelegenheit gäbe, den Schuh zurückzubekommen. War sie nicht aus genau diesem Grund in den USA? Doch Jacks liebesvolles Bemühen, diese Schuhe zu bekommen, würde dann irgendwie schäbig aussehen.

»Der arme, liebe Jack«, murmelte Alice und sah stolz zu ihrem Enkel, der immer noch in der Schlange stand. »Er freut sich riesig, dass er es geschafft hat, ein Paar von Margots Schuhen – wie sich herausstellte, lediglich einen, aber das nur nebenbei – als Geburtstagsgeschenk für mich zu finden. So ein fürsorglicher Junge!«

Amy nagte an ihrer Unterlippe. Es war wohl kaum ihre Aufgabe, damit herauszuplatzen, dass Jack Bescheid wusste, sie beide deshalb eine Auseinandersetzung gehabt hatten und er nur Alice zuliebe nicht mit der Wahrheit herausrückte. Hatte sie sich nicht schon genug in Alices Familienangelegenheiten eingemischt? Viele Familien brauchen kleine Notlügen, winzige Täuschungen oder Geheimnisse – das wusste Amy.

Sie schaute durch den Zelteingang hinaus ins Dunkel, wo die Lichter an den Masten der Boote glitzerten. Der Anblick war atemberaubend, farbenfroh und gleichzeitig so natürlich, als wäre der nächtliche Himmel für Alices 80. Geburtstag mit Juwelen geschmückt. Sie blickte hinüber zu Jack. Stolz und Glück standen ihm ins Gesicht geschrieben.

Dann drehte er sich zu ihr um. Obwohl es nur kurz war, sagte dieser Blick alles. Es war sinnlos, es zu leugnen. Ein freudiger Schauer lief durch ihren Körper, verjagte die Zweifel. Amy wusste, dass sie Jack nie verraten würde. Niemals würde sie Alice sagen, dass er gewusst hatte, dass es nicht Margots Schuhe waren. Und umgekehrt würde sie auch Jack nie erzählen, dass Alice es wusste. Das war irgendwie tröstlich, und dieser Entschluss verbreitete in ihr ein warmes Gefühl der Zufriedenheit.

»Amy?«

»Ja, Alice?«

»Der Schuh gehörte Ihrer Mutter, nicht wahr?«

»Ja.« Als Amy dieses Wort aussprach, fühlte sie sich auf seltsame, wunderbare Weise ganz ruhig. Natürlich hatte Alice herausgefunden, dass es Hannah Powells Schuh sein musste – wie sonst würden die Teile dieses Puzzles zueinanderpassen?

»Das dachte ich mir, meine Liebe.«

»Sie … sie wurden aus Versehen verkauft. Ich kam her, um sie zu finden.«

»In Ordnung.« Wieder folgte eine Pause.

»Ich … ich …«

»Sie müssen mir nicht die ganze Geschichte erzählen, Amy. Ich sehe, wie schwer es Ihnen fällt.«

»Danke«, murmelte Amy erleichtert, obwohl es gutgetan hätte, sich die ganze Geschichte von Anfang bis Ende von der Seele zu reden. Na ja, vielleicht würde sie ein oder zwei Einzelheiten weglassen müssen, wie ihre Rede bei Nuala McCarthys Totenwache oder ihre verrückte Begegnung mit den polnischen Mädchen im Fitnessclub. Aber das hätte die ganze Nacht gedauert und schließlich war es Alices Party. Außerdem drohte Amy jeden Moment in Tränen auszubrechen. Nicht etwa aus Kummer, sondern weil sie sich ... zum ersten Mal seit Ewigkeiten *verstanden* fühlte.

»Ich ... sollte besser an meinen Tisch zurückgehen«, fuhr Amy fort. »Ich nehme die Gastgeberin allein in Anspruch, und das ist unhöflich.«

»Ist das so?«, fragte Alice mit funkelndem Lächeln. »Muss ich bei meiner Überraschungsparty überhaupt die Gastgeberin spielen?«

»Das ist tatsächlich ein gutes Argument«, antwortete Amy, »aber da sind Unmengen von Leuten, die sich gern mit Ihnen unterhalten möchten.«

»Dann sollten sie gelegentlich auf einen Sprung im *Pleasant Shores* vorbeikommen. Der Himmel weiß, wie lang die Tage dort sein können. Wie viele Körbe kann ein Mensch wohl flechten, bevor er das Bedürfnis verspürt, sie an die Wand zu werfen?« So lebhaft hatte Amy die alte Dame noch nie gesehen. »Nein, Sie bleiben hier, Amy. Ich muss ... Ihnen etwas beichten.«

»Etwas beichten?«, fragte Amy.

Was kam jetzt? Bitte sagen Sie mir nicht, dass Sie die Polizei verständigt haben und ich nun verhaftet werde, weil ich mich als die Freundin einer imaginären Tochter eines nicht existenten neues Bewohners eines Alterheims ausgegeben habe, um mir auf betrügerische Weise dort Eintritt zu verschaffen …

Da bin ich ja mal gespannt …

23. Kapitel

Alice räusperte sich. »Wissen Sie, Amy, nachdem Sie *Pleasant Shores* gestern verlassen hatten, bin ich neugierig auf Sie geworden.«

»Tatsächlich?«

»Ja. Wie ich bereits erwähnt habe, hat man in *Pleasant Shores* manchmal ein bisschen zu viel Freizeit. Einige von uns denken dann zu viel nach. Jedenfalls brauchte ich dringend etwas, das mich auf andere Gedanken bringt und mich von der bevorstehenden *Überraschungsparty* ablenken konnte.«

»Heißt das, Sie wussten von heute Abend?«, stieß Amy hervor.

»Wollen Sie mich auf den Arm nehmen? Liebes, hier in dieser Gegend gibt es keine Geheimnisse! Aber Sie verraten Jack nichts, in Ordnung?«

Amy schüttelte den Kopf.

Alice lächelte. »Ich habe viel über Sie nachgedacht. Sie wirkten gestern wissbegierig, aber auch so einsam …«

»Alice …«

»Keine Bange, ich sagte ja schon, dass ich nicht neugierig sein will. Ich habe mich einfach nur gefragt, was ein Mädchen dazu bringen könnte, quer durch die Welt zu reisen, um die Schuhe ihrer Mutter zu finden – und dann fiel es mir plötzlich ein!«

»Alice«, beharrte Amy. »Es tut mir leid, aber das Ganze ist sehr kompliziert …«

»Frauen reisen aus zwei Gründen allein: Entweder suchen sie etwas oder sie laufen vor etwas davon. Würden Sie das nicht auch sagen?«

Amy schwieg. Was sollte sie auch entgegnen? Was wäre denn ihre Antwort?

Beides. Wenn ich ehrlich bin, mache ich beides.

»Ich bewundere Sie, Amy. Es gehört Mut dazu, diesen weiten Weg zurückzulegen, um die Schuhe Ihrer Mutter zu finden.«

»Danke.« Amy hielt gespannt den Atem an, was nun folgen würde.

»Ich musste einfach ein bisschen nachforschen.«

»Das verstehe ich.« Amy drückte Alices Hand. »Ich hatte nicht das Recht …«

»Nein, meine Liebe, es geht um den Schuh. Ich musste herausfinden, wonach genau Sie auf der Suche waren, verstehen Sie?«

»Nein, Alice, ich kam wegen Mums Schuhen her, das ist alles. Ehrlich.«

»Wirklich?« Alice wirkte verdutzt. Sie beugte sich vor und ergriff Amys Hand. »Waren Sie nicht auf der Suche nach einer Nachricht?«

»Ich verstehe nicht? Eine Nachricht? Was denn für eine Nachricht?«

Ein Anflug von Zweifel legte sich auf Alices dezent mit Puder und Rouge geschminktes Gesicht. Sie holte Luft, als setze sie zum Sprechen an, schwieg jedoch und sah sich unsicher um. Das Festzelt summte nur so vor Stimmengewirr, das aus dem Zelt hinaus und über die Bucht getragen wurde. Alte Freunde begrüßten einander, Scherze und Geschichte wurden erzählt, es wurde viel gelacht. Nicht zum ersten Mal am diesem Abend fühlte sich Amy wie der winzige Teil von etwas viel Größerem. *Einer Art Gemeinschaft*.

»Alice?« Amys Herz hatte angefangen, wie wild zu hämmern. Sie konnte sich das nicht erklären. Irgendetwas stimmte hier nicht. Die alte Dame beugte sich vor und griff nach dem austerngrauen, perlenbesetzten Abendtäschchen, das zu ihren Füßen lag. Man sah ihr die Anstrengung deutlich an – doch Amy hatte zu spät reagiert, um ihr zu helfen.

»Nun, Amy, ich bin schon so weit gegangen, dass ich es jetzt auch zu Ende bringen will. Wissen Sie, zu meiner Zeit war es üblich, dass die Ballerinen Briefe ihrer Liebhaber oder Bewunderer aus dem Publikum in ihren Spitzenschuhen versteckten – hat Ihre Mutter Ihnen das nie erzählt?«

Amy hatte einen Kloß im Hals und schüttelte den Kopf. »Wollen Sie sagen, Sie haben etwas in dem Schuh gefunden?«

Alice tätschelte Amy beruhigend die Hand und sah ihr in die Augen. Dann sagte sie: »Nein, meine Liebe, aber ich wäre nicht überrascht, wenn etwas darin versteckt wäre, das ist alles. Es fühlt sich jedenfalls so an. Und Sie haben nie den Verdacht gehegt, dass irgendetwas in dem Schuh verborgen sein könnte?«

»Nein!«, rief Amy. »Das sind die einzigen Schuhe, die ich von Mum besitze, nur deshalb sind sie so kostbar für mich. Sie hat sie bei ihrem letzten Auftritt getragen, bevor sie sich vom Ballett zurückzog. Ich habe sie wie einen Schatz aufbewahrt – wie alle meine Schuhe, das ist ein Tick von mir.

Aber diese hier sind etwas ganz Besonderes. Ich habe ganz sicher noch nie darin herumgestochert – ein fürchterlicher Gedanke! Als ich noch ein kleines Mädchen war, hat Mum mir sogar gesagt, die Schuhe seien nur zum Anschauen da und dass ich sie ja nicht kaputt machen sollte … oh …«

Alice zog den Spitzenschuh von Amys Mutter aus der Tasche. Der Anblick ließ Amy schlucken. Am liebsten hätte sie sich nun auf den Schuh gestürzt und ihn auseinandergenommen. Aber sie saß regungslos da und sah abwechselnd zum Schuh und wieder zu Alice.

Alice nahm eine Gabel vom Tisch.

»Ich hatte eigentlich vor, heute Abend mit Jack zu reden, um diese Verwechslung aufzuklären und Ihnen den Schuh zurückgeben zu lassen. Aber nun sitzen wir hier zusammen und außerdem würde ich diese Aufgabe keinem Amateur anvertrauen. Darf ich?«

Amy zögerte.

Alice entging diese Unsicherheit keineswegs. »Ich beschädige den Schuh nicht, Amy.«

Nun nickte sie.

Vorsichtig löste Alice die Sohle heraus und brachte, mit einem zufriedenen Seufzer, behutsam ein fest zusammengerolltes Stück Papier ans Tageslicht.

»Tatsächlich!«

Amy war fassungslos. »Ist das …?«

»Sieht aus wie ein Brief, Amy. Tut mir leid, dass ich Sie damit so überrasche. Ich war ehrlich überzeugt, Sie wüssten, dass in dem Schuh etwas verborgen ist. War wohl etwas voreilig von mir, nicht wahr?«

»Nein«, murmelte Amy und war von dem rauen Klang ihrer Stimme überrascht. »Offenbar wusste ich *gar nichts*. Ich dachte, es wären … einfach nur … Schuhe.«

»Oh, meine Liebe!« Alice reichte ihr das Papier – und den Schuh. »Warum gehen Sie nicht für einen Moment an die frische Luft, um es in Ruhe zu lesen? Hier drinnen ist es ein bisschen stickig, nicht wahr? Ich muss außerdem mal mit Hank reden – seiner Schwester ging es in den vergangenen Wochen nicht gut. Nehmen Sie sich jetzt mal einen Moment Zeit für sich. Ich komme später wieder zurück und sehe nach Ihnen.« Mit diesen Worten fuhr Alice über die leere Tanzfläche und verscheuchte alle, die ihr dabei helfen wollten.

Draußen stolperte Amy über den Kies und setzte sich auf eine Taurolle. Der Wind, der drinnen im Zelt unbemerkt blieb, störte sie nicht. Das Papier war fest zusammengerollt. Mit zitternden Händen brauchte Amy mehrere Versuche, um es zu entfalten. Im schwachen Lichtschein der Sterne und der Lichterketten las sie die in unregelmäßiger Handschrift geschriebenen Zeilen.

Hannah, mein Liebling,

erinnerst du dich an unsere letzte gemeinsame Nacht in Paris? Noch immer brennt sie mir in der Seele. So viel Feuer, so viel Leidenschaft! Ich weiß, dass du mit deinem Mann und deinem kleinen Mädchen hier bist, und möchte keinesfalls Ärger machen, aber … triff mich nach der Party … du weißt wo.

Sergei

Amy blickte auf, ihr Gesicht war wie versteinert. Ein paar Augenblicke lang blieb sie ganz ruhig, während sie nur langsam den Sinn dieser Worte erfasste. Durch die Lücke am Zelteingang erhaschte sie einen Blick auf Jack, der mitten auf der Tanzfläche stand, in jeder Hand ein Glas mit einem grell pinkfarbenen Getränk darin, obenauf verziert mit bunten Schirmchen. Langsam drehte er sich einmal um die eigene Achse und hatte vermutlich seine Großmutter entdeckt, jedenfalls verschwand er aus Amys Blickfeld. Leichter Zigarettenrauch wehte an Amys Nase vorbei.

Feuer? Leidenschaft? Will keinen Ärger machen? Sergei!

Mum – was geht hier vor? Du und Sergei? Nein! Als ich ein kleines Mädchen war? Was ist mit Dad? Nein, nein, nein! Das kann ich nicht glauben. Ich will es einfach nicht glauben.

Das Datum auf dem Brief bestätigte Amys schlimmste Befürchtungen. Er wurde geschrieben, als sie fünf Jahre alt war. Das musste etwa zu der Zeit gewesen sein, als das Bild von Margot Fonteyns Party aufgenommen wurde. Darauf hatte sie in der Körpersprache der beiden eine gewisse Intimität festgestellt, die sie noch gestern verleugnet hatte. *Oh mein Gott, meine Mum hatte eine Affäre mit Sergei. Sie hat meinen Dad betrogen …*

Plötzlich konnte sie es nicht mehr ertragen, ganz allein in Amerika zu sein. Noch wenige Minuten zuvor wollte Amy nicht einmal an London denken. Jetzt hatte sie nichts anderes mehr im Sinn. *Ich muss hier weg, weg von diesem Ort! Sergei? Wie konnte er nur? Wie konnte er vorgeben, mein Freund zu sein, wenn er eine Affäre mit meiner Mutter hatte, als ich noch klein war? Oder – Moment mal – die Beziehung ging womöglich über Jahre. Bis sie …*

Jack suchte sie bestimmt immer noch. Vielleicht hatte er mittlerweile auch aufgegeben und das Glas jemand anderem angeboten? Wie auch immer, sie musste gehen. Ihr Brustkorb fühlte sich an wie zugeschnürt, als würde er von all den Lügen zusammengepresst. So viele Jahre hatte sie geglaubt, die perfekten Eltern, die perfekte Familie zu haben! War alles nur Schein gewesen? Amy wusste gar nichts mehr, konnte keinen klaren Gedanken fassen. Sie musste weg, konnte aber in diesem Zustand nicht wieder ins Zelt zurückgehen.

»Nein!«, schrie sie in die Dunkelheit. »Wie konnte sie?«

Amy stand auf und stolperte über den Kies vor dem Zelt. Ein Schluchzen schüttelte ihren Körper.

Es war ziemlich dunkel, in der näheren Umgebung gab es keine einzige Laterne.

Plötzlich hatte sie das Gesicht ihres Vaters vor Augen. »Dad! Dad!« Sie wusste nicht, ob sie laut schrie oder keinen einzigen Ton über die Lippen brachte.

»Hey, sind Sie okay?«

Harry hockte auf einem Poller und versuchte, eine brennende Zigarette hinter seinem Rücken zu verstecken.

»Es geht mir gut. Oh, Harry … aber *dafür* ist das Leben definitiv zu kurz, okay?«

»Sie weinen …«

»Nein, tue ich nicht … Autsch!«

Amy hatte nicht darauf geachtet, wohin sie ging, war mit dem Fuß auf Schlick ausgerutscht und umgeknickt. »Verdammt!«

Der plötzliche Schmerz an ihrem Fußgelenk durchbohrte sie, so dass ihr die Tränen jetzt ungehemmt über die Wangen liefen.

»Wollen Sie, dass ich Jack hole?«, fragte Harry. Er schnipste die Zigarette weg, sprang vom Poller herunter und klopfte sich die Asche vom Hemd.

Jack?

»Nein! Ist nett gemeint, aber nein danke, ich muss gehen.« Amy versuchte, mit dem schmerzenden Fuß aufzutreten. Die reinste Qual. Aber sie war schon fast an der Straße. Von dort aus könnte sie hüpfen …

Ich werde zurückfahren zu … zum Haus dieses Mannes, meine Sachen packen und so schnell wie möglich verschwinden.

Mit dem Mut der Verzweiflung wischte sie sich die Tränen aus dem Gesicht und begann zu hüpfen. Ihre Wade brannte, alles tat ihr weh, aber Amy schaffte den ganzen Weg zurück zum Auto. Sie fand den Autoschlüssel in ihrer winzigen Handtasche und öffnete die Tür.

»Gott sei Dank hat der Wagen Automatikgetriebe!« Nachdem sie sich unter Schmerzen auf den Fahrersitz gehievt hatte, startete sie den Motor. Dann gönnte sie sich eine kurze Pause und holte ein paar Mal tief Luft, bevor sie vom Parkplatz fuhr. Sie kurbelte das Fenster herunter und rief Harry zu, der ihr beim Wegfahren nachsah: »Und bitte, *bitte,* lass das mit dem Rauchen, Harry, okay?«

Sie saß im dunklen Haus. Nur der Bildschirm des Laptops strahlte in einem gespenstischen blauen Licht. *Kein Grund, Jes und Deb zu beunruhigen. Kein Grund, Jes und Deb zu beunruhigen. Kein Grund Jes und Deb zu beunruhigen …*

Von: Amy Marsh
An: Jesminder; Debbie
Thema: Hallo aus den Staaten!

Ich lebe noch (so gerade) und verbringe eine fantastische Zeit. Es war eine – wie soll ich es ausdrücken? – Entdeckungsreise, und ich bin total geschlaucht. Hatte eben die Idee, ob ihr vielleicht mein Ticket umbuchen und mich früher nach Hause holen könntet? Ich glaube, meine Mission hier ist abgeschlossen, und außerdem vermisse ich es, Teufelsbraten genannt zu werden. Ist *aclickaway.com* ohne mich zusammengebrochen? Sorry, falls dem so ist. Vielleicht sollten wir stattdessen eine Sandwichbar eröffnen. Der Kürbis wird sich jedenfalls bald in einen Pantoffel verwandeln, wenn ich nicht schnellstens ein bisschen Schlaf bekomme. Also, bis bald.

Hab euch lieb, Amy –

P. S. Macht euch keine Sorgen, aber es wäre echt Spitze, wenn ihr das mit dem Flug so schnell wie möglich klären könntet –

Amy las noch einmal den Text, seufzte traurig und drückte auf *Senden*.

Das sollte genügen.

24. Kapitel

Bei Amys Rückkehr in New York war der Sommerhimmel dicht bewölkt und als sie an der Penn Station in der Schlange auf ein Taxi wartete, sah es so aus, als würde es bald ein Unwetter geben. Davon schien zumindest jeder New Yorker auszugehen, denn es dauerte etwa eine Stunde, bis sich Amy, befreit aus dem Gedränge der vielen Menschen, auf den Rücksitz eines Taxis fallen lassen konnte. Ihr blieb nicht einmal Zeit, sich zurückzulehnen, da schoss der Fahrer schon los, mitten in den Verkehr hinein. Die ganze Fahrt über beschimpfte er lautstark jeden anderen Wagen, der ihm in den Weg kam. Endlich kamen sie bei ihrem Hotel, einem lang gestreckten Backsteingebäude, an.

Es sah grauenhaft aus. Aber es würde schon gehen. *Ich bin erwachsen. Niemand kann mir das Gefühl geben, minderwertig zu sein. Komm schon, Marsh!*

Trotzdem musste sie sich überwinden, um einzuchecken und sich auf ihr Zimmer zu schleppen. Aber schließlich sank sie dankbar auf das Doppelbett in ihrem preiswerten Zimmer, nachdem sie dem Portier ein Trinkgeld für das Tragen ihres Gepäcks gegeben hatte.

Schwer vorstellbar, dass sie noch am Morgen an Sergeis Küchentisch gesessen und die wütendste Nachricht ihres

Lebens geschrieben hatte – schlimmer noch als die an Justin, was Ewigkeiten her zu sein schien. Sie teilte Sergei auf einem Zettel mit, dass sie alles über seine Affäre mit ihrer Mutter herausgefunden hatte, dass sie nicht glauben konnte, dass er einen solchen Verrat begangen hatte und dass sie nichts mehr mit ihm zu tun haben wollte, nie mehr.

Sie zuckte zusammen, als ihr der kurze Nachsatz einfiel, den ihre guten Manieren ihr aufgezwungen hatten: »P. S. Danke, dass ich in deinem Haus wohnen durfte.«

Danach hatte sie sich mit Maria in Verbindung gesetzt, die ohnehin am nächsten Tag zurückkommen wollte. Zum letzten Mal hatte sie Sergeis kostbare weiße Blumen gegossen, grollend seine Post aus dem Briefkasten geholt, den Poolfilter und die Alarmanlage eingeschaltet, den Mietwagen beim Verleih in der Stadt abgegeben, und dann war sie zum Bus nach New York gehinkt.

Eine der ersten Haltestellen auf ihrer Reise war Patchogue. Ihr Herz hatte einen Satz gemacht, als sie in die Stadt fuhren. Verzweifelt hatte sie mit den Augen die Straßen abgesucht. Aber natürlich hatte sie Jack nicht entdecken können. Bestimmt war er damit beschäftigt, das Festzelt abzubauen. Ob er wohl an sie dachte, das englische Mädchen, das sich auf seine Party geschmuggelt hatte und dann um Mitternacht verschwand? Der Gedanke war zu deprimierend an einem ohnehin schon deprimierenden Tag, also hatte sie ihn verdrängt und versucht, sich auf ihr Buch zu konzentrieren.

Wir haben nicht einmal unsere Telefonnummern ausgetauscht …

Von: Jes
An: Amy
Thema: Flugumbuchung
Datum: Samstag, 7. Juli

Was ist los? Was ist aus der *Alles-braucht-Zeit*-Idee geworden, über die wir uns vor deiner Abreise einig waren? Obwohl heute Samstag ist, es sich aber so dringend anhörte, habe ich mich von Zuhause aus eingeloggt und ein paar Gefälligkeiten eingefordert.

Die schlechte Nachricht ist, dass morgen alle Flüge ausgebucht sind. Urlaubssaison 4. Juli, du erinnerst dich? Es hält dich natürlich nichts davon ab, das zu tun, wovon wir immer allen *abraten:* zum Flughafen zu fahren und darauf zu hoffen, dass du über Warteliste nachrücken kannst. Allerdings würde ich deine Chancen als nicht sonderlich gut einschätzen. Am Sonntag sollte es leichter sein – geh am JFK Airport zum Computerterminal und buche dein Ticket online um. Da du früher zurückkommen willst, gehe ich davon aus, dass du alle Schuhe bekommen hast? Gute Arbeit!

Ruf mich an.

Peace,

Jes

Von: Debbie
An: Amy
Thema: Früher nach Hause kommen – dass ich nicht lache
Datum: Samstag, 7. Juli

Hör zu, Teufelsbraten, Jes und ich haben mehr Drähte gezogen als eine ganze Telefongesellschaft, um dir diese billigen Tickets zu besorgen – warum zum Teufel willst du früher zurückkommen? Falls du die Schuhe schon alle eingesammelt hast, kannst du dir doch noch ein paar Sehenswürdigkeiten anschauen? Wie zum Beispiel – wie heißt er noch, Jack nicht wahr? – in der Horizontalen auf irgendeinem Bootsdeck? Bist du okay, Lady? Ist irgendetwas passiert?

Wie dem auch sei, Jes kümmert sich um deine Umbuchung. Melde dich und lass uns wissen, was du jetzt vorhast.

Pass auf dich auf,

D

Amy lächelte und dankte ihren Freundinnen im Stillen, während sie von der Lobby aus wieder hoch auf ihr Zimmer ging.

»Was für ein Tag«, murmelte sie und als sie auf ihrem Bett lag, zappte sie sich auf dem großen Bildschirm durch eine Million Fernsehsender. Mit einem Seufzer schaltete sie den Fernseher wieder aus. Draußen hatte der Himmel seine Schleusen geöffnet, und der Regen prasselte heftig gegen die Scheibe. »Was für ein langer, mieser, chaotischer Tag.«

Ihre Gedanken schweiften wieder zu Sergei und ihrer Mutter. Es war anstrengend, so wütend auf ihre Mutter zu sein. *Warum hatte sie Dad hintergangen? Er war wunderbar! Er hielt so große Stücke auf Mum und mich, war immer für uns da! Wir waren wie die drei Musketiere, die Drei Amigos!, die drei Bären aus dem Goldlöckchen-Märchen – er sagte immer, wie sehr ich ihr ähnlich sehe …*

Amy musste hier raus. Obwohl ihr Körper von der Reise und dem schmerzenden Knöchel erschöpft war, wusste sie nur zu gut, dass sie nicht viel Schlaf finden würde, wenn sie sich jetzt ins Bett legte.

Außerdem ist New York die Stadt, die nie schläft!

Eine ihrer Schuh-Adressen war eine Piano Bar in Greenwich Village, New York City. Sie konnte mit dem Taxi hinfahren und versuchen, wenigstens ein vollständiges Paar Schuhe von ihrer Amerika-Reise mitzubringen. Am nächsten Morgen würde sie direkt zum JFK fahren, ihr Ticket umbuchen und nach Hause fliegen. Besser gesagt, zu Jesminder.

Guter Plan. Unausweichlich, einfach – und zum Glück bald vorbei. Morgen um diese Zeit würde sie im Flugzeug zurück nach London sitzen, nach einem letzten tapferen Einsatz. Bevor ihre Entschlossenheit wieder verflog, griff sie zum Handy und schickte Jesminder eine SMS:

Komme morgen nach Hause. Schicke euch Nachricht, wann genau. Amy – x

Als sie nur wenig später *Oliver's Piano Bar* im Zentrum von Greenwich Village betrat, sorgte Amy durchaus für Aufsehen. Geduscht, geschminkt und wieder in dem Audrey-Hepburn-Kleid, in dem sie sich so hübsch gefühlt hatte – *war das wirklich erst gestern gewesen?* –, tat sie ihr Möglichstes, englische Coolness zu verkörpern. Tatsächlich schaffte sie es, die Aufmerksamkeit von nahezu jedem der Anwesenden auf sich zu ziehen. Das lag sicher an dem hübschen Kleid oder dem schwingenden, frisch gewaschenen Haar – und vielleicht hatte beides damit zu tun. Aber vor allem lag es wohl an der Tatsache, dass sie an dem einen Fuß eine weiße Riemchensandalette mit Keilabsatz trug und am anderen – einbandagierten – einen klobigen, nicht zugebundenen Sportschuh. Als Amy an die Bar humpelte, standen ihr die Anstrengung und der Schmerz ins Gesicht geschrieben.

Sprüche wie »Schuh verloren, Cinderella?« oder »Wer hat dich denn verhauen?« schnappte sie im Vorbeigehen auf.

Der Laden war komplett voll. Nachdem sie sich auf einem Barhocker niedergelassen hatte, brauchten ihre Augen eine Weile, um sich an die schwache Beleuchtung zu gewöhnen.

Niedrig, muffig und beengt, mit Schwarz-Weiß-Postern an den Wänden, die für die Broadway Shows der 50er Jahre warben, verstrahlte die Bar eine ruhige, entspannte Atmosphäre, eine Selbstgefälligkeit, die Amy trotz ihrer Niedergeschlagenheit gefiel. Es war erfrischend – *belebend* –, an einem Ort zu sein, an dem niemand ihren Namen kannte. Der Raum war eingerichtet mit schmalen Holztischen und Stühlen mit runder Rückenlehne, wie Tänzer sie in Filmen benutzen, um sich rittlings darauf zu setzen. Wachsüberzogene Flaschen auf den Tischen mit brennenden, roten Kerzenstümpfen tauchten die Gäste in ein weiches, dämmriges Licht. Es waren vor allem Pärchen, einige total durchgestylt, die die Köpfe eng zusammengesteckt hatten, vertraut miteinander plauderten und sich hin und wieder küssten. Eine schöne, orientalisch anmutende Frau stand auf der Bühne und wollte gerade mit ihrem nächsten Song beginnen. Hinter ihr stimmte ein bärtiger Musiker seinen Kontrabass und ein lächelnder Mann mit Kugelbauch setzte sich hinter ein Schlagzeug und wirbelte mit Jazzbesen. Die Band war komplett, als sich ein ernst aussehender junger Mann im Smoking an den Flügel setzte, der am Ende der Bühne stand. Er warf Amy einen Blick zu und lächelte sie an, bevor er seine Aufmerksamkeit den Klaviertasten widmete und zu spielen begann.

»Kann ich Ihnen was zu trinken bringen?«

Der Barkeeper hatte sich über die Theke gelehnt, seinen Mund etwa fünf Zentimeter von Amys Ohr entfernt.

»Was?« Sie zuckte zusammen. Dann wurde ihr klar, dass ein harter Drink genau das war, was sie nach diesem Tag brauchte: »Haben Sie Wodka?«

Der Barmixer blickte sie schief an. »Wodka? In einer *Bar?* Sind Sie wahnsinnig?«, zog er sie auf, während er nach der Flasche griff. »Pur oder gemischt?«

Amy lächelte zurück. »Mit einem Schuss Tonic, bitte.«

Das Kleid der Sängerin war eine hoch geschlossene, schimmernde Säule aus silbernen Pailletten, die ihre hochgewachsene, schlanke Figur umschmeichelte. Ein Schlitz vom Knöchel bis zur Hüfte enthüllte endlos lange Beine in hauchdünnen schwarzen Nylonstrümpfen. An den Füßen trug sie silberne Riemchensandaletten (zumindest waren es nicht Amys, dafür waren sie viel zu groß) mit Absätzen, die mindestens siebzehn Zentimeter hoch waren.

Wow, Respekt! New York, ich liebe dich!

Vier ähnlich glamouröse, dunkelhäutige Frauen – offenbar ebenfalls Künstlerinnen – saßen rund um den Tisch, der der Bühne am nächsten stand. Sie waren aufwendig frisiert und trugen ähnliche Paillettenkleider wie die Sängerin auf der Bühne. Eine von ihnen erneuerte gerade ihr Lipgloss, eine zweite betrachtete ihre Fingernägel. Jede hatte vor sich auf dem Tisch ein Cocktailglas stehen, sie waren coole, lässige Nachtschwärmer. Amy dagegen arbeitete immer noch daran, dass ihr Selbstvertrauen die Oberhand behielt über das nagende Verlangen, um ihr Leben zu humpeln. Aber die Bar verströmte eine behagliche Atmosphäre und Amy gab ihr Bestes, sich zu entspannen. Sie atmete ein paar Mal tief durch, versuchte, die Show eine Weile zu genießen, sich dann anschließend ihre Schuhe zurückzuholen, abzuhauen und zu Hause Jes und Debs alles zu erzählen.

Die Frau auf der Bühne beugte sich leicht vor und sprach mit heißblütiger, wohlklingender Stimme ins Mikro: »Also gut, Ladies und Gentlemen, ich denke, den folgenden Song werdet ihr kennen. Singt mit, wenn ihr in der Stimmung dazu seid, und wenn nicht, dann hört einfach nur zu …«

Als sie anfing, *Moon River* zu singen, erfüllte ihre volle, schwermütige Stimme den Raum. Vereinzelt hallte Applaus von den Wänden zurück, besonders von den paillettenbesetzten Frauen ganz vorn.

»Vielen Dank, ihr seid zu freundlich«, schnurrte die Sängerin und neigte leicht den Kopf, bevor sie mit der Darbietung fortfuhr.

Das ist Phyllis Lieblingslied!

An Justins Mum zu denken, war ein komisches Gefühl. Der Song öffnete ihr auf unwillkommene Weise die Augen, ließ ihr klar werden, dass die Dinge nach ihrer Rückkehr nie wieder so sein würden wie zuvor. Etwas war verloren gegangen, ob sie und Justin die Dinge ins Reine brachten oder nicht. Phyllis vertraute ihr nicht mehr, und das tat weh. Es gäbe nicht mehr täglich fünf Anrufe. Keine frühmorgendlichen Streifzüge beim nächsten Schlussverkauf. Amy würde all das vermissen.

Sie hob das Glas an die Lippen und trank es in einem Zug

leer. Der Alkohol jagte wie eine heiße Welle durch sie hindurch; sie wechselte mit dem Barmixer einen Blick, und er schenkte ihr noch einen Drink ein.

Zum Teufel auch. Ich bin vierundzwanzig und keine vierzehn mehr. Ich werde diese Leute hier nie wieder sehen, mein Fuß tut weh, ich muss nirgendwo mehr hinfahren, vor niemandem Rechenschaft ablegen. Ich werde einfach hier sitzen und meine Sorgen ertränken.

»Ertränken Sie Ihre Sorgen?«, fragte der Barmixer lächelnd und schob ihr ein neues Glas über die Theke hinweg zu. »Sie sind viel zu hübsch, um so traurig zu sein!« Er ahmte ein trauriges Clownsgesicht nach und rang einer widerstrebenden Amy ihr zweites Lächeln an diesem Tag ab. »Warten Sie auf jemanden?«

Das erinnerte sie an den Grund ihres Besuches. »Gewissermaßen, auf… Jamaica«, antwortete sie. »Arbeitet hier jemand mit dem Namen? Ich muss mit ihr reden.«

»Ach so.« Der Barmixer richtete sich auf und biss sich auf die Lippe. Das Lächeln war aus seinem Gesicht gewichen. »Tut mir leid, aber Jamaica ist weg.«

»Weg?«, wiederholte Amy. »Wohin denn?«

Er zuckte mit den Schultern. »Wer weiß? Hat keine Nachsendeadresse hinterlassen – was keinen von uns überrascht. Sie möchten etwas von ihr? Dann lassen Sie mich Ihnen verraten, dass Sie nicht die Einzige sind!«

»Sie ist also einfach … weg?« Amy wusste nicht, was sie sonst sagen sollte.

»Ich fürchte ja. Hat sich in Luft aufgelöst.« Er ging weg, um einen anderen Gast zu bedienen. Amy starrte in ihr Glas und fixierte die Olive auf dem Boden, als hoffte sie, sie würde ihr entgegenspringen und Rat wissen, was sie jetzt tun sollte. Der Wodka entfaltete bereits unangenehm seine Wirkung. Ihre Stimmung war noch tiefer gesunken. Und jetzt? War sie dazu verdammt, jedes Mal daran zu scheitern, ihre Schuhe zurückzubekommen? Wer oder was versuchte, ihr damit eine Lektion zu erteilen?

Sie stürzte den zweiten Drink hinunter und glitt vom Barhocker. Amy spürte, dass sie jeden Moment die Fassung verlor. Unter Schmerzen humpelte sie zur Toilette – dass sie dabei von gerade einsetzendem Applaus begleitet wurde, war irgendwie grotesk. *Moon River* war zu Ende. Die Sängerin knickste und warf verschwenderisch Kusshände in den Raum, während die Band die ersten Töne von *Somewhere over the Rainbow* anschlug.

Nur Augenblicke später, sicher in einer der Kabinen angekommen, legte Amy das Gesicht in beide Hände und weinte.

Sie weinte heiße, betrunkene, jämmerliche Tränen. Sie weinte um die Liebe, den Verlust und die Dummheit. Um schmerzende Knöchel, Enttäuschungen und Verrat. Aus Einsamkeit, Heimweh und aus reiner Wut. Sie weinte um ihren Dad, um ihre Mum und um sich selbst. Um Sergei, um alles, für was sie ihn gehalten hatte, und alles, was er jetzt zu sein schien, um Justin, um Phyllis, um Jack, um ihre Schuhe. Und auch, weil sie Debbie und Jes vermisste, und weil sie nicht wusste, was sie jetzt tun sollte.

Ich bin den ganzen weiten Weg umsonst hergekommen – abgesehen von der Entdeckung, dass meine Mutter nicht die war, für die ich sie hielt …

»Komm schon, Honey, kein Typ ist solche Tränen wert.«

Eine schlanke schwarze Hand, perfekt manikürt mit langen rubinroten Fingernägeln und einem riesigen, herzförmigen Diamantring, schob sich unter der Kabinenwand durch und hielt ein paar Papiertaschentücher. Amy erschrak so, dass sie aufhörte zu schluchzen und wortlos auf die ungeduldig wedelnde Hand starrte. »Diese Haltung ist nicht gerade bequem für mich, weißt du?«

»D-danke«, stammelte Amy, beugte sich herunter und nahm die Taschentücher. »Tut mir leid.«

»Wie bitte? Du willst doch wohl nicht anfangen, dich bei mir zu entschuldigen, Honey. Klingt so, als hättest du schon mehr als genug Ärger am Hals! Jetzt trockne deine Tränen, sonst wirst du morgen früh fürchterlich aussehen. Noch so eine Sache, die du ganz bestimmt nicht willst – vertrau mir!«

»Okay«, murmelte Amy, wischte sich über die Augen und schnäuzte sich die Nase.

»Braves Mädchen.«

Amy atmete ein paar Mal tief durch und nach einem letzten Schluchzer war es vorbei.

»Soll ich jemanden für dich anrufen?«, fragte die Stimme auf der anderen Seite der Kabine.

»Nein, vielen Dank, es geht schon wieder.« *Außerdem gibt es niemanden, den du anrufen könntest.* »Du bist echt nett.«

»Dann schieß mal los«, sagte die Stimme mitfühlend. »Brauchst du vielleicht einen Auftragskiller, um den Typen zu erledigen, der dich so unglücklich gemacht hat?«

Amy erstarrte.

Aus der anderen Kabine drang lautes Seufzen. »Das war nur ein Scherz.«

»Ich weiß«, versicherte Amy ein bisschen zu hastig.

»Pass auf dich auf, hörst du. Lass dir so etwas nicht antun, okay?«

»Werde ich nicht – ich meine – danke …«, aber die Tür der Nebenkabine hatte sich geöffnet und war bereits wieder zugeknallt.

Wenige Augenblicke später war Amys seelisches Gleichgewicht so weit wiederhergestellt, dass sie ihre Tür entriegeln und zum Waschbecken humpeln konnte. Dort stand eine der Sängerinnen vom Tisch nahe der Bühne – langes, silbernes Kleid, wunderschöne dunkle Haut, perfekt manikürt … und an der Hand einen riesigen Diamantring in Herzform!

»Ich bin Amy«, sagte sie. »Danke.«

Die Frau, die gerade dabei war, sich die längsten falschen Wimpern abzuziehen, die Amy je gesehen hatte, wandte sich ihr lächelnd zu und enthüllte wunderschöne weiße Zähne und kohlrabenschwarze Augen. Sie beugte sich herüber und küsste Amy auf die glühende Wange.

»Ich bin Sparkle.«

25. Kapitel

»Du meine Güte, da müssen wir aber etwas tun, nicht wahr?« Sparkle wühlte in ihrem Schminktäschchen, das geöffnet neben dem Waschbecken lag, und zog eine Tube Make-up-Entferner samt Wattepad heraus. Beides reichte sie Amy. »Am besten fängst du gleich an. Wenn du morgen früh nicht auch noch so verquollen aussehen willst, solltest du dich ans Werk machen.« Sie schaute auf Amys bandagierten Fuß. »Und Sorgen hast du schon genug, oder?«

Amy wagte einen Blick in den Spiegel, schnappte erschrocken nach Luft angesichts ihres verheulten Anblicks und schüttelte den Kopf. »Weinen ist lästig, nicht wahr?«, murmelte sie und fand, dass sie sich fürchterlich englisch und förmlich anhörte.

Aber Sparkle nickte und arbeitete weiter an ihren Wimpern. »Und wird völlig überschätzt!«

Die Reinigungslotion war eiskalt und brannte Amy in den Augen, als sie behutsam den geschwollenen Bereich abtupfte.

»Was bringt dich hierher, Amy?«

Amy schaute geradeaus in den Spiegel. »Ich suche Jamaica. Kennst du sie?«

»*Ob ich sie kenne?*«, explodierte Sparkle und schleuderte die falschen Wimpern ins Waschbecken. »So gut wie der

Teufel die Hölle kennt!« Dann hob sie die Wimpern wieder auf, schüttelte die Wassertropfen aus dem Waschbecken ab und stopfte sie wütend in ihr Schminktäschchen. »Dieses Miststück hat mir das Herz gebrochen!«

Amy wich kaum merklich zurück. Sie hielt es für besser, vorerst nichts mehr zu sagen.

Jamaica schien ja eine ganz besondere Frau zu sein ... verschwand überstürzt ohne Nachsendeadresse und brach Sparkle das Herz – Sparkle, eine Frau, der über ihrem wunderschönen Gesicht auf die Stirn geschrieben stand: »Ich kann auf mich selbst aufpassen« ...

»Weißt du«, fuhr Sparkle fort, »für so eine kleine Person wusste Jamaica verdammt gut, wie man für Ärger sorgt. Miststück! Miststück! Miststück!«

Sie hatten sich bestimmt wegen eines Kerls in die Haare bekommen. Jede Wette, Jamaica ist mit Sparkles Typen abgehauen, als sie sich aus dem Staub gemacht hat!

»Tief durchatmen.« Amy tätschelte besänftigend Sparkles Arm. »Tut mir leid, ich wollte keine alten Wunden aufreißen. Ich wollte mich nur nach einem Paar Schuhen erkundigen, die sie über eBay gekauft hat. Nichts Wichtiges.«

Sparkle schaute zum zweiten Mal hinunter auf Amys ungleiche Schuhe und zog die fachmännisch nachgezogenen Augenbrauen hoch. »Nichts Wichtiges? Honey, ich glaube, wir wissen beide, dass diese Formulierung niemals in Bezug auf *Schuhe* benutzt werden sollte, richtig?«

Amy kicherte.

»Schon besser! Also, Schuhe, sagst du – doch nicht etwa diese Wahnsinns-Jourdans, mit denen Jamaica neulich herumstolziert ist?«

Amys Herz begann zu klopfen. Sie hatte nur ein einziges Paar Jourdans besessen. »Blau, mit silbernem Riemchen?«

»Ungefähr so hoch?«, fragte Sparkle und spreizte Daumen und Zeigefinder etwa zehn Zentimeter auseinander.

Amy nickte nur und bekam kein Wort heraus.

»Jamaica hatte die kleinsten, süßesten Füße im Showbusiness – sonst hätte ich sie mir auf der Stelle ausgeliehen!«

Sparkle wandte sich wieder zum Spiegel, und Amy fuhr behutsam damit fort, kaltes Wasser auf ihr Gesicht zu tupfen.

»Warum erzählst du mir nicht, was passiert ist?« Sparkles Frage wurde gedämpft durch den dicken Wattepad, mit dem sie sich gerade den Lipliner abtupfte.

Und wieder einmal erzählte Amy einer Fremden die ganze Geschichte, angefangen mit dem Anruf Justins, bei dem er mit ihr Schluss machte.

»... gab mir gar keine Chance, zu erklären ...«

»Schrecklich!« Sparkle löste ihre riesigen, tropfenförmigen Ohrclips.

»... ich sah einfach keine *Notwendigkeit*, ihm von den Ballettbesuchen zu erzählen ...«

»Wir alle brauchen unsere Geheimnisse, Honey!« Sparkle faltete das silberne Lamé-Umhängetuch sorgfältig zusammen.

»... bis auf das letzte Paar ...«

»Das hat er *getan*?« Und nun verschwand der aufgeklebte Schönheitsfleck.

»... in die ganze Welt verschickt ...« *Oh! Eine Perücke!*

»Dieser Trottel!«

»... er hätte wissen müssen, dass ich so etwas nie tun würde ...«

»Ich hätte dich nie so behandelt, Honey.« Mit ein paar geschickten Bewegungen verschwand auch der letzte Rest Make-up.

»… konnte nicht einfach nur herumsitzen und nichts tun, also flog ich los …« *Was für tolle Haut!*

»Natürlich, Sweetheart! Könntest du mir bitte den Reißverschluss öffnen?«

»… es war wie eine Achterbahnfahrt – aber sicher, kein Problem –, ich werde also morgen früh wieder nach Hause fliegen …«

»Ehrlich? Das ist aber schade … ah! Das ist besser! Hältst du mal diese Babys für mich, Honey?« Amy bekam zwei große, einzelne Silikonbrüste in die Hand gedrückt und Sparkle griff in die Reisetasche, die auf dem Fußboden lag. Heraus befördert wurden: Calvin Klein-Slip, Jeans, schwarzes Hemd und – herrlich – ein Paar schnuckelig aussehender, brauner Schlangenleder Cowboystiefel von Gucci. »Dauert keine Minute. Ich zieh mich da drin schnell um.«

»Ähm, klar doch.« Sobald sich die Kabinentür schloss, schaute Amy hoch zur Decke, schloss die Augen und schüttelte langsam den Kopf.

Ich kann nicht glauben, dass ich manchmal so dämlich bin. Sparkle ist ein Transvestit! Ich Dummkopf! Ich dämlicher Dummkopf!

»Was soll ich denn mit deinen Brüsten machen?«, rief Amy durch die geschlossene Tür, als gerade eine andere, sichtlich verwirrte Frau den Raum betrat.

»In meiner Reisetasche ist ein kleiner roter Beutel – das ist mein Titten-Täschchen. Hast du es?«

»Sicher.« Amy schob die Brüste vorsichtig in den Beutel und zog den Reißverschluss zu.

Sparkle tauchte aus der Kabine wieder auf als attraktiver schwarzer, junger Mann, stellte sich ihr noch einmal vor – er hieß in Wirklichkeit Assante –, und umarmte Amy. Dann gingen sie zusammen zurück in die Bar, um noch etwas zu trinken.

»Du möchtest also etwas über Jamaica wissen?«, fragte er, als die beiden mit noch mehr Wodka auf ihre neue Freundschaft anstießen.

»Ja, unbedingt«, erwiderte Amy. »Weißt du, ich denke mittlerweile, dass die beste Alternative zum Zurückbekommen meiner Schuhe darin besteht, etwas über den Menschen herauszufinden, der sie gekauft hat. Zumindest kann ich mir das neue Leben meiner Schuhe dann vorstellen, auch wenn sie nicht länger bei mir sind.«

Das wurde ihr schlagartig klar. Der Wodka sorgte dafür, dass sich ihr Mund schneller bewegte als ihr Gehirn, aber bisher machte ihr Mund seine Arbeit noch recht gut.

Assante schüttelte verbittert den Kopf. »Wenn ich dir zu viel über Jamaica erzähle, würdest du sofort ein Rettungskommando losschicken. Vielleicht sollte ich besser nichts sagen.«

Er umklammerte sein Glas und presste die Lippen aufeinander. Die Erinnerung an Jamaica schien ihm sehr zuzusetzen.

»Na los«, drängte Amy. »Erzähl es mir.«

Mehr Ermutigung brauchte Assante zum Glück nicht. »Okay. Er und ich waren zusammen …«

Dann musste Jamaica auch ein Transvestit sein.

»… aber wir hatten – wie soll ich es ausdrücken – einander *widerstrebende* berufliche Interessen.«

»Okay?«

»Er ist auch Sänger, so wie ich, und manchmal bewerben wir uns für die gleiche Rolle. Das kommt nicht oft vor, da wir eine völlig unterschiedliche Statur haben, aber wenn es dann doch Streit gibt, kann das sehr … problematisch sein.«

»Kann ich mir vorstellen.«

»Also letzte Woche, du wirst es nicht glauben, da rief mich mein Agent wegen meiner absoluten Traumrolle an – das Vorsingen fand nur auf Einladung statt. Und sie wollten es tatsächlich mit mir versuchen!« Assantes Augen strahlten, während er erzählte. »Erinnerst du dich an den Film *Tootsie*?«

Amy war während ihrer Studentenzeit ein großer Filmfan gewesen und nickte begeistert. »Den habe ich geliebt!«

»Ehrlich? Ich auch, logisch! Also der Film soll als Musical an den Broadway kommen. Kannst du dir auch nur *annähernd* vorstellen, was das für mich bedeutet?« Assantes Augen glühten vor Begeisterung. »Sie brauchten eine Zweitbesetzung für die Rolle, die Dustin Hoffman spielt, du weißt schon, Michael Dorsey, Dorothy Michaels.«

»Aber das ist ja fantastisch!«, rief Amy. »Weißt du noch, wie er *der Zunge* Paroli geboten hat?«

Assante klatschte in die Hände. »Und ob ich das tue, Diva! Das ist für mich die tollste Rolle aller Zeiten!« Dann verdunkelte sich plötzlich sein Gesicht, als hätte jemand das Licht ausgeschaltet.

»Was ist dann passiert?«, wollte Amy wissen.

»Ohne mir etwas davon zu sagen, rief Jamaica seinen Agenten an und wurde ebenfalls zum Vorsingen eingeladen! Ich war so wütend! Er wusste, dass ich mein Leben lang auf so eine Chance gewartet habe. Und ich war sicher, dass er mir die Rolle wegschnappen würde. Mit seiner kleineren Statur wäre er eine überzeugendere Dorothy … also habe ich … ich …«

»Was? Was hast du getan?« Amy beugte sich vor.

»Assante, Herzchen, willst du uns nicht vorstellen?« Die anderen paillettenbesetzten Künstlerinnen waren aufgestanden und kamen mit ihren Reisetaschen auf dem Weg Richtung Toilette an ihnen vorbei. Sie musterten Amy von oben bis unten und versammelten sich rund um den Tisch wie ein Schwarm exotischer Vögel.

»Sicher doch! Lay-dees, begrüßt meine wunderbare neue Freundin, Miss Amy aus London! Amy, das hier ist Miss Precious Stone …«

»Hi!«, lachte Amy, während Precious knickste und mit den Wimpern klimperte.

»Miss Daisy Meadows!«

»Darling!«, hauchte Daisy mit Schmollmund und küsste Amy auf beide Wangen.

»Miss Shanghai Noon!«

»Hallo, du entzückender kleiner Krümel!« Die orientalische Sängerin zwinkerte Amy vielsagend zu.

»Und nicht zuletzt – Madame Butterfly!«

»Ich hoffe, es geht dir gut!« Madame Butterfly küsste Amy die Hand. »Wir können leider nicht bleiben, Mädels. Wir müssen uns erst umziehen! Und ihr beide rührt euch nicht weg!« Sie entschwanden wie Diven in Richtung Toiletten, während sich alle anderen umdrehten und ihnen nachschauten.

»Und wenn sie zurückkommen, stelle ich dir George, Raymond, Lemar und Isaac vor, okay?«

»Toll, doppelter Spaß!« Amy lächelte.

»Wo waren wir stehen geblieben?«

»Du wolltest mir gerade erzählen, was du getan hast, nachdem sich Jamaica ein Vorsingen für *Tootsie* erschlichen hatte.« Amy bemühte sich, ernst zu bleiben. *Das ist ganz sicher nicht die Art Konversation, die ich täglich führe …*

»Genau. Also, ich habe ihn in meinem Apartment eingeschlossen. Dadurch hat er sein Vorsingen verpasst.«

»Wow«, stieß Amy hervor und fand einfach keine passende Antwort. Assante lächelte leicht beschämt. »Na ja, vermutlich hattest du eine gewisse Berechtigung dazu, oder? Er hat sich dieses Vorsingen doch verschafft, indem er dein Vertrauen missbrauchte?«

»Genau! Lady, gefällt mir *sehr*, wie du die Dinge siehst!« Er hielt die Hand zum High-Five hoch, und Amy schlug ein. Dann huschte ein schmerzerfüllter Ausdruck über Assantes Gesicht. »Aber dann hat er all meine Klamotten zerschnitten.«

»Nein!«

»Oh doch!«

»Das ist nicht wahr!«

»Und ob. Sogar meine Hüte. Danach haben wir uns gewissermaßen getrennt.«

Amy legte ihre Hand auf die von Assante und nickte. »Ich bin nicht überrascht. Nachdem so etwas vorgefallen ist, gibt es für eine Beziehung kaum noch eine andere Möglichkeit, nicht wahr?«

»Verdammt richtig«, stimmte Assante zu.

Sie schwiegen beide einen Moment lang. Assante sah sie so merkwürdig an.

»Was denn?«

»Siehst du nicht die Verbindung zwischen uns?«, fragte er leise.

»Nein.« Amy lächelte. »Ich hatte noch nie einen eifersüchtigen Freund, der meine Sachen zerstört hat ... ah, verstehe.« Sie nickte. Grinsend stießen sie mit ihren Gläsern an. »Irgendwie doch, nicht wahr?«

Assante drückte Amys Arm. »Justin heißt er, stimmt's?«

»Justin Campbell.«

»Nun, Honey, du sagst mir, du hättest Justin Campbell nie betrogen, aber er behauptet das Gegenteil?«

»So in etwa.«

»In etwa?«

Amy nickte. »Ja. Ich habe mich mit einem anderen Mann getroffen, aber nur zum Ballet ...«

»Dein Stil gefällt mir immer besser, Diva!«

»Es stimmt wirklich! Justin hätte es nicht verstanden, er mochte Sergei nicht sonderlich ...«

»Sergei, hm? Scharfer Name.«

»... also habe ich ihm nichts gesagt.«

»Und daraufhin hat er alle deine Schuhe verkauft? Honey, ob du nun ein kleines oder ein großes Miststück gewesen bist, keine Lady verdient einen so miesen Hund!«

»Ausgezeichnetes Argument, überzeugend formuliert«, sagte Amy und schwankte leicht auf ihrem Stuhl, als der dritte Wodka zu wirken begann. Sie spürte einen stechenden Schmerz im Knöchel. »Obwohl es schwer ist, in Sneakern ladylike aufzutreten.«

»Honey, lass mich das heute Abend beurteilen, okay? Diva, der Mann hat deine Schuhe ruiniert. Was für ein mieser Hund! Ich sag dir was: Nimm deine höchsten Stilettos und schaufle damit ein Grab für diesen Mistkerl!«

Amy lachte laut. Ihr Lachen klang fremd, ein bisschen dreckig – und es gefiel ihr.

Sie hoben ihre Gläser und prosteten sich zum x-ten Mal zu, als die Band – ohne Sänger – eine Jazznummer spielte. Amy schloss die Augen und wiegte sich im Takt der Melodie.

»Magst du Jazz?«, fragte Assante.

»Ich habe diese Musik nie richtig verstanden«, gab Amy zu, »aber diese Nummer gefällt mir, ganz sicher!«

»Das liegt daran, dass Jazz immer einen Kontext braucht«, erklärte Assante. »Wenn dieser Song in einem Supermarkt laufen würde, würde er dir nicht so gut gefallen, stimmt's?«

»Du hast recht – und etwas wie Rock oder Hip-Hop würde an einem Ort wie diesem schräg klingen, nicht wahr?«

»Ist es nicht vor allem von deiner Stimmung abhängig?«, fragte Assante. »Oder der Tageszeit oder was du zum Abendessen hattest? Oder mit wem du zusammen bist?«

»Hm, vielleicht«, überlegte Amy. »Aber ich kann mir nichts Passenderes vorstellen, als diese Musik hier zu hören, mitten in New York und zusammen mit dir.«

»Danke, Miss Diva. Ich nehme das als Kompliment.« Er neigte den Kopf ganz leicht.

»War auch so gemeint. Ich danke dir, dass du meinen Tag gerettet hast, der im Begriff war, völlig den Bach runterzugehen!«

»Hey, Lady, das Leben ist eine Disko. Vergiss das nie! Keinen Tanz auslassen, verstanden?«

»Ich werd's versuchen!« Amy lachte. Assantes Freunde kamen von der Toilette zurück und hatten sich von exotischen Vögeln in geschmeidige, trendig gekleidete junge Männer verwandelt.

»Diva, wie ich schon sagte, erlaube mir, dir Raymond, George, Lemar und Isaac vorzustellen! Jungs, unsere Amy hat zu Hause in London auch so eine Art Jamaica-Situation wie ich durchmachen müssen. Was meint ihr – gehen wir mit ihr aus, um sie auf andere Gedanken zu bringen?«

George, der größte in der Gruppe, musterte Amy von oben bis unten, bis sie anfing, sich unbehaglich zu fühlen.

»Sag nichts«, begann er, beugte sich vor und berührte ihr Knie.

»Was? Was habe ich getan?«, fragte sie und zupfte verlegen am Saum ihres Kleides.

Georges Hand wanderte langsam ihre Wade hinunter bis zum Knöchel. Er ging in die Hocke und begutachtete ausgiebig Amys unversehrten Knöchel. Dann hob er plötzlich den Kopf und sah ihr in die Augen. »Ich wette, du warst es, die Jamaica von England aus die High Heels verkauft hat?«

Amy nickte grinsend, während Assante schallend loslachte. Die anderen drängten sich verzückt um Amy.

»Diese Babys waren von dir? Du *Diva*!«

»Die blauen Jourdans? Göttlich!«

»Warum hast du solche Super-Schuhe verkauft? Oder hast du dir mit den Dingern den Knöchel verrenkt und wolltest sie deshalb loswerden?«

»Nein!«, lachte Amy. »Das ist eine lange Geschichte – ich habe Assante schon damit gelangweilt!«

»Na ja«, sagte Isaac nachdenklich, und sah der Reihe nach die anderen an, »du könntest ja auch uns bei Falafel und ein bisschen Bauchtanz damit langweilen, wenn du während der nächsten Stunden nichts anderes vorhast? Das Restaurant ist direkt um die Ecke.«

Amy schaute hoch zu Assante, der sich einen mit Fransen besetzten weißen Seidenschal um den Hals drapierte und einen schwarzen Filzhut aufsetzte. Er stand auf und streckte die Hand aus.

»*Mein Baby gehört zu mir*«, schnurrte er und winkte galant.

»*Dirty Dancing!* Mein zweitliebster Film aller Zeiten!«, rief Amy.

»Und dein erster?« Lemar, der hinter ihr stand, beugte sich herunter und legte seinen Kopf auf ihre Schulter.

»Natürlich *Strictly Ballroom – Die gegen alle Regeln tanzen!*« Sie lachte. »Was sonst?«

»*Paso Doble!*«, riefen alle wie aus einem Munde, schnipsten mit hoch gestreckten Händen und nahmen Stierkämpferhaltungen ein. Amy feuerte sie begeistert an.

Einige schwungvolle Tanzschritte später kamen Lemar und George rechts und links von Amys Stuhl zum Stehen und boten ihr beide den Arm, um ihr beim Aufstehen behilflich zu sein.

Lachend ergriff sie beide Arme und stand zwischen den großen Männern – winzig wirkend und durch die Kombination von Wodka und dem verstauchten Fuß wacklig und ein bisschen schwankend.

»Ich fühle mich wie Kylie!«, verkündete sie, während sie alle feierlich in Richtung Tür marschierten.

»Sicher!«, antworteten die anderen im Chor, und sie traten singend hinaus auf die stickigen Straßen New Yorks.

Das Leben ist eine Disko, ermahnte sich Amy und strahlte Assante an. Lass keinen Tanz aus …

26. Kapitel

Zum ersten Mal bereute Amy es nicht, am nächsten Morgen mit einem Kater aufzuwachen. Der Abend war einer der besten ihres Lebens gewesen.

Sie hatten gelacht, gesungen und geplaudert. Amy hatte sich in der ungezwungenen Gesellschaft von Assante und seinen Freunden entspannt und viel Spaß gehabt, trotz aller Widrigkeiten – dem pochenden Knöchel und dem gebrochenen Herzen. Und als ihre Begleiter sie zu einem gemeinsamen Bauch-Tanz zu dem Song *You can leave your hat on* von Tom Jones überredeten, hatte sie Tränen gelacht, vor Freude und Dankbarkeit, dass Assante sie rechtzeitig daran erinnert hatte, wie wichtig es war, das Leben so zu nehmen, wie es ist, und Spaß daran zu haben. Also streckte sie die Arme hoch über den Kopf, wiegte sich im Takt der Musik, sang und beklatschte die heiße Darbietung ihrer neuen Freunde.

Nun stand Amy in der Abflughalle des JFK Airports und rieb sich die schmerzenden Schläfen. Sie versuchte, die Daten auf dem Informationsbildschirm zu entziffern, als sie ein Vibrieren an ihrer Hüfte spürte. Jemand versuchte, sie per Handy zu erreichen.

Amy presste die Hand gegen das andere Ohr, um den Flughafenlärm abzublocken, schaute auf die ihr unbekannte Nummer auf dem Display und meldete sich stirnrunzelnd.

»Hallo Abe, wie ist es dir so ergangen?«

Die Stimme am anderen Ende war selbstbewusst und vertraut. So vertraut, dass es ein paar Augenblicke dauerte, bis Amy realisiert hatte, wer dran war.

»*Justin?*«

»Ja, ich bin's. Bist du noch in New York?«

»Am Flughafen. Woher weißt du, dass ich in New York bin?« Die Worte kamen wie von selbst aus ihrem Mund. Der Schreck, Justins Stimme zu hören, in Kombination mit ihren Kopfschmerzen ließen sie beinahe ohnmächtig werden. Sie schwankte leicht und setzte sich auf ihren Koffer.

»Jesminder hat es mir erzählt. Du überraschst mich, Abe. New York!«

»Warum *nicht*?«, feuerte Amy zurück, getroffen von seinem ungläubigen Tonfall.

»Ich dachte, du wärst bei Jes.«

»War ich auch«, erwiderte sie scharf.

»Und, hattest du eine schöne Reise?« Er plauderte einfach so drauflos. Als würde er sich beim Sonntagsspaziergang mit seiner Mutter im Park unterhalten. Amy dagegen blieb fast die Spucke weg.

»Justin, ich habe dich so oft angerufen. Warum hast du nie geantwortet?«

Sie hörte, wie Justin die Luft ausstieß. »Oh, Abe, weil ich wütend auf dich war, deshalb. Ich dachte, du hättest einen anderen gefickt.«

»Ich habe verdammt noch mal niemand anderen gefickt!«, schrie Amy und ließ den Mann zusammenfahren, der vor ihr stand und die Abflugdaten studierte. »Das hättest du wissen müssen.«

»Tut mit leid, okay? Aber im ersten Moment sah alles nicht gerade unschuldig aus, das musst du zugeben.«

Amy begann zu kochen. Mehr hatte er nicht dazu zu sagen? Sie spürte, wie ihre Wangen brannten. »Du hast mir nie die Chance gegeben, alles aufzuklären. Wie konntest du das tun?«

»Abe, warte mal …«

»Wir waren seit eineinhalb Jahren zusammen, Justin. Eineinhalb Jahre! Und von einem Moment auf den anderen lässt du mich vor die Wand laufen. Das habe ich nicht verdient. Niemand verdient das.«

»Schön und gut, Abe, schön und gut«, bemühte er sich, sie zu beruhigen.

Als sie die Augen schloss, spürte sie förmlich, wie er ihr übers Haar fuhr, sein Atem über ihren Kopf strich. Sie sah die Lachfältchen um seine Augen, wenn er sie belustigt anschaute – dieser Ausdruck, den er immer hatte, wenn sie sich auf etwas versteifte. »Ich war wohl ein bisschen voreilig. Und es tut mir leid. Verdammt, Abe, du lässt mich nicht so leicht davonkommen.«

Amy sagte nichts. Sie saß einfach nur auf dem Koffer und versuchte, ruhig zu bleiben. *Davonkommen? Das wolltest du doch! Was kommt wohl als Nächstes?*

»Bist du noch dran, Abe?«

»Ich bin noch da. Wann hast du meinen Brief gelesen?«

»Brief?«, wiederholte er.

»Den Brief, den ich auf deinen Schreibtisch gelegt habe.«

»Ach der! Mist, den habe ich wohl zerrissen.«

»Du hast *was*?«

»Ich war nicht in der Stimmung, mir all deine Entschuldigungen anzuhören – und ich dachte, genau das wäre es. Dafür war ich viel zu wütend, Abe. Erinnere dich, Natasha …«

»*Natürlich* erinnere ich mich an Natasha!«, fiel Amy ihm ins Wort. Sie rieb sich den schmerzenden Kopf und presste die Augen zusammen. »Sie ist nur schwer zu überbieten, Justin. Dann rufst du mich jetzt also an, um dir endlich die Wahrheit anzuhören?«

»Ich sagte dir doch, dass ich weiß, was passiert ist.«

»Tust du das? Hat Jesminder es dir erzählt?«

Es folgte eine Pause, dann ein Seufzen. Amy hielt den Atem an. »Nein, Abe, Sergei hat mich angerufen. Gestern.«

Amy war wie betäubt. »Sergei?«, stammelte sie. »Warum um Himmels willen … Wie zum Henker ist er an deine neue Nummer gekommen, wenn ich sie nicht herausfinden konnte?«

Justin lachte. »Er hat sich bei der Telefonauskunft Mums Nummer besorgt und es geschafft, sie umzustimmen. Dieser redegewandte Teufel, nicht wahr?«

»Hör auf damit«, fuhr Amy ihn an. Sie wollte nicht mehr über Sergei nachdenken als unbedingt nötig. Dann fügte sie sanfter hinzu: »Wie geht es Phyllis?«

»Gut, danke, so wie immer eigentlich«, sagte er mit wesentlich zärtlicherer Stimme. »Ich glaube, sie vermisst dich.«

»Sie fehlt mir auch.« Amy kämpfte gegen den Kloß an, den sie plötzlich im Hals spürte.

Justin schien die Rührung in ihrer Stimme nicht aufzufallen. »Na ja, dieser Sergei hat mich überrumpelt. Ich dachte, der Anruf käme von einem meiner Tourorganisatoren – wenn ich gewusst hätte, wer dran ist, hätte ich wahrscheinlich gar nicht abgenommen – jedenfalls, nachdem wir einmal angefangen hatten, miteinander zu reden, schien er ganz okay zu sein.«

»Das habe ich versucht, dir in meinem Brief zu erklären. Das ist die *Wahrheit*, Justin.« Amy merkte, dass sie zitterte, obwohl es in dem Terminal mit den großen Glasfronten drückend heiß war. »Ich hätte es dir von Anfang an erzählen sollen, aber es ging einfach nicht.«

»Na, wie auch immer, war nett, die ganze Geschichte zu hören, Abe.«

Warum zum Teufel hörst du ausgerechnet Sergei zu und nicht mir? Warum, Justin Campbell?

»Das alles hätte ich dir auch sagen können, Justin. Aber mir hättest du wahrscheinlich nicht geglaubt, oder?«

Wieder folgte eine Pause. Amy spielte mit den Nieten an der Vordertasche ihrer Jeans und wartete.

»Wahrscheinlich nicht.« Justins Stimme war wie eine Maske, hinter die sie nicht schauen konnte. Amy hatte nicht den geringsten Schimmer, was in seinem Kopf vorging. »Aber, sag mal«, fuhr er wesentlich heiterer fort, »was ist das für eine Geschichte, dass du unterwegs bist, um deine Schuhe zurückzuholen? Gefällt mir, Abe! Was für eine verrückte Idee!«

»Wenn du meinst, Justin.«

Wieder herrschte Schweigen am anderen Ende der Leitung. Um sie herum nahm der Betrieb im Terminal zu. Dennoch schien es eine unsichtbare Sperrzone um sie herum zu geben. Als würde die Welt ihr Raum lassen, um sich durch das Gespräch zu manövrieren, das sie sich verzweifelt gewünscht hatte, seit sich Justin vor zwei Wochen von ihr getrennt hatte.

»Hast du sie gefunden?«

»Ein paar.«

»Ah.«

Wieder Schweigen.

»Justin?«

»Ja?«

»Dir ist schon klar, dass du Mums Ballettschuhe verkauft hast?« Amy schloss die Augen.

»Also, um ehrlich zu sein, hatte ich bei denen auch ein schlechtes Gewissen«, erwiderte er mit sehr viel sanfterer Stimme. »Aber erst, nachdem ich sie schon in die Post gegeben hatte, dämmerte mir, wie wichtig sie dir waren.«

»Sie bedeuteten mir *alles.*«

»Ich weiß, Abe. Und wenn ich bei klarem Verstand gewesen wäre, hätte ich sie auch nicht weggegeben. Ehrlich. Aber ich war so wütend auf dich. Ich dachte …«

»Ich weiß! Ich weiß, was du dachtest!«, platzte Amy heraus. »Du dachtest, ich hätte dich betrogen, so wie Natasha!« Sie rieb sich den Kopf. Der Schmerz war jetzt in ein Pochen übergegangen. »Lass uns das nicht noch einmal durchgehen.«

»Okay.« Er klang erleichtert. »Entschuldige, Abe. Vergeben und Vergessen?«

»Vergeben und vergessen.«

Sollte es wirklich so einfach sein? Konnte so viel Schmerz mit so wenigen Worten einfach weggewischt werden?

»Hast du es geschafft, sie zurückzubekommen? Die Ballettschuhe?«

Amy hörte seiner Stimme an, wie gespannt er war, sie spürte förmlich, wie er den Atem anhielt. Das hatte etwas Tröstliches. Am Ende zeigte er doch noch eine Gefühlsregung. Wenigstens *etwas*. Es erinnerte sie an die guten Zeiten, die sie miteinander verbracht hatten – und davon hatte es eine Menge gegeben: die Gigs, Spaziergänge im Park, Kinobesuche, kuschelige Nächte in … einen Moment lang sah sie den alten Justin vor sich.

»Einen habe ich zurückbekommen.«

»Nur einen? Warum das denn?«

»Sag du's mir. Du hast nur einen in den Karton gelegt und nach Patchogue geschickt.«

»Patch-og? So spricht man das aus? Ich hatte angenommen, es reimt sich auf Minogue, wie bei Kylie. Schon merkwürdig. Eigentlich sollte man davon ausgehen können …«

»Justin! Der Schuh?«

»Ach, ja, entschuldige, Abe. War wirklich nur einer im Karton?«

»Ja, ich war dabei, als er ausgepackt wurde.« Der Gedanke daran beschwor die Erinnerung an Jack herauf, sein Schenkel fest an ihren gepresst auf dieser kleinen Bank in *Pleasant Shores*, und wie er sie beim Tanzen in den Armen gehalten hatte. Sollte sie sich deshalb schuldig fühlen? Ihr dröhnender Kopf war jedenfalls nicht in der Lage, das zu entscheiden.

»Ach, jetzt weiß ich, wie es dazu gekommen ist! Mist, was für ein Albtraum. Den weiten Weg in die Staaten zu fliegen und dann nur einen zu finden!«

»Erzähl mir, was passiert ist, Justin.«

»Als ich die Schuhe aus den Kartons nahm, um sie in diese gepolsterten Versandtaschen zu stopfen, sind mir ein paar

Kartons runtergefallen. Vielleicht sind sie mir durcheinandergeraten und ich habe das Gegenstück in einen anderen Karton gesteckt. Ich war ziemlich durch den Wind.«

Amy nickte. Es war komisch, auf eine derart banale Erklärung zu stoßen. Kein verschlüsselter Hinweis, keine versteckte Botschaft – kein »Omen«, wie Jack es genannt hatte. Es war einfach nur Justin gewesen, der sich auf dem Höhepunkt seiner Wut wie ein achtloser Dummkopf aufgeführt hatte.

»Mist, das wird meiner Verkäuferbewertung bei eBay nicht guttun. Bestimmt gibt mir dieser Scheiß-Käufer eine saumäßige Bewertung. Verdammt! Dabei wollte ich endlich meine alte Schallplattensammlung loswerden. Jetzt wird kein Mensch dafür bieten.«

Amys hörte ihm kaum mehr zu, während er immer weiterschimpfte. Zu hören, wie er Jack als »Scheiß-Käufer« bezeichnete und daran zu denken, dass Jack die Schuhe als Geschenk für Alice ersteigert hatte …

Wie kannst du es wagen?

Aber in erster Linie dachte sie an die Schuhe selbst, die Tanzschuhe ihrer Mutter, über die er redete, als wären sie lästige Unannehmlichkeiten. Sich vorzustellen, wie einer der Schuhe wütend in den falschen Karton gepfeffert wurde …

»Armer Justin, das wäre ja fürchterlich, wenn deine Verkäuferbewertung dadurch Schaden nähme.« Ihre Stimme war voller Sarkasmus. Sie war zu fertig, um ihn anzuschreien.

»Oh, ja, bedauerlich«, erwiderte Justin.

Amy seufzte. Sie hatte schlecht geschlafen und fühlte sich plötzlich unheimlich müde.

Das Leben mag eine Disko sein, Assante, aber zwischen-

durch braucht jeder mal einen langsamen Tanz. Wer ist dieser Mann, mit dem ich gerade rede? Und ist es sein Fehler oder meiner, dass ich es im Grunde nicht weiß? Komm schon, Marsh. Es ist so, als wärst du ein ganzes Jahr lang weg gewesen. So viel ist passiert. Es ist beinahe so, als wäre ich nicht mehr dieselbe.

»Aber mach dir darüber jetzt keine Gedanken. Das klären wir, wenn du wieder zu Hause bist.«

Ich habe so viel über mich selbst gelernt, über Menschlichkeit, über Güte und Vertrauen und über das Loslassen …

»Wie bitte?«, fuhr Amy zusammen. »Habe ich dich da gerade richtig verstanden?«

Sie konnte das Lächeln in seiner Stimme hören, als er antwortete. »Hast du. Um wie viel Uhr landest du? Ich hol dich ab, Abe.«

Amy sagte nichts.

»Nach dem Flug wirst du sicher fertig sein«, fuhr er fort. »Vielleicht machen wir es uns heute Nacht einfach nur gemütlich?«

Immer noch Schweigen.

»Abe?«

»Ich bin noch da, Justin.«

»Geht es dir gut?«

NEIN!

»Also …«, begann sie, aber Justin fiel ihr ins Wort.

»Natürlich! Wie dumm von mir – es ist wegen der Schuhe, nicht wahr? Hör zu, mach dir deshalb keine Sorgen. Sobald du zurück bist, stürmen wir die Läden und besorgen Ersatz. Einverstanden?«

»Nein, Justin.«

»Ich bestehe darauf. Ich habe für die letzte Tour einen Bonus bekommen. Was hältst du also davon, wenn wir ihn damit verprassen, dein riesiges altes Schuhregal wieder zu füllen? Als wäre nie etwas passiert – nur besser!«

Bitte, bitte, lass das hier nicht wahr sein.

»Hör auf, Justin, ja? Hör einfach auf!«

»Wieso? Was habe ich denn gesagt?«

»Diese Schuhe waren unersetzlich! Warum, glaubst du wohl, bin ich hier in Amerika und versuche sie wiederzufinden, statt auf der Kings Road unterwegs, um neue zu kaufen? Weil sie *unersetzlich* sind!«

Sie musste lauter geworden sein, denn einige Leute sahen sie an, aber das war ihr egal.

»Was?« Jetzt wurde Justin ebenfalls lauter. »Nichts ist unersetzlich, Amy – komm schon!«

Eisige Stille schlug ihm entgegen.

»Okay«, fuhr er fort, »tut mir leid, so war das nicht gemeint. *Menschen* sind natürlich nicht ersetzbar. Aber Schuhe?«

»Ich werde nicht zu dir zurückkommen, Justin.«

Amy war nicht sicher, wann und wo sie diesen Entschluss gefasst hatte. Er kam einfach angeflogen und landete wie ein Schmetterling auf ihrer Nase. Es war vorbei.

»Abe ...«

»Tut mir leid, Justin, aber es ist aus zwischen uns.« Als Amy die Worte aussprach, überkam sie eine Welle der Traurigkeit, denn sie erkannte, dass sie diese Entscheidung schon vor langer Zeit getroffen hatte.

»Abe, sag nicht so was. Ich habe dir doch gesagt, alles wird wieder gut. Hör zu, ich hole dich am Flughafen ab ...«

»Justin, ich fliege heute nicht nach London. Ich bin auf dem Weg nach Miami.«

»Was?«

Amy schaute auf die Anzeigentafel und erschrak. »Oh! Und gerade wird mein Flug aufgerufen. Ich muss los.«

»Aber Jesminder sagte, du würdest heute nach Hause kommen.«

»Ich habe mich anders entschieden. Jes und Debs wissen noch nichts davon. Ich wollte sie gerade anrufen.«

»Was? Komm schon, Abe! Wann hast du denn deine Meinung geändert?«

»Letzte Nacht.« Amy musste unwillkürlich lächeln, als sie an den vergangenen Abend dachte. »Als ich tanzen war.«

27. Kapitel

Der heiße Wind, der Amy entgegenwehte, als sie die Stufen ihres Motels hinunter auf die Straßen von Miami stieg, war auf seltsame Weise genauso belebend wie die kühle Meeresbrise in Ballyvaughan. Wärmend und anregend schien er ihr gut zuzureden und sie zu bestärken, als sie sich ihren Weg durch die belebten Straßen suchte.

Sie war gerade mal zehn Minuten im strahlenden Sonnenschein unterwegs, als ihr auffiel, dass sie kaum noch hinkte. Der Knöchel schmerzte nur noch leicht, obwohl die Wirkung des Schmerzmittels seit Stunden verflogen sein musste. Nahezu überwältigt von dem Gefühl, das Richtige zu tun, marschierte Amy von Block zu Block und schielte zwischendurch immer wieder auf ihren Stadtplan, der sie zu Madeleine Hayes, 8363 Carson, führen sollte. Wer auch immer, wo auch immer und was auch immer das war.

Nachdem sie im Anschluss an ihr Gespräch mit Justin als Letzte an Bord ihres Fluges von JFK nach Miami gegangen war, passierte unterwegs etwas Sonderbares. Sie hatte sich angeschnallt, eine Packung Papiertaschentücher bereitgelegt, sich im Voraus bei ihrer Sitznachbarin entschuldigt und sie gebeten, sie einfach zu ignorieren, zwei Aspirin und eine Flasche Wasser zu sich genommen und sich dann darauf eingerichtet, während des gesamten Fluges zu weinen.

Aber nichts passierte. Während die Maschine abhob, entfaltete sie ein Papiertuch, starrte es an und wartete. Nichts. Ihre Kopfschmerzen verschwanden und auch das Klopfen in ihrem Knöchel ließ nach, als das Aspirin zu wirken begann. Aber nicht eine einzige Träne trat aus ihren heißen, übermüdeten Augen – auch wenn der gesunde Menschenverstand ihr noch so sehr sagte, dass sie eigentlich weinen müsste.

Sie fühlte sich wie die Heldin am Ende eines ihrer Lieblingsfilme, als sie mit verträumtem Ausdruck aus dem Fenster schaute, bereit, sich einer unsicheren Zukunft zu stellen, während das Bild langsam dunkel wurde und der Nachspann ablief. Sie hatte versucht, sich zu entspannen und einfach den Flug zu genießen, aber stattdessen machte sie ein Nickerchen und musste von der Stewardess geweckt werden, um sich für die Landung anzuschnallen.

Das war für Amy eine überaus unerwartete Reaktion. Vielleicht würde die Trauer später noch kommen, in ein paar Tagen, Wochen oder sogar Monaten. Aber jetzt konnte sie nicht heulen, im Gegenteil. Sie fühlte sich großartig, als würde ihr frische Energie auf dem Silbertablett serviert.

Anders als in Irland brachte sie eine anständige Karte schließlich zur Carson Street, einem breiten Boulevard mit Häusern unterschiedlichster Bauart und Geschäften, flankiert von Palmen und großen staubigen Autos. Nummer 8363 entpuppte sich als riesiges, weißes Holzhaus mit flachem Dach. Daneben lag ein kleines Atelier.

Als Amy die Stufen hinaufstieg und an der Tür klingelte, klopfte ihr Herz – aber das kannte sie schon.

Bitte, bitte, keine Wahnsinnige, kein Psychopath und

auch kein umwerfend aussehender Beachboy mit Shorts, blondem Strähnchenhaar und Schlafzimmerblick. Ich bin dafür nicht in der Stimmung.

Vor der glasgetäfelten Holztür war ein feinmaschiges Fliegengitter angebracht, so dass Amy drinnen kaum etwas erkennen konnte. Schemenhaft zeichnete sich eine große Eingangshalle mit poliertem Parkettboden ab. Am Ende führte eine breite Treppe nach oben, teilte sich in der Mitte in zwei Hälften, die zu beiden Seiten auf eine umlaufende Galerie führten, deren Wände mit großformatigen modernen Kunstwerken behängt waren.

»Was wollen Sie?« Eine schrille, mürrische Stimme rief von dort oben in Richtung Haustür. Amy schrak zurück, entspannte sich jedoch sofort wieder, als sie sah, dass der Besitzer dieser Stimme die Treppe hinuntergeschlurft kam.

Es war eine Halbwüchsige – zumindest nahm Amy an, dass es sich um ein Mädchen handelte –, von Kopf bis Fuß in Schwarz gekleidet, mit langem, pechschwarz-bläulich gefärbtem Haar, kalkweißem Gesicht, schwarzem Lippenstift und fingerlosen, nietenbesetzten Handschuhen.

Wusste gar nicht, dass es in Florida Gruftis gibt. Ich dachte, hier leben nur alte Leute. In diesen schwarzen Klamotten musste man doch irrsinnig schwitzen? Und welche Art Weltschmerz beklagten die hier eigentlich, bei den vielen Stränden und dem ewigen Sonnenschein?

Das Mädchen, so um die vierzehn, kam mit offenem Mund durch die Halle geschlurft, den Kopf zur Seite geneigt, als wäre es *viel* zu anstrengend, ihn hochzuhalten. Sie öffnete die Haustür und sprach durch das Fliegengitter hindurch mit Amy.

»Jaa? Wasnlos?«

»Entschuldige die Störung«, begann Amy und fühlte sich etwa hundert Jahre älter als das Mädchen vor ihr, »aber ich suche Madeleine Hayes?«

Die Augen des Mädchens verengten sich für einen Moment zu schmalen Schlitzen, dann seufzte sie und schüttelte in gespielter Verzweiflung den Kopf. »Studio ist nebenan. Kannst du nicht lesen?«

Dann knallte sie die Tür zu und schlich mit hängenden Schultern und wie in Zeitlupe zurück zur Treppe und murmelte etwas zu sich selbst.

Mom hätte mich umgebracht, wenn ich so mit Fremden gesprochen hätte!

In einem hatte das Mädchen jedoch nicht ganz Unrecht gehabt, denn als Amy auf den Bürgersteig zurücktrat und das danebenliegende Atelier betrachtete, sah sie ein großes Schild mit der Aufschrift: *Kunst von Madeleine Hayes* und daneben ein kleineres mit dem Hinweis: *Geöffnet.*

Vorsichtig drückte Amy die Tür auf, spähte hinein – und hielt überrascht den Atem an. Da, mitten in dem spartanischen, hell erleuchteten Raum stand eine riesige leuchtende Skulptur in Form eines … Stilettos!

Amy blinzelte und musste noch ein zweites Mal hinsehen. Ja, es war wirklich ein gigantischer Stiletto – sie hatte keine Halluzinationen.

An einer Seite des Raumes stand eine Frau, mit dem Rücken zu Amy, vor einer massiven Werkbank und bearbeitete mit heftigen Hammerschlägen ein Stück Metall.

Amy hatte noch nicht die Verwunderung über die riesige Schuhskulptur verdaut, da kämpfte sie bereits mit dem

Anblick einer knallorangen Latzhose über einem schlabberigen, lila T-Shirt, Doc Marten-Boots – trotz der glühenden Hitze draußen – und muskulösen Armen, die vom Bizeps bis zum Handgelenk tätowiert waren.

Amy schob sich ganz in das Atelier hinein und schloss leise die Tür. Bei jedem Hammerschlag, der auf ihr Trommelfell einstürmte, zuckte sie zusammen.

»Ja! Du hübsches Ding!« Die Frau hielt das Metallstück, das sie bearbeitet hatte, vor sich in die Höhe, streichelte darüber, pustete Staub weg und strahlte sichtlich zufrieden. Ohne Amy bemerkt zu haben, setzte sie etwas auf, das aussah wie eine Fliegerbrille aus dem Ersten Weltkrieg, zog dicke Handschuhe an und schnappte sich einen riesigen Schneidbrenner. Sie drehte am Griff einer Gasflasche, die neben ihr stand, und zündete den Brenner an. Sofort schoss eine blaue Flamme in die Höhe.

»Okay!«, rief die Frau. »Los geht's, Baby!«

Sie sieht eher aus wie eine verrückte Wissenschaftlerin und nicht wie eine übergeschnappte Künstlerin. Ein Schneidbrenner! Ich möchte nicht am falschen Ende von dem Ding stehen, das ist mal sicher! Wenn ich nicht einen ganzen Kontinent überquert hätte, um mit dieser Person zu sprechen, wäre ich durch diese Tür, bevor …

In dem Moment drehte sich die Frau um und erblickte Amy.

»Bin gleich bei dir!«, schrie sie durch die Funken des Schneidbrenners und einer Wolke krausen, grau melierten Haares hindurch, das über und unter der Brille vorlugte. Sie sah wie einem Zeichentrickfilm entsprungen und längst nicht mehr bedrohlich aus.

Der Schneidbrenner wurde so plötzlich abgeschaltet, wie er zum Leben erweckt worden war, und auf einmal war der Raum in Stille getaucht, die fast genauso erschreckend war wie das Hämmern kurz zuvor. Die Frau zog die anthrazitfarbenen Stulpenhandschuhe aus, schob die Brille hoch, so dass diese oben auf ihrer Stirn saß und kam mit ausgestreckter Hand auf Amy zu. Sie lächelte breit und enthüllte dabei kleine, ein bisschen schief stehende Zähne.

»Madeleine Hayes, freut mich!«

»Amy Maa-aaaargh-sh! Ganz schön kräftiger Händedruck!«

»Sagen die Leute mir ständig – tschuldigung! Zwanzig Jahre mit Metall zu arbeiten verändert ein Mädchen.«

»Scheint aber Spaß zu machen«, bemerkte Amy. »Dieser Schuh ist echt klasse.« Ein einziger Strahler beleuchtete die geschwungenen Formen der Skulptur.

»Danke, weiß ich zu schätzen.«

»Hat es einen Namen?« Amy war nicht sicher, ob das eine dumme Frage war; ihr Wissen in puncto moderner Kunst würde bequem auf einer Briefmarke Platz finden.

»Noch nicht«, antwortete Madeleine. »Ursprünglich wollte ich es *Der Fußsoldat* nennen, denn es ging mir um das Erforschen der Mechanismen, die unsere Wahrnehmung von Schönheit steuern, aber nachdem das Objekt fertig war, hatte es eine ganz eigene Persönlichkeit entwickelt, ein Selbstbewusstsein …«

»Ja! Das kann ich sehen!«, rief Amy aufgeregt. »Es scheint zu sagen: *Wenn du wissen willst, was mich treibt, musst du darum bitten.*« Sie klatschte in die Hände und war gefangen von der Schönheit der Schuhskulptur. Bis ihr plötzlich einfiel, dass sie ja gar keine Ahnung von moderner Kunst hatte und soeben der Künstlerin mitgeteilt hatte, dass ihre Skulptur von der Welt verlangte, sie anzubetteln.

»Tut mir leid«, murmelte sie, »klang das sehr daneben?«

Madeleine betrachtete sie lächelnd.

»Allerdings! Hat mir gefallen. Und irgendwie stimme ich dir zu. Ist seltsam, aber als ich mit dem Projekt anfing, konnte ich Stilettos nicht ausstehen.«

»Tatsächlich?« Amy schielte noch einmal auf die Doc Marten-Boots und musste zugeben, dass Madeleine und sie beim Thema Fußbekleidung gegensätzliche Ansichten vertraten.

»Ja, das tat ich. Aber je länger ich an dem Objekt arbeitete, desto mehr bedeuteten mir diese Formen – wie es sich anfühlt, über die glatte Oberfläche zu streichen, die Wölbung der Sohle, dieses lang gestreckte Vorderteil, der spitz zulaufende Zehenteil. Ich musste zugeben, dass ich an einem verdammt sexy Ding arbeitete.«

»Ich trage häufig Stilettos«, kicherte Amy entschuldigend. »Ich mag, wie sich mich verändern.«

Madeleine nickte. »Dank dieser Skulptur kann ich das verstehen, allerdings solltest du vorsichtig sein. Wenn du siebzig bist, mit entzündeten Fußballen, Hühneraugen, Hammerzehen und Arthritis …«

»Dann werde ich in meinem Krankenhausbett sitzen und ein Glas reingeschmuggelten Whiskey auf die weise Bildhauerin von South Beach trinken.«

»Da schließe ich mich an.«

Schweigend standen sie Seite an Seite und betrachteten die Skulptur. Amy hätte gern gewusst, wie viel sie kostete, aber die Frage schien ihr unpassend, insbesondere da es sicher ihren finanziellen Spielraum weit überschritt, der sich in puncto Souvenirs normalerweise auf Postkarten und verschnörkelte Sandaletten von Marktständen beschränkte.

Stattdessen sprach sie das an, was ihr als Nächstes durch den Kopf schoss. »Es muss wunderbar sein, wenn man die Freiheit hat, das zu erschaffen, was man will. Ich habe einen Bürojob.«

Madeleine nickte. »Ja, Freiheit habe ich schon, aber die bringt kein Essen auf den Tisch. Ich übernehme oft Auftragsarbeiten, um meinen Lebensunterhalt zu verdienen, aber der Trick dabei ist, bei allem, was ich tue, immer ein bisschen von mir selbst einzubringen, selbst wenn es unter Bergen von Anweisungen anderer Leute verschwindet.«

»Der Gedanke gefällt mir«, sagte Amy. »Ist irgendwie …«

»Subversiv?«, schlug Madeleine vor.

»Genau! Das ist Rock 'n' Roll. Wenn man in einem Internetreisebüro jobbt, ist es schwierig, subversiv zu sein.«

»Ich bin sicher, daran kannst du arbeiten. Also, bist du wegen eines Auftrags hier oder möchtest du dich umsehen? In beiden Fällen bist du herzlich willkommen.«

Wieder einmal hätte Amy fast vergessen, warum sie eigentlich hergekommen war. Madeleines höfliche Erinnerung riss sie aus ihrem neu entdeckten künstlerischen Blickwinkel auf das Leben und brachte sie zurück zu ihrer Mission.

»Also, Madeleine …«

»Maddy, bitte.«

»Danke, Maddy. Tatsächlich bin ich hier wegen einer Verwechslung bei einem Paar Schuhe, die über eBay verkauft wurden.« Sie wies mit dem Kopf auf den riesigen Stiletto. »Schon komisch, nicht wahr?«

»Schuhe, sagst du?« Maddy schaute sie neugierig an.

»Ja …«, begann Amy und brach ab. Sie hatte das Gefühl, die Geschichte jetzt schon so oft, an den unterschiedlichsten Orten und auf verschiedendste Weise erzählt zu haben, dass es erdrückend war, schon wieder davon anzufangen. Andererseits wusste sie aber auch, je öfter sie es tat, desto besser verstand sie selbst, um was es eigentlich ging.

»Okay«, begann sie zu erzählen, »der Grund meines Besuches …« Es kam ihr so vor, als wäre das alles jemand anderem passiert. Hatte sie das wirklich alles selbst erlebt und dann auch noch innerhalb so kurzer Zeit?

Maddy hörte aufmerksam zu und hatte sichtlich Mühe, nicht den Überblick zu verlieren. Amy achtete darauf, die Fakten auf Schuhe und Justin zu beschränken und nicht auch noch die Komplikationen in Bezug auf die Ballettschuhe und einen gewissen Jack Devlin einzuflechten. Trotzdem war es auch so eine verdammt komplizierte Geschichte.

»Wooow!«, rief Maddy, nachdem Amy geendet hatte. »Hast du dir denn viele der Schuhe zurückholen können?«

»Nein, ganz eindeutig nicht. Das ist auch so eine Sache«, stöhnte Amy. »Nicht mal das habe ich richtig hinbekommen! Anderthalb Paare – das ist die ganze Ausbeute!«

»Ein halbes?«

»Exakt.«

»Komm mal mit, Sweetheart, und sieh dir meine Skulptur aus der Nähe an.«

Amy spürte Maddys kräftigen Arm um ihre Schultern

und bewegte sich langsam auf die riesige Skulptur mitten im Raum zu. Aus der Nähe war erkennbar, woraus das Objekt zusammengesetzt war. Amy bekam große Augen.

»Wow«, war alles, was sie herausbrachte.

Als sie ganz dicht davor stand, konnte sie deutlich erkennen, dass diese wunderschöne Skulptur aus Hunderten von Absätzen bestand, alle mit Draht verbunden und aneinandergeschweißt, damit ein einziger prächtiger Schuh daraus entstand. Das Ganze war in Plexiglas gegossen, sodass die einzelnen Absätze bis in alle Ewigkeit in diesem Kunstwerk gefangen waren.

Gemeinsam betrachteten sie die Skulptur, bis Maddy das Schweigen brach.

»Ich muss dir draußen noch etwas zeigen.«

Als sie aus dem klimatisierten Atelier heraustraten, prallten sie vor eine Wand knochentrockener Hitze. Sie gingen in den verwilderten Garten hinter dem Haus. Und da entdeckte Amy mitten in diesem Garten etwas sehr Sonderbares: einen riesigen Haufen Schuhe.

Ausrangierte, absatzlose Schuhe.

Wie in Trance näherte sich Amy dem Stoß. Maddy stand ganz still und sah ihr dabei zu. Amy ging dicht an den Haufen heran und blieb mit weit aufgerissenen Augen davor stehen. Dann begann sie, wie ein Roboter, oben anzufangen und den Berg zu durchwühlen.

Sie brauchte höchstens fünf Sekunden, um ein Paar ihrer Schuhe zu lokalisieren. Kaum zu übersehen – ihre silbernen Gina Mules, beziehungsweise das, was von ihnen übrig war. Sie lagen ganz oben auf dem Berg, absatzlos und ruiniert. Was für ein Bild der Zerstörung.

Und da – die pinkfarbenen Manolos, deren Preis sie so drastisch reduzieren konnte, wegen des Schmutzflecks auf der Spitze, der mit einem einzigen Tupfer Waschbenzin ganz leicht abgerieben werden konnte …

Und dort! Die Louboutins, die sie über eBay ersteigert hatte, nur zwei Monate, bevor Justin sie genau dort verramschte …

Und so ging es immer weiter. Je länger sie suchte, desto mehr ihrer Schuhe fand sie. Graue Wildleder-Pierre-Cardins, diese braven lehrerinnenhaften Pumps von Russell & Bromley, die Justin so gefallen hatten. Die paillettenbesetzten Riemchensandaletten von Carvela, die sie daran erinnerten, in Griechenland am Strand Cocktails zu schlürfen … all diese Schuhe waren hier direkt vor ihr.

Die Suche war zu Ende.

28. Kapitel

Amy trat einen Schritt von dem Haufen seelenloser Schuhe zurück. Hinter sich hörte sie Maddy sagen:

»Ich brauche wohl nicht zu fragen, ob deine Schuhe dabei sind. Ich habe kürzlich eine größere Sendung aus England erhalten. Die Schuhe waren alle zierlich, so wie du. Und jetzt sind sie alle irgendwo in diesem Stapel.«

»Verstehe.«

»Tut mir leid, Sweetheart, muss ein ziemlicher Schock für dich sein.«

»Richtig erkannt.«

Amy ging immer weiter rückwärts über die Wiese den Weg zurück, den sie gekommen war. Dann drehte sie sich plötzlich um, schaute Maddy an und schlug die Hände vors Gesicht. Sie versuchte, das Grinsen zu verbergen, das sich auf ihrem Gesicht breitmachte. Jedoch ohne Erfolg.

»Amy? Geht es dir gut?«

»Sogar bestens!«, prustete Amy los. »Es ist nur so … verrückt … so zum Schreien *komisch*!« Und dann lachte sie lauthals. Das Ganze kam ihr plötzlich so unwirklich vor, dass sie gar nicht anders konnte. Maddy schaute nur zu.

»Du bist erstaunlich!«, kreischte Amy. »Die meisten Leute würden die Polizei rufen, wenn sich in ihrem Garten jemand so aufführen würde wie ich!«

Maddy verschränkte grinsend die Arme. »Glaub mal nicht, dass mir das nicht auch schon durch Kopf gegangen wäre, Sweetheart. Aber mach weiter, lass es einfach raus.«

»Nein! Oder doch. Ja! Also gut – ich kann es einfach nicht glauben: meine Schuhe, ein Opfer der Kunst.«

»Tut mir ehrlich leid.«

Maddys niedergeschlagene Miene holte Amy zurück in die Realität. »Nein. Das muss es nicht.« Sie wischte sich mit dem Ärmel die Lachtränen weg, ging hinüber zu Maddy und ergriff ihre Hände. Sie war immer noch außer Atem. »Ich habe mittlerweile genug Käufer aufgespürt, um zu wissen, dass sie an all dem keine Schuld trifft. Es ist ... in Ordnung, wirklich.«

»Sicher?« Maddy blinzelte Amy skeptisch an.

»Nein«, antwortete Amy wahrheitsgemäß. »Sicher bin ich nicht, aber ich arbeite daran.«

»Weiter so!« Maddy schlug Amy ermutigend auf den Rücken, in etwa so fest wie sie ihr zuvor die Hand gegeben hatte. Zum Glück hatte Amy das kommen sehen und sich entsprechend dagegen gestemmt, sonst wäre sie zu Boden gegangen. »Klingt so, als hättest du einen weiten Weg hinter dir?«

»Weiter, als du ahnst«, nickte Amy und rieb sich den schmerzenden Rücken.

»Ich finde, das verlangt nach einem Drink. Was meinst du?«

»Hast du denn Zeit?« Amy war tatsächlich kurz vorm Verdursten. Durch den langen Flug, die Hitze und die ganze Aufregung an diesem Tag war sie wie ausgedörrt. Für einen Drink hätte sie die Schuhe an ihren Füßen verkauft.

»Natürlich. Komm, lass uns reingehen. Ich stell dir Charlotte vor und mach was zum Abendessen, wenn du Lust hast. Bist du hungrig?«

Amy hatte einen Bärenhunger. »Ziemlich. Und ich glaube, Charlotte habe ich bereits kennengelernt.«

Die kühle, luftige Eingangshalle, auf die Amy bereits einen Blick geworfen hatte, erweckte völlig falsche Vorstellungen vom Rest des Hauses. Amy war jedenfalls glücklich, als sie sich im Wohnzimmer auf ein riesiges Kissen fallen ließ. Der Raum war so vollgestopft mit Sitzsäcken, Decken, Kissen, Wandteppichen, kleinen Skulpturen, Kunstbüchern, Räuchergefäßen, Läufern, Stammesmasken und Kerzen, dass der Fußboden kaum noch zu sehen war. Der Kontrast zu der minimalistischen Wohnung, die sie mit Justin geteilt hatte, konnte kaum größer sein, aber das hier war um ein vielfaches gemütlicher – trotz des Totempfahls, der von der gegenüberliegenden Zimmerecke missbilligend zu ihr hinüber blickte. Sie streifte ihre Schuhe ab und machte es sich mit einer Flasche Bier in der Hand bequem, nachdem Maddy ihr verboten hatte, ihr beim Abendessen helfen zu wollen.

Von oben dröhnte so laute Trash-Metal-Musik, dass die Fransen von Amys Sitzkissen leicht vibrierten. Aber als Maddy in den Hausflur ging und schrie, Charlotte solle die Musik leiser stellen, wurde es sofort erschreckend still. Das unausgesprochene »Bist du jetzt zufrieden?« war dennoch laut und deutlich zu hören.

»Dieses Mädchen«, stöhnte Maddy, als sie ein Tablett mit drei dampfenden Schalen Fischsuppe und einem Teller knuspriger Brötchen hereinbrachte. Sie stellte das Tablett auf den großen indischen Couchtisch, der die Mitte des Raums beherrschte.

»Das sieht köstlich aus.« Amy musste sich bremsen, um sich nicht sofort auf eine der Schalen zu stürzen.

Maddy ging noch einmal zurück in die Eingangshalle. »Charlotte!«, brüllte sie. »Essen ist fertig!«

Amy schnappte nur Bruchstücke der Antwort auf – es war auf jeden Fall nicht: »Toll, Mum, bin schon auf dem Weg!« oder etwas in der Art. Die letzten drei Wörter klangen jedenfalls wie: »ruinierst mein Leben«. Maddy kam kopfschüttelnd zurück ins Wohnzimmer.

»Na ja, dann bleibt mehr für uns. Charlotte geht heute aus.« Ihr Gesicht verriet nicht, was sie dachte.

»Ist mit Charlotte alles in Ordnung?«, fragte Amy zögernd.

»Sicher. Sie ist vierzehn – mit allem, was dazu gehört.« Maddy setzte sich im Schneidersitz auf ein Kissen und balancierte die Suppenschale auf ihrem Schoß. Sie nahm sich einen Löffel und probierte die Suppe. Dann rümpfte sie die Nase und griff nach der Pfeffermühle.

»Als Kind hatte sie richtig gute Manieren, aber das wird irgendwann wiederkommen, ganz sicher.«

»Sie ist immer noch ein Kind«, konnte sich Amy nicht verkneifen. »Mit vierzehn wusste ich nichts vom Leben.«

»Ja, sie ist ein Kind, aber sie ist auch eine junge Frau«, erwiderte Maddy. »Kannst du dich daran erinnern, wie verwirrend dieser Zustand ist?«

»Ja, irgendwie schon. Das hier schmeckt übrigens köstlich.« Die Suppe war wirklich lecker, cremig und tröstlich.

Amy ließ einen Löffel auf der Zunge zergehen und schloss die Augen.

Plötzlich erinnerte sie sich an etwas. »Als ich ungefähr vierzehn war, habe ich mich entschieden, zu streiken und kein Wort mehr mit meiner Mutter zu reden. Es war ein ziemlich heftiger Protest.«

»Wogegen denn?«

Amy kicherte. »Keine Ahnung, ich weiß nur noch, dass ich damals fest davon überzeugt war – von was auch immer.«

»Wirklich? Und wie lange hast du durchgehalten?«

»Ich weiß nicht – vielleicht fast einen ganzen … Tag.«

»Eine Frau mit Prinzipien!« Maddy lachte, und Amy stimmte mit ein. »Charlotte ist wohl einfach eine jüngere Version von dir – nur ein bisschen entschlossener! Wie alt bist du? zweiundzwanzig? dreiundzwanzig?«

»In drei Tagen werde ich fünfundzwanzig«, gestand Amy. »Ein Viertel Jahrhundert.« Sie verzog das Gesicht, bestrich ein Brötchen mit Butter und biss hinein.

»Hey«, schnaubte Maddy, »warte, bis dein nächster runder Geburtstag der fünfzigste ist, dann hast du Grund, dich zu sorgen. Für mich ist das nur noch vier Jahre entfernt.«

»Dafür siehst du verdammt gut aus«, sagte Amy. Das stimmte auch. Maddy war nicht in konventionellem Sinne schön, aber sehr lebendig, herzlich und stark, mit ihrem Krauskopf, den verrückten Klamotten, den funkelnden Augen und ausdrucksstarken Händen. Amy fühlte sich wohl in ihrer Nähe. Maddy war eine richtige Erdmutter.

Glückliche, undankbare Charlotte …

»Soll ich mal zu ihr hochgehen und Hallo sagen? Nachfragen, ob sie vielleicht runterkommt?« Amy war zwar nicht sonderlich erpicht darauf, wollte sich aber irgendwie nützlich machen. Und mit Charlotte fertig zu werden, schien ihr das Großmütigste zu sein, was sie sich einfallen lassen konnte.

»Eine nette Idee, aber glaub mir, es würde nichts dabei herauskommen. Lass sie einfach in Ruhe, sie fängt sich schon wieder.«

»Ist sie immer so?«

Maddy zuckte mit den Schultern. »Momentan schon. Aber ich sehe sie nur selten und bin mir deshalb nicht sicher. Fast das ganze Jahr über lebt sie bei ihrem Vater in San Francisco – was übrigens ihre eigene Entscheidung war, ich bin keine unfähige Mutter oder so was in der Art.«

»Offensichtlich nicht«, beteuerte Amy nachdrücklich und verdrehte die Augen. »Aber habe ich richtig verstanden, dass es *Charlottes* Entscheidung war? Du lässt sie tatsächlich bestimmen, bei wem sie leben möchte? Warum?«

»Warum nicht?«, fragte Maddy zurück. »Charlotte ist ein intelligentes Mädchen mit einem eigenen Kopf und obwohl Vance – das ist ihr Vater – und ich nun mal nicht zusammenleben können, macht ihn das nicht zu einem schlechten Menschen oder schlechten Vater. Momentan ist sie während der Ferien für drei Wochen bei mir.«

»Wann hat sie sich so entschieden?«

»Vor zwei Jahren. Es war traumatisch für mich – also gut, lass mich ehrlich sein –, es war tief traumatisch und eine schreckliche Zeit. Ich fühlte mich, als hätte ich einen Arm verloren. Aber wir haben es überstanden. Davon abgesehen ist San Francisco eine tolle Stadt für jemanden wie Charlotte – so unkonventionell, verstehst du? Und sie wird zu mir zurückkommen, das weiß ich, vorausgesetzt, ich verhalte mich jetzt richtig.«

Amy starrte auf den Boden ihrer mittlerweile leeren Suppenschale. *Vor zwei Jahren … eine traumatische Erfahrung … sie muss ihre Tochter etwa zu der Zeit losgelassen haben, als Mum starb … einen ganzen Kontinent weit weg. Wie viele Tragödien sich wohl jeden Tag überall auf der Welt in Familien abspielen?*

Das unerwartete Stampfen schwerer Boots auf den Treppenstufen wurde von einer wütenden, jungen Stimme begleitet, die ins Wohnzimmer hineinschrie: »Wirst du jemals kapieren, dass ich den Gestank von Fischsuppe nicht ertrage? Es ist widerlich! Und wag ja nicht, an die Tür zu kommen, wenn du mich nachher abholst, oder ich schwöre, *nie wieder* ein Wort mit dir zu reden!«

»Bye, Muffin. Pass auf dich auf und hab einen schönen Abend«, rief Maddy der schwarz gekleideten Erscheinung zu, die sich kurz mit finsterem Blick an der Tür gezeigt hatte und schlagartig wieder verschwunden war.

Maddy sah rüber zu Amy und lächelte bedauernd. »Wenn ich sie um halb zwölf abhole, steht sie schon da und wartet auf mich. Tut sie immer.«

»Du bist erstaunlich«, bemerkte Amy, »dass du so nachsichtig mit ihr sein kannst.«

»Das ist keine Nachsicht«, widersprach Maddy, »es ist, zumindest momentan, zweckdienlich.«

»Na gut!«, gab Amy nach. »*Zweckdienlich* ist es. Du lässt mir nicht viel durchgehen?«

»Charlotte auch nicht, aber verrate ihr das nicht! Sie glaubt, sie sei federführend, und alles, was ich sage, sei falsch. Dass ich sie nicht verstehe, keine Ahnung habe – die gute alte Teenagerüberzeugung. Ich sehe nur zu, dass alles läuft und nehme die Dinge, wie sie kommen.«

»Klingt anstrengend.«

»Kann es durchaus sein, aber ich habe sie auch nicht das ganze Jahr über hier. Also versuche ich, sie an der ganz langen Leine zu lassen, aber vor allem *da zu sein,* einfach nur da zu sein. Ich glaube, wenn man diesen letzten Teil hinbekommt, macht man seine Sache ganz gut. Noch etwas Suppe?«

Es war spät geworden. Amy spülte das Geschirr, während Maddy rüberging, um das Atelier für heute aufzuräumen und abzuschließen. Maddys Wissen über die Welt der Skulpturen und ihre Leidenschaft hatten Amy förmlich umgehauen. Für sie war dieses Thema ein Buch mit sieben Siegeln. Und wie geduldig Maddy ihre Fragen beantwortet hatte. *Habe ich sie wirklich gefragt, ob ihr manchmal die Hände wehtun?* Und wie sehr sich Maddy für London und Amys Arbeit interessiert hat und bei Amys Verlegenheit, einen derart unkreativen Job zu haben, nachdrücklich abwinkte: »Hey, Sweetheart, Arbeit ist das, was wir *tun,* aber nicht unbedingt das, was wir *sind.*«

Später, als sie es sich mit dampfenden Kaffeetassen bequem gemacht hatten, brachte Maddy das Thema noch einmal auf Schuhe.

»Hast du nicht gesagt, dass du dir nur, was war es noch, anderthalb Paare zurückholen konntest?«

»Ja, ich habe versagt. Das ist amtlich.«

»Was hat es mit dem halben Paar auf sich?«

Amy seufzte und nippte am Kaffee. »Wie viel Zeit hast du denn? Es waren Spitzenschuhe. Ich habe nur einen von zwei Spitzenschuhen zurückbekommen.«

Maddy zuckte leicht zusammen.

»Wenig nützlich für deine Skulptur«, scherzte Amy, »aber sie gehörten meiner Mutter. Sie war Ballerina. Und eben diese Schuhe hat sie bei ihrem letzten offiziellen Auftritt getragen. Sie waren mein kostbarster Besitz. Das *waren* sie, bis vor ein paar Tagen jedenfalls.«

»Tatsächlich?«, fragte Maddy leise.

»Ja. Ich konnte die Schuhe zurückverfolgen bis zu einer netten alten Dame namens Alice in einem Altersheim im Staat New York, aber als die den Karton öffnete, fand sich nur ein Schuh darin.« Sie schwieg einen Moment. Beim Gedanken an Alice musste sie auch an Jack denken und sofort hatte sie Schmetterlinge im Bauch.

»Und die alte Dame hat dir den Schuh zurückgegeben?«, drängte Maddy. »Das war sehr freundlich von ihr.«

Und dann erzählte Amy ihr alles. Über Sergei, Jack und Alice, Liebesbriefe in Spitzenschuhen und das Geheimnis, das der Schuh offenbarte. Als sie fertig war, ließ sich Maddy nach hinten in die dicken Kissen fallen und sah Amy nachdenklich an.

Amy zuckte mit den Schultern. »Ich weiß, ist total bescheuert. Aber ich bin drüber weg. Sogar darüber, diesen Lügner jemals wiedersehen zu wollen.«

Maddy trank den letzten Rest Kaffee aus ihrer Tasse. »*Au contraire,* Sweetheart, für mich klingt es so, als seiest du noch meilenweit davon entfernt.«

Amy war es nicht gewohnt, dass ihr jemand widersprach,

wenn es um die Erinnerungen an ihre Mutter ging, warf ihr einen finsteren Blick zu und zuckte dann erneut mit den Schultern.

»Das war eindeutig ein Charlotte-Blick!« Maddy lachte. »Wie alt bist du noch mal, Amy?«

»Du bist aber auch ganz schön frech!«

»Wie dem auch sei«, fuhr Maddy mit ernstem Gesicht fort, »was diese Ballettschuhe angeht …«

Amy gähnte. »Können wir nicht das Thema wechseln? Genau genommen sollte ich lieber darüber nachdenken, ins Hotel zurückzufahren.«

»Nein, ich fürchte, das geht noch nicht. Würdest du noch mal mit mir rüber ins Atelier gehen?«

»Klar doch.« Verwundert raffte sich Amy auf. Ihr verletzter Knöchel begann wieder zu pochen. Trotz der Müdigkeit folgte sie Maddy gehorsam nach nebenan ins Atelier. Als Maddy das Halogenlicht einschaltete, blendete es Amys müde Augen, es war ein zu scharfer Kontrast zu dem sanften Kerzenlicht im Wohnzimmer. Da war wieder die Stiletto-Skulptur. Mit ihrer bestechenden Erotik wirkte sie bei Nacht geradezu unanständig. Kompromisslos und stolz beherrschte sie den ganzen Raum. Amy gefiel sie jetzt fast noch besser.

»Hier drüben.« Maddy führte sie zu der Werkbank. »Ich hatte ganz vergessen, es zu erwähnen, aber in einem der Kartons, die ich aus England bekam, war mehr drin, als ich gekauft hatte.«

Nein, doch nicht etwa …

Aber noch bevor sich Maddy hinkniete, um die unterste Schublade der Werkbank zu öffnen, wusste Amy, was sie darin finden würde. Der Schuh war immer noch in das elfenbeinfarbene Seidenpapier gehüllt, wie an dem Tag, als ihre Mutter ihn ihr überreichte. Maddy zog das Päckchen heraus und reichte es Amy vorsichtig, als wäre es aus Glas.

»Ich bin sehr froh, das hier seinem Eigentümer zurückgeben zu können, Amy. Eigentlich hatte ich überlegt, es als Modell für Zeichenübungen zu nutzen. Aber jetzt kannst du *zwei* vollständige Paare von deiner Reise mit nach Hause nehmen!«

»Vielen Dank«, stammelte Amy. Dann ging sie auf Maddy zu und umarmte sie umständlich. Maddy versteifte sich. Was Umarmungen anging, war sie wohl ein bisschen aus der Übung.

»Gern geschehen.«

Sie standen einen Moment lang einfach nur so da, und Amy wusste nicht recht, was sie tun sollte. Sie konnte sich nicht einfach nur bedanken und sich verabschieden, nicht nachdem Maddy so nett gewesen war und doch …

»Nun?« Maddy sah sie mit einem merkwürdigen Blick an.

»Was nun?«

»Willst du nicht nachsehen, ob in diesem auch eine Nachricht steckt? Du hast doch gesagt, dass Ballerinen Briefe in ihren Schuhen verstecken, oder?«

»Hab ich das? Ja, richtig!«

»Ja, das hast du gesagt, Amy.« Maddy wandte sich wieder der Werkbank zu und wählte eine kleine Zange aus einer Sammlung, die an mehreren Haken über dem riesigen Schneidbrenner in der Ecke hing. »Damit müsste es gehen. Komm, lass uns zurück ins Haus gehen. Dann kannst du nachsehen … Amy?«

»Ja?« Ihre eigene Stimme kam ihr erneut fremd vor. Wieder ging in Amys Kopf alles durcheinander.

»Möchtest du es tun?«

Amys Antwort kam so unerwartet wie von ganzem Herzen:

»Ja!«

29. Kapitel

Maddy fuhr weg, um Charlotte abzuholen, und ließ Amy auf dem Sitzkissen im Wohnzimmer zurück. Amy hielt den Brief fest umklammert und hatte noch Maddys Abschiedsworte im Ohr, die durch die luftige Eingangshalle klangen: »Ich glaube, du kannst ein bisschen Zeit für dich allein gebrauchen.«

Natürlich war da noch ein Brief gewesen, versteckt in der Zehenbox des Schuhs. Wie hätte es anders sein können? Amy hatte ihn bereits zweimal gelesen, ihn dann Maddy zum Lesen gegeben, ihn beiseitegelegt, wieder an sich genommen, zusammen- und wieder auseinandergefaltet und ausgiebig darüber nachgedacht, ihn in Tausend kleine Stücke zu reißen und so zu tun, als hätte es ihn nie gegeben.

Aber das war unmöglich.

Das Erste, was sie gesagt hatte, war: »Wer hätte gedacht, dass so kleine Schuhe so viele Geheimnisse bergen?« Maddy hatte darauf nicht geantwortet.

Und jetzt, in der Stille des Wohnzimmers, mit dem Tempfahl, der immer noch finster auf sie herunterblickte, schaute Amy sich um und fragte sich, warum sie um die halbe Welt reisen musste, um all diese folgenschweren Geheimnisse aufzudecken.

Obwohl der Brief vom Oktober vor fünfundzwanzig Jahren war, wiesen ihn Sprache und Stil unverkennbar als Sergeis aus.

Hannah, mein Liebling,
ich danke dir so sehr für Paris. Immer wenn ich glaube, diese Situation nicht länger ertragen zu können, dann denke ich an Paris, an dich und unsere gemeinsame Nacht. Dann fühle ich mich stark wie ein Löwe und im nächsten Moment wieder ganz schwach, weil ich weiß, dass wir nicht immer zusammen sein können. Mag sein, dass ich daran zerbreche. Ich mache mir auch Sorgen um dich, mein Liebling. Wenn wir nicht zusammen sind, hält mich nur meine Arbeit am Leben. Aber ist es nicht ungerecht, dass gerade die uns trennt? Diese Tour durch Südamerika wird jedoch die beste von allen werden. Das Ensemble mit all den großartigen Tänzern, die mit ganzem Herzen dabei sind, ist bereit – was mich mit Freude erfüllt. Wenigstens wird uns immer Paris bleiben, ich liebe dich, meine Hannah, immer schon, und daran wird sich nie etwas ändern. Und wie auch immer unsere Leben sich entwickeln werden, du wirst mir fehlen. Du bist für alle Ewigkeit in meinem Herzen.
Dein Sergei

Was Amy seit Tagen schon vermutet hatte, stand jetzt zweifelsfrei fest. Ihre Mutter und Sergei hatten sich all die Jahre geliebt – leidenschaftlich geliebt. Und da war noch etwas.

Schon wieder Paris! Ob sich beide Briefe auf dieselbe Nacht beziehen?

Automatisch griff Amy nach ihrer Handtasche und zog den ersten Brief heraus, den Alice in dem anderen Schuh gefunden hatte. Amy verglich die Daten und runzelte die Stirn. Vor fünfundzwanzig Jahren im Oktober. Das würde heißen, dass diese Liebesnacht in Paris etwa sechs Jahre vor dem Abend von Margot Fonteyns Party lag, auf der sie so vertraut gewirkt hatten … nein, es musste fünf Jahre und … neun Monate … vorher gewesen sein, als Amy genau fünf Jahre alt war …

»Hatte ich dir nicht ausdrücklich gesagt, dass du nicht an die Tür kommen sollst? Also ehrlich, Mum, was geht nur in deinem Kopf vor? Was dachtest du denn, was ich da drin tue? Ich ertrage das nicht länger – ich gehe nach oben! Und weck mich morgen früh ja nicht auf, kapiert! Ich schwöre, dass ich dann auf der Stelle von hier verschwinde!«

Amy hob den Kopf, lauschte den stampfenden Schritten auf der Treppe und wartete auf das unvermeidliche Zuknallen einer Tür.

Gute Arbeit, Charlotte. Vielleicht schaffst du es beim nächsten Mal sogar, dass sie aus den Angeln fliegt. Warum freust du dich nicht einfach darüber, dass du eine Mutter hast? Glaub mir, sie würde dir fehlen, wenn sie plötzlich nicht mehr da wäre.

»Geht es dir gut?« Maddy kam ins Wohnzimmer und ließ sich seufzend auf ein Sitzkissen fallen. »Charlotte scheint einen netten Abend gehabt zu haben.«

»Maddy, du weißt doch, dieser Mann, der die Briefe geschrieben hat?« Viel zu geschockt, fügte Amy einfach nur hinzu: »Er ist in Wirklichkeit mein Vater.«

Maddy starrte sie an, öffnete den Mund, als wolle sie etwas sagen, schwieg dann aber.

»Ich habe es gerade erst herausgefunden. Zuerst dachte ich, die beiden hätten nur eine Affäre gehabt, aber jetzt …«

»Oh, Amy …«

»Die Daten passen perfekt. Ich werde diese Woche 25 und vor fünfundzwanzig Jahren und neun Monaten waren Mum und Sergei in Paris zusammen!«

Maddy runzelte die Stirn. »Das ist aber noch kein Beweis. Solche Daten lassen sich nicht exakt berechnen, schon gar nicht, wenn es …«

»Ich bin mir sicher, Maddy. Je länger ich darüber nachdenke, desto mehr Sinn ergibt es. Mein Dad war nicht mein leiblicher Vater.«

Amy verzog traurig das Gesicht. Maddy griff schnell nach der Box mit den Papiertüchern, die ganz in der Nähe auf dem Boden stand. »Hier, bitte.«

Vorsichtig schob Maddy ihr Kissen neben das von Amy, setzte sich zu ihr und legte ihr zaghaft den tätowierten Arm um die Schultern.

»Ich frage mich, ob er es wusste? Mein Dad – Patrick, meine ich. Ob er wohl wusste, dass ich nicht … *seine*? Oh, Maddy, das klingt so absurd. Er war mein Dad! Er hat mich großgezogen, mir Pflaster auf die aufgeschlagenen Knie geklebt, mir Hühnersuppe gekocht, wenn ich krank war, ist mit mir ins Kino gegangen, hat mich abends ins Bett gebracht – wie in aller Welt kann er da nicht mein wirklicher Vater sein?«

»Klingt für mich so, als wäre er ein ziemlich guter Vater gewesen, ob er es nun genetisch war oder nicht«, betonte Maddy.

Amy hörte ihr kaum zu. »Aber … natürlich! Das erklärt, warum Sergei keine Mühe gescheut hat, sich mit mir zu treffen, wenn er in London war. Darum ist er mit mir ins

Ballett gegangen und interessierte sich für alles, was ich ihm erzählte. Ich dachte immer, das läge nur daran, dass er Mum gekannt hat ... Aber natürlich, er kannte sie sogar um einiges besser als ich. ...«

»Nur mit der Ruhe, Mädchen«, sagte Maddy tröstend, als Amy vor Schluchzen nicht weiterreden konnte. »Lass uns versuchen, auf dem Teppich zu bleiben, okay?«

Amy schnappte ein paar Mal nach Luft. »Na gut. Aber ich muss ständig an meinen Dad denken! Wie konnte Mum so etwas tun? Wie konnte sie eine Affäre haben?«

»Die Dinge sind selten nur schwarz oder weiß, Amy«, redete Maddy ihr zu. »Ich hatte auch mal den Verdacht, dass Vance fremdgeht. Es stellte sich heraus, dass er Überstunden gemacht hat, um eine Anzahlung auf das Studio nebenan leisten zu können – als Geschenk für mich.«

Amy hob den Kopf und rang sich ein Lächeln ab. »Ehrlich? Warum in aller Welt hast du dich von so einem Mann getrennt?«

»Wir haben es gemeinsam entschieden«, antwortete Maddy und schaute in die Ferne. »Wir haben eingesehen, dass wir unterschiedliche Bedürfnisse haben, das ist alles. Trotzdem werden wir einander immer lieben. Weißt du, Amy, nach allem was du mir erzählt hast, muss deine Mutter dich sehr geliebt haben, stimmt's?«

Amy nickte und nagte an ihrer Unterlippe.

»Und sie und dein Dad ...«

»Patrick? Oder meinst du jetzt Sergei?« Die leise Verbitterung war aus ihrer Stimme herauszuhören.

»*Patrick* natürlich – waren die beiden glücklich miteinander?«

Amy seufzte. »Oh, ja, davon bin ich überzeugt. Wir waren alle drei glücklich miteinander.«

»Sie muss eine bemerkenswerte Frau gewesen sein, wenn sie es nicht zugelassen hat, dass die große Liebe ihres Lebens deine glückliche Kindheit durcheinanderbrachte und vor allem … nein, Amy!« Sie hob streng die Hand, als Amy sie unterbrechen wollte. »Sie hat auch Patrick glücklich gemacht – was glaubst du, warum sie das konnte?«

»Weil sie bemerkenswert war«, antwortete Amy ohne zu zögern.

»*Voilà!*«

»Wie man in *Paris* sagen würde«, ergänzte Amy mit finsterem Blick.

Maddy hob den Ballettschuh auf, der zwischen den beiden Kissen auf dem Boden lag, drehte ihn hin und her und sah ihn sich sehr genau an, während Amy ihr dabei zuschaute.

»Weißt du«, sagte Maddy nach einer Weile, »deine Mutter versteckte diese Briefe – korrigier mich bitte, falls ich mich irre – an einem Ort, von dem sie wusste, dass dein Vater nicht zufällig darüberstolpern würde. Auf diese Weise konnte sie sicher sein, ihm nie damit wehzutun, dass sie diese Briefe aufbewahrt hat.«

»Vermutlich«, stimmte Amy zu.

Maddy lachte leise. »Ist doch irgendwie rührend, oder? Die Liebesbriefe und die Ballettschuhe – zwei große Leidenschaften miteinander vereint.«

»Maddy, ich glaube nicht, dass ich schon so weit bin, mir Mums *große Leidenschaft* mit Sergei auf irgendwie erwachsene Weise vorzustellen. Und schon gar nicht als *rührend.*

Tut mir leid, aber für mich hat es etwas Betrügerisches. Es ist unfair, und ich kann es einfach nicht begreifen.«

»Und der einzige Mensch, der dir erzählen kann, was wirklich passierte, ist Sergei, nicht wahr?«

Amy zuckte zusammen. »Was ihn angeht, habe ich alle Brücken hinter mir abgerissen. Ich habe ihm eine Nachricht geschrieben, dass ich ihn niemals wieder sehen möchte. Zu dem Zeitpunkt habe ich noch gedacht, er hätte nur mit meiner Mutter geschlafen, du weißt schon, gelegentlich ... Igitt! Weg mit diesen Bildern! Jedenfalls hätte ich nie gedacht, dass er mein ... Vater sein könnte.«

Maddy schwieg.

»Weißt du was?«, sagte Amy schließlich.

»Nein?«

»Ich habe seine Augen.«

»Tatsächlich?«

»Ja, ich habe Sergeis Augen. Justin hat immer gesagt, ich müsse ein Kuckuckskind sein, wegen meiner großen dunklen Augen. Mums Augen waren grün und die von Patrick blau. Ich dachte immer, das wäre so eine Art Generationssprung, aber in Wahrheit habe ich meine Augen jedes Mal vor mir gesehen, wenn ich mich mit Sergei in der Oper getroffen habe.«

»Ruf ihn an, Amy.«

»Sei nicht albern.«

»In diesem Fall kannst du nicht davor weglaufen.«

»Bin ich doch schon.«

»Du bist vor etwas weggelaufen, von dem du nicht alles wusstest. Ich an deiner Stelle würde mit dem einzigen noch lebenden Menschen sprechen wollen, der mir die ganze Geschichte erzählen kann. Die anderen beiden sind nämlich tot!«

Sie hatte es kaum ausgesprochen, da schlug sie entsetzt die Hände vor den Mund.

»Ich kann nicht glauben, dass ich so etwas Gefühlloses sage«, murmelte sie. »Verzeih mir, Amy, es tut mir unendlich leid …«

»Ist schon gut«, versicherte Amy, obwohl ihr Tränen in die Augen traten. Das Wort *tot* war so kalt und unbarmherzig. »Und du hast ja recht. Ich muss Sergei anrufen. Ich meine, ich muss … meinen Vater anrufen.«

Vor allem will ich, dass er es sagt. Dass er sagt: »Ja, du bist meine Tochter.«

»Mach es sofort«, flüsterte Maddy.

»Jetzt? Es ist mitten in der Nacht und in meinem Kopf wirbelt alles durcheinander, als würde ich mir meinen eigenen Horrorfilm ansehen. Er dürfte heute von seiner letzten Tournee zurückgekehrt sein. Ich rufe ihn morgen früh an. Ich habe eine kilometerlange Liste mit Fragen an diesen Mann, dafür will ich ausgeruht sein. Außerdem sollte ich so langsam ins Motel zurück, bevor sie mich für die Nacht ausschließen.« Sie wollte sich von dem Kissen erheben.

Aber Maddy streckte den Arm aus und hielt sie davon ab. »Das wirst du nicht tun, Amy. Du kannst hier übernachten – ich gebe dir einen von Charlottes Pyjamas. Oh doch, ich bestehe darauf. Ich habe ein viel zu selten benutztes Gästezimmer, und ich will mich nicht mit der Vorstellung herumschlagen, dass du nach einem solchen Abend in ein einsames Motelzimmer zurückkehrst!«

»Aber …«

»Kein aber. Du bleibst hier. So, ich werde eine warme Milch machen und damit zu Charlotte hochgehen. Ist so ein Ritual von uns. Ich nenne es neutrales Gebiet. Oft sitze ich so um Mitternacht oben auf dem Fußende von Charlottes Bett, wir trinken zusammen warme Milch, und ich finde heraus, wie ihr Tag war. Und am nächsten Morgen hat sie sich wieder in den Teenager verwandelt, der mich auf Abstand hält.«

»Du bist eine tolle Mum, Maddy.«

»Glaub es oder nicht, aber ich habe da oben auch großartiges Rohmaterial, um damit zu arbeiten. Und während ich bei Charlotte bin, solltest du Sergei anrufen, Amy. Ruf ihn an, *jetzt.*«

Maddy ging in die Küche und ließ Amy allein zurück. Sie zog seufzend ihr Notizbuch und einen Stift aus ihrer Tasche und machte sich an die Arbeit.

Sie dachte sehr lange nach.

FRAGEN AN SERGEI

1 Was geschah damals?

2 Warum hast du mir nie etwas gesagt?

Eine ganze Weile später starrte Amy auf den Zettel und seufzte wieder. Schien so, als würde ihre Fragenliste an Sergei doch nicht kilometerlang werden – und noch stand längst nicht fest, ob sie überhaupt jemals den Mut aufbringen würde, ihn anzurufen.

Mit müdem Blick schaute sie hoch zu dem Totempfahl. »Was meinst du denn? Soll ich ihn jetzt anrufen oder lieber später?«

Keine Reaktion. Die vier übereinander angeordneten Gesichter sahen sie teilnahmslos an.

»Oder gar nicht?«, fuhr sie hoffnungsvoll fort.

Immer noch keine Reaktion.

»War das etwa ein Zwinkern? Du da, Nummer drei …«

Stöhnend rieb sie sich die Augen und zeigte dann mit dem Finger auf das dritte Gesicht von unten. »Jetzt komm schon, gib mir ein Zeichen! Tu was, irgendwas, dann rufe ich ihn auf der Stelle an!«

Nichts.

»Also gut. Ich glaube sowieso nicht an Zeichen. Außerdem werdet ihr mich nicht austricksen und mich dazu bringen, nicht anzurufen, nur weil ihr mir kein Zeichen gegeben habt – also, wo ist dieses Telefon?«

»Hier, Sweetheart.«

Maddys Stimme ließ sie zusammenfahren. Amy hatte nicht gehört, dass sie wieder ins Zimmer gekommen war.

»Du wolltest dir Rat bei den Beatles holen? Gut so. Mache ich auch immer.«

»Wie bitte?« Amy sah erst Maddy belustigt an, dann schaute sie wieder auf den Totempfahl, dieses Mal aber etwas genauer. Auf einmal war es ganz offensichtlich. Jedes der vier Gesichter, obwohl es abstrakt gearbeitet und mit in das Holz geschnitzten Federn, langem Haar und Kriegsbemalung verziert war, stellte eindeutig einen der *Pilzköpfe* dar.

»Das ist genial«, stieß sie hervor. »Ich hätte durch die runden Brillengläser des obersten drauf kommen müssen. Und ich habe sie tatsächlich um Rat gefragt, aber nur Ringo.«

»Er hat dir hoffentlich nicht geantwortet: *Let it be.*«

Maddy lächelte. Dann beugte sie sich vor und drückte Amy das Telefon in die Hand. »Tu es, Amy. Tu es jetzt.«

»Meinst du wirklich?« Amy schwankte immer noch. »Also gut, ich tu's!« Sie drückte hastig die ersten beiden Tasten und hielt dann inne. »Warte mal und wenn er nun wütend auf mich ist?« Das Telefon fiel ihr aus der Hand und landete auf dem Läufer.

»Und wenn er es nicht ist?«, entgegnete Maddy energisch, hob den Apparat auf und drückte ihn Amy in die Hand.

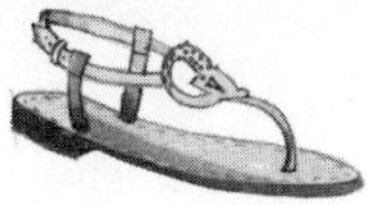

30. Kapitel

Sergei?«

Amys Stimme klang so zaghaft wie die eines Kindes.

»Hallo? Wer ist denn da? *Amy*? Bist du das, Amy?«

»Ja. Habe ich dich geweckt?«

»Nein, ich war gerade noch wach. Amy, ich bin so froh, deine Stimme zu hören!« Es folgte eine kurze Pause, offenbar musste Sergei doch erst richtig wach werden.

»Ist alles in Ordnung? Geht es dir gut? Wo steckst du?«

»Es geht mir gut, Sergei.«

Amy wandte sich erleichtert Maddy zu und nickte. Zum Glück hatte Sergei sie nicht angeschrien oder den Hörer aufgeknallt. Es war schon komisch, ihn fragen zu hören, ob es ihr gut ginge, und dabei zu wissen, dass seine Sorge über die eines Freundes ihrer Mutter hinausging. Maddy lächelte zurück und verzog sich dann in die Küche.

»Wo bist du, Amy?«, fragte er noch einmal.

»In Miami, bei einer Freundin.«

»Wie gut, dass du nicht allein bist. Dein Brief, Amy … ich bin erst heute Abend zurückgekommen, und Maria hat ihn mir gegeben – ich habe mir solche Sorgen gemacht.«

»Seitdem ist einiges passiert, und ich habe viel nachgedacht. Du weißt, was ich dich fragen muss, nicht wahr?«

»Ja, ich denke schon.«

»Bist du mein Vater?«

Es war irgendwie befreiend, diese Frage zu stellen. Aber trotz der Ruhe, die sie überkam, sobald die Worte ausgesprochen waren, fühlte es sich doch wie ein Verrat an Patrick an. Als würde sie mit einer einzigen Frage all die Jahre wegwischen, die er ihr Vater gewesen war.

Nein! Wo immer du jetzt auch sein magst, Dad, so ist es nicht. Das wird niemals so sein!

»Amy.« Sergeis Stimme war kaum mehr als ein Flüstern und tief bewegt. »Ich bin stolz, sagen zu können: Ja, ich bin dein Vater.«

Sie hatte versucht, sich vorzustellen, wie sie reagieren würde, und war davon ausgegangen, dass sie in Tränen ausbrechen, wie eine Heldin bei Jane Austin in Ohnmacht fallen oder aufspringen und laut fluchen würde. Aber stattdessen lehnte sie sich gegen die Wand und schloss die Augen.

»Wow«, flüsterte sie.

Mehr fiel ihr in diesem Moment nicht ein.

Sie hörte ihn am anderen Ende der Leitung atmen, Hunderte von Meilen weit entfernt. Maddy war aus der Küche zurückgekommen und stand wartend im Türrahmen, die Box mit den Papiertüchern in der einen, die warme Milch in der anderen Hand. Als Amy zu ihr hinsah, hob Maddy fragend den Milchtopf und formte mit den Lippen die Worte: »Möchtest du welche?« Amy nickte, und Maddy verschwand wieder.

»Nein, bleib hier«, murmelte Sergei, und es folgten gedämpfte Gesprächsfetzen. Offenbar lag er zusammen mit seiner Frau Lisa im Bett und erklärte ihr gerade, wer dran war.

Ein schrecklicher Gedanke traf Amy wie ein Blitz.

Wenn er nun Lisa nie davon erzählt hat? Was habe ich mir dabei gedacht, ihn mitten in der Nacht anzurufen, wenn sie neben im liegt?

Sie war richtig erschrocken, wie sehr ihr diese Vorstellung zusetzte. Lisa war ihr immer sympathisch gewesen, wenn sie sie mal am Telefon hatte. Und wenn Sergei von ihr erzählte, fing sein Gesicht jedes Mal an zu strahlen. Amy hatte sich hin und wieder gefragt, ob sie Lisa wohl je kennenlernen würde. Aber nun waren die Voraussetzungen ganz anders. Aus Lisa, der Frau ihres Freundes, war jetzt die Frau ihres Vaters geworden …

Ich habe eine Stiefmutter!

Die missmutigen Gesichter von John, Paul, George und Ringo ihr gegenüber wirkten absolut unbeeindruckt von dieser Hammernachricht.

Ich will keine Stiefmutter! Jeder weiß, was in den Märchen passiert.

»Also gut, Amy, ich bin jetzt aufgestanden, und Lisa macht uns gerade Tee.«

»Warum hast du mir nichts gesagt?« Die Frage kam wie aus der Pistole geschossen.

Sergei seufzte. »Ich wollte ja, jede Sekunde, in der ich mit dir zusammen war, aber ich konnte nicht.«

»Hast du dich geschämt?« Wieder einmal klang Amys Stimme nicht wie die ihre.

»Geschämt?«, wiederholte Sergei. »Wie könnte ich mich denn deiner schämen?«

»Nicht wegen mir!«, rief Amy laut. »Ich meinte dich! Ob du dich geschämt hast, eine Affäre mit meiner Mutter gehabt zu haben, hinter … hinter dem Rücken meines Vaters?«

»Amy, bitte hör mir erst zu.« Sergei war anzumerken, wie sehr er sich bemühte, ruhig zu bleiben. Sein Ton klang gefasst, aber Amy konnte ihn atmen hören, flach, nervös, schnell. »Ich habe Patrick nicht hintergangen. Er war ein toller Kerl.«

»Aber …«

»Und auch deine Mutter hat Patrick nicht betrogen.«

»Doch, das hat sie. Sie hat … mit dir geschlafen!« Amy umklammerte das Telefon so fest, dass ihre Finger schmerzten.

»Hör zu, kann ich zu dir kommen?«, fragte Sergei. »Das Ganze ist eine sehr lange Geschichte, und es wird Zeit, dass du sie endlich hörst. Ich könnte morgen bei dir sein. Wenn ich jetzt losfahre …«

»Ich hätte sie schon vor Jahren hören sollen!«, schrie Amy, zerrissen zwischen Wut und Verwirrung über das, was Sergei ihr sagte.

»Vielleicht«, räumte Sergei ein. »Aber wir hielten es für das Beste, dir nichts zu sagen. Vertrau mir Amy, Patrick wurde nicht hintergangen.«

»Aber …«, setzte Amy an, doch dann fiel der Groschen. *Wenn Patrick nie getäuscht wurde, dann hatte er es gewusst!* Patrick, der ihr Radfahren beigebracht, ihr sonntagmorgens Pfannkuchen gebacken und Sterne an die Decke ihres Kinderzimmers gemalt hatte, wusste die ganze Zeit, dass er nicht ihr Vater war. Tränen brannten in ihren Augen. Amy blinzelte.

Und dann stellte sie eine Frage, die ihr schon die ganze Zeit im Kopf herumging. »Es mir nicht zu sagen, so lange meine Eltern noch lebten, ist die eine Sache. Aber warum hast du mir danach nie die Wahrheit gesagt? Jetzt, wo sie beide … nicht mehr da sind?« Gerne hätte sie hinzugefügt: *Man fühlt sich nämlich ganz schön allein.* In den zwei Jahren, in denen sie dachte, allein auf der Welt zu sein, hatte sie gelernt, dass es keine gute Idee war, sich allzu hilfsbedürftig zu zeigen. Sie wollte keinesfalls den Eindruck erwecken, dass Sergei irgendeine Verpflichtung ihr gegenüber hatte.

Ich hätte doch lieber erst in Ruhe nachdenken sollen, bevor ich ihn anrief …

»Liebes, genau dann wünschte ich so sehr, es dir zu sagen. Aber ich konnte nicht.«

»Warum?«

Sie hörte ihn seufzen. »Weil es nur selbstsüchtig von mir gewesen wäre. Ich habe so mit dir gelitten, ahnte, wie allein du dich fühlen musstest, nachdem du beide Elternteile verloren hattest. Aber woher sollte ich das Recht nehmen, in dein Leben zu stürmen und all deine Erinnerungen zu zerstören – das Kostbarste, was dir geblieben war? Und wenn du mich zurückgewiesen hättest? Dann hättest du gar nichts mehr von mir wissen wollen und deine Kindheitserinnerungen wären auch zerstört gewesen. Verstehst du mich?«

»Nun …« Zögernd musste Amy anerkennen, dass er nicht ganz Unrecht hatte. Was wäre denn gewesen, wenn er nach dem Tod ihrer Eltern verkündet hätte, dass er ihr Vater sei? Das wäre ihr so vorgekommen, als wolle er Besitzansprüche geltend machen und gefangen im schlimmsten Kummer hätte sie ihn tatsächlich abgelehnt. Trotzdem … »Hattest du je vor, es mir zu sagen?«

»Ich habe gehofft, dass es eines Tages möglich wäre. Allerdings hatte ich nicht die geringste Ahnung, wann der richtige Moment da sein würde.«

»Und du sagst, du hättest nicht hinter dem Rücken meines Vaters, Patricks, mit meiner Mutter geschlafen?«

»Nein, habe ich nicht.«

Trotz ihrer Verwirrung über das scheinbar Unmögliche stellte Amy erst überrascht und dann erleichtert fest, dass sie ihm glaubte. Sie wollte, dass es stimmte, aber nachdem sie sich selbst in den letzten Wochen ständig in Flunkereien geflüchtet hatte, kleinen wie großen, wusste sie einfach, dass der Mann am anderen Ende der Leitung die Wahrheit sagte. Es hätte nicht eindeutiger sein können, wenn er jetzt vor ihr stände und an einen Lügendetektor angeschlossen wäre.

Plötzlich wurde Amy klar, dass sie ihn sehen musste. Nicht etwa, um ihn doch an einen Lügendetektor anzuschließen, sondern weil sie ihm von Angesicht zu Angesicht gegenüberstehen wollte, dem Mann, der völlig unerwartet zum Kernpunkt ihrer Reise geworden war.

Kein Weglaufen und Verstecken hinter Telefonen mehr …

»Könnte ich stattdessen zu dir kommen?«

»Wie bitte?«

»Du hast gesagt, du wollest herkommen, aber ich könnte doch auch zu dir kommen? Hättest du morgen Zeit, mir zu erzählen, was passiert ist?« Gespannt hielt sie den Atem an.

»Natürlich.«

Charlotte sah am nächsten Morgen ganz anders aus. Sie trug ein langes lilafarbenes Nachthemd und das blauschwarze Haar wurde mit einem breiten Band aus dem ungeschminkten Gesicht gehalten. Sie saß verschlafen am Tisch und blinzelte wie eine Baby-Eule im Morgenlicht.

»Mom sagt, du hättest einen Wahnsinnsabend hinter dir«, sagte sie und mied Amys Blick, während sie sich Orangensaft in ein hohes Glas goss.

»Mhm, so in etwa«, erwiderte Amy. »Deine Mom war unheimlich nett zu mir. Ach und danke, dass du mir einen Pyjama geliehen hast.«

Charlotte zuckte mit den Schultern, schnappte sich das Glas und marschierte in Richtung Tür.

»Tschüs«, rief Amy ihr hinterher.

»Viel Glück«, lautete die kaum hörbare Antwort, während Charlotte zurück auf ihr Zimmer ging.

Amy trank einen Becher Jasmintee. Maddy arbeitete schon seit sechs Uhr früh in ihrem Atelier. Amy sah sich in der Küche um und dachte erneut, wie sonderbar das Leben doch war. Der Weg, der sie hergebracht hatte nach Miami, in Maddys Küche und zu der Entdeckung, dass Sergei ihr Vater war, war anders als jede Reise, die sie bisher unternommen hatte. Sie würde sie würdigen und gut in Erinnerung behalten: der alte Mann bei der Totenwache; Debs und Gabriel; die geschwollenen Füße der schwangeren Sophie; der kleine Harry, der draußen vor dem Festzelt heimlich rauchte; Assante; Maddys und Charlottes lustiges und ungewöhnliches Zuhause; die Schuhskulptur ... mit Justin Schluss zu machen ... Jack Devlin ... Sie umschloss den Teebecher mit beiden Händen und schüttelte lächelnd den Kopf.

Was für eine Reise. Und sie ist noch nicht vorbei.

Als sie kurz darauf das Atelier betrat, haute die Schuhskulptur sie förmlich um. Dieses Mal wirkte sie souverän und unnahbar wie eine Katze, die sich nach einem ausgiebigen Schlaf vor dem Feuer rekelt.

Maddy hatte Amy den Rücken zugewandt. Sie stand an ihrer Werkbank und begutachtete ein Stück Stacheldraht.

»Ich bin nicht gut im Abschiednehmen«, murmelte sie. »Bist du so weit?«

»Ja«, antwortete Amy. »Maddy … ich weiß nicht, wie ich dir danken soll …«

»Keine Ursache!« Maddy hob die Hand. »Nicht nötig.«

Ihre Verlegenheit ließ Amy lächeln. »Danke, Maddy. Dafür, dass du mich aufgenommen, mir zugehört und mich ermutigt hast, Sergei anzurufen … meinen Vater.«

»Bin sicher, dass du das auch ohne mich getan hättest«, erwiderte Maddy und spielte mit dem Draht.

Amy wollte zu ihr hinlaufen und sie drücken, aber sie erinnerte sich daran, wie verlegen Maddy am Tag zuvor geworden war, also blieb sie einfach stehen – auf die höfliche britische Art.

»Da bin ich mir nicht sicher. Wie auch immer, es war … großartig, eine Nacht lang zu deiner Familie zu gehören. Ich habe nicht oft Gelegenheit zu so etwas.«

Maddy schaute sich zu ihr um und musste jetzt doch glücklich lächeln. »Es ist ja eigentlich nur ein Teilzeit-Familien-Zuhause.«

»Nein, es ist viel mehr!« Amy lachte. »In dem Punkt kannst du mir ruhig vertrauen: Du hast ein wundervolles Zuhause geschaffen. Ich werde es nie vergessen. Und Charlotte ist ein glückliches Mädchen.«

Maddy hörte auf, mit dem Draht herumzuspielen, und grinste. »Nun, das ist auch für mich ein schöner Gedanke.«

»Und danke, dass du meine Schuhe so sinnvoll genutzt hast«, fuhr Amy fort.

»Das ist nicht dein Ernst«, widersprach Maddy.

»Wie ich schon sagte, ich arbeite daran.«

»Weißt du was? Ich bin letzte Nacht noch mal hergekommen, nachdem du schon im Bett warst, und habe mir das Stück lange und kritisch angesehen.« Sie wies mit dem Kopf in Richtung der Stiletto-Skulptur. »Da wurde mir klar, dass ich einen neuen Namen für sie gefunden habe.«

»Okay?«

»Seit dem Moment als du hier eingetroffen bist, hat sie eine neue Identität bekommen. Wie du weißt, habe ich mit der Arbeit daran begonnen, um eine bestimmte Aussage zu machen, aber mehr und mehr sah ich sie in einem anderen Licht – aber immer noch lediglich als Gegenstand. Und dann kamst du und hast ihr mit deiner Geschichte Leben eingehaucht, die Art von Leben, von der Künstler träumen, wenn sie über ihr Werk nachdenken, und deshalb bekommt sie einen neuen Namen: *Amys Suche*. Was hältst du davon?«

31. Kapitel

Ich werde nicht anhalten, ich werde nicht anhalten, ich werde nicht anhalten.

Amy war zurück nach New York geflogen, hatte sich wieder einen Mietwagen genommen und fuhr gerade an Patchogue vorbei.

Sie hatte das Schiebedach geöffnet, um die Strahlen der frühen Abendsonne zu genießen, und konnte den Duft des Meeres riechen, während sie vom Flughafen direkt zu Sergeis Haus unterwegs war.

Zum Haus meines Vaters. Was heißt wohl Dad auf Russisch? Amy schüttelte den Kopf. Die Situation, eine neue Familie zu haben, war noch zu ungewohnt, um sich bereits ein neues Vokabular anzueignen.

Der Radiosender spielte den Oldie *I've got Friends in Low Places*, und Amy sang laut mit. Dazu klopfte sie im Takt aufs Lenkrad und fragte sich, warum sie eigentlich so gute Laune hatte.

Und wenn ich nur mal eine Runde durch Patchogue drehe und einen Blick auf den Hafen werfe?

Aber da ihr Flug Verspätung gehabt hatte, war sowieso nicht mehr viel vom Tag übrig. Es würde bald dunkel werden, und Sergei erwartete sie.

Erst, als sie vor seiner Einfahrt anhielt, das Haus sah und

den Gärtner, der auf dem Rasen stand und die Blumenbeete mit einem Schlauch wässerte, und den großen glänzenden 4X4 Jeep, der vor dem Haus neben einem kleinen roten Sportwagen parkte, wurde sie schlagartig nervös. Das hier war jetzt nicht mehr einfach Sergeis Haus, der Ort, an dem sie Zuflucht gefunden und von dem sie vor zwei Tagen geflohen war, nachdem sie von seiner Beziehung mit ihrer Mutter erfahren hatte. Jetzt war es Sergeis und Lisas *Zuhause*, der Ort, an dem die beiden Anna und Katya aufgezogen hatten, ihre Halbschwestern. Ihre Schwestern! Sie war nicht länger ein Einzelkind. Der Gedanke ließ ihren Magen Purzelbäume schlagen. Nervös und unsicher parkte sie den Wagen am Straßenrand. Wie selbstverständlich die Einfahrt hochzufahren erschien ihr aufdringlich.

Ich habe kein Recht, hier zu sein. Das ist Lisa gegenüber nicht fair …

»Amy!«, rief der Gärtner, als er sie entdeckt hatte. *Das muss Antonio sein, Marias Mann.* Er winkte ihr zu. Da er immer noch den Schlauch in der Hand hielt, sprühte er eine Ladung Wasser in den offenen Sportwagen.

Amy verfolgte die Szene kichernd von ihrem Wagen aus und winkte zurück.

Nach einem kurzen Kampf hatte Antonio es geschafft, das Wasser abzudrehen. Dann kam er die Auffahrt hinunter zu ihrem Wagen geeilt. »Amy, geht es Ihnen gut? Wie schön, Sie kennenzulernen. Maria dachte nicht, dass wir Sie noch einmal wieder sehen!«

Er öffnete die Fahrertür und blieb erwartungsvoll stehen. Amy holte tief Luft, kletterte aus dem Wagen und küsste Antonio zur Begrüßung auf die Wange. »Hallo Antonio, wie geht es Ihrer Mutter?«

»Es geht ihr gut! Maria und ich sind Ihnen so dankbar, dass Sie uns geholfen haben.«

Amy winkte ab. »Nicht der Rede wert. Ich freue mich, dass es ihr gut geht.«

»Haben Sie Gepäck? Kann ich …«

»Nein!«, rief sie erschrocken. »Das bleibt im Auto, falls ich …«

»Amy!«

Sie wirbelte herum. Sergei stand regungslos in der Eingangstür. Er war ganz in schwarz gekleidet, an seinem gebräunten Handgelenk schimmerte die Armbanduhr, das Haar glatt zurückgestrichen – wie ein Filmstar aus den Fünfzigerjahren. Seine Arme hingen dicht am Körper herab, die Handflächen nach vorn, den Mund leicht geöffnet. Attraktiv, elegant, freundlich … und doch konnte Amy auf den ersten Blick sehen, dass er während der letzten vierundzwanzig Stunden nicht sonderlich viel geschlafen hatte.

Während sie auf ihn zuging, lächelte sie nervös. »Du siehst müde aus.«

Er kam die wenigen Stufen hinunter und eilte ihr entgegen. »Jetzt nicht mehr.«

Amy hatte damit gerechnet, zu weinen, wenn er sie in die Arme nahm, aber sie tat es nicht. Das alles war so seltsam und aufregend. Sie versuchte, jedes Detail zu registrieren und bewusst zu spüren, wie sie einander umarmten.

Ich umarme meinen Vater. Sergei Miskov! Oh Dad – Patrick –, falls du uns sehen kannst, ist es in Ordnung? Es fühlt sich nämlich … gut an …

Sergei löste sich von ihr, fasste ihre Hände und sah sie an, mit dunklen Schatten unter seinen strahlenden Augen.

Diese Augen sind wirklich genau wie meine. Daran gibt es wohl nicht mehr den Hauch eines Zweifels.

Sergei drehte sich zu Antonio um, der ein bisschen verlegen neben dem Kofferraum von Amys Auto stand.

»Antonio, ich möchte dir hiermit offiziell meine Tochter Amy vorstellen!«

Antonio sah beide einen Moment lang an und nickte dann lächelnd. »Maria ahnte so etwas. Willkommen, Amy.«

»Lisa und die Mädchen sind drinnen, sie erwarten dich.« Er bot ihr den Arm an, und sie hakte sich ein, schmiegte sich eng an ihn.

»Sergei, weiß Lisa Bescheid? Habe ich dich gestern Nacht in Schwierigkeiten gebracht?«

Er tätschelte ihr die Hand. »Ja, Lisa weiß alles. Ich habe ihr schon vor langer Zeit davon erzählt. Sie freut sich darauf, dich kennenzulernen.«

Lisa war genauso, wie Amy sie sich vorgestellt hatte: groß, wunderschön, warmherzig, mit einem strahlenden Lächeln, das all die Fotos im Haus nicht wiedergeben konnten. Ihr volles blondes Haar fiel über die Schultern, und sie bewegte sich mit einer Grazie, dass man sie glatt für eine Tänzerin halten konnte. Aber Sergei hatte Amy bereits bei einer früheren Gelegenheit erzählt, dass Lisa schon als Teenager die Ballettschuhe an den Nagel gehängt hatte, um an der Universität Philologie zu studieren. Dadurch hatten sie sich auch vor acht Jahren kennengelernt. Lisa war als Dolmetscherin für eines von Sergeis russischen Ensembles engagiert worden, als dieses ein Gastspiel in der berühmten Carnegie Hall gab. Sergei sagte, er hatte bereits in dem Moment, als Lisa zum ersten Mal das Theater betrat, gewusst, dass er sie heiraten würde.

Falls sich Lisa mit dieser Situation schwertat, ließ sie es sich jedenfalls nicht anmerken.

»Das muss für Sie sehr merkwürdig sein«, stammelte Amy. »Es tut mir leid …«

»Amy«, unterbrach Lisa sie. »Ich habe von dir gewusst, seit ich Sergei kenne, und mir oft vorgestellt, wie es sein würde, wenn wir einander endlich begegnen. Was mich angeht, so hast du immer zu Sergeis Familie gehört und dass er glücklich ist, macht auch mich glücklich.«

Amy konnte sich kaum vorstellen, dass diese souveräne, elegante Frau nur wenige Jahre älter war als sie selbst. Lisa führte Amy ins Wohnzimmer, das seit ihrem letzten Besuch kaum wiederzuerkennen war. Überall lagen Stofftiere und Bilderbücher herum und mittendrin stand ein riesiges rosa Schloss. In dem Chaos saßen zwei kleine Mädchen, die sich um eine Stoffschildkröte stritten.

»Anna! Katya! Der arme Speedy! Hört auf, bevor ihr ihm noch den Kopf abreißt!«

Die beiden Mädchen ignorierten ihre Mutter und spielten weiter Tauziehen um den armen Speedy.

»Er gehört mir!«

»Aber jetzt will ich mit ihm spielen!«

»Mädchen, wir haben einen Gast!«

Amy musste innerlich lächeln. *Wir haben einen Gast.* Offenbar tat sich Lisa doch schwerer damit, die Tochter ihres Mannes willkommen zu heißen, als sie zugeben wollte.

Einen Gast. Andererseits, was hätte sie denn sonst sagen sollen? »Mädchen, eure Halbschwester ist da!« Wohl kaum …

Aber Lisa war ehrlich, was Amy gefiel. Sie hatte nicht etwa behauptet, begeistert zu sein über Amys Besuch und diesen Tag seit Jahren sehnlichst erwartet zu haben. Stattdessen versuchte sie einfach, mit der Situation zurechtzukommen.

Sergei folgte den beiden ins Wohnzimmer, während der Streit der Mädchen ein schnelles Ende fand. Eine ihnen unbekannte Person hatte den Raum betreten und Speedy war vergessen.

Lisa überließ es Sergei, alle einander vorzustellen. »Anna, Katya, das ist Amy. Erinnert ihr euch, dass wir von ihr erzählt haben?«

»H-hallo«, stotterte Amy.

Die Mädchen standen nebeneinander und sagten im Chor, was man ihnen offenbar beigebracht hatte: »Wir freuen uns sehr, dich kennenzulernen, Amy.« Dann schwiegen sie verlegen und schielten zu ihrem Vater, um herauszufinden, wie es jetzt weiterging.

Amy hatte erwartet, Püppchen in Tutus vor sich zu haben oder zumindest in schneeweißen Spitzenkleidchen, mit Bändern in den wunderschönen Ringellocken und Schleifen an den hübschen Söckchen. Sie hatte an rote Lackschuhe gedacht, preisverdächtigen Charme und entzückende Manieren. In einem schlaftrunkenen Moment im Flugzeug hatte sie sich sogar gefragt, ob die beiden vortreten und ihr die Hand reichen oder ihr die Wange für einen Kuss bieten würden.

Stattdessen standen da zwei kleine blonde Mädchen mit

abgewetzten Jeans, Sneakers und einem schelmischen Lächeln im Gesicht. Anna, die Sechsjährige, war einen ganzen Kopf größer als ihre Schwester und das exakte Abbild ihrer Mutter. Sie hatte die gleichen großen blauen Augen und diese lässige Anmut. Ähnlichkeit mit Sergei suchte Amy vergebens. Doch da flüsterte Anna ihrer Schwester etwas ins Ohr und wies mit dem theatralisch ausgestreckten Arm in Richtung des Schlosses – eine für Sergei so typische Geste, dass Amy sich beherrschen musste, um nicht laut loszulachen.

Die kleinere, Katya, hatte die gleichen Augen wie Amy. Unglaublich große haselnussbraune Augen in einem süßen runden Gesichtchen, das lockige blonde Haar zu einem Zopf gebunden. Amy schaute die beiden an und dachte: Kein Zweifel, ihr beiden kleinen Wesen seid meine Schwestern. Wie auch immer es jetzt weitergeht, mein Leben wird nie wieder so sein wie zuvor.

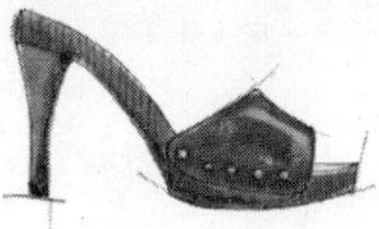

32. Kapitel

»Deine Mutter war sechs Jahre älter als ich.« Sergeis Blick war in die Ferne gerichtet, während er Amy die ganze Geschichte erzählte. »Es war mein Ernst, als ich dir vor ein paar Wochen in der Oper erzählte, dass sie mich bemutterte – so war sie immer, kümmerte sich um jeden und dachte immer erst an die anderen und an sich selbst zuletzt.«

Lisa brachte gerade Anna und Katya ins Bett. Zuvor hatte es ein verspätetes Abendessen mit viel Lärm gegeben. Die Kinder hatten jede Ermahnung ihrer Eltern ignoriert, sich ums Essen gestritten und sich für das entstandene Chaos lautstark gegenseitig beschuldigt. Sergei Miskov – bewunderter, verehrter, weltbekannter Choreograph – war wie Wachs in den Händen seiner geliebten Töchter, strahlte und zuckte abwechselnd mit den Schultern über deren Benehmen und überließ es Lisa, streng zu sein (soweit man das so bezeichnen konnte). Lisa bemühte sich jedenfalls sehr, dass ihre Mädchen mehr von dem Essen in den Mund steckten, als auf ihrer Kleidung verteilten.

»Ja, ich erinnere mich, dass du das gesagt hast.« Amy zog ihre nackten Füße unter sich aufs Sofa und nippte an dem Brandy, den Sergei ihr eingeschenkt hatte. Sie hätte ihn gerne mit Cola gemischt, hatte sich aber nicht getraut nachzufragen.

Hoffentlich bekomme ich keinen Schluckauf. Das wäre ja so was von peinlich.

»Ich stand ganz am Anfang meiner Ballettkarriere und die große Hannah Powell war bereits eine Legende. Schon bevor wir uns begegneten, habe ich sie vergöttert. Ich hätte im Traum nicht damit gerechnet, dass sie sich für mich interessieren könnte – einen jungen, russischen Parvenü, der gerade erst in London eingetroffen und – wie heißt es doch – *verknallt* war?«

»Verknallt zu sein kann sehr viel Spaß machen«, sagte Amy geistesabwesend. Ein Bild von Jack Devlin hatte sich schamlos vor ihr geistiges Auge geschoben und ließ sie erröten.

»In diesem Fall hat es keinen Spaß gemacht – jedenfalls nicht am Anfang.« Sergei saß auf dem Sofa ihr gegenüber. Er beugte sich vor und sah Amy ernst an. »Es hat mich *aufgefressen*. Ich habe jede Sekunde des Tages an sie gedacht.«

Amy senkte den Blick. Sie wusste verdammt genau, wie sich das anfühlte, diese herrliche, allumfassende, süße Qual … nur daran zu denken, ließ ihr Herz schon unruhig schlagen.

»Mhm«, war alles, was sie dazu sagte.

»Du kannst dir vielleicht vorstellen, wie ich mich fühlte, als ich wenige Monate später als Tanzpartner für sie ausgewählt wurde. Ich war der glücklichste Mann auf Erden. Sie näherte sich gerade dem Höhepunkt ihrer Karriere, und ich spürte sehr genau die Verantwortung, die mir damit zukam. Ich war wild entschlossen, sie nicht zu enttäuschen.«

»Und das hast du auch nicht!« Amy lächelte. »Hat dir der *Daily Telegraph* nicht in einer Beurteilung sechs Sterne verliehen, obwohl es überhaupt nur fünf gab?«

Er nickte. »Das verdanke ich ihr. Sie verlieh mir Flügel. Ich hätte alles für sie getan, Amy, alles.«

»Nun …«, Amy zögerte, »sie hat große Stücke auf dich gehalten …« Diese Phrase klang so nichtssagend gegenüber Sergeis leidenschaftlicher Anerkennung, dass sie nicht weiterredete.

»Als Künstler waren wir Seelenverwandte«, fuhr Sergei fort. »Und dann wurden wir … Liebende …«

Sergei brach ab und schaute zur Seite in das flackernde Kaminfeuer. Dann wandte er sich wieder Amy zu und sah sie schuldbewusst an, als wollte er ihren Rat, wie viel zu hören sie bereit war.

»Erzähl weiter«, sagte sie leise. »Bitte.«

»Für mich, aber auch für deine Mutter, war es das Natürlichste, Naheliegendste und gleichzeitig auch Kompliziertestes, das uns passieren konnte. Wir konnten gar nicht anders. Es war eine unvermeidbare Weiterentwicklung unseres Tanzens. Die Intimität zwischen uns war zu groß und intensiv, als dass es hätte anders kommen können.«

Amy starrte in das bauchige Glas mit der bernsteinfarbenen Flüssigkeit. Beinahe hätte sie gesagt: »Ihr habt euch wirklich geliebt, nicht wahr?« Aber die Frage war so überflüssig wie das Taschentuch, das sie sicherheitshalber in ihren Ärmel gestopft hatte. Sie betrachtete Sergei, der in die Flammen starrte. In ihrem Kopf formten sich Fragen und verflogen sofort wieder.

»Aber es war schwierig«, sagte er, atmete seufzend aus und war wieder zurück in der Gegenwart. Er umklammerte sein Brandyglas und schwenkte es gedankenverloren. »Wir konnten nicht oft zusammen sein, nicht nur, weil meine Visa, die mir erlaubten, die Sowjetunion zu verlassen, sehr beschränkt waren. Unsere Karrieren entwickelten sich auch in unterschiedliche Richtungen. Obwohl wir immer noch oft als Partner auf der Bühne standen, war es so, dass … man auf mich aufmerksam geworden war. Ich bekam Angebote aus der ganzen Welt – Soloauftritte und Hauptrollen. Und dann sollte sich mein größter Traum erfüllen – mit dem *New York City Ballet* zu tanzen. Ich fasste den Entschluss, mich in die USA abzusetzen. Und während der ganzen Zeit war deine Mutter immer noch wunderbar und brillant auf der Bühne …« Er brach ab, fand offensichtlich nicht die richtigen Worte.

»Deine Karriere stand am Anfang, während ihre den Gipfel überschritten hatte?«, schlug Amy einfühlsam vor.

»Verrückt, nicht wahr?« Sergei runzelte die Stirn. »Die Karriere der meisten Tänzer ist so erbärmlich kurz. Es gibt natürlich Ausnahmen, aber in der Regel ist es so, wie du sagst. Es hat mich wütend gemacht!« Noch jetzt, wenn er nur daran dachte, zog er die Augen zu schmalen Schlitzen zusammen. »Für mich wurde das Tanzen deiner Mutter immer besser, es hatte so viel Tiefe, Einsicht und Verständnis von jeder Rolle, die sie tanzte. Aber: Neue Gesichter, neue Namen im Rampenlicht, das zieht die Massen an und sorgt für Schlagzeilen … was für ein Wahnsinn!« Er stellte das Glas auf den Teppich und schlug mit der geballten Rechten auf die Handfläche seiner Linken.

»Sergei, Mum hat mir immer versichert, dass sie bereit gewesen sei, sich von der Bühne zurückzuziehen, als sie es schließlich tat. Sie wusste, dass ihre beste Zeit als Tänzerin hinter ihr lag und wollte nach vorn schauen.«

Andererseits … hatte sie wirklich eine Wahl gehabt?

Sergei zuckte unsicher mit den Schultern. Er sah jetzt aus wie Katya.

»Jedenfalls hatten wir unsere letzte … gemeinsame Nacht, unsere letzte wirkliche Nacht in Paris, vor fünfundzwanzig Jahren. Ich erinnere mich noch an jede Einzelheit. Es war Herbst und es lag schon Frost in der Luft. Trotzdem saßen wir draußen, gewärmt von der Liebe, wenn du so willst, in einem Straßencafé hinter den Champs-Élysées. Deine Mutter trug die Kosakenmütze aus Pelz, die ich ihr geschenkt hatte …«

»Die kenne ich!«, entfuhr es Amy. Sie hatte sie als Nest für Fluffy, ihren Stoffhasen, benutzt.

Aber das sollte ich Sergei vielleicht besser nicht sagen.

Er lächelte. »Nicht lange nach dieser Nacht sagte sie mir, sie sei …«

»Schwanger?«

»Ganz recht. Sie war schwanger.«

»Mhm.«

Er seufzte tief. »Jetzt kommt der Teil der Geschichte, bei dem ich nicht gerade stolz auf mich bin. Ich glaube nicht, dass ich mich richtig verhalten habe.«

Amy war gespannt. Sie nahm einen Schluck Brandy – zu viel –, verschluckte sich und hustete. Tränen trat ihr in die Augen.

»Ich habe Hannah gebeten, mich zu heiraten.«

»Was?« Jetzt war Amy allerdings verblüfft. Der Alkohol brannte in ihrer Kehle, während sie Sergei anstarrte. »Du hast ihr einen *Heiratsantrag* gemacht?«

Er nickte. »So war es. Aber sie hat mir einen Korb gegeben. Sie behauptete, dass sie nicht in Amerika leben wolle, aber in Wahrheit steckte etwas anderes dahinter. Das weiß ich. In vielerlei Hinsicht kannte sie mich besser als ich mich selbst. Weißt du, ich war noch sehr jung und meine Karriere bedeutete mir – abgesehen von Hannah – alles. Deine Mutter hat das erkannt, Amy. Ehrlich gesagt hat sie sogar gelacht, als ich sie fragte …«

»Sie hat was?«

»Ihrer Meinung nach war es ausgeschlossen, dass ich zu diesem Zeitpunkt eine Familie gründen sollte, wo ich als Tänzer noch so viele Ziele vor mir hatte. Sie versicherte mir, es würde ihr gut gehen, dass sie sich tief in ihrem Innern ein Kind gewünscht habe, mehr als alles andere, aber dass es ihr das Herz brechen würde, wenn sie mich von meiner Karriere abhielte.«

»Glaubst du, dass das die Wahrheit war?«, fragte Amy leise. Jetzt war sie es, die ins Feuer starrte.

»Ja, Amy, ich glaube wirklich, dass es die Wahrheit war. Wie hätte ich mich sonst all die Jahre ertragen können? *Damals* war es die richtige Entscheidung. Und es stimmt, es hätte mich umgebracht, wenn ich mein Leben nicht dem Tanzen hätte widmen können. Hannah wusste das und deshalb lehnte sie es ab, mich zu heiraten. Vielleicht hatte sie Angst davor, wie ich werden könnte, wenn ich meine Karriere nicht weiter hätte verfolgen dürfen. Vielleicht war ich zu … aber wie dem auch sei, wir dachten wohl, wir würden schon einen Weg finden, mit dem wir alle, einschließlich dir, glücklicher seien.«

»Ich verstehe.« Das tat sie nicht. Nicht ganz jedenfalls.

»Aber ich fragte mich jeden Tag, ob ich nicht darauf hätte bestehen sollen, dass sie mich heiratet. Vor fünfundzwanzig Jahren waren die Zeiten noch ein bisschen anders, Amy.«

Aber da fehlte noch etwas. Amy starrte mit gerunzelter Stirn ins Feuer. Ein wichtiges und geliebtes Teil dieses Puzzles war bisher nicht erwähnt worden. Sie beugte sich vor, stellte ihr leeres Glas auf dem Couchtisch ab und sah Sergei fest an.

»Und wie passt Patrick – mein Dad – da hinein?«

Sergei seufzte und schüttelte den Kopf. »Patrick? Überall – er gehört an den Anfang, in die Mitte und ans Ende.«

»Aha.« Amy schluckte eine Träne hinunter – seine Stimme klang so liebevoll. »Erzähl weiter.«

»Ich begegnete Patrick am gleichen Tag, als ich deine Mutter das erste Mal sah. Er war ihr bester Freund.«

»Bester Freund …«, wiederholte Amy. »Das hat sie mir auch immer gesagt. Die ganze Zeit.«

»Ich sah auf den ersten Blick, wie sehr er sie liebte – jeder konnte das sehen. Und wer sollte ihm einen Vorwurf machen? Er sorgte unauffällig dafür, dass er in den Theatern zu tun hatte, in denen sie gerade auftrat, verschaffte sich einen Platz im jeweiligen Team der Bühnenbildner. Die beiden hatten von Anfang an eine ganz besondere Beziehung. Weißt du, Patrick konnte sie zum Lachen bringen, etwas, worin ich nicht sehr gut war.«

»Er hatte viele Qualitäten«, erwiderte Amy mit einem defensiven Ton in der Stimme.

»Natürlich! Aber weißt du, dir ständig etwas abzuverlangen, was du nicht kannst, ist hart für die Persönlichkeit. Ich machte Faxen, spielte den Clown – aber ich hatte nie das, was Patrick besaß. Er entlockte ihr ein Lächeln, wenn es mir nicht möglich war und ich mich zu sehr mit meinen Auftritten beschäftigte. Er war ein prima Kerl. Und ich war immer eifersüchtig auf seine Fähigkeiten.«

»Ehrlich?«

»Und wie! Amy, deine Mutter und ich hatten eine wunderbare Liebesbeziehung, aber denk bitte nicht, dass Patrick für sie nur die zweite Wahl gewesen sei. Wenn es damals überhaupt einen Verlierer gab, dann war ich das.«

Amy grübelte, versuchte, Daten zu ordnen und die einzelnen Puzzlestücke zusammenzusetzen.

»Mit fortschreitender Schwangerschaft wurde die Beziehung zwischen Hannah und Patrick immer enger. Tagtäglich hatte ich deswegen mit meiner Eifersucht zu kämpfen. Manchmal hätte ich Patrick am liebsten verprügelt, dann wieder war ich ihm dankbar, dass er sich so rührend um Hannah kümmerte. Damit kam ich nur schwer zurecht. Ich war jung und egoistisch. Vielleicht hat sie sich ihm in der Stunde der Not zugewandt, sich an ihn gelehnt, aber das spielt keine Rolle, denn er war da. Er wäre für sie bis ans Ende der Welt gegangen. Dass sie von mir schwanger war, störte ihn nicht. Er nahm die Situation an. Die Frau, die er liebte – die *wir beide* liebten – würde ein Kind bekommen und er war bereit, dieses Kind – *dich,* Amy – als sein eigenes aufzuziehen. Ich war ihm dafür immer dankbar. Nein, dieses Wort reicht nicht annähernd aus … aber mir fällt nichts ein, das es trifft.«

Sergei schwieg unsicher, aber Amy nickte ihm aufmunternd zu, fortzufahren.

»Zu dem Zeitpunkt hatte sich Hannah schon von der Bühne zurückgezogen. Dadurch sahen wir uns immer seltener und wenn doch, dann war es zu schmerzhaft und schwierig. Außerdem sagte sie mir, dass sie – wie hat sie es noch gleich ausgedrückt? – gefühlsmäßig frei sein wollte für Patrick und ihr Kind. Deshalb entschieden wir, dass es besser sei, uns nicht mehr zu treffen. Sie sagte, sie wolle auch mich freigeben, und ihr Lohn bestehe darin, meine Erfolge als Tänzer zu sehen und gleichzeitig für sich und das Kind ein schönes Leben aufzubauen.«

»Ich habe nie das Datum ihrer Hochzeit gekannt«, warf Amy ein, als ihr ein Gedanke durch den Kopf schoss. »Sie haben ihren Hochzeitstag nie gefeiert. Glaube ich zumindest, aber ich war auch erst zwölf, als Dad – Patrick – starb. Vielleicht haben sie es mir auch nur nie gesagt.«

Sergei schwieg.

»Haben die beiden vor meiner Geburt geheiratet?«

Er nickte. »Etwa sechs Wochen vorher. Es war eine kleine Hochzeit, nur mit zwei Nachbarn als Trauzeugen.«

»Mum hat immer behauptet, sie möge keine großen Hochzeiten. Sie sagte, sie habe als Ballerina genug Rummel gehabt und im Mittelpunkt gestanden …«

… aber sie hat mir nie gesagt, dass sie alleinstehend und schwanger war.

»Ich wurde nicht zur Hochzeit eingeladen, aus nahe liegenden Gründen. Tatsächlich habe ich dich nicht zu Gesicht bekommen bis … sehr viel später.«

»Warum nicht?« Amys Stimme hatte wieder diesen kindlichen Ton.

Sergei brauchte einen Moment, um seine Gedanken zu ordnen. Oben hörte man Lisa zweimal »Gute Nacht« rufen und dann wurde das Licht im Flur ausgeschaltet, nur das behagliche Leuchten der kleinen Nachtlichter war noch zu sehen.

»Ich könnte behaupten, ständig an Hannah, dich und auch an Patrick gedacht zu haben. Aber wie ich schon sagte, war ich damals sehr mit mir selbst beschäftigt. Ich hatte keine freie Minute, arbeitete ständig an meiner Karriere beim *New York City Ballet*. Zum Teil tat ich das, um Hannah zu zeigen, dass ihr Vertrauen in meine Tanzerei gerechtfertigt gewesen war, als sie mich freigab, damit ich – wenn du so willst – meine Träume verwirklichen konnte. Aber wenn ich ehrlich bin, habe ich es genauso sehr für mich selbst getan. Ich musste einfach sehen, wie weit ich es bringen konnte.«

Amy nickte. Sie kämpfte mit widersprüchlichen Gefühlen – der Erleichterung, endlich die Wahrheit zu kennen, und dem starken Verlangen, in einem emotionalen Tief zu versinken.

Schließlich kann man es drehen und wenden, wie man will, er hat mich abgelehnt …

Sergei verfiel in Schweigen. Sie konnten hören, dass Lisa die Treppe herunterkam. Amy musste ihre nächste Frage sehr sorgfältig formulieren.

»Na gut«, begann sie betont fröhlich, »das war es also? Meine Güte! Du musst wirklich sehr beschäftigt gewesen sein, Sergei! Du hast keinen Kontakt mit mir gehabt, bis wir beide nach Mums Tod anfingen, gemeinsam ins Ballett zu gehen?!«

Er sah sie überrascht an.

»Doch, Amy, natürlich hatte ich das.«

33. Kapitel

»Alles in Ordnung bei euch?« Lisa war ins Zimmer gekommen. Sie ging an Sergei vorbei, drückte im kurz aufmunternd die Hand und setzte sich dann in den Sessel am Kamin. Sie drei bildeten ein Dreieck um den cremefarbenen Teppich. Das Spielzeug war weggeräumt, und der Raum sah wieder fast so aus wie vor zwei Tagen, als Amy allein im Haus gewesen war. Sie hatte gemerkt, dass sich Lisa ursprünglich neben ihren Mann auf das Sofa kuscheln wollte, und dankte ihr im Stillen für ihr Taktgefühl.

Sergei lächelte seine Frau an. »Ich habe Amy von der Zeit mit ihrer Mutter erzählt und unserer Trennung, bevor das Kind … bevor *Amy* … geboren wurde.«

Lisa nickte. »Das war eine harte Zeit, nicht wahr?« Dann wandte sie sich an Amy. »Und du hast von all dem gar nichts gewusst? Du Ärmste!«

Amy dachte darüber nach und runzelte die Stirn. »Ja, das ist wahr, aber dafür wuchs ich nicht in dem Gefühl auf, bemitleidet zu werden! Mein Vater – Patrick – war schlicht und ergreifend mein *Vater*, und ich hatte eine wunderschöne Kindheit.«

»Daran zweifle ich keinen Moment … du meine Güte, so habe ich das nicht gemeint!«, sagte Lisa nervös und sah Sergei hilfesuchend an.

»Ist schon gut, wir wissen, wie es gemeint war«, beruhigte er sie.

»Natürlich«, stimmte Amy freundlicher zu. »Außerdem tut es schon gut, ein bisschen Mitgefühl für die letzten Tage zu bekommen. Ich fühle mich, als säße ich in einem Hochgeschwindigkeitszug. Als ich zu dieser Reise aufbrach, wollte ich ein bisschen Abstand gewinnen, mir ein paar kostbare Dinge zurückholen und meinem Freund etwas beweisen – Ex-Freund mittlerweile.«

»Ein an sich vernünftiges Anliegen«, betonte Sergei.

»Insbesondere der letzte Punkt.« Lisa lächelte. Sie streckte sich ausgiebig und stand dann auf. »Wisst ihr was? Ich brauche ein ausgedehntes Bad, bevor ich ins Bett gehe. Die Mädchen haben mich heute geschafft. Habt ihr hier unten alles, was ihr braucht?«

Sergei hielt sie an der Hand fest, als sie an ihm vorbei in Richtung Treppe ging. »Du musst nicht gehen, nicht wahr, Amy?«

»Natürlich nicht!« Amy nickte energisch. Aber insgeheim war sie froh. Sergei musste ihr noch mehr erzählen, es gab Dinge, die ihr noch nicht klar waren. Sie konnte zwar versuchen, großzügig zu sein, aber in Wahrheit wollte sie doch lieber allein mit ihrem Vater sprechen.

»Ich hatte Hannah fünf Jahre lang nicht gesehen«, gestand Sergei, nachdem Lisa ihnen beiden einen Gutenachtkuss gegeben und sich nach oben zurückgezogen hatte. »Ich dachte, es sei am besten, wenn wir gar keinen Kontakt hätten. Hannah heiratete Patrick und war damit beschäftigt, mit ihm eine Familie aufzubauen. Auch nach deiner Geburt habe ich sie nicht besucht. Lange Zeit redete ich mir ein, mein Verhalten sei nobel: beiseitezutreten, mir die Chance zu nehmen, eine Rolle im Leben meiner Tochter zu spielen und dir Freiraum zu lassen.«

»Ich glaube, das kann ich verstehen«, räumte Amy ein. »Wie hast du dich damit gefühlt?«

»Ehrlich?«

Sie nickte.

»Am Anfang war es hart, aber nach einer Weile kam ich ganz gut damit zurecht. Mein Leben war sehr aufregend. Ich war tagtäglich umgeben von kreativen, aktiven Menschen. Und ich war der große Star, mit allem, was dazu gehört: das Jetset-Leben, die Partys, die ständigen Proben und Auftritte. Wie ich schon sagte, nachdem Hannah und ich uns getrennt hatten, habe ich mich mit doppelter Kraft in all das hineingestürzt. Nachdem du auf die Welt gekommen warst, wusste ich zwar, dass ich eine Tochter habe, aber ...«

Amy sah ihm an, wie er mit sich rang. Fragte er sich, wie viel Wahrheit sie wohl vertrug? »Ich hatte dich nie gesehen, nie Zeit mit dir verbracht. Manchmal war es nicht allzu schwer, so zu tun ... als gäbe es gar keinen Grund, traurig zu sein ...«

Sergeis Worte verletzten sie. Aber ihr Wunsch, die ganze Wahrheit zu erfahren, war größer.

»Verstehe, Sergei, das tue ich wirklich. Bitte, erzähl weiter.«

»Aber dann traf ich Hannah wieder, und alles wurde anders.« Er starrte in die Flammen und schien in Gedanken ganz weit weg zu sein, weit zurück in der Vergangenheit. »Es war in New York. Dort fand eine Party zu Ehren von

Margot Fonteyn statt. Ich wusste, dass Hannah dort sein würde, und ich war sehr aufgeregt. Hannah und Margot waren sich bei verschiedenen Gelegenheiten begegnet und respektierten einander sehr. Hannah war extra für die Party nach New York geflogen.«

»War Patrick auch da?«, fragte Amy.

Sergei zögerte, dann nickte er. »Ja. Und du auch.«

»Ich?«, rief Amy überrascht. »Sie haben mich mitgenommen? Ich kann mich überhaupt nicht daran erinnern!«

»Doch, das haben sie. Ich … habe alles Erdenkliche getan, um herauszufinden, ob Hannah allein nach New York gereist war oder mit Patrick und dir. Ich rief sämtliche Hotels in New York an, in denen die Ballettensembles normalerweise absteigen, und machte meinen ganzen Einfluss geltend, um herauszufinden, wo Hannah wohnte und wer sie begleitete.«

»Ganz schön clever«, murmelte Amy. »Aber warum?«

»Es war so viel Zeit vergangen. Und jetzt gab es auf einmal die Möglichkeit, sie zu treffen. Aber ich wusste, dass Patrick in der Nähe war. Deshalb schrieb ich ihr eine Nachricht und hoffte, sie ihr zustecken zu können.«

»Das klingt ein bisschen …«

»Ich weiß, wie es klingt!«, fiel Sergei ihr hastig ins Wort. »Aber ich war nervös, aufgeregt. Ich wollte nicht den ganzen Abend mit Hannah im selben Raum verbringen und sie höchstens nach der Uhrzeit fragen, versteht du das?«

»Was ist dann auf der Party passiert?«, fragte Amy leise.

»Ich war spät dran.« Sergei stand vom Sofa auf und ging zum Barschrank, der an der hinteren Wohnzimmerwand stand. Er holte die Karaffe mit Brandy heraus und füllte erst

Amys Glas und dann seines nach. Amy widersprach nicht. »Ich musste vorher noch zu einem Presseempfang anlässlich der Eröffnung eines Tanzstudios in Greenwich Village, das nach mir benannt werden sollte. Natürlich dauerte diese Geschichte viel länger als ursprünglich geplant. Gegen Ende muss ich ziemlich hektisch gewirkt haben. Aber ich fürchtete, Hannah zu verpassen. Ich fuhr mit dem Taxi rüber zu Margots Party ... und da war sie – *meine Hannah*!« Sein Gesicht strahlte bei der Erinnerung. »Schöner denn je, wenn das überhaupt möglich war.«

Amy betrachtete aufmerksam sein Gesicht. »War sie mit Patrick und mir da?«

»Nein. Es war ja schon spät. Patrick war bereits mit dir ins Hotel zurückgefahren, um dich ins Bett zu bringen. Hannah erzählte mir, dass ich dich nur um zehn Minuten verpasst hatte.«

Amy griff nach ihrem Glas und nahm einen Schluck. Der Geschmack sagte ihr zwar immer noch nicht zu, aber sie mochte die entspannende Wirkung.

»Aber sie sagte mir, sie hätte ein Foto dabei und ob ich es sehen wolle.«

»Und, wolltest du?«

»Aber natürlich! Ich mag den Gedanken an dich fünf Jahre lang erfolgreich verdrängt haben, aber ich war neugierig. Ich hatte keine Ahnung von Kindern, erwartete nicht, großartig viel zu empfinden beim Anblick dieses Bildes, aber ... als ich es betrachtete, da sah ich in meine eigenen Augen.«

Amy lächelte. »Kann ich mir vorstellen. Sie ähneln sich sehr, nicht wahr?«

»Und dein Gesicht war das Abbild meiner Mutter! In dem Moment wurde mir bewusst, dass du ein Teil von mir bist. Es war der bewegendste Augenblick meines Lebens, das schwöre ich, Amy. Und abgesehen von Anna und Katya ist dem seither nichts nahe gekommen.«

»Und was hast du dann getan?«

Sergeis Miene verdüsterte sich, während er über die Antwort nachdachte. »Mir wurde auf der Stelle klar, dass ich dich sehen wollte. Ich war wütend, weil ich dich so knapp verpasst hatte. Ihr wolltet schon früh am nächsten Morgen nach England zurückfliegen.«

»Ich war ein ganz schöner Jetsetter mit meinen fünf Jahren!«

»Allerdings. Ich fragte Hannah, wie ich es anstellen könnte, dich zu sehen. Sie war nicht sicher, meinte aber, dass eine Party wohl kaum der richtige Ort sei, um das zu besprechen, dass wir – wie hatte sie es ausgedrückt – uns hier mit den Gästen unterhalten müssten. Daraufhin steckte ich ihr meine Nachricht zu. Darin bat ich sie, mich nach der Party allein zu treffen …«

»Ja, ich kenne diesen Brief«, flüsterte Amy.

»Als ich ihn schrieb, hoffte ich, allein mit Hannah reden und an die alten Zeiten anknüpfen zu können.«

»Ach ja?« Amy sah ihn misstrauisch an.

»Amy, Hannah hat Patrick nie hintergangen. Glaube mir, bitte.«

»Entschuldige.«

Sergei hob die Hände in einer Geste der Hilflosigkeit. »Entschuldigungen sind nicht nötig. Ich wollte nur mit ihr reden. Aber nachdem ich das Foto von dir gesehen hatte, war mir klar, dass ich sie jetzt aus einem ganz anderen Grund allein sprechen wollte. Ich wollte etwas über meine Tochter erfahren.«

»Und dann habt ihr euch getroffen? Nach der Party?«

Er nickte. »Haben wir.«

»Und was passierte dann?« Amys Brandyglas war schon fast wieder leer. Ungläubig blickte sie es an.

»Anfangs habe ich mich – wie soll ich sagen – wie der reinste Idiot verhalten. Ich hatte mich in die Sache verbissen und stellte lautstark Forderungen, behauptete, dass ich als dein Vater das Recht hätte, dich zu sehen.«

»Du hast sie *angeschrien*?«

Er seufzte. »Nein. Ich hätte Hannah nie anschreien können. Aber ich fühlte mich plötzlich als derjenige, der als Einziger leer ausgegangen war, und dass man mir zugestehen müsse, zurückzukommen ... einfach so!« Er schnipste mit den Fingern.

»W-was hat Mum gesagt?«

»Sie war wie immer sehr nett zu mir, verfiel in ihre mütterliche Art. Sie sagte mir, wenn ich wirklich zu deinem Leben gehören wolle, dann müsse ich mich verpflichten, dich *regelmäßig* zu besuchen. Nur dann fände sie diese Treffen sinnvoll. Du warst doch noch so klein ...«

»Fünf«, flüsterte Amy, »ich war fünf.«

Sergei nickte. »Sie sagte, wenn ich das verspreche, dann würde sie sich mir nicht in den Weg stellen und außerdem versuchen, Patrick davon zu überzeugen.«

In Amys Kopf begann sich alles zu drehen, als sie sich vorstellte, dass Patrick, dem Mann, den sie immer Dad genannt hatte, gesagt wurde, er müsse Platz machen, damit

Sergei miteinbezogen werden konnte. Es kam ihr so unwirklich vor und unfair. Und doch ...

»Mir war sofort klar, dass ich ein solches Versprechen nicht halten konnte.«

»Nicht?« Trotz aller Bemühungen war ihr die Enttäuschung anzuhören.

Warum in aller Welt denn nicht?

»Zu dem Zeitpunkt hatte ich gerade angefangen zu choreographieren und stand im Begriff, zu einer Tournee durch Europa und Asien aufzubrechen. Ich würde die ganze Zeit auf Reisen sein und konnte mich beim besten Willen nicht terminlich festlegen.«

»Also hast du Mum an diesem Abend erklärt, dass du dich nicht verpflichten könntest, mich regelmäßig zu sehen?«

Er nickte. »Wie ich schon sagte, ich war egoistisch. Ich bildete mir wohl ein, ich hätte noch viele Jahre vor mir, in denen ich dich kennenlernen könnte, jedoch keine Zeit zu verlieren, wenn ich mir einen Ruf in der Tanzwelt erobern wollte. Daraufhin sagte Hannah, dass es wohl für alle von euch – von uns – am besten sei, die Dinge so zu lassen, wie sie waren.«

»Und keinen Kontakt zu haben?«

»Nicht physisch jedenfalls«, stimmte Sergei zu. »Allerdings schrieben wir uns von da an. Sie schickte mir Fotos, Kopien deiner Zeugnisse, Bilder, die du gemalt hast ...«

»Das hat sie getan?«, stieß Amy hervor.

»Ja, mit Patricks Einverständnis natürlich.«

»Du hast meine Zeugnisse gelesen?«

»Oh ja und das tue ich immer noch hin und wieder.« Er lächelte liebevoll. »Wie war das mit deiner vier in Mathe, als du vierzehn warst, Madame? Wohl zu viel den Jungs nachgelaufen in dem Jahr, wie?«

Amy grinste zurück. »Wahrscheinlich.«

»Aha, dachte ich es mir doch. Jedenfalls trafen Hannahs Briefe siebzehn Jahre lang ein, bis dann plötzlich keiner mehr kam.«

»Vor zwei Jahren«, flüsterte Amy.

»Exakt.« Er wandte den Blick vom Kamin zu ihr, lächelte sie schwach an und blickte dann wieder in die Flammen. »Das ist der Hauptgrund, warum ich dich aufgesucht habe. Nicht nur, weil ich mir Sorgen um dich gemacht habe, sondern auch, weil du meine Verbindung zu Hannah bist.« Er zuckte mit den Schultern. »Wie gesagt, ich bin manchmal ganz schön egoistisch.«

Amy schüttelte den Kopf. »Nenn es egoistisch, wenn du willst, aber ich habe unsere Ballettabende genossen …«

Sergei hob die Hand. »Bitte, die Vergangenheitsform ist verboten! Wir werden noch sehr viele solcher Abende haben, nicht wahr?«

»Das hoffe ich.«

Die folgende Stille dauerte lange an, aber sie hatte etwas Verbindendes. Es gab so viel zu verarbeiten!

Wo ich wohl gerade war und was ich gemacht habe, während sich Mum hinsetzte und an Sergei schrieb, ihm Fotos und Bilder schickte. War ich mit im Zimmer, guckte nichtsahnend Fernsehen? Oder schrieb sie nachts, wenn Patrick und ich schliefen?

»Ich glaube, jetzt kennst du die ganze Geschichte, Amy.«

»Danke, dass du so ehrlich zu mir warst, Sergei. Aber ich habe noch ein paar Fragen.«

»Ja?«

Amy brauchte einen Moment, bevor sie die Frage stellen konnte, die sie seit dem Moment beschäftigte, in dem sie den Brief gefunden hatte. »Hat meine Mutter dich immer noch geliebt? Sie hat deine Briefe aufbewahrt. Warum? Hat sie meinen Dad je wirklich geliebt?«

Sergei holte tief Luft. »Amy, im Laufe der Jahre bin ich zu der Einsicht gekommen, dass Hannah und ich füreinander die große Leidenschaft waren, aber du und Patrick, ihr wart die Liebe ihres Lebens.«

»Danke«, flüsterte Amy. Ihr war vorher gar nicht bewusst gewesen, wie dringend sie genau diese Antwort hatte hören wollen.

Nachdem sie sich wieder gefasst hatte, stellte sie ihm noch eine Frage: »Eine Sache verstehe ich nicht. Woher konnte Mum wissen, dass du ihre Briefe auch erhalten hast, wenn ihr doch keinen Kontakt hattet?«

Er wirkte bestürzt. »Aber ich habe geschrieben! Erinnerst du dich denn nicht an die Geschenke?«

»Wie bitte?«, fragte Amy verwirrt.

»Das Schneewittchenkostüm, der Roller, der große Teddybär, die russischen Puppen?«

Natürlich erinnere ich mich! Die Pakete aus Übersee!

»Das war alles von dir?«

Er nickte.

»Sergei, ich kann es nicht glauben! Mum hat mir erzählt, die Geschenke kämen von meinem Großonkel Stan, einem Seemann, der in der ganzen Welt unterwegs sei.«

Ach du meine Güte. Und all die Geburtstagskarten …

»Die Karten waren auch von dir, nicht wahr? Die, auf denen stand: *In Liebe für Amy, von S.* – das warst du! Es gab gar keinen Großonkel Stan!« Plötzlich passte alles zusammen. »Natürlich! Mum gab mir immer nur die Karte, nie den Umschlag …«

»Immer, wenn ich Hannah einen Brief schrieb, legte ich eine Karte an dich dazu.«

Amy fiel etwas ein, und sie lachte schallend los.

»Was denn?«

Sie hielt sich die Hand vor den Mund. »Weißt du was, Sergei? Um Großonkel Stan tut es mir auf einmal ein bisschen leid! Ich hatte eine beeindruckende Vorstellung von einem alten, brummigen Seebären entwickelt, der die Meere bezwingt, Abenteuer besteht … zu denken, dass er nie existierte!«

Sie kicherte. »Ich hatte wohl zu viel Brandy!«

Sergei lachte. Jetzt, nachdem er alles erzählt hatte, wirkte er entspannter, und die Falten auf der Stirn waren verschwunden. »Ich werde den Rest meines Lebens damit verbringen, die Lücke auszufüllen, die durch den Verlust Großonkel Stans entstanden ist. In Ordnung?«

»Mehr als das, Sergei. Ich habe zwar einen Großonkel verloren, dafür aber …«

Sie brachte es noch nicht über die Lippen. Der Gedanke an Patrick drängte sich ihr sofort auf und zu sagen, sie hätte einen Vater gewonnen, kam ihr wie der ultimative Verrat an ihm vor. Aber sie wollte auch Sergeis Gefühle nicht verletzen.

Sergei schien ihre Gedanken lesen zu können. »Amy, ich könnte Patrick nie ersetzen. Er war für dich mehr ein Vater, als ich es je sein kann. Aber du sollst wissen, dass ich immer für dich da sein werde und dass das hier dein Zuhause ist.«

»Allerdings.« Lisa, in einen langen orientalischen Seidenmorgenmantel gekleidet, war leise ins Zimmer gekommen, lehnte am Türrahmen und hatte zugehört. »Willkommen in der Familie, Amy.«

34. Kapitel

Von: Debs
An: Amy

Hör zu, Schuh-Girl, ohne dich geht bei aclickaway.com alles den Bach runter. Flüge werden gestrichen, Computer stürzen ab, Urlauber sitzen fest. Aber das Schlimmste von allem: Es gibt niemanden, der in Gummistiefeln zur Arbeit kommt. Also ist Jes zum Boss marschiert, hat mit den Wimpern geklimpert und vorgeschlagen, ein Rettungsteam loszuschicken, um dich zurückzuholen. Und weißt du was? Dieser Mann von Del Monte hat doch tatsächlich zugestimmt!!! Also, Babe, wir sind unterwegs! Wir sehen uns morgen in New York!

Luv

Debs –

P. S. Wir bleiben gerade lange genug, um mit dir deinen Geburtstag zu feiern – können nicht zulassen, dass du SO alt wirst, ohne es gebührend krachen zu lassen! Kennst du ein paar anständige Cocktail-Bars im Big Apple? – Wo gibt es in New York gute Schuhgeschäfte?????

xxxx

Amy war am Abend zuvor noch lange aufgeblieben, nachdem Sergei und Lisa schon längst zu Bett gegangen waren. Sie hatte Debbie und Jesminder ausführlich berichtet, was sich seit ihrer letzten Nachricht alles ereignet hatte – alles über Maddie, Assante, aber vor allem ihr Gespräch mit Sergei. Sie versicherte den beiden, dass es ihr gut gehe. Alles aufzuschreiben war wie eine Reinigung für sie, es brachte Sinn in alles. Und als dann zwischendurch Debs Mail mit der Ankündigung des Überraschungsbesuchs kam, da hatte sie innerlich gejubelt und den beiden geantwortet, wie sehr sie sich schon auf das Treffen in New York freue. Das war die Belohnung für die Strapazen der letzten zwei Wochen. Dann musste Amy vor Freude weinen und schlief bald ein, so tief und fest wie seit Ewigkeiten nicht mehr.

Am nächsten Morgen gab es einen bewegten Abschied von Sergei, Lisa, Anna, Katya, Antonio und Maria. Amy versprach, im Herbst wiederzukommen und etwas länger zu bleiben und vielleicht sogar an Weihnachten herzufliegen. Dann stieg sie in ihren Mietwagen, um sich auf den Weg nach New York zu machen. Allerdings konnte sie nicht einfach an Patchogue vorbeifahren, ohne anzuhalten – das wäre unmöglich gewesen.

»Ich dachte, ich würde dich nie wieder sehen.«

Es war einer dieser strahlenden Morgen am Meer. Der Hafen war in helles, klares Sonnenlicht getaucht, das auch auf die beiden Leute schien, die nebeneinander auf der Kaimauer saßen und die Beine über dem Wasser baumeln ließen.

»Dachte ich auch«, antwortete Amy.

»Du warst so schnell weg.«

»Es ging nicht anders. Ich war so durcheinander. Und ich wollte Alice nicht die Party verderben.«

»Ist schon gut. Jetzt bist du ja wieder hier.«

Amy lächelte dankbar.

»Weißt du was, Amy?«

»Mhm?«

»Ich habe beschlossen, nie mehr zu rauchen.«

Amy legte den Arm um die Schultern des Jungen und drückte ihn kurz.

»Weise Entscheidung, Harry. Gut gemacht.«

Sie schwiegen, und Harry warf Kieselsteine ins Wasser, in eine Lücke zwischen den kleineren Booten, die im Hafen auf den Wellen tanzten. Amy blickte nach links, wo wenige Tage zuvor das Festzelt gestanden und sie mit Jack getanzt hatte. Sie hatte in seinen Armen gelegen, die Augen geschlossen, sich beschützt und sicher gefühlt.

»Du vergisst nicht, Jack zu besuchen, bevor du abreist?«

»Jack?« Amy bemühte sich, übertrieben nachdenklich auszusehen. »Jack Devlin? Findest du, ich sollte das tun?«

»Unbedingt! Nachdem du weg warst, hat er dich stundenlang gesucht. Bestimmt wollte er noch mal mit dir tanzen.«

Amy kratzte sich am Kopf. »Tatsächlich? Aber Jack hat doch bestimmt eine Menge anderer Mädchen zum Tanzen aufgefordert, nachdem ich weg war, *stimmt's*, Harry?«

Amy Marsh, dafür landest du in der Hölle.

Harry dachte angestrengt nach. »Da bin ich nicht so sicher. Oh, warte … doch! Du hast recht!«

Sie runzelte die Stirn.

»Er hat mit Miss Hallyburton getanzt.«

Ihre Miene entspannte sich.

»Wirklich?«

»Wen wirst du als Erstes besuchen?«

Amy überlegte. »Da ich nicht weiß, wo Jack arbeitet, fahre ich am besten zu seiner Großmutter und lasse mir die Adresse geben.«

»Das weißt du nicht?«, fragte Harry überrascht. »Aber es ist direkt da vorn!« Er stand auf und zeigte nach rechts. »Siehst du die große Werft am Wasser? Das blau gestrichene Gebäude? Da arbeitet er!«

Amy wäre am liebsten vor Freude geplatzt, hätte sich Harry geschnappt und mit ihm im Kreis getanzt. Aber sie unterdrückte ihr Verlangen, erhob sich, klopfte sich ein paar Sandkörner von der Kleidung, stemmte die Hände in die Hüften und verkündete: »Dann sollte ich dort vielleicht zuerst hingehen. Nur um höflich zu sein.«

Um. Himmels. Willen.

Die Boote im Bootshaus waren alle aus Holz gefertigt. Als wäre sie in einem früheren Jahrhundert gelandet. All diese zeitlosen, wunderschönen Dinge – Rümpfe und Kiele, Masten und Buge – wurden von Hand behauen und zu eleganten Booten zusammengebaut, die noch viele Generationen lang auf den Wellen tanzen würden.

Harry war zurückgegangen, um seine Mutter zu suchen, so dass Amy allein zu der Werft gehen musste. Je näher sie kam, desto nervöser wurde sie. Schließlich war ihre Angst so groß, dass sie eine Pause machte und ein paar Mal tief durchatmete, um Mut zu sammeln.

Amy Marsh, jetzt komm schon. Was würdest du tun, wenn du keine Angst hättest?

Es war nur ein Fußweg von zehn Minuten.

Er wird sauer auf mich sein, weil ich von der Party abgehauen bin, ohne ihm Bescheid zu geben.

Aber komischerweise ermutigte sie die Vorstellung von einer kühlen Begrüßung. Noch einmal holte sie tief Luft.

Dann entschuldige ich mich zumindest für mein Verhalten und verschwinde wieder.

Die blaue Werft war riesengroß. Aus dem Innern drangen laute Hämmergeräusche.

Und auf dem Rückweg nach New York kann ich ja dann die ganze Zeit heulen.

Frisch gesägtes Holz, dieser harzige, das Bild von Wäldern heraufbeschwörende Duft traf sie mit voller Wucht, als sie eintrat. Es roch köstlich. Amy fühlte sich in alte Zeiten zurückversetzt, in Patricks Schuppen am Ende ihres kleinen Gartens. Er hegte eine Leidenschaft für Holzarbeiten und konnte sein Talent auch oft bei der Arbeit als Bühnenbildner einsetzen. An manchen Tagen fertigte er da draußen Kisten und Regale, Schalen und Kerzenständer. Amy saß dann gern auf dem Boden des Schuppens und spielte mit den hübschen, gedrehten Holzspänen, die von seiner Werkbank herunterfielen.

Doch wo steckte Jack? In der riesigen Halle mit den großen Doppelschiebetüren war es absolut windstill. Das Licht kam von großen Deckenlampen. Überall waren Männer bei der Arbeit. Oben auf Leitern, vornübergeneigt neben Schiffsrümpfen, vor Werkbänken kniend. Sie sägten, hämmerten, hobelten, vermaßten und riefen sich gegenseitig Anweisungen zu. Ein unglaublicher Lärm herrschte hier drinnen. Amy ging langsam weiter und musterte unauffällig jeden einzelnen der Arbeiter. Aber keiner davon war Jack.

Die Männer begannen schon, auf sie aufmerksam zu werden. Sie musste kein Hellseher sein, um zu wissen, dass ihr von allen Seiten neugierige Blicke zugeworfen wurden. Je weiter sie in die Halle hineinging, desto wärmer wurde es. Schwitzende Männer, manche in Shorts, andere in Overalls, hielten inne und musterten sie, als sie vorbeiging. Sie wünschte, sie hätte mehr an als nur dieses ärmellose pinkfarbene Shirt, weiße Shorts und die weißen Sandaletten. Ihre Haut prickelte unter der Wärme der Lampen und den prüfenden Blicken.

Endlich sah sie ihn. Oben auf einer Leiter, ihr den Rücken zugewandt, hobelte er entlang der Spitze eines grazilen Bootsrumpfes, der für ihren ungeübten Blick schon ziemlich komplett aussah. Das Boot war etwa neun Meter lang und stand auf Böcken. Es sah aus, als könne es kaum erwarten, zu Wasser gelassen zu werden …

Vergiss das alles jetzt. Da ist Jack, auf der Leiter, in khakifarbenen Bermudas … festen Arbeitsschuhen … und … nacktem Oberkörper!

Die Muskeln auf seinem Rücken spannten und dehnten sich, als er mit dem Hobel vor und zurück fuhr über das frische, geschwungene Holz. Ein feiner Schweißfilm bedeckte seine gebräunte Haut, und als sie sein Gesicht von der Seite betrachtete, da sah sie pure Konzentration, einen Mann, der eins war mit seiner Tätigkeit.

Sie schaute auf ihre Uhr und lächelte frech. Es war halb zwölf.

»Zeit für eine Cola Light?«, schnurrte sie so sexy wie möglich.

»Amy!«

Jack drehte ruckartig den Kopf und hielt sich gerade noch an der Leiter fest, während ihm der Hobel aus der Hand fiel und im Boot landete.

»Vorsicht!«, rief Amy erschrocken und schlug sich die Hände vors Gesicht. »Entschuldige!«

Jack stieg die Leiter hinunter und sah Amy an. Sein Gesicht war eine Mischung aus Überraschung, Verwirrung und – war es wirklich wahr? – Freude darüber, sie zu sehen. Gleichzeitig lenkte sein halb nackter, schweißglänzender Körper, dessen Brustkorb sich von der Anstrengung mit jedem Atemzug hob und senkte Amy stark vom Wesentlichen ab. Jack öffnete den Mund, um etwas zu sagen, schien es sich jedoch anders zu überlegen und schloss ihn wieder. Eine Ewigkeit verging. Vielleicht waren es auch nur zehn Sekunden, Amy hätte es nicht sagen können. Dann brach er endlich das Schweigen.

»Warte hier.«

Jack musste einen Schritt zur Seite machen, um an ihr vorbeizukommen, und eilte zu einem seitlich gelegenen Umkleideraum, dessen Tür offen stand. Amy konnte sehen, wie Jack sich mit einem Handtuch abrieb und ein dunkelgraues T-Shirt überstreifte. Als er wieder zurückkam, wirkte er wesentlich gefasster. Er ging zielstrebig auf sie zu und rief einem seiner Kollegen zu:

»Ed? Ich mache jetzt Pause. Ist das okay für dich?«

Ein bärtiger Mann, schätzungsweise Mitte fünfzig, spähte vom Mast eines Bootes herab, beäugte Amy genauestens und rief Jack zu: »Sicher. Habt ein bisschen Spaß, Kinder! Liefern Sie ihn vor Sonnenuntergang wieder hier ab, Lady!«

Sie verließen die Halle unter anerkennenden Pfiffen. Jack

ignorierte das einfach, fasste Amy am Arm und führte sie hinaus. Fühlte sich gut an.

»Ich entschuldige mich für die Jungs«, murmelte Jack.

»Schon gut. Vielleicht haben sie ja auch dir hinterhergepfiffen?«

»Sehr lustig. Hier entlang.«

Sie gingen in die Richtung, aus der Amy zuvor gekommen war, auf den hübscheren Teil des Hafens zu. Amy suchte verzweifelt nach Gesprächsstoff.

»Ist dein *America's Cup*-Boot auch in dieser Werft gebaut worden?«

Die Frage schien ihn zu überraschen. »Was? Keine Chance! Das Boot war, nun ja … ein bisschen … aufwendiger. Aus Fiberglas gefertigt, größer, eine Mannschaft von fünfunddreißig Leuten – so in etwa. Die Boote, die ich hier baue, sind traditioneller.«

»Aha.«

Er scheint nicht in Plauderstimmung zu sein. Kann ich ihm eigentlich nicht übel nehmen.

»Jack, es tut mir wirklich leid, dass ich einfach abgehauen bin. Ich habe auf der Party deiner Großmutter etwas herausgefunden, das mich völlig durcheinanderbrachte – also lief ich weg.« Es war erleichternd, ihre Entschuldigung los zu sein.

Jack schaute stur geradeaus. »Grandma hat mir erzählt, dass du in dem Schuh etwas gefunden hast – womit ich nicht viel anfangen konnte – und dass du aufgebracht warst und nach draußen gegangen bist. Dann hat Harry mir erzählt, du seist weggefahren. Warum bist du nicht erst wieder reingekommen und hast mir Bescheid gesagt?«

Diesen verletzten Tonfall hatte Amy noch nie bei ihm gehört. Sie bedauerte ihren überstürzten Aufbruch umso mehr. Und fast noch mehr tat ihr ihr unbedachtes, flapsiges Auftauchen in der Werft leid und ihr kläglicher Versuch, locker zu plaudern, als sei nichts gewesen.

Er muss mich für eine herzlose Kuh halten! Dass für mich das alles nur ein Witz ist …

»In dem Schuh war ein Liebesbrief versteckt. Dadurch fand ich heraus, dass meine Mutter eine Affäre hatte. Das dachte ich zumindest. Im Nachhinein erwies sich meine Annahme jedoch als falsch.«

»Verstehe.« Er kratzte sich am Kopf. »Nein, tue ich nicht. Könntest du es mir noch mal erklären?«

»Es war ein Liebesbrief von Sergei, dem Mann, den ich immer für einen guten Freund meiner Mutter gehalten hatte – ich habe dir, glaube ich, von ihm erzählt. Er hat mich hier in seinem Haus wohnen lassen. Jedenfalls zählte ich zwei und zwei zusammen, kam auf fünf und war total durcheinander. Dann habe ich mir auch noch am dunklen Strand den Knöchel verknackst, bin zum Auto gehumpelt und völlig aufgelöst weggefahren.«

»Ich muss gestehen, das ist eine bessere Erklärung als das, was mir so eingefallen ist.« Jetzt schwang in seiner Stimme ein Hauch Mitgefühl mit.

Sie sah ihm in die Augen. »Zum Beispiel?«

»Ich dachte, du hättest nur nach einer Gelegenheit gesucht, von mir wegzukommen, und die Chance genutzt, als ich die Getränke holte. Dann hast du dir noch schnell eine ungewöhnliche Geschichte für Grandma ausgedacht und bist weg.«

»Jack!«, rief Amy überrascht. »Das kannst du doch nicht wirklich geglaubt haben? Nicht nach … unserem Tanz … und allem?«

Er zuckte mit den Schultern, aber sein Gesicht wirkte entspannter. »Manchmal ja, manchmal nein. Aber als ich dann tagelang nichts von dir hörte, kam ich zu dem Schluss, dass ich wohl keine große Rolle in deinen Gedanken spielen konnte.«

Sie erreichten die Stelle, an der Amy und Harry vorhin noch gesessen hatten. Amy setzte sich auf den gleichen Fleck und Jack folgte ihrem Beispiel nach kurzem Zögern.

»Jack, es ist schrecklich. Schrecklich, kompliziert und doch wunderbar. Ich habe die unglaublichsten Tage meines Lebens hinter mir.«

»Schön für dich«, erwiderte er, einen Tick zu vorwurfsvoll.

»Bitte!« Sie hob die Hände in einer Geste der Kapitulation. »Es ist eine lange Geschichte. Darf ich es dir erklären?«

»Das solltest du allerdings. Und sie sollte gut sein, denn du hast Ed ja gehört, wir müssen die Zeit bis Sonnenuntergang herumkriegen! Warte …« Er schaute an seiner Arbeitskleidung herunter. »Amy, siehst du das Gebäude da hinten?« Er wies auf ein hübsches Backsteingebäude am Wasser mit einer Glasfront. Über dem Dachvorsprung wehte eine Stars-and-Stripes-Flagge an einem langen weißen Fahnenmast.

»Ja, das sehe ich.«

»Das ist der Bootsclub, in dem ich Mitglied bin.«

»Okay.«

»Wie wäre es, wenn ich dich dort an die Bar setze, dir etwas Kaltes zu trinken bestelle und mich in der Zwischenzeit duschen und umziehen gehe? Würdest du mir versprechen, nicht sofort die Gelegenheit zu einer waghalsigen Flucht – wohl dein Markenzeichen – zu nutzen?«

»Hm.« Amy tat so, als müsse sie erst nachdenken und bemühte sich, nicht loszulachen. Aber als sie Jacks ernstes Gesicht sah, ernüchterte sie das. Sie berührte ihn sachte am Arm. »Ganz im Ernst, Jack, ich habe genug vom Weglaufen.«

Damit sprangen sie beide von der Mauer herunter und gingen in Richtung Bootsclub.

Nachdem Amy es sich in der leeren Bar vom Bootsclub gemütlich gemacht hatte und Jack duschen gegangen war, zückte sie ihr Handy und lächelte über die beiden eingegangenen Nachrichten.

Wie schön, dass du eine neue Familie hast. Kann es kaum erwarten, dich zu drücken. Times Square morgen um elf? Peace. Jes. –

Du Teufelsbraten. Bloß gut, dass du nie versucht hast, dich an Sergei ranzumachen. – Hoffe, es geht dir gut. Wir sehen uns morgen. Alles Liebe. Deb xxxxx

Amy lachte und war gerade dabei, freche Antworten zu formulieren, als Jack zurückkam, frisch geduscht, in einem weißen Hemd, dunkelblauen Jeans und seinen ledernen Deckschuhen. Sein Haar war noch feucht und während er auf ihren Tisch am Fenster zukam, von dem aus sie den ganzen Hafen überschauen konnten, krempelte er die Ärmel hoch. Er roch nach Seife und frisch gewaschener Wäsche. Amy lief ein Schauer über den Rücken, als er sich dicht neben sie setzte.

»Jetzt bin ich es, die sich schmuddelig fühlt«, sagte sie und zupfte am Saum ihrer Shorts.

Er musterte sie von oben bis unten, runzelte die Stirn und sagte: »Geht schon.«

Sie zog die Augenbrauen hoch. »Vorsicht, zu viele Komplimente bekommen einem Mädchen nicht.«

»Ich werde mich bemühen, daran zu denken. So, dann fang mal an.«

Nachdem Amy am Abend zuvor lange E-Mails an Jes und Debs geschrieben hatte, fiel es ihr jetzt leichter, Jack alles zu berichten. Sie konnte die Dinge viel besser erklären, als es ihr bei Maddy im Atelier noch möglich gewesen war. Dort hatte ihre Geschichte lediglich aus einem Wirrwarr von Fakten bestanden. Abgesehen davon fiel es ihr leicht, mit Jack zu reden. Amy hatte das Gefühl, dass er ihr wirklich *zuhörte*. Dass es ihn interessierte, was sie zu sagen hatte. Und am allerwichtigsten – er war bei ihr.

»Puh!«, sagte er, nachdem sie geendet hatte. »Da hast du ja ganz schön was hinter dir.«

»Schwierig war es in jedem Fall«, stimmte sie zu. »Es tut mir leid, dass ich mich nicht bei dir gemeldet habe, Jack ...«

»Reden wir nicht mehr davon«, unterbrach er sie. »Schließlich warst du damit beschäftigt, dass dein ganzes Leben auf den Kopf gestellt wurde. Das weiß ich jetzt.«

»Dabei habe ich unheimlich viel an dich gedacht!« Als sie das sagte, klang es in ihren Ohren komisch, so künstlich und irgendwie falsch. Aber sie betrachtete lieber weiterhin ihre Sandaletten und wagte nicht, Jack anzusehen. Sie fürchtete, in seinem Gesicht etwas zu lesen, was ihr nicht gefiel. »Anfangs war ich total am Ende«, fuhr Amy fort, »und dann war ich so erschlagen von all dem, was passierte, und alles ging so schnell. Und um mit dir Kontakt aufzunehmen hätte ich deine Großmutter in *Pleasant Shores* anrufen und nach deiner Nummer fragen müssen. Doch was hätte ich ihr sagen sollen?«

Jack lächelte. »Wie wär's mit: *Richten Sie Jack aus, es hätte nichts damit zu tun, dass er ein miserabler Tänzer ist.* Das wäre doch ein guter Anfang gewesen ... Autsch!«

Amy hatte ihm einen Schlag gegen das Bein versetzt. »Ich Dummerchen! Natürlich! Aber wie du siehst, wollte ich nie wieder hierher zurückkommen, und da hielt ich es wohl für das Beste, dass du mich für eine von der Bildfläche verschwundene Verrückte hältst – auch wenn ich nicht gerade begeistert war von der Vorstellung.«

»Kann mir gar nicht denken, warum«, grübelte Jack.

»Das war einfach alles zu viel. Nachdem ich von der Party weg bin, dachte ich, das Leben könne nicht noch schlimmer werden. Ich hatte keine Zuhause, keine Eltern, kein Vertrauen mehr zu Sergei, keine Schuhe, kein Ziel, keine Zeit, dir alles zu erklären, einen schmerzenden Knöchel ...«

»In *der* Reihenfolge?«, fragte Jack zärtlich. »Oder kamen die Schuhe zuerst?«

Nur zu, sei ruhig sarkastisch, mein Freund. Aber ich frage mich immer mehr, ob ich über den perfekten Mann gestolpert bin?

»Nicht schlecht, Jack.«

»Und jetzt?«

»Jetzt?«, wiederholte sie. »Jetzt ist alles anders.« Sie sah ihn an. »Wirklich alles.« Er schaute ihr in die Augen. Dieses Mal würde es kein Davonlaufen geben.

35. Kapitel

Halt ihn fest.«

»Ich kann nicht!«

»Doch, bleib einfach so.«

»Nein! Mach du das, Jack. Nimm deinen ... Steuerknüppel zurück.«

»*Steuerknüppel?* Eigentlich nennt man das Ding Ruderstock. Hier, wenn du gestattest ...«

»Das weiß ich auch. Wow! Das ist toll!«

Amy musste nicht großartig überredet werden, eine Segeltour mit einem von Jacks Booten zu machen. Der warme Sonnenschein, leichter Wind und der Gezeitenwechsel, das bedeutete – offenbar –, die Bedingungen konnten nicht besser sein, um auf dem Wasser herumzuschippern.

Amy hatte sich Sweatshirt, Baseballkappe und Sneakers aus dem Wagen geholt und eine Schwimmweste angezogen, die Jack für sie ausgesucht hatte. Als sie an Bord kletterte, hielt Jack sie fest an der Hand. Auf den ersten Blick war das Boot für Amy nicht mehr gewesen als ein süßes, kleines, weiß gestrichenes Holzboot namens *Lazybones* – Faulpelz.

Aber am Ende des Segeltrips hatte sie herausgefunden, dass sie in Wahrheit an Bord eines *Corliss 15 Daysailer* gestanden hatte, eine handgearbeitete Schaluppe, Mahagoni-

Rumpf mit einem Deck aus Fichte, einem hohlen Sitka-Fichtenmast und -Ausleger für Leichtigkeit und Stärke, Edelstahl Standing Rigging und einer Marconi-Takelung. Jack kannte jeden Zentimeter dieses Bootes, er verschmolz förmlich damit, sobald sie an Bord waren – während Amy aufmerksam dasaß und versuchte, sich nützlich zu machen.

Wenn dieses Boot ein Schuh wäre, dann hätten wir einen weißen Slingback mit Zehenöffnung und acht Zentimeter Absatz aus der Sommerkollektion von Bruno Magli – kein Zweifel.

Amy lernte, wie man Segel trimmt, und bemühte sich zu verstehen, wie man das Boot in die eine Richtung bewegen kann, wenn der Wind es in die andere treiben will. Jack war ein geduldiger Lehrer. Amy entging nicht, dass er versuchte, die Fachtermini auf ein Minimum zu beschränken, was sie sehr sympathisch fand.

Ich mag ihm ja meine Lebensgeschichte erzählt haben, aber ich glaube, die Schuhvergleiche behalte ich vorerst noch für mich.

»Wenn du diese Leine straffer ziehst, lässt du sie ein bisschen krängen – das heißt, leicht auf die Seite legen. Aber keine Angst, du fällst nicht raus.«

Er zog an einigen Leinen und sofort legte sich das kleine Boot auf die Seite und beschleunigte. Aufgeregt und ein bisschen ängstlich fühlte sich Amy so lebendig wie schon lang nicht mehr.

»Das ist unglaublich!«, rief sie. »Wird es nicht kentern?«

»Nie«, rief Jack mit fester Stimme zurück. »Unmöglich – der Kiel ist zu schwer. Das ist das wie eine Flosse geformte Ding unten drunter.«

»Danke, Herr Professor!« Amy lachte. »Eine Ellen MacArthur wird wahrscheinlich nicht aus mir werden, aber ich weiß, was ein Kiel ist.«

»Freut mich zu hören. Nach der Sache mit dem *Steuerknüppel* war ich doch leicht beunruhigt.«

»Mir war nur das Wort entfallen, weil ich mich so konzentrieren musste!«

Es war wunderbar. Der Wind, die Gischt, die Sonne, das Kreischen der Seemöwen über ihnen, als sie die Küste entlang segelten. Jacks Können blieb sogar einer Anfängerin wie Amy nicht verborgen. Immer wenn das Boot an Geschwindigkeit verlor oder ein Segel flatterte, korrigierte er hier und da etwas an den Leinen. Sekunden später hatten sie wieder volle Fahrt aufgenommen und pflügten souverän durch die Wellen des glasklaren Wassers von South Bay. Aber Jack stellte seine Kenntnisse nicht demonstrativ zur Schau, er tat einfach das Richtige, konzentriert und zufrieden. Ab und zu, wenn sich ihre Blicke trafen, lächelte er Amy an. Sie lächelte zurück und hätte vor Glück platzen können.

»Danke, Jack. Das war klasse. Ich bin wild entschlossen, es zu lernen!«

»Wirklich?« Er strahlte. »Wenn du magst, bringe ich es dir bei.« Dann verdüsterte sich sein Gesicht. »Ich meine ... du sagtest ja, du würdest jetzt öfter in der Gegend sein ...«

Sie gingen vom Hafen zurück zum Bootsclub. Amy schwankte noch ein bisschen und musste sich erst wieder an festen Boden unter den Füßen gewöhnen. Sie streckte die Arme aus, um das Gleichgewicht besser halten zu können. Jack nahm ihre Hand – und hielt sie fest.

»Ich habe doch jetzt hier ein Zuhause! Natürlich.« Fühlte sich gut an, von ihm gehalten zu werden. Jacks Hand war warm und stark. Ihn neben sich zu spüren war so selbstverständlich und gleichzeitig so aufregend. Amy fühlte sich stolz und sogar ein bisschen übermütig.

»Gut.«

»Jack?« Es gab etwas, das sie unbedingt erledigen musste. Sie musste es jetzt tun – oder alles wäre vorbei.

»Ja?« Sie blieben stehen. Der Bootsclub war nur noch wenige Meter entfernt, sie standen fast schon in seinem Schatten.

»Weißt du noch, wann ich von der Party verschwunden bin?«

Schweigen. Sie konnte ihn atmen hören. »Ich habe so eine vage Erinnerung, dass du unauffindbar warst, als es ans Aufräumen ging.«

Sie lächelte. »Da war etwas, das wir beide … du und ich … beinahe getan hätten … aber dann doch nicht getan haben …«

Sie standen immer noch nebeneinander mit dem Gesicht zum Bootsclub. Jack hielt Amys Hand ganz fest.

Sie hörte, wie er den Atem anhielt. Ihre Haut kribbelte vom Kopf bis zu den Zehen.

»Ja, ich glaube, da war etwas«, antwortete er schließlich. Seine Stimme klang gespannt und irgendwie *erwartungsvoll.*

Dann drehten sie sich gleichzeitig einander zu. Amys Mut war wie weggeblasen. Sie schaute Jack in die Augen. Und nachdem sie eine Millisekunde lang daran gedacht hatte, wie nützlich ein Paar Stilettos in diesem Moment wären, stellte sich Amy auf die Zehenspitzen, schloss die Augen, und sie küssten sich.

Später, sehr viel später, lösten sie sich voneinander. Jack lächelte. Amy war schwindelig. Ein paar Augenblicke lang kam sie sich vor, als hätte man ihr den Verstand, die Vernunft und den letzten Rest Gleichgewicht geraubt, denn sie schwankte. Sie hielt sich an Jacks Unterarmen fest, um nicht umzufallen.

»Mhm, das war nett«, sagte sie und errötete leicht.

»Nett?«, wiederholte Jack. »Schon wieder dieses Wort. Ich werde wohl eine Weile brauchen, um mich an deine britische Art der Untertreibung zu gewöhnen!«

»Sorry«, kicherte sie.

»Weißt du was?«

»Was?«

»Es *war* nett. Du hast recht. Es war *sehr* nett. Und ich freue mich darauf, es wieder zu tun – das nächste Mal dann ohne Rettungswesten.«

Die Sonne ging bereits hinter den Masten im Hafen unter, als sie später neben Amys Mietwagen standen, um sich zu verabschieden, bevor sie die Rückfahrt nach New York antrat.

»Du wirst Ärger bekommen«, sagte Amy. »Ed wollte, dass du vor Sonnenuntergang zurück bist.«

Jack zuckte mit den Schultern. »Ed weiß, dass ich die Schule nur aus gutem Grund schwänze, mach dir also keine Sorgen. Ich arbeite dort sehr viel mehr, als ich eigentlich muss. Wenn ich etwas mache, dann bin ich immer so darin vertieft, dass ich die Zeit vergesse. Meistens bin ich der Letzte, der geht.«

»Kann ich mir vorstellen. Aber du kennst das alte Sprichwort: *Arbeit allein …*«

»… *macht auch nicht glücklich?* Weißt du, Amy, das habe ich jetzt schon nicht mehr gehört, bestimmt seit … ein paar Tagen!«

»Entschuldige.« Sie schmunzelte.

»Jedenfalls hat mich der heutige Tag glücklich gemacht, Amy. Versprichst du, bald wiederzukommen?«

»Definitiv!«

Sie küssten sich noch einmal. Sie wurden schon richtig gut darin. Widerstrebend suchte Amy nach ihren Autoschlüsseln. Ein Teil von ihr wünschte so sehr, ihren letzten Tag vor dem Rückflug nach London hier zu verbringen – mit Jack in Patchogue. Es war schön mit ihm, er war hinreißend, lustig, sexy und ein verdammt guter Küsser …

Aber ihre Freundinnen kamen extra nach New York, um sie abzuholen, und sie wollte sie wirklich gern sehen.

Sie würden in Kontakt bleiben – es lag an ihr, wann sie wieder herkam. Der Gedanke, wahrscheinlich erst in ein paar Monaten wieder in die Staaten fliegen zu können, war jedoch ziemlich deprimierend.

Das echte Leben konnte bisweilen ätzend sein. Sie wurde bei aclickaway.com an ihrem Schreibtisch erwartet und musste sich in London ein ganz neues Leben aufbauen.

Mit ernster Miene tauschten sie Telefonnummern und E-Mail-Adressen aus.

»Ach, Amy?«

»Ja?« Amy tippte die Ziffern in ihr Handy ein und schaute hoch.

»Sagt dir *Bristol Pilot Cutter* etwas?«

Verwirrt schüttelte sie den Kopf. »Nicht das Geringste. Und ich lasse mich nicht durch wildes Herumraten bloßstellen – so wie letztens mit dem *America's Cup*.«

»Guter Einwand. Es ist ein Holzboot – schnell, leicht und schön. Boote dieser Art wurden in England hergestellt, um die Lotsen zu den großen Schiffen hinauszubringen, die sie dann in den Hafen steuerten.«

»Tatsächlich?« Amy runzelte die Stirn. Ihr stand jetzt nicht der Sinn nach einer weiteren Unterrichtsstunde über Boote – nicht jetzt.

Hallo? Jack? Zeit für einen liebevollen Abschied? Hallo?

»Heutzutage herrscht dabei freier Wettbewerb. Wer von den Lotsen als Erster beim Schiff ist, bekommt den Job. Deshalb spielt Geschwindigkeit für diese kleinen Boote eine große Rolle. Jede Tour ist wie ein olympischer Sprint.«

Er war wieder ganz abgetaucht in das Reich der Boote, sein Blick in die Ferne gerichtet. »Also wurden dieser lange Kiel und die Gaff-Cutter-Takelage entwickelt. Und weißt du was?«

»Ich bin gespannt.« *Und komm endlich zum Thema!*

»Manche Leute behaupten, es hätte nie ein besseres Segelboot gegeben, weder vorher noch danach.«

»Unglaublich.« Sie strich sich ungeduldig mit den Fingern durchs Haar.

Und was genau hat das jetzt mit meinem Abschiedskuss zu tun?

Jack nickte mit ernster Miene. »Ja, ich weiß. Und Ende nächsten Monats gibt es einen einwöchigen Kurs über die Bautechnik.«

»Wie … *schön*!« Ein Hauch Sarkasmus hatte sich am Ende doch noch in ihre Stimme geschmuggelt.

»Und der findet in England statt.«

In England? Etwa das England, wohin ich zurückfliege?

»Ich glaub's nicht!« Amy sah ihn mit großen Augen an. »Wirst du hinfahren?«

»Wäre doch eine Schande, sich die einmalige Gelegenheit entgehen zu lassen, etwas Besonderes zu lernen, findest du nicht?«

Amy fiel ihm um den Hals und drückte ihn ganz fest. »Und wir können dann ausgehen!«

Juhu! Alarmstufe Rot – dafür müssen neue Schuhe her!

Epilog

Es war an einem Vormittag im August. Amy Marsh, die vor knapp einem Monat ihren fünfundzwanzigsten Geburtstag gefeiert hatte, ging ihre Checkliste durch, immer mit Blick auf die Uhr, da sie ihre Verabredung nicht warten lassen wollte.

Okay – Portemonnaie, Handy, Fahrkarte – gecheckt.

U-Bahnplan – gecheckt.

Draußen blies ein für die Jahreszeit ungewöhnlich frischer Wind, und die ersten Regentropfen prasselten gegen die Fensterscheibe der kleinen Wohnung in Nordlondon. Amy hatte die Wohnung allein gemietet und musste dafür zum ersten Mal auf den kleinen Treuhandfonds zurückgreifen, den ihre Mutter und Patrick für sie eingerichtet hatten.

Regenschirm – gecheckt.

Drüben auf dem Sofatisch zeigte der Bildschirm ihres gebraucht gekauften Laptops immer noch die E-Mail der Personalabteilung von Debenhams. Amy fuhr den Computer herunter und klappte den Deckel zu. Dabei lächelte sie die ganze Zeit. Man hatte sie für die kommende Woche zu einem Vorstellungsgespräch eingeladen. Es ging um die Position der Assistentin des Schuheinkäufers. Vielleicht nicht der glanzvollste Start, aber Amy konnte dort eine Menge lernen, und sie hatte Ausdauer! Was auch immer daraus würde, sie bewegte sich in die richtige Richtung und würde ihr Bestes geben.

Flasche Mineralwasser – gecheckt.

Ein letzter Blick in den Spiegel. Ihr Haar war länger geworden und hing jetzt schon über die Schultern herab. Es gefiel ihr und ließ sie erwachsener aussehen als der geschwungene Bob, den sie jahrelang hatte.

Kamm – gecheckt.

Als sie hinunterschaute, fiel ihr Blick auf die Grußkarte, die Jacks fünfseitigem Brief beigelegen hatte. Amy strahlte. Jack hatte ihr geschrieben, wie sehr er sich darauf freue, sie in zwei Wochen zu sehen, wenn er nach England kam. Er berichtete Neuigkeiten von Alice, erzählte von seiner Arbeit und endete mit fünf Küssen. Fünf.

Das Buch Segeln für Anfänger *als Lektüre in der U-Bahn – gecheckt.*

Sie trug Jeans, deren Hosenbeine sie in ihre hohen schwarzen Prada-Stiefel gesteckt hatte – den Jahrhundertfund im Internet letzte Woche –, ein beiges, langärmeliges Baumwolloberteil und eine Wasser abstoßende Daunen-Weste, die eher funktionale Zwecke erfüllte statt sexy zu wirken.

Letztlich, sagte sie sich lächelnd, gehe ich ja auch nicht auf Männerfang.

Fünfzig Minuten später stand sie im *Next* an der Oxford Street und sichtete mit Phyllis die Restposten des Schlussverkaufs.

»Weißt du, Amy, ich glaube, wir haben die besten Schnäppchen verpasst – oh, warte mal!« Sie zog einen grell orangefarbenen, grobmaschigen Pulli vom hinteren Ende des

Wühltisches und hielt ihn triumphierend hoch. »Was ist damit? Wurde runtergesetzt von 40 Pfund auf 36, dann auf 11,99 – und kostet jetzt nur noch *drei*!« Sie begann die Nähte innen zu prüfen, bis sie das Etikett gefunden hatte. Amy suchte währenddessen verzweifelt nach einem taktvollen Kommentar. Dieser Pulli war einfach scheußlich. »Ja! Reine Schurwolle! Sieh doch nur, Amy, reine Schurwolle für drei Pfund!«

»Weißt du, Phyllis, ich glaube, ich habe so etwas in der Art schon im Schrank hängen.«

Phyllis sah sie entsetzt an. »Ehrlich? Du Ärmste! Dieses Teil ist ja so hässlich! Ich werde es als neues Bett für Mrs Tompkiss benutzen. Diese Katze wird auf ihre alten Tage wählerisch. Sie besteht auf Naturfaser, sonst ist sie nicht interessiert.« Kopfschüttelnd klemmte sich Phyllis den Pulli unter den Arm und wühlte weiter.

Die Auswahl war trostlos. Amy hatte beim ersten Blick auf den Wühltisch erkannt, dass nichts für sie dabei war. Sie seufzte tief.

Phyllis hielt inne und drehte sich zu Amy um. »Es ist nett von dir, dass du mir diesen Ausflug vorgeschlagen hast. Deine Gesellschaft hat mir gefehlt. Und wenn du mich fragst, hat mein Herr Sohn Stroh im Kopf.«

»Ach, Phyllis, ich wollte wirklich …«

»Du musstest das nicht tun«, fuhr Phyllis fort. »Du bist mir gegenüber nicht verpflichtet, nur weil wir es damals nicht zu den Sonderangeboten am Eröffnungstag geschafft haben. Trotzdem freue ich mich sehr, dich wiederzusehen. Hin und wieder ein Anruf – das hätte schon genügt. Justin und ich haben dich ziemlich mies behandelt.«

»Phyllis, ich *wollte* dich sehen. Ehrlich!« Amy zögerte kurz und wählte ihre Worte sorgfältig. Phyllis musste nicht unbedingt erfahren, dass sie sich jetzt glücklicher fühlte, als sie es mit Justin oft gewesen war. Aber sie wollte auch nicht lügen. »In den letzten Monaten hat sich viel verändert. Aber eine Sache ist mir umso klarer geworden: Freundschaften sind kostbar. Das ist alles.«

Phyllis lächelte. »Da muss ich dir wohl zustimmen, Liebes.«

Amy hakte sich bei Phyllis ein. »Was hältst du davon, wenn wir in die Abteilung mit der neuen Herbstkollektion wechseln? Diese Wühltische wirken ein bisschen so, na ja, als hätten sie ihre besten Zeiten hinter sich.«

»Sollen wir?« Amy sah, dass Phyllis in Versuchung war.

»Eine neue Saison! Alles beginnt von Neuem.« Amy lachte.

»Warte!« Phyllis hielt Amy zurück. »Du willst in die Schuhabteilung, stimmt's? Dir die Stilettos ansehen? Habe ich recht? Amy?«

»Na ja …« Sie spürte eine leichte Röte in ihrem Gesicht aufsteigen. »Nicht heute. Nein danke.«

»Was?« Phyllis zog die Augen zu schmalen Schlitzen zusammen. »Das soll ich dir glauben?«

Die Röte auf ihren Wangen nahm zu, während Amy antwortete: »Um ehrlich zu sein, Phyllis: Ich spare auf ein Paar Segelstiefel.«